BIOGRAFIAS — MEMÓRIAS — DIÁRIOS — CONFISSÕES
ROMANCE — CONTO — NOVELA — FOLCLORE
POESIA — HISTÓRIA

1. MINHA FORMAÇÃO — Joaquim Nabuco
2. WERTHER (Romance) — Goethe
3. O INGÊNUO — Voltaire
4. A PRINCESA DE BABILÔNIA — Voltaire
5. PAIS E FILHOS — Ivan Turgueniev
6. A VOZ DOS SINOS — Charles Dickens
7. ZADIG OU O DESTINO (História Oriental) — Voltaire
8. CÂNDIDO OU O OTIMISMO — Voltaire
9. OS FRUTOS DA TERRA — Knut Hamsun
10. FOME — Knut Hamsun
11. PAN — Knut Hamsun
12. UM VAGABUNDO TOCA EM SURDINA — Knut Hamsun
13. VITÓRIA — Knut Hamsun
14. A RAINHA DE SABÁ — Knut Hamsun
15. O BANQUETE — Mário de Andrade
16. CONTOS E NOVELAS — Voltaire
17. A MARAVILHOSA VIAGEM DE NILS HOLGERSSON — Selma Lagerlöf
18. SALAMBÔ — Gustave Flaubert
19. TAÍS — Anatole France
20. JUDAS, O OBSCURO — Thomas Hardy
21. POESIAS — Fernando Pessoa
22. POESIAS — Álvaro de Campos
23. POESIAS COMPLETAS — Mário de Andrade
24. ODES — Ricardo Reis
25. MENSAGEM — Fernando Pessoa
26. POEMAS DRAMÁTICOS — Fernando Pessoa
27. POEMAS — Alberto Caeiro
28. NOVAS POESIAS INÉDITAS & QUADRAS AO GOSTO POPULAR
    Fernando Pessoa
29. ANTROPOLOGIA — Um Espelho para o Homem — Clyde Kluckhohn
30. A BEM-AMADA — Thomas Hardy
31. A MINA MISTERIOSA — Bernardo Guimarães
32. A INSURREIÇÃO — Bernardo Guimarães
33. O BANDIDO DO RIO DAS MORTES — Bernardo Guimarães
34. POESIA COMPLETA — Cesar Vallejo
35. SÔNGORO COSONGO E OUTROS POEMAS — Nicolás Guillén
36. A MORTE DO CAIXEIRO VIAJANTE EM PEQUIM — Arthur Miller
37. CONTOS — Máximo Górki
38. NA PIOR, EM PARIS E EM LONDRES — George Orwell
39. POESIAS INÉDITAS (1919-1935) — Fernando Pessoa
40. O BAILE DAS QUATRO ARTES — Mário de Andrade
41. TÁXI E CRÔNICAS NO DIÁRIO NACIONAL — Mário de Andrade
42. ENSAIO SOBRE A MÚSICA BRASILEIRA — Mário de Andrade
43. A GUERRA DOS MUNDOS — H. G. Wells
44. MÚSICA DOCE MÚSICA — Mário de Andrade
45. O ANJO NEGRO — Mika Waltari
46. O SEGREDO DO REINO — Mika Waltari

O ANJO NEGRO

Vol. 45

Capa
Cláudio Martins

Tradução
José Geraldo Vieira

EDITORA ITATIAIA
BELO HORIZONTE
Rua São Geraldo, 53 — Floresta — Cep. 30150-070
Tel.: 3212-4600 — Fax: 3224-5151
e-mail: vilaricaeditora@uol.com.br
Home page: www.villarica.com.br

Mika Waltari

O ANJO NEGRO

EDITORA ITATIAIA
Belo Horizonte

Título desta obra em inglês:
THE DARK ANGEL

Diário de João Angelos durante o assédio de Constantinopla em 1453, no suposto fim da era cristã.

2006

Direitos de Propriedade Literária adquiridos pela
EDITORA ITATIAIA
Belo Horizonte

Impresso no Brasil
Printed in Brazil

12 de dezembro de 1452

Vi-te e falei contigo hoje, pela primeira vez. E isso equivaleu a um cataclismo subvertendo tudo em mim. Entreabriram-se as lousas do meu coração e estranhei a minha própria alma. Como tenho quarenta anos de idade, supunha já haver atingido o outono da vida. Andei por distantes terras, experimentei muitas desilusões e vivi diversas vidas. Deus falou comigo, manifestando-se através de muitas maneiras; os anjos revelaram-se a mim e não acreditei neles. Mas quando te vi fui compelido a crer em milagres por causa do prodígio que me aconteceu. Vi-te defronte da igreja de Santa Sofia, rente ao portal de bronze, quando todos os fiéis saíam após a proclamação feita pelo cardeal Isidoro sobre a união das Igrejas. Lembro-me que suas palavras primeiro em latim, depois em grego, ressoaram através do silêncio glacial. Ao celebrar em seguida a missa majestosa, quando interpolou o trecho "e do Filho", muitas pessoas cobriram o rosto enquanto na nave as mulheres sufocavam soluços guturais. Achava-me de pé junto de uma coluna cinzenta e ao tocar o mármore tive a impressão de que ele estava úmido como se as próprias pedras geladas do templo suassem em transes de angústia.

Por fim todos deixaram a igreja na ordem prescrita desde muitos séculos ladeando o nosso *Basileus*, o imperador Constantino, que solenemente caminhava de cabeça erguida com a coroa sobre os cabelos grisalhos. Todos o ladeavam num aparato de trajes vistosos: os dignitários do palácio de Blachernae, os ministros e logótetas, todos os membros do Senado e, por último, em ordem de linhagem, os arcontes de Constantinopla. Nenhum deles ousara afastar-se ou deixar de comparecer. A direita do imperador reconheci muito bem Phrantzes, o Chanceler, que com seus olhos azuis vigiava discretamente o povo circunjacente. Entre os latinos, notei a presença do *bailo* veneziano e de outras personalidades que eu conhecia de vista. Mas o Megadux, Lukas Notaras, grão-duque e comandante da Frota Imperial, esse eu nunca tinha visto antes. Era um homem moreno e alto, cujo porte dominava os demais. Seu olhar era penetrante e desdenhoso, porém lhe observei no semblante aquela melancolia comum a todos os elementos das antigas famílias gregas. Ao sair, deixava transparecer certa agitação iracunda, como se não pudesse suportar o opróbrio mortal que caíra sobre a sua Igreja e o seu povo.

Quando os cavalos foram trazidos para diante do portal de bronze se estabeleceu certo distúrbio, pois a multidão principiou a vociferar contra os latinos bradando:
— Abaixo as interpolações ilícitas! Abaixo a autoridade do Papa! A mim, que presenciei durante a mocidade tantas reações análogas, isso pouco espanto causaria se a celeuma não vibrasse como um rugido de tempestade donde emergia numa espécie de clangor rítmico a voz dos monges se insurgindo contra a inclusão do nome do Filho. Era o dia da festa do Espírito Santo.

Como principiasse a se mover o séqüito das damas da nobreza, afastando-se do adro, alguns elementos da comitiva imperial se misturaram à multidão que aumentava e se encapelava agitando os braços em cadência com o clangor crescente. Havia uma espécie de clareira apenas em volta da pessoa sagrada do imperador que, ao montar no brioso cavalo, endureceu o rosto com expressão de mágoa. Cobria-lhe o corpo um manto de púrpura bordado a ouro e suas botas vermelhas eram recamadas com nobres desenhos de águia bicéfala.

Com que então estava eu ali testemunhando a realização de um sonho acalentado durante muitos séculos: a união das Igrejas do Oriente e do Ocidente, a submissão da Igreja Ortodoxa ao Papa, o abandono do seu credo genuíno. Arrastando-se durante mais de dez anos, essa união adquirira força legal finalmente, mercê da proclamação do cardeal Isidoro na igreja de Santa Sofia.

Quatorze anos antes havia sido lida em grego na catedral de Florença pelo grande Bessarion, o erudito e nédio metropolita que, como Isidoro, fora sagrado cardeal pelo Papa Eugênio IV em recompensa aos seus serviços na grande obra de reconciliação.

Naquela noite longínqua, havia quatorze anos, vendi meus livros e minhas roupas, distribuí todo o meu dinheiro entre os pobres e fugi de Florença; cinco anos depois já lutava pela Cruz. E agora, enquanto o povo gritava, me vinha à recordação a estrada montanhosa de Assis e o campo cheio de cadáveres em Varna. Mas o clamor cessou de súbito; volvi os olhos e dei com o Megadux Lukas Notaras em pé no ressalto da colunata de mármore exigindo silêncio com insistentes gestos. E logo as rajadas cortantes do vento de dezembro espalharam a sua voz:
— Preferível o turbante turco do que a mitra do Papa!
Ante aquele brado de desafio o povo e os monges irromperam em vibrantes aplausos. Os gregos de Constantinopla repetiram em diversos tons:

— Preferível o turbante turco à mitra papal!
Lembrei-me dos judeus quando exigiram aos berros que fosse solto Barrabás.

Um grupo luzido de cavaleiros e arcontes circundou garbosamente Lukas Notaras demonstrando que o apoiava e não tinha medo de desafiar publicamente o imperador. Por fim a multidão abriu caminho consentindo que Constantino prosseguisse com seu séqüito bem diminuído. Algumas mulheres ainda saíam pelas portas de bronze; mas se dispersaram logo na onda turbulenta da multidão.

Fiquei curioso de ver de que maneira tratariam o cardeal Isidoro; já sofrera muito por causa da união religiosa; também era grego, e de modo prudente se recatava. A investidura do cardinalato nem por isso o tornou obeso: continuava o mesmo homem de porte pequeno e magro e, como teve que cortar a barba, ficou com uma fisionomia ocidental que os olhinhos congestionados encovavam ainda mais.

— Preferível o turbante turco do que a mitra papal!
Decerto o Megadux Notaras bradou essa afirmativa movido por seu amor à sua cidade e à sua religião e por seu ódio aos latinos. Não obstante os sentimentos sinceros que lhe inflamavam as palavras, apenas as considerei como um gesto político bem calculado e oportuno. Lançava as cartas sobre a mesa diante do povo agitado, a fim de ganhar o apoio da grande maioria, ciente de que no íntimo nenhum grego aprovava aquela fusão de ritos. Nem mesmo o imperador, que apenas se vira forçado a se submeter e a apor o seu sinete no decreto por causa do tratado de aliança que naquela hora de necessidade garantiria a Constantinopla o apoio da esquadra pontifícia. Tal esquadra já se estava aparelhando em Veneza. O cardeal Isidoro afirma que ela velejará para Constantinopla com a finalidade de defendê-la e garanti-la tão logo Roma conte com notícias confirmando que foi proclamada a união dos ritos. Agora, porém, a multidão apodava o imperador de apóstata, a palavra mais terrível e arrasadora que pode ser atirada contra um homem.

— Apóstata! Apóstata!...
Eis o preço que o soberano tinha que pagar pelas dez naves de guerra prometidas. Viriam mesmo, aliás?!

O cardeal Isidoro já se cercou de um bando de archeiros recrutados em Creta e outras ilhas. As portas da cidade acham-se emuralhadas. Os turcos devastaram toda a região circunvizinha e fecharam o Bósforo. Sua base é a fortaleza que o sultão fez construir no último estio e que ficou pronta dentro de poucos meses; ergue-se na

9

parte mais acanhada do Estreito, num dos flancos de Pera, na banda cristã. Ainda na primavera passada pompeava naquele lugar a igreja do Arcanjo Miguel; mas agora as suas colunas de mármore servem para reforçar as muralhas espessas dos bastiões turcos, e a artilharia do sultão lembra uma sentinela maciça vigiando o Estreito. Tudo isso me veio à mente enquanto me quedava junto às portas de bronze. E foi então que a vi. Conseguira desembaraçar-se da multidão e agora reentrava no templo com o peito ofegante e o véu reduzido a tiras. É velhíssima tradição toda mulher grega de Constantinopla esconder o rosto e viver segregada em recinto que eunucos guardam. Quando montam a cavalo ou entram em suas liteiras, servos velozes as ladeiam estendendo colgaduras para protegê-las dos olhares dos transeuntes. Quase todas têm tez branca e transparente.

Quando seu olhar bateu em mim o tempo deteve o próprio curso, o Sol parou sua trajetória em redor da Terra, o passado fundiu-se com o futuro e nada mais existiu senão aquele instante — aquele breve instante da vida que nem o tempo, tomado de inveja ou zelo, pode enxotar.

Durante minha existência claro é que vi muitas mulheres. Amei com egoísmo ou com apatia. Usufruí prazeres e os dei a outrem; no entretanto o amor para mim sempre tinha sido apenas um desprezível anseio da carne que, uma vez satisfeito, deixa a alma em desolação. Sempre fingi amor, movido por mera piedade, até não poder fingir mais.

Sim, conheci inúmeras mulheres e acabei renunciando a elas conforme renunciei a tantas outras coisas. Para mim as mulheres eram simples experiências dos sentidos e sempre abominei tudo quanto pretende me escravizar o corpo.

Ela era quase da minha altura, a coifa bordada lhe jungia os cabelos cor de ouro, o manto azul tinha costuras de prata, os olhos eram castanhos e a tez lembrava ao mesmo tempo o marfim e o ouro.

Mas não foi a sua beleza que então me atraiu. Foram os seus olhos de extraordinária expressão que me cativaram, como se eu já os conhecesse por havê-los contemplado em sonho. Tinham tal candura que consumiam toda e qualquer vaidade frívola. Dilataram-se, tomados de surpresa e depois sorriram para os meus.

O meu deslumbramento era uma chama demasiado límpida para abrigar qualquer desejo terreno. Tive a sensação de que o meu corpo começou a cintilar, conforme vi as cabanas dos eremitas do monte Atos brilharem com fúlgido fulgor quais lanternas acesas sobre as penhas abruptas. E esta comparação não constitui sacrilégio porque o meu renascimento naquele instante foi inefável milagre.

Quanto tempo durou esse estado de alma não saberei dizer. Por certo não foi mais longo do que o hálito que em nosso momento derradeiro nos desprende a alma do corpo. Quedamos parados à distância de poucos passos, e detidos simultaneamente no vão (mais estreito do que o gume de uma espada) existente entre o temporal e o eterno.

Acabei voltando à realidade, pois precisava falar. E então disse:

— Não tenhas medo. O tumulto já se está desfazendo. Se quiseres posso levar-te à casa de teu pai.

Certifiquei-me pela coifa que ela usava de que não era casada. Aliás, isso seria o de menos. Casada ou solteira, seus olhos me haviam inspirado confiança.

Arfando ainda, procurava tomar um hausto de calma. Perguntou-me se eu era latino.

— Se assim te apraz, — foi o que respondi a esmo.

Olhávamos um para o outro e em meio à turba vociferante nos sentíamos tão sozinhos como se tivéssemos despertado juntos no paraíso nos primórdios do tempo. Em sua face estampou-se um enleio, mas nem por isso baixou as pálpebras, já que a confiança era mútua. Por fim não pôde dominar mais a sua emoção e me perguntou com voz trêmula quem eu era.

Não foi propriamente uma pergunta; e sim bem mais uma senha demonstrando que em seu coração ela me conhecia como eu, no fundo de minha alma, a recolhia imediatamente. Só para dar tempo a uma relativa naturalidade, respondi:

— Cresci em França, na cidade de Avinhão; mas desde os treze anos de idade viajei por diversos países. Meu nome é Jean Ange. Aqui sou chamado João Angelos.

Ela repetiu:

— Angelos. Anjo. É por isso que és assim tão pálido e grave? Agora compreendo por que motivo me espantei quando te vi. — Aproximou-se e tocou o meu braço. — Não. Não és nenhum anjo. És homem de carne e osso. Por que usas um sabre turco?

— Hábito, apenas. O aço é mais vigoroso do que o que os cristãos forjam. Em setembro fugi do acampamento do sultão Mohammed quando ele terminou a construção da fortaleza no Bósforo e regressou a Adrianópolis. Agora que a guerra irrompeu, o teu imperador

11

não entregará nenhum escravo turco que se tenha refugiado em Constantinopla.
Observou os meus trajes, ponderando:
— Não te vestes como escravo...
— Realmente não me visto como escravo. Durante quase sete anos fiz parte da comitiva do sultão. Murad encarregou-me de tratar os seus cães e depois me cedeu a seu filho Mohammed que, se certificando dos meus conhecimentos, lia comigo livros gregos e romanos.
— Como te tornaste escravo dos turcos?
— Morei em Florença durante quatro anos, chegando a enriquecer. Mas me cansei de mercadejar tecidos e fui batalhar pela Cruz; os turcos aprisionaram-me em Varna.
— Com os olhos solicitou que eu continuasse. Prossegui:
— Eu era secretário do cardeal Giulio Cesarini. Depois da derrota, o seu cavalo atolou num pântano e os húngaros o mataram a punhaladas durante a retirada. Aliás, tinham perdido seu jovem rei na batalha. O cardeal induzira-o a romper a paz que jurara manter com os turcos, de modo que os húngaros o responsabilizaram pelo desastre sofrido, e o sultão Murad nos tratou como perjuros. Não me molestou, embora executasse todos os outros prisioneiros que se negaram a reconhecer Alá e o Profeta. Mas estou falando muito. Quero que me perdoes. É que durante muito tempo andei calado.
— Não estou cansada de te ouvir. Desejo saber mais coisas ainda. Mas por que não me perguntas quem eu sou?
— Para quê? Basta-me saber que existes. Jamais supus que tal felicidade me acontecesse: contemplar-te, saber que existes, que estás diante de mim!
Não pediu que eu esclarecesse melhor as minhas palavras. Olhou em redor e viu que a turba começava a dispersar-se. Sussurrou:
— Vem comigo. — Segurando-me pela mão, puxou-me depressa para a sombra da porta de bronze, e perguntou:
— Reconheces a união dos ritos?
Encolhi os ombros e disse apenas que eu era latino.
— Vamos para a soleira, — instou. No pórtico detivemo-nos no lugar onde durante dez séculos as botas reforçadas com pregos dos vigias tinham gasto o mármore, escavando-o um pouco. Gente, que se abrigara dentro do templo com medo do tumulto, nos contemplava com certa curiosidade; ainda assim ela atirou os braços em redor do meu pescoço e me beijou. Depois disse, enquanto se persignava à maneira grega: — Hoje é a festa do Espírito Santo. — Em nome do Padre, apenas, e não do Filho. Que o meu beijo cristão sele um pacto de ami-

zade entre nós para que não nos esqueçamos um do outro.
Daqui a pouco o criado de meu pai virá buscar-me.
Suas faces eram cálidas e seu beijo não me pareceu ter intento religioso. A pele rescendia a jacinto, as sobrancelhas altas e bem arqueadas eram duas linhas azuis. Pintara de vermelho os lábios, segundo era costume entre as damas de distinção de Constantinopla.
— Não posso separar-me de ti assim, — disse eu. — Mesmo que mores em recinto que sete portas defendam, não descansarei enquanto não te encontrar de novo. Mesmo que o tempo e o espaço queiram separar-nos não cessarei de te procurar. Não me podes impedir.
— Impedir? — retrucou, erguendo as sobrancelhas como reforço destas palavras: — Então não percebes que estou ansiosa por ouvir mais coisas de tua vida e de tuas estranhas aventuras, Messer Angelos?
Seu ar galhofeiro era encantador e dizia mais do que as palavras.
— Dize-me então o lugar e a hora, — persisti.
— Acaso não percebes a rudeza de tal proposta? Ou se trata de costume dos francos?
— Dize-me quando e onde, — insisti, segurando-lhe o braço.
— Que ousadia é essa? Homem algum até hoje ousou tocar-me. — Fitava-me, lívida de espanto. — Bem se vê que nem sabes quem eu seja. — Mas não se empenhou em se soltar, como se o contato de minha mão não lhe desagradasse.
— Ora! Tu és tu mesma. Eis quanto me basta, — repliquei.
— Bem, posso mandar-te uma breve mensagem. Afinal de contas nestes tempos conturbados para que se exigir tanto protocolo?... Além disso és franco, não conheces o cerimonial grego. Ser-te-ia perigosa qualquer tentativa de reencontrar-me.
Expliquei-lhe:
— Pus-me a serviço da Cruz, uma vez, por haver perdido a fé. Consegui tudo, menos ter fé religiosa. Pareceu-me então que poderia pelo menos morrer pela glória de Deus, e fugi dos turcos disposto a morrer rente às muralhas de Constantinopla. Não me podes tornar a vida mais perigosa do que já foi e do que ainda é..
— Cala-te. E promete, no mínimo, que não me seguirás. Já atraímos demasiada atenção.
Descendo o véu rasgado por sobre o rosto, virou-se porque bem nesse instante criados de libré azul e branca vieram buscá-la. Saiu com eles sem volver um olhar

13

para mim, que permaneci onde me achava. Mas depois que ela desapareceu me senti mais fraco do que se sangrasse através de muitos ferimentos.

14 de dezembro de 1452

Hoje, na igreja da Virgem Santíssima, perto do porto, delegados de diferentes nações presididos pelo imperador Constantino votaram o seqüestro das naves venezianas. Resolveu-se por maioria de vinte e um votos contra o dos venezianos a requisição das naves para a defesa da cidade. Trevisano protestou em nome dos proprietários. Foi permitido os navios ficarem com suas cargas depois que os capitães juraram, beijando a cruz, que não tentariam fugir com suas naus. A taxa de aluguel das naus foi fixada em quatrocentos besantes por mês. Preço exorbitante, mas Veneza sabe como se aproveitar das situações. Além disso, que adianta um homem que se está afogando contar o seu ouro?

O imperador conferenciou com Gregorios Mammas — a quem o povo apelidou de Patriarca Títere — e com os bispos e abades dos mosteiros sobre a necessidade de derreter e cunhar prata das igrejas. Esse esbulho dos bens das igrejas e dos claustros é encarado pelos monges como primeiro sinal objetivo da união dos ritos e seu reconhecimento.

O valor da terra e das casas desceu a preços incríveis, ao passo que por empréstimos a prazo curto cobram juros de quarenta por cento, e empréstimos a longo prazo não se arranjam. Com um pequeno diamante comprei tapetes e móveis no valor de sessenta mil ducados. Assim, a casa que alugo ficou com aspecto mais apresentável; o proprietário está querendo vendê-la muito barato, mas só um tolo a compraria, já que o futuro desta cidade não irá além de poucos meses.

Quase não dormi nestas duas últimas noites. Voltou-me a insônia de antigamente. A inquietação impele-me a vagar pelas ruas, mas a prudência me aconselha a permanecer em casa. Ler é impossível. Aliás, já li bastante para acabar percebendo quanto é vão o conhecimento. O meu criado grego vigia os meus passos, o que é muito natural; até agora não me criou aborrecimentos. Como se pode confiar num homem como eu que esteve entre os turcos? O meu criado é um pobre velho que merece dó. Compreendo que procure ganhar um pouco mais.

15 de dezembro de 1452

Apenas um pedaço de papel dobrado. Um vendedor ambulante mo entregou esta manhã. *Hoje de tarde na igreja dos Santos Apóstolos.* Mais nada. Ao meio-dia mandei o criado limpar o porão e lhe disse que ia até ao porto. Fechei a porta e levei a chave comigo. Hoje não quero ser espiado.

A igreja dos Santos Apóstolos está situada na colina mais alta, bem no centro da cidade. É muito adequada a um encontro discreto, pois costumam freqüentá-la apenas algumas velhotas vestidas de preto, que ficam imersas em suas devoções na balaustrada diante dos sagrados ícones.

Os meus trajes não atraem a atenção porque o templo habitualmente é visitado por marujos latinos desejosos de ver as tumbas dos imperadores e as relíquias. Logo à direita de quem entra se ergue — rodeado por simples balaustrada — um fragmento do pilar onde o Nosso Salvador esteve atado quando os soldados romanos o flagelaram.

Tive que esperar algumas horas ali dentro. Como o tempo se arrastou vagarosamente! Ainda bem que minha presença passou despercebida. Em Constantinopla o tempo é coisa que já não tem mais nexo. As mulheres que rezam desprenderam-se de todo e qualquer contato com o mundo, passaram a mergulhar em atmosferas de êxtase. Quando voltam à realidade apresentam fisionomia estremunhada como se tivessem dormido; e então retomam a inefável melancolia que impregna toda esta cidade agonizante. Descem o véu sobre o semblante e retiram-se olhando para o chão.

Comparado com o frio que reina lá fora, o recinto me parece bastante tépido. Por baixo do pavimento de mármore passam canais de ar quente à antiga maneira romana. Até a algidez da minha alma se desvaneceu. O júbilo da espera me levou a ajoelhar e orar, coisa que eu não fazia desde muito tempo. Ajoelhei-me no degrau do altar, fiz uma invocação assim:

— Deus Todo-poderoso, que por intermédio de Teu Filho Te encarnaste de maneira inacessível à nossa compreensão, a fim de resgatar os nossos pecados, tem piedade de mim! Tem misericórdia das minhas dúvidas e da minha descrença que nem o Teu Verbo nem os textos dos Santos Padres ou quaisquer filosofias terrenas conseguiram curar. Conduziste-me através do mundo segundo Te aprouve, permitindo que eu conhecesse as Tuas

15

dádivas: a sabedoria e a simplicidade, a fortuna e a pobreza, o poder e a escravidão, o desejo e a renúncia, as paixões e a tranqüilidade, a pena e a espada; mas nenhuma dessas Tuas dádivas conseguiu curar-me. Impeliste-me de um desespero para outro como o caçador inexorável vai acuando a presa exausta, até que em minha culpa não tive outro recurso senão aventurar a minha vida a Teu serviço. Ainda assim, nem mesmo isso quiseste aceitar como sacrifício. Que é então que exiges de mim, ó Deus sacrossanto e misterioso?

Mas depois de assim haver rezado percebi que fora apenas o meu orgulho arraigado que tinha colorido os meus pensamentos. Senti pejo e orei de novo, do fundo de minha alma:

— Tu, ó Onipotente, tem piedade de mim! Perdoa os meus pecados não através dos meus méritos e sim através de Tua Graça, e livra-me da minha culpa mortal antes que ela me esmague.

Esta oração sincera me deu, logo a seguir, uma sensação de frio que paradoxalmente fortaleceu meus ombros; pela primeira vez desde muitos anos experimentei a alegria de viver. Eu amava, eu estava esperando alguém, e todo o passado caiu reduzido a cinzas, como se eu antes jamais tivesse amado. Lembrei-me então, como quem se lembra de um pálido fantasma, de certa rapariga de Ferrara que usava pérolas nos cabelos e vagava pelos jardins da filosofia com uma gaiola dourada na mão, qual lanterna a lhe iluminar o caminho.

Tempos depois sepultei uma criatura desconhecida cujo rosto as raposas da floresta haviam devorado. Ela passara por mim procurando a fivela do seu cinto. Eu tratava de vítimas da peste numa cabana alcatroada. Achava-me ali por causa das intermináveis disputas sobre textos da fé que tinham acabado por me desesperar. A pobre rapariga outrora radiosa acabara também em pleno desespero. Retirei-lhe as vestes infetadas pelas pústulas bubônicas e queimei-as no forno. Depois nos deitamos juntos e nos aquecemos mutuamente. Ela era a filha de um duque e eu não passava de simples tradutor da Secretaria Pontifícia. Isso se deu há quinze anos, e agora recordei tudo sem a mínima agitação. Tive até que lhe procurar o nome na minha memória. Beatriz. O duque admirava Dante e lia romances franceses de cavalaria. Mandara decapitar o filho por adultério e seduzira sua própria filha. Sim, em Ferrara. Eis por que motivo vim a encontrar a pobre jovem na cabana pestilencial.

Nisto certa mulher com um véu recamado de pérolas sobre o rosto surgiu e se colocou junto a mim. Era quase

tão alta como eu e vestia longo casaco de peles, por causa do frio. Senti o aroma dos jacintos. A minha amada havia chegado.
— Mostra-me o rosto, — pedi. — Mostra-me o rosto para que a minha alegria se torne mais feliz ainda!
— Fiz mal em ter vindo, — disse ela, muito pálida, soerguendo o véu. Seus olhos estavam assustados.
— Que importa se fizeste mal ou se fizeste bem? Vivemos os últimos dias. Nada mais interessa.
— És latino, — ponderou ela com tom de censura, — e te nutres de pão ázimo. Só mesmo um franco pode fazer considerações assim. Todo homem deve sentir em sua alma o que é certo e o que é errado. Sócrates já afirmou isso. Mas és um motejador como Pilatos, que perguntou: "Que é a verdade?"
— Ora! Mas pelas chagas de Cristo, mulher! Acaso vieste ensinar-me filosofia? Bem se vê que és grega!

Interceptaram-lhe a resposta soluços de medo; então esperei que recobrasse a calma, pois estava tão amedrontada que tremia apesar da atmosfera cálida do templo e do manto de peles. Afinal, tinha vindo e estava chorando por nossa causa. Que melhor prova podia eu ter de lhe haver agitado a alma a ponto desta escancarar lousas de túmulos fechados em meu coração?

Disse-lhe, pondo a mão em seu ombro:
— Pouco valor têm as coisas. A vida, a cultura, a filosofia... e até mesmo a fé. Tudo isso tem a consistência de gravetos que ardem com entusiasmo durante algum tempo e em seguida morrem virando cinza. Que nos satisfaça a condição de sermos duas criaturas que por milagre se reconheceram logo que se viram e que podem falar com a maior franqueza. Não vim discutir contigo.
— Por que motivo vieste?
— Porque te amo.
— Como? Pois se ignoras quem eu sou e me viste apenas uma vez?

Ao ouvir sua objeção estendi os dedos, acreditando mais nos gestos do que na força das palavras. Ela abaixou as pálpebras e recomeçou a tremer enquanto sussurrava:
— Não acreditava absolutamente que viesses.
— Ó minha Amada! — ciciei, pois nunca ouvira uma confissão mais doce de amor proferida por lábios tão adoráveis. E, no entretanto, estava ciente do pouco que as palavras podem exprimir. E dizer-se que há homens, até mesmo sábios e intelectuais, que acreditam poder explicar por meio de palavras a natureza divina!

Estendi as mãos e ela, confiante, deixou que lhe segurasse os dedos frios, delgados e firmes, mas que desconheciam a rudeza dos trabalhos manuais.

17

Permanecemos bastante tempo assim, de mãos dadas, olhando um para o outro. Quaisquer palavras eram desnecessárias. Seus olhos castanhos, de expressão triste, observaram-me os cabelos, a testa, o rosto, o pescoço, como se, tomada de insaciável curiosidade, ela quisesse gravar na memória a minha fisionomia.

O tempo devastara o meu semblante, os jejuns escavaram as minhas faces, vincos de desilusão acentuaram profundamente os cantos de minha boca e enrugaram minha testa. Mas não senti vergonha de meu semblante, que afinal é como uma superfície de cera onde a vida escreveu com rijo estilete todas as vicissitudes. E convinha que aquela criatura lesse tudo.

Ouvi-a dizer enquanto apertava os meus dedos:
— Quero saber tudo de tua existência! Por que te barbeias assim? Pareces um clérigo latino. És soldado, ou estudante para alguma carreira?
— Tenho andado à deriva de terra em terra, e de situação em situação, como uma centelha ao vento. Meu coração tem tido acesso a altitudes e tem descido a profundezas. Estudei filosofia, desde o nominalismo até ao realismo, e conheço bem os clássicos da antiguidade. Mas me cansei dos termos e então passei a expressar conceitos através de cartas e números, como Raymondus. E ainda assim até agora não pude alcançar a desejada limpidez. De modo que acabei escolhendo a espada e a cruz.

Após certa pausa, continuei:
— Por algum tempo, fui mercador. Aprendi a escrituração à maneira dos lançamentos coordenados que produzem a ilusão da riqueza. Nos tempos de hoje isso de fortuna não passa de assentamento em papel, como a filosofia e os sacros mistérios. — Após hesitar um pouco, abaixei a voz quando prossegui: — Meu pai era grego, embora eu crescesse em Avinhão, a cidade dos Papas.

Admirada, soltou minhas mãos e disse:
— Bem me pareceu. Se deixares crescer a barba terás rosto de grego. Realmente. Seria essa a única razão por que me pareceste tão íntimo desde o primeiro momento como se eu já te conhecesse antes e estivesse procurando tua antiga fisionomia através da atual?
— Não. Não creio que fosse por isso.

Olhou em redor, atemorizada, e escondeu a boca e o queixo sob o véu. E instou:
— Conta-me tudo a teu respeito. Mas caminhemos enquanto isso, como se estivéssemos contemplando altares e ícones, para que ninguém nos estranhe. Não quero que me reconheçam.

Pôs a mão com a maior naturalidade no meu braço, e começamos a andar vagarosamente olhando para os sarcófagos imperiais, os ícones resplandecentes e os relicários de prata. Ritmávamos os nossos passos. Quando ela segurou o meu braço tive a sensação de que uma pena inflamada roçava a minha pele, numa tortura agradável. Em tom baixo mas natural fui contando a minha história.

— Da minha infância, não me lembro mais. Passou como um sonho, e já não sei o que foi verdade e o que deve ter sido sonho. Recordo-me, porém, que quando brincava com os outros meninos junto à muralha da cidade ou na margem do rio, em Avinhão, tinha a mania de fazer sermões em grego e em latim. Sabia de cor uma porção de trechos que jamais compreendi. Meu pai era cego e eu tinha que lhe ler alto, o dia inteiro, trechos dos seus livros.

— Teu pai era cego?

— Quando eu tinha oito ou nove anos ele empreendeu uma longa viagem, — contei, vasculhando a memória; banira tudo da minha mente de tal maneira que me esquecera totalmente; mas agora os horrores da minha infância voltavam como num pesadelo disforme. — Esteve ausente pelo espaço de um ano, e ao voltar para casa foi assaltado por ladrões que o cegaram logo para que não os reconhecesse depois ao dar queixa às autoridades.

— Com que então o cegaram! — disse ela, condoída. — Aqui em Constantinopla costumavam cegar apenas os imperadores depostos ou os filhos que se rebelavam contra os próprios pais. O governo turco adotou esse nosso costume.

— Meu pai era grego, — repeti. — Em Avinhão chamavam-no Andronikos, o grego, e quando ficou velho apenas o tratavam assim: o grego cego.

Perguntou, com relativo espanto:

— Como é que ele foi parar no país dos francos?

— Não sei, — respondi. Eu sabia, mas guardei comigo a razão. — Morou em Avinhão até ao fim de sua vida. Eu tinha treze anos quando ele caiu da borda do penhasco existente atrás do palácio papal e quebrou a espinha. Perguntas-me coisas de minha infância... Em pequeno tinha visões; apareciam-me anjos, que eu jurava serem verdadeiros. Acabei ficando com o nome de João Angelos. Não me recordo direito dos pormenores, mas fizeram carga cerrada contra mim durante o julgamento.

— Qual julgamento? — perguntou, vincando a testa.

— Com a idade de treze anos fui condenado pelo assassínio de meu pai. Não faltou quem comparecesse para testemunhar que levei meu pai para a orla do precipício e o empurrei para herdar cedo a sua fortuna. Mas como

19

não havia testemunhas de vista, então me vergastaram, para que eu confessasse. Finalmente fui sentenciado à roda, ao esquartejamento. Eis como foi a minha infância. Segurou depressa minha mão, olhou bem para os meus olhos e declarou:

— Teus olhos não são de assassino. Continua, conta mais. Isso te aliviará.

Redargüi:

— Há muitos anos que deixei de pensar em tais coisas. Nunca tive vontade de contar o meu passado a quem quer que fosse. Varri tudo para longe da memória. Mas diante de ti tudo se torna fácil. Sim, já faz muito tempo; estou agora com quarenta anos e desde então vivi várias existências. Não matei meu pai. Não nego que ele sempre foi muito severo e irritadiço. Bateu-me algumas vezes. Mas quando não estava apreensivo era bom para mim. Eu o amava. Afinal, era meu pai! A respeito de minha mãe, que posso eu saber, já que morreu de parto quando me deu à luz? Coitada! Morreu acariciando em vão um talismã de pedra... Decerto meu pai se cansou da vida por ser cego. Foi a dedução a que cheguei depois que cresci. Naquela distante manhã ele me disse que não me preocupasse com o que viesse a acontecer. Contou-me que dispunha de grande soma de dinheiro, não inferior a três mil ducados, que dera a guardar ao ourives Gerolamo. Declarou que me outorgava tudo e que designara Gerolamo como meu tutor até que eu atingisse a idade de dezesseis anos. Isso foi em certo dia da primavera. Depois me pediu que o conduzisse ao rochedo existente atrás do palácio, pois queria ouvir o vento e o chilreio dos pássaros que vinham do Sul aos bandos. Declarou que marcara encontro com os anjos. Obedeci. Levei-o até lá. Pediu-me que o deixasse sozinho até à hora de vésperas.

— Teu pai renunciou à religião grega? — perguntou ela, como genuína filha de Constantinopla.

— Ele assistia à missa, confessava-se, comia pão latino e praticava as indulgências para diminuir seu estágio no purgatório. Jamais cheguei a imaginar que a sua religião pudesse ser diferente da de toda gente de Avinhão. Disse-me que tinha um encontro marcado com os anjos, e a verdade é que o encontrei morto embaixo do rochedo. Estava cansado da vida, era cego e sentia-se infeliz.

— Mas como puderam te culpar do que sucedeu?

— As aparências depunham contra mim. Todas elas. Declararam que eu quis me apropriar do seu dinheiro. O tal ourives Gerolamo foi quem me atacou com mais veemência. Jurou que vira com seus próprios olhos eu morder a mão de meu pai quando este me espancava. Jurou que, quanto ao dinheiro, jamais houvera um ceitil. Que tudo não passava de fantasia de velho caduco. Que ele, Gerolamo, de fato recebera uma insignificante soma quando meu pai ficou cego, mas que esta havia sido gasta fazia já muito tempo com a manutenção de meu pai. Que por compaixão, continuara a nos mandar provisões adquiridas à sua custa. Aliás, segundo declarou, o grego cego se contentava com pouco e jejuava muitas vezes. Sua manutenção não decorria de nenhum depósito existente nem equivalia a juros de importância emprestada, absolutamente, conforme o pobre caduco imaginava. O ourives mantinha-nos por simples e pura obra de caridade. Emprestar dinheiro conforme os usurários fazem, constituiria grande pecado para ambas as partes. Contudo, para mostrar sua boa vontade, Mestre Gerolamo prometeu dar um castiçal de prata à Igreja, em memória de meu pai, apesar do seu livro de escrituração demonstrar que meu pai lhe devia boa soma com o decorrer daqueles anos. Generosamente propôs que eu solucionasse as dívidas entregando os livros de meu pai, muito embora ninguém conseguisse lê-los. Mas devo te estar cansando.

— Não me estás cansando de modo algum, — replicou ela imediatamente. — Quero saber como foi que escapaste à condenação.

— Eu, como filho do grego cego, era um estrangeiro. Por conseguinte, ninguém se apresentou para defender-me. Mas o bispo veio a saber dos três mil ducados e exigiu que eu comparecesse à câmara eclesiástica. O libelo fazia referência a visões que eu tivera ao ser vergastado, pois as dores me causaram delírios e devaneei a respeito de anjos como quando era menor. Na corte civil passaram muito superficialmente pelos aspectos teológicos do caso e apenas anotaram nos autos que a minha mente estava desarranjada. Algemando-me no muro da torre e sujeitando-me a açoites diariamente, os juízes acreditavam que expulsariam com facilidade o tentador para longe de minha alma antes de eu ser executado. Mas a questão do dinheiro complicou o caso, e a acusação de parricídio logo produziu uma disputa entre as autoridades civis e eclesiásticas quanto à alçada competente, cada qual querendo avocar a si o direito de sentenciar-me e de confiscar a fortuna de meu pai.

— E como conseguiste escapar? — perguntou ela, com impaciência.

— Não sei, — confessei com a maior naturalidade. — Não vou ao ponto de afirmar que os meus anjos me salvaram; mas um dia os carcereiros me desalgemaram sem expor quaisquer motivos e na manhã seguinte notei que

21

a porta da torre não estava fechada. De modo que resolvi sair. Após tamanha permanência nas trevas, a claridade solar me fulgurou. Fui andando, andando, até que na porta ocidental da cidade encontrei um bufarinheiro que me perguntou se eu não queria acompanhá-lo. Creio que me conhecia, pois principiou logo a me fazer perguntas sobre as minhas visões. Uma vez no âmago da floresta, ele extraiu do alforje das mercadorias um livro. Era um volume sobre os Quatro Evangelhos traduzidos para o francês. Pediu-me que lhe lesse alto, e foi assim que acabei fazendo parte da Irmandade do Espírito Livre. Decerto foram os membros da dita Irmandade que me alforriaram. Há muita gente que faz parte dessa Instituição, por incrível que pareça.

— A Irmandade do Espírito Livre? — repetiu ela, com assombro. — Que vem a ser isso?

— Não quero enfarar-te, — respondi de modo evasivo.

— Explicar-te-ei noutra ocasião.

— Noutra ocasião? Como sabes que nos tornaremos a ver ainda? Foi dificílimo eu arranjar um pretexto para conseguir este nosso encontro. Mais difícil do que podes supor, acostumado como deves estar às facilidades que existem no Ocidente. É mais fácil uma mulher turca combinar um encontro do que uma grega. É o que te assevero. Pelo menos se lê isso nos livros.

— Nos livros de histórias, — ponderei, — as mulheres acabam sempre ludibriando os seus guardas. Deves ler com atenção essas histórias. Talvez te venham a ensinar alguma coisa.

— Tu com certeza aprendeste tudo isso! — alvitrou ela.

— Não precisas ter zelos, — retruquei logo. — No serralho do sultão estive sempre ocupado com muitas outras coisas bem diferentes.

— Ter zelos, eu? Ciúmes? Já te estás lisonjeando desde já?... — replicou enrubescendo. — Quer me parecer mas é que não passas de um sedutor comum, como os outros francos! Sem dúvida, como eles, queres te aproveitar do conhecimento travado com uma mulher curiosa para depois te gabares de tuas esplêndidas conquistas em rodas de tavernas e no tombadilho das naus.

— Cuidas assim? — interpelei-a, apertando-lhe o pulso.

— Com que então é essa a idéia que fazes dos francos! Julguei-te outra criatura. Mas não tenhas receio, que não darei com a língua nos dentes. Apenas me enganei a teu respeito e será melhor que não nos vejamos de novo. Não te será difícil encontrar algum capitão de navio ou oficial latino que te faça companhia, substituindo-me.

Livrou a mão e esfregou o pulso.

— Pois não. Será melhor, com efeito, que não nos reencontremos. — Respirava de modo ofegante, fitava-me com olhos sem brilho e entortava um pouco a cabeça para trás. — Pois volta lá para o porto, onde não faltam mulheres de acesso fácil e mais adequadas à tua educação. Vai, vai te embriagar e iniciar distúrbios, como é hábito dos francos! Não faltará quem te console. E que o Senhor seja contigo!
— ...e contigo também! — respondi, tomado de igual fúria. Retirou-se depressa pelo pavimento de mármore reluzente como um espelho. Apesar de tudo, os seus movimentos eram graciosos. Quando fiz menção de engolir saliva senti gosto de sangue tão fortemente mordera os lábios para não poder chamá-la. Diminuiu os passos e quando chegou à porta não se conteve e olhou para trás. Verificando que eu não saíra do lugar e não fizera menção sequer de correr no seu encalço, ficou tão furiosa que voltou depressa e me esbofeteou.

Fiquei surdo da orelha esquerda e com a face do mesmo lado ardendo feito brasa; mas meu coração pulsava de júbilo. Pois não me agrediu às cegas, por impulso violento; antes tratou de olhar em redor para ver se alguém nos estaria a observar.

Fiquei quieto, não disse uma única palavra. Não tardou que ela virasse e saísse de perto de mim, novamente. Permaneci imóvel, vendo-a partir. Quando chegou à metade da distância que nos separava da porta, minha força de vontade a fez diminuir os passos, parar e voltar-se. Mas agora sorria e seus olhos castanhos cintilavam cheios de regozijo. Disse:

— Quero que me perdoes. Facilmente me torno impulsiva, mas agora caí em mim e já estou calma e até dócil. Infelizmente não tenho livros de contos muçulmanos; hás de emprestar-me um para que eu aprenda como é que a astúcia da mulher pode sobrepujar a inteligência do homem. — Segurou minha mão, beijou-a e passou-a em seu rosto. — Repara como o meu rosto ficou quente!
— Que adianta eu verificar? Acaso uma de minhas faces não estará mais quente ainda do que a tua? E quanto à astúcia é coisa que não precisas aprender. Julgo que os historiadores turcos é que precisam aprender com as mulheres gregas para seus enredos de contos...

Perguntou-me:
— Como deixaste que eu fosse embora sem correres logo atrás de mim? Não percebes que me melindraste muito com tua indiferença?
— Ora, isso não passou de uma brincadeira de tua

parte, — redargüi, com os olhos em brasa. — Podes te retirar de novo. Não te amofinarei, não te seguirei. Tu é que deves escolher.
— Escolher o quê? Minha opção foi feita quando te escrevi umas poucas palavras num pedaço de papel. Escolhi quando não te mandei embora lá na igreja de Santa Sofia. Escolhi quando deixei que me fitasses nos olhos. Não poderei ir embora, nem mesmo que queira. Mas não dificultemos nada! De mãos juntas deixamos a igreja e ela se admirou do crepúsculo estar começando a cair. Disse:
— Precisamos separar-nos imediatamente.
— Não posso então acompanhar-te um pouco? — perguntei, sem me conter.
Anuiu logo, por mais imprudente que isso fosse. Caminhamos lado a lado enquanto o crepúsculo caía por sobre as abóbadas esverdeadas das igrejas e as lanternas se iam acendendo diante das melhores residências das ruas principais. Seguia-nos a breve distância um cão pardacento e esquálido que por qualquer motivo simpatizara comigo; seguira-me desde diante de minha casa até à igreja dos Santos Apóstolos e esperara, cheio de calafrios, até que eu saísse.

Ela não se dirigiu rumo ao Palácio de Blachernae, conforme eu esperava, e sim dobrou na direção oposta. Passamos pelas ruínas do Hipódromo. Naquele antigo campo de corridas os mancebos gregos se exercitam na arte de lançar flechas ou de jogar bola montados a cavalo e manobrando-as com bastões. Os prédios dilapidados parecem maiores ao crepúsculo. O importante domo de Santa Sofia elevava-se para o céu, enquanto o antigo palácio dos imperadores avultava maciçamente lá longe sem uma única luz acesa; suas salas desertas eram usadas agora somente para raros cerimoniais. O crepúsculo misericordioso escondia a cidade agonizante. As pilastras de mármore amareleciam, as paredes apresentavam fendas, as fontes já não jorravam e folhas secas de plátanos atulhavam os pequenos lagos forrados de limo nos jardins negligenciados.

Por acordo mútuo, diminuímos os nossos passos. A primeira estrela já cintilava no horizonte quando nos detivemos na sombra dos pilares de velho palácio. Ela disse:
— Daqui por diante devo ir sozinha. Tens que voltar.
Objetei:
— Mas o teu manto de peles pode atrair ladrões ou mendigos.
Ergueu a cabeça com desenvoltura.

— Em Constantinopla não há ladrões nem mendigos. Perto do porto, talvez. Ou do lado de Pera. Mas não na cidade, propriamente.
Era verdade. Em Constantinopla até mesmo os mendigos são orgulhosos e esquisitos. Existem poucos e se acocoram num e noutro ponto perto das igrejas olhando em frente com olhar vago como se contemplassem cenas milenares. Quando recebem esmola de algum latino murmuram agradecimentos mas, logo que vêem a pessoa se afastar, cospem no chão e esfregam a moeda em seus andrajos para purificá-la. Homens e mulheres que caem na miséria preferem entrar para um claustro do que virar mendigos.

— Daqui por diante tenho que ir sozinha, — repetiu; e de repente enlaçou os braços em redor do meu corpo e apertou a cabeça contra o meu peito; aspirei o aroma de jacintos que emanava de sua pele. Meus lábios não lhe procuraram a face nem a boca; não quis insultá-la aparentando desejar-lhe apenas o corpo. Perguntei:

— Quando nos encontraremos de novo? — Minha boca estava tão seca que minha voz se tornou rouca.

— Não sei, — respondeu com desânimo. — Palavra de honra que não sei. É a primeira vez que faço uma coisa assim.

Indaguei então se não poderia ir à minha casa às escondidas, sem que ninguém visse. Expliquei-lhe que tinha um único criado, que me espionava mas do qual saberia livrar-me.

Permaneceu em silêncio durante tanto tempo que me afligi.

— Acaso te ofendi? Acho que podes confiar em mim. Não te farei nenhum mal.

— Não despeças o teu criado. Se o despedires isso despertará suspeitas. Todos os estrangeiros são vigiados. Passarias a ser vigiado de outra maneira talvez pior. Não sei o que poderemos fazer...

Insinuei, com certa cautela:

— Nos países ocidentais uma mulher tem sempre uma amiga, de modo que pode sair de casa dizendo que vai visitá-la. Em caso de necessidade a amiga confirma, para por sua vez contar com idêntico expediente... Assim, nos banhos públicos ou nas fontes termais os homens e as mulheres se encontram à vontade...

— Não tenho em quem confiar, — declarou ela.

— Isso quer dizer que não desejas rever-me, — deduzi atabalhoadamente.

Prometeu então:

— Daqui a uma semana irei à tua casa. De manhã, se for possível. Perder-me-ei da minha acompanhante no mercado ou nas lojas venezianas. Sofrerei por causa disso, bem sei, mas irei. Resolve a questão do criado conforme achares melhor.

Perguntei logo:

— Mas sabes direito onde moro? Para lá do porto, a primeira casa de madeira atrás do bairro veneziano. Reconhecê-la-ás pelo leão de pedra na porta.

— Pois não, pois não, — disse, com um sorriso. — Saberei qual é a casa devido ao leãozinho de pedra na entrada. Ontem quando fui fazer compras fiz que me levassem de maneira a passar por tua casa na esperança de te ver. Mas não te vi. Que Deus abençoe a tua residência.

Caminhando depressa, sumiu na escuridão.

20 de dezembro de 1452

Achava-me no cais, hoje, quando o último navio partiu para Veneza. O imperador autorizou o capitão a sair, contanto que levasse uma declaração à *Signoria* a respeito da requisição das galeras. Dirigiu também apelos à Hungria por diversos canais diferentes. Mas Junyadi, que é regente agora, ratificou há dezoito meses um tratado de paz por três anos com Mohammed e beijou a cruz como garantia. Tanto em Varna em 1444 como em Kossovo em 1448, Murad convenceu-o de que a Hungria não podia se dar ao luxo de guerrear com os turcos. Não tenho fé na ajuda que a Cristandade nos possa dar. Mohammed é mais rápido na ação do que a Cristandade.

Ainda no último estio assisti ao sultão com as mãos enlameadas e todo coberto de cal trabalhar nas fortificações do Bósforo para que o seu exemplo despertasse esforços maiores em sua gente. Até mesmo os vizires idosos tinham que girar pedras e misturar argamassa. Creio que antes jamais foi construída em tempo tão curto uma fortaleza tão resistente. Quando fugi do acampamento turco só faltavam os telhados de chumbo das torres.

Urbano, o fundidor de artilharia que terminou as grandes bombardas de bronze, experimentou poderosas descargas; as peças resistiram bem e patentearam seu vigor. Desde que uma formidável pedra pôs a pique uma galeota veneziana, nenhuma nau do mar Negro se arriscou a vir para aqui. O capitão da dita galeota se recusou a arriar a bandeira, e o seu cadáver ainda está balançando na estaca, perto da fortaleza do sultão, enquanto os membros da sua equipagem jazem dispersos pelo solo próximo, apodrecendo. O sultão poupou apenas quatro homens,

que afugentou para a cidade para que contassem o que tinha acontecido. Isso se deu há um mês.
No entretanto, parece que o imperador está seriamente decidido a resistir. Trabalhos de reforço prosseguem ao longo das muralhas da cidade. Até mesmo lajes que revestem tumbas nos cemitérios exteriores estão sendo utilizadas. Além do mais se trata de medida prudente, do contrário os turcos poderiam se utilizar das lousas e das lajes quando iniciassem o assédio.
Mas consta com insistência que os artífices estão relaxando o trabalho e metendo nas algibeiras grandes somas. Ninguém condena isso; pelo contrário, há até quem se rejubile dizendo que o imperador é um apóstata, passou-se para o rito latino e que por conseguinte fazem muito bem em defraudá-lo. Sem dúvida esta cidade prefere os turcos aos latinos.
E no palácio de Blachernae dispõem de Panaghia, a Virgem miraculosa, em quem depositam confiança. A mulher do padeiro contou-me hoje com a maior seriedade que, quando Murad assediou a cidade há trinta anos passados, a Virgem Santíssima apareceu nas ameias com seu manto azul e aterrorizou tanto os turcos que estes incendiaram os instrumentos e engenhos de assédio bem como o acampamento e se retiraram durante a noite... Como se Murad não tivesse razões mais imediatas para a sua retirada!
Que coisa longa é uma semana! Que estranho é esperar quando me convenço que não tenho mais nada a fazer na vida senão isso! Enfim, mesmo depois que já não existem a febre e a impaciência da juventude, esperar agora ainda causa delícia abrasadora. Mas às vezes não acredito na felicidade com que conto, aliás. Talvez ela não seja a criatura que imagino. Talvez eu esteja apenas me iludindo. Contudo, não sinto necessidade de um braseiro de carvão, não obstante o vento que vem do Mármara e os flocos de neve que rodopiam no ar. O meu corpo é uma fornalha irradiando calor.

22 de dezembro de 1452

Aproxima-se a festa da Natividade do Nosso Salvador. Os venezianos e os genoveses de Pera estão se preparando para celebrá-la. Mas os gregos dão pouca atenção ao Natal; para eles a comemoração essencial é a Páscoa. Não com referência à Paixão de Cristo mas à jubilosa Ressurreição. A crença deles é mística, fervorosa e extática. Nem sequer queimam os seus hereges, mas permitem que entrem para um mosteiro e se arrependam.

Não apedrejaram o cardeal Isidoro; contentaram-se em bradar-lhe:

— Leva o teu pão ázimo outra vez para Roma! Essa fé radiosa que se vê aqui no semblante dos fiéis já não se encontra mais no Ocidente. Lá se compra o perdão com dinheiro.

No entretanto, a cidade cada vez se torna mais desolada. Suas muralhas gigantescas englobavam outrora um milhão de habitantes, mas agora o seu recinto decaiu muito e sobrevive apenas nas colinas que rodeiam as praças centrais e as vertentes próximas do porto. Ruínas e espaços baldios estendem-se entre as partes habitadas e fornecem trechos de relva para cabras, jumentos e cavalos. Relva grossa, moitas espinhosas, casas abandonadas, sem telhados... E sempre o vento cortante do mar de Mármara. Indescritível monotonia.

Veneza mandou duas naus de guerra. O Papa Nicolau mandou de Roma cinqüenta mercenários acompanhando o cardeal Isidoro. Excetuando isso, apenas algumas naus seqüestradas com latinos apanhados a laço, se assim se pode dizer, para o serviço. Mas ia me esquecendo das cinco naus de guerra do imperador, de estilo bem bizantino. Lá estão elas no porto, com os cascos à flor das águas, sem velas, com o cavername apodrecendo a ponto de se sentir o cheiro de longe. Os canhões em suas amuradas estão esverdeados de limo e entupidos pelos óxidos da corrosão. Hoje, porém, vi homens a bordo; parece que o Megadux está resolvido a pô-las em serviço ativo, mesmo que o imperador não disponha de meios. Naus de guerra são engenhos dispendiosíssimos.

Chegaram das ilhas do Egeu alguns cargueiros com trigo, óleo e vinho. Correm sussurros de que os turcos devastaram a Moréia, de modo que não se pode contar com auxílio de lá, mesmo supondo que Constantino confie em seus irmãos. De qualquer forma, Demetrios opôs-se à união mesmo em Florença, e após a morte do imperador João se deve apenas à imperatriz-mãe não haver irrompido guerra entre eles.

Não os conheço; não posso auscultar-lhes os corações. Serão sempre estrangeiros para mim. Até mesmo a medida do tempo desta gente é diversa daquela a que estou acostumado. Para os gregos este ano é o de 6960 a contar da Criação! Para os turcos então é o ano de 856 depois da transfiguração do Profeta. Que mundo louco este Oriente! Ou será que no íntimo sou demasiado latino?

Fiz uma visita ao bairro genovês de Pera, do outro lado da baía. Ninguém me interceptou. Barcos carregados até às bordas andam de um lado para outro. O comércio genovês continua prosperando. Se eu quisesse, poderia fazer fortuna rápida comerciando em armas. Talvez fosse recebido melhor pelos gregos se lhes pudesse oferecer a preços exorbitantes armas arcaicas; então confiariam em mim e me considerariam homem honesto.

Em qualquer taverna de Pera se podem vender ou permutar informações, porque os genoveses não se acham em guerra com o sultão. De modo que ocorre o seguinte, que é puramente fantástico: através de Pera, Mohammed fica a par de tudo quanto acontece em Constantinopla e nós nos inteiramos dos preparativos diários do sultão.

Ela não veio. Sem dúvida quis apenas ganhar tempo para, de maneira hábil, apagar seus vestígios e pegadas. Nem sequer sei como se chama.

E ela é grega, como eu sou grego pelo sangue de meu pai, aquele sangue debilitado, traiçoeiro, ardiloso e cruel dos bizantinos! Se dizem que as mulheres, tanto cristãs como turcas, são as criaturas mais ardilosas do mundo, então a mulher grega deve ser a mais astuta de todas as mulheres, pois tem atrás de si uma experiência de dois mil anos.

Meu coração pesa como chumbo, e o sangue de minhas veias parece se ter solidificado. Odeio esta cidade agonizante que olha só para o seu passado e se recusa a acreditar no cataclismo iminente.

Odeio porque amo.

26 de dezembro de 1452

O meu criado irrompeu esta manhã em meu aposento para advertir-me que devo ir o menos possível a Pera.

Observei-o com mais atenção hoje, pela primeira vez. Até agora o considerava um estorvo necessário que encontrei na casa quando a aluguei. Trata da minha roupa, adquire e prepara os alimentos, traz a casa arrumada, cuida dos interesses do proprietário, varre o pátio, e sem dúvida fornece informações à Sala Escura do palácio de Blachernae a respeito do que eu faço e das pessoas com quem me encontro.

Nunca tive queixas contra ele. É um velho digno de lástima, mas sempre me desinteressei por sua pessoa. Hoje, porém, resolvi observá-lo direito. Tem barba muito rala, queixa-se de dores nos joelhos, e seus olhinhos apresentam aquela tristeza lânguida dos gregos. Usa roupa puída e manchada de gordura.

Perguntei-lhe:

— Quem te mandou dizer isso?

Mostrou-se muito melindrado.
— Penso apenas no vosso bem-estar. Sois meu amo enquanto morardes nesta casa.
— Bem sabes que sou latino.
Protestou energicamente:
— Não, não! Absolutamente. Vosso rosto nega o que afirmais.
Com incrível espanto o vi arrojar-se de joelhos diante de mim, pegar minha mão para beijá-la e implorar:
— Não me desprezeis, patrão! É verdade que bebo o resto do vinho que fica no jarro e que me aproprio das moedinhas de troco que esqueceis por aí... Tenho levado um pouco de óleo para a minha tia inválida, pois nossa família é paupérrima. Mas se isso vos desagrada, não farei mais porque sei agora quem sois.
Não sei como, redargüi:
— Não sou dado a mesquinharias a ponto de contar o dinheiro que sobra dos fornecimentos que adquires. Acho que o pobre tem direito às migalhas que caem da mesa do rico. Fazes muito bem em manter tua família às minhas expensas enquanto eu for teu amo. Dou pouco valor ao dinheiro. Aproxima-se a hora em que o dinheiro e a propriedade não valerão nada. Em face da morte todos nós somos iguais, e na balança de Deus a virtude de uma borboleta pesa tanto como a de um elefante.
E assim fui conversando com ele, de maneira a ter tempo de lhe perscrutar bem a fisionomia. Deu-me a impressão de honestidade, mas os rostos mentem. Pode um grego acreditar noutro grego?
Disse-me a certa altura:
— Na próxima vez não precisareis fechar-me no porão para que eu não saiba o que fazeis e não descubra onde ides. No porão estava tão frio que fiquei com as juntas congeladas. Desde então vivo resfriado e com dor de ouvido, e sinto os joelhos em estado pior do que antes.
— Levanta-te, velho parvo, e cura tuas dores com vinho, — ordenei, tirando de minha bolsa um besante de ouro. Para ele isso era uma fortuna porque em Constantinopla os pobres são de fato paupérrimos e os ricos opulentíssimos.
Viu a moeda na minha mão e seu rosto se iluminou; mas disse, meneando a cabeça:
— Patrão, se me lamentei não foi com intenção de esmolar. Não é preciso que me suborneis. Não verei nem escutarei o que não quiserdes que eu veja e ouça. Estou aqui para vos servir.
— Não te compreendo.
Apontou para o cão pardacento que já começava a engordar um pouco e que estava estendido na esteira velha

com o focinho no chão espreitando todos os meus movimentos. E exclamou:
— Pois até aquele cão não vos segue e obedece?
— Não te compreendo, — repeti. E atirei a moeda para cima da esteira. Abaixou-se para apanhá-la, depois me fitou demoradamente.
— Não precisais abrir vossa alma perante mim, patrão. Nem admito tal hipótese. Vosso segredo é sagrado para mim. Aceito o dinheiro apenas em obediência à vossa ordem. Esta moeda de ouro causará bastante felicidade a mim e à minha família. Felicidade maior, porém, é servir-vos.

Suas insinuações muito indiretas abespinharam-me, porque naturalmente como os outros gregos ele suspeitava que eu ainda fazia parte do serviço secreto do sultão e fingira ter fugido do acampamento turco. Talvez pensasse se aproveitar de mim evitando cair escravo quando as forças turcas conquistassem a cidade. Tal crença seria vantajosa para mim caso eu estivesse escondendo alguma coisa. Contudo, como poderia confiar num homem de origem tão baixa? Resolvi ser peremptório.

— Estás enganado se pensas conseguir qualquer vantagem através de mim. Não estou mais a serviço do sultão. Mais de dez vezes, ultrapassando os limites da minha paciência, repeti isso aos que te pagam para que me vigies. Mas vou repetir ainda uma vez: não estou absolutamente a serviço do sultão.

— Eu sei, eu sei! Como poderíeis estar a tal serviço? Já vos reconheci, e foi como se um raio tivesse fendido o chão diante de mim.

— Estás bêbedo? Estás delirando? Tens febre? Não compreendo o que queres dizer.

Mas em meu íntimo fiquei alvoroçadíssimo.
Inclinou a cabeça e disse:
— De fato estou bêbedo, patrão. Perdoai-me. Isso não se repetirá.

Suas palavras fizeram que eu procurasse um espelho. Tinha resolvido por precaução não freqüentar barbearias, escanhoando-me eu próprio com mais esmero do que antes. Mas nos últimos dias negligenciara por mero relaxamento. Agora era preciso, até mesmo nos trajes, mostrar que sou latino.

2 de janeiro de 1453

Ela veio. Apesar de tudo, veio visitar-me.
Envolvia-se em leve manto escuro e calçava sapatos pardos bem macios. Sem dúvida estava convencida de

31

que se disfarçara bastante; mas nem mesmo uma pessoa ingênua a tomaria por mulher de baixa condição. O corte do manto, a coifa e a maneira pela qual prendeu o véu para esconder o rosto revelavam sua categoria e sua educação.
Bradei, sem conseguir reter as lágrimas que me vieram aos olhos:
— Bem-vinda sejas em nome de Deus!
O cão pardacento agitou a cauda, logo que a viu.
— Que loucura a minha! Sei que acabarão descobrindo; mas ainda assim não pude deixar de vir. E aqui estou, até mesmo contra as minhas ponderações.
— Como foi que entraste? — perguntei logo.
Respondeu, tapando ainda o rosto com o véu:
— Bati e um sujeito, tossindo muito, abriu a porta. Deves vestir melhor o teu servo e dizer-lhe que penteie os cabelos e trate da barba. O coitado, com vergonha de sua aparência, voltou logo as costas sem olhar para mim.
— E lançando um olhar em redor: — Teu aposento também precisa de uma arrumação mais asseada. — Ao olhar para um dos cantos desviou o olhar mais que depressa.
Estendi então um tapete sobre a minha enxerga e saí para o pátio. O meu criado achava-se ali olhando para as nuvens e assim que me viu disse com ar distraído:
— Lindo dia, o de hoje!
— Um dia esplêndido! — concordei e persignei-me segundo a maneira grega. — O mais belo dia de toda a minha vida. Vai depressa buscar vinho, carne assada, sobremesa... Traze bolos, compota e frutas. Tudo em grande quantidade. Compra do melhor que houver. Leva uma cesta grande para que possas trazer coisas que dêem também para ti, tuas primas, tua família inteira! Se encontrares mendigos no caminho dá-lhes esmolas e bênçãos.
— Hoje é o vosso aniversário, patrão? — indagou inocentemente.
— Não. Estou com uma visita. Certa mulher do povo, de condição inferior, veio distrair a minha solidão.
— Uma visita? — exclamou, fingindo espanto. — Não vi ninguém. É verdade que uma rajada de vento estremeceu a porta, que ressoou como se alguém tivesse batido. Fui abrir, não vi nada, absolutamente. Estais dizendo tudo isso por brincadeira.
— Trata de obedecer logo! — ordenei. — E se falares a quem quer que seja que recebi uma visita, te agarro pelas barbas e te corto a garganta, ouviste bem? — Enquanto ele fazia menção de apanhar a cesta agarrei-o pelo braço. — Nunca me disseste o teu nome. Como te chamas?
— Isso é uma grande honra que me concedeis. Meu nome é Manuel, em homenagem ao antigo imperador.

Meu pai trabalhou no palácio como fornecedor de lenha.
— Manuel? Bonito nome. Pois, Manuel, hoje é o dia mais feliz da minha vida. — Segurei-o pelas orelhas e pespeguei-lhe dois beijos, um em cada face; depois o empurrei porta a fora com cesta e tudo.
Quando voltei ao meu aposento, a visitante já havia arrancado o manto e o véu. Não conseguia fartar-me de olhar para ela; as palavras ficaram sufocadas em minha garganta, e minhas pernas fraquejaram a tal ponto que caí ajoelhado diante dela e apertei o rosto de encontro aos seus joelhos. Eu chorava de júbilo e deslumbramento, enquanto ela me acariciava os cabelos vagarosamente.
Quando por fim ergui a cabeça, vi que ela sorria. Ah! Que sorriso luminoso! Os olhos eram duas flores de ouro; as sobrancelhas, altas e curvas, eram dois arcos azuis; as faces pareciam tulipas; os lábios lembravam pétalas de rosas... E os dentes? Ah! Eram pérolas!... Contemplei-a inteiramente zonzo, dizendo-lhe tudo isso. E acrescentei:
— Meu coração é um adolescente de dezessete anos! Preciso valer-me das palavras dos bardos, porque as minhas emudeceram. Tu me embriagas. Dir-se-ia que nunca experimentei o amor, que jamais toquei numa mulher. Contudo, tenho a impressão de te conhecer desde que existo. Para mim és Bizâncio inteira! És Constantinopla, a cidade dos imperadores. Foi por tua causa que urdi a minha vida de maneira a vir parar aqui. Era contigo que eu sonhava, sempre que sonhava com esta cidade. E assim como Bizâncio é mil vezes mais bela do que eu supunha, também tu és mil vezes mais adorável do que imaginei. Estas duas semanas foram um tempo infinito, insuportável! Por que não vieste no dia que prometeste? Por que motivo me esqueceste? Pensei que ia morrer.
Olhou-me, fechou de leve as pálpebras e com as pontas dos dedos percorreu os meus olhos, as minhas faces e os meus lábios. Depois reabriu os radiosos e risonhos olhos castanhos e disse:
— Continua. Falas tão bem!... É agradável escutar-te, muito embora empregues a esmo as palavras que te vêm aos lábios. Esqueceste-me, tanto que tiveste uma surpresa quando me viste. Ainda bem que me reconheceste.
Abracei-a. Interpôs as mãos, afastando o meu peito e dizendo:
— Não faças isso!
Mas sua resistência era um convite. Beijei-a. Seu corpo fraquejava e diluía-se em meus braços. Mas de súbito me empurrou. Voltou-se de lado, cobriu o rosto com as mãos.

— Por que fazes assim? — queixou-se por entre lágrimas. — Não foi para isso que vim. Oh! Como me dói a cabeça!...
Não me enganei. De fato não tinha a mínima experiência. Era donzela. Sua boca me disse. O seu corpo também. Seria orgulhosa, talvez; apaixonava-se e inflamava-se facilmente, sem dúvida. Conhecia caprichos e zelos, porém não tinha a mínima experiência do pecado. Prevaricara em pensamentos, talvez, mas não com o corpo. Sua expressão mostrava quanto estava sofrendo. Tomei-lhe a cabeça delicadamente entre as mãos e principiei a acariciar-lhe a fronte.
— Perdoa-me, — disse, soluçando. — Devo ser demasiado sensível. Dir-se-ia que brasas me queimam. Assustaste-me tomando-me em teus braços repentinamente.
Minhas carícias normalizaram-na. Dentro em pouco suspirou profundamente, seu corpo ofegou, as pálpebras tornaram a abrir-se.
— Como tuas mãos são suaves! — disse. Virou a cabeça e beijou de leve a minha mão. — Mãos mágicas, que restabelecem.
Olhei para minhas mãos e comentei:
— Mãos que restabelecem e que destroem. Mas podes crer que não te quis molestar. Mesmo agora não te quero fazer nenhum mal. Acaso tens dúvida disso?
Contemplou-me, e seu olhar me pareceu mais franco e mais profundo. Eu pude mergulhar nele novamente até tudo mais se tornar sombrio e irreal.
— Expliquei-me mal. Quando disse que me assustaste não quis significar que me molestarias. Mas agora tudo está bem. Inclusive aqui dentro, no meu íntimo. É bom sentir-me ao teu lado. Em casa tudo me é estranho e enfadonho. Tua força me dominou estes dias todos em casa, nas ruas, ilimitadamente, como que através até das paredes e dos muros. Será que me enfeitiçaste?
— O amor é um feitiço. O amor é o mais terrível dos feitiços. Enfeitiças-te-me quando me olhaste nos olhos no limiar da igreja da Sagrada Sabedoria.
— Que loucura a nossa! Meu pai nunca permitiria que eu me unisse a um latino. Dirá que tu nem sequer conheces tua linhagem, que deves ser de condição aventureira. Se ele soubesse que nos encontramos te mandaria matar.
Meu coração parou. A fim de recuperar tempo, principiei a gabar-me:
— Minha linhagem está escrita no meu rosto. O nome de minha mãe é Espada e o nome de meu pai é Cálamo. Sou irmão das estrelas taciturnas, e os anjos e os demônios são meus parentes.

Sempre com os olhos em mim, disse:
— Não te quis menosprezar. Apenas te adverti da verdade do perigo que corres.
Palavras altivas borbulharam em minha garganta. A verdade era mais simples de expor. Confessei:
— Sou casado. Não vejo minha mulher há dez anos, mas estou informado de que vive muito bem. Nosso filho já fez doze anos. Para ser franco te digo que tomei a espada e a cruz porque não os aturava mais. Pensam que morri em Varna. É melhor assim.
Logo no começo da minha frase ela estremeceu violentamente. Desviamos nossos olhares. Passou a mão pela gola do vestido, depois endireitou o broche preso ao peito. Notei quanto era transparente a pele de seu pescoço. Por fim exclamou, com voz glacial:
— Com que então é assim?... Está bem. Nossos encontros não podem prosseguir. — Tornou a apalpar o broche, olhou para a mão e acrescentou: — Preciso ir-me. Queres ajudar-me a pôr o manto?
Não consenti, e bem notei que sua vontade também era ficar. Dissera aquelas palavras só para ferir-me.
Então falei, conquanto com certa rudeza:
— Já somos adultos. Não sejas pueril. Sabes muito bem o que estás fazendo. Não foste trazida aqui com vendas nos olhos. Vieste espontaneamente. Que me importa o matrimônio?! Que me importa o santo sacramento da Igreja?! Desde que existes e que te encontrei, tanto se me dá o céu ou o inferno. Nenhum dos dois é o que pensamos nem o que nos ensinaram. És minha, sabes muito bem disso. Mas torno a declarar que não te quero ser nocivo.
Permaneceu calada, olhando fixamente para o chão. Continuei:
— Talvez não pressintas o que nos aguarda. Sob o domínio dos turcos outra coisa não teremos a não ser morte ou escravidão. E uma das duas hipóteses terás que escolher. Dispomos apenas de poucos meses. De meio ano, talvez. Depois os turcos entrarão nesta cidade. E que adiantará então o que é tradicional? Valerão alguma coisa decoro, nobreza, categorias? — bradei batendo o punho com tamanha força na asa de uma cadeira que os metacarpos estalaram e senti tal dor que fiquei atordoado por alguns instantes. — Casamento, lar, filhos, são coisas em que uma criatura pode pensar quando tem diante de si a perspectiva de viver. Ora, tu e eu não temos diante de nós tal perspectiva. Já de início estamos condenados. Restrito é o tempo de que dispomos. Mas tu, sim, tu queres pôr nos ombros o teu manto e ir em-

35

bora, porque há muitos anos passados a Providência me forçou a casar com uma mulher mais idosa do que eu, a quem cedi o meu corpo por mera piedade, mas a quem sempre neguei o meu coração.
— Que tenho eu que ver com o teu coração? — gritou ela, com as faces abrasadas. — Teu coração é latino, conforme mostram tuas palavras. Constantinopla jamais cairá. Já em gerações passadas os turcos a assediaram em vão. A própria Mãe de Deus guarda as nossas muralhas e como há de um mancebo derrubá-las... sim, esse jovem Mohammed que os próprios turcos desdenham?!
Pareceu-me que falava isso só por falar, tão evidente era a sua fé nas muralhas de Constantinopla. Depois, abaixando um pouco a voz e desviando o olhar, perguntou:
— Que foi que disseste a respeito da Divina Providência? Tua mulher é realmente mais idosa do que tu?
Suas perguntas infundiram-me novo ânimo porque demonstravam curiosidade a meu respeito e domínio sobre a surpresa de ainda agora. Nesse instante o criado voltou, batendo a porta com exagero e subindo os degraus com força. Fui ao seu encontro e tomei-lhe a cesta, informando que não precisaria mais dele por enquanto.
— Está bem, patrão. Vou ficar vigiando a casa lá do outro lado, na taverna. Acho que será mais garantido.
— E com ar afoito me agarrou pelo braço e fez menção de sussurrar qualquer coisa. Inclinei a cabeça e então Manuel me ciciou ao ouvido: — Pelo amor de Deus, patrão, exigi que ela se vista diferentemente! Vestida como veio atrai todos os olhares e desperta mais curiosidade do que se andasse com o rosto sem véu e as faces pintadas feito as rameiras do porto.
Adverti-o:
— Manuel, a minha adaga se destaca sem dificuldade da sua bainha.
Ele apenas casquinou como se eu tivesse dito um gracejo e esfregou as mãos, satisfeito.
— Tens alma de alcoviteiro como os donos de barbearia, hem?! — admoestei-o dando-lhe um empurrão. — Não te intrometas no que não é de tua conta.
Mas o empurrão e a ameaça de pontapé tinham ar ameno e ele logo percebeu que constituíam sinal de condescendência.
Reentrei no aposento carregando a cesta. Soprei as brasas do fogão, coloquei mais lenha, servi vinho numa taça de prata, quebrei ao meio uma pada de pão, enchi de confeitos a tigela chinesa. Ela ergueu as mãos, achando que era coisa em excesso. Mas logo se benzeu à maneira

36

ortodoxa, sorveu um gole do vinho tinto, mordeu um pedaço de pão e comeu um confeito. Eu também provei um pouco de tudo, mas sem o mesmo apetite que ela.

— Agora que comemos e bebemos juntos, — disse eu, — fica provado que não tenho má intenção contra ti. És minha convidada e tudo que tenho é teu.

Sorrindo, insistiu:

— Estou esperando que me fales a respeito do julgamento.

— Hoje já falei muito, — objetei. — Por que hei de falar ininterruptamente enquanto estiveres aqui? Além disso é costume usar as mesmas palavras para coisas diferentes. As palavras semeiam discórdia e desconfiança. Estás aqui e isso basta. Palavras, para quê?

Aqueci-lhe as mãos esticando-as por sobre o braseiro. Seus dedos estavam frios, mas suas faces cintilavam.

— Amada! Minha bem-amada! Pensei que havia chegado o outono da minha vida, mas vejo que não. Agradeço-te existires.

Contou-me daí a momentos que a mãe estivera doente e que por isso não tinha podido sair. Percebi que sentiria prazer em contar quem era, mas não deixei. Não precisava saber. Isso só aumentaria os cuidados. Sobraria tempo para tudo, e agora era suficiente que ela se achasse ao meu lado.

Quando se despediu perguntou se eu acreditava seriamente que os turcos atacariam na primavera.

Não pude deixar de inflamar-me novamente.

— Será que todos vós, gregos, sois loucos? Escuta: dervixes e imames vagueiam de cidade em cidade através de toda a Ásia. As tropas européias sob o comando do sultão já receberam ordem de marchar. Em Adrianópolis estão fundindo bombardas. O sultão dispôs-se a reunir o maior exército possível para o assédio desta cidade. Muito maior do que qualquer outro reunido por seus antecessores. E me perguntas se ele realmente pensa em vir... É lógico que pensa e que virá. E quanto antes. Agora que a união dos ritos se estabeleceu, o Papa poderá muito bem induzir os príncipes europeus a interromper suas desavenças e empenhar-se numa nova cruzada. Se os turcos são tremenda ameaça para vós outros, por sua vez Constantinopla, situada no coração do império turco, constitui séria ameaça ao sultão. Não calculas quanto ele é ambicioso; cuida-se um outro Alexandre.

— Calma, calma! — sussurrou ela, querendo abrandar o meu tom categórico de voz. E acrescentou com um sorriso de dúvida: — Se o que dizes for verdade, então não nos encontraremos muitas vezes, não!

— Como assim? — perguntei, segurando-lhe as mãos.
— Se o sultão tenciona mesmo sair de Adrianópolis para nos atacar, então o imperador Constantino transferirá as damas da corte imperial para a Moréia numa nau veloz, a fim de que fiquem em melhor segurança. Terei que ir também, com as demais damas. — Fitou-me com aqueles olhos castanhos inesquecíveis e ponderou, mordendo os beiços: — Percebo que não deveria ter falado nisso.
— Achas? — redargüi com tom rude, sentindo os lábios secos. — Afinal eu posso muito bem ser agente secreto do sultão. Não é o que queres dizer? Todos aqui suspeitam de mim.
— Acaso terás dúvida de que confio em ti de modo absoluto? Sei que guardarás segredo do informe que te dei. Dize-me agora uma coisa: julgas que devo ir?
— Lógico. Deves ir para a Moréia; pois não. Por que não hás de preservar tua vida e teu corpo quando se te oferece uma oportunidade? Não conheces o sultão Mohammed, mas eu conheço. Esta cidade cairá. Toda a sua beleza, toda a sua glória, todo o poder e riqueza das grandes famílias, tudo isso já se reduziu a simples sombras.
— E tu, que farás?
— Vim disposto a morrer junto às muralhas de Constantinopla. Morrer por tudo quanto já é coisa passada... por tudo quanto nenhum poder do mundo pode restaurar. Outros tempos virão, e não desejo vê-los.
Ela já estava envolta no manto escuro e ajeitava o véu. Perguntou-me:
— Não me vais dar um beijo de despedida?
— Para te causar dor de cabeça?...
Estendeu o corpo, beijou minhas faces suavemente, acariciou-me o queixo de leve com a palma da mão e durante um momento apertou a cabeça contra o meu peito.
— Estás-me tornando frívola. Desde que te conheci principiei a me preocupar comigo. Não te interessa mesmo saber quem eu seja? É simplesmente como mulher que sou que desejas minha amizade? Isso é agradável de ouvir, mas difícil de acreditar.
— Voltarás aqui antes de embarcar? — perguntei.
Volveu o olhar pelo aposento e fez menção, distraidamente, de acariciar o cão.
— Aqui é tão agradável! Voltarei, se for possível.

6 *de janeiro de 1453*

Os gregos começaram a ficar apreensivos. Profecias

funestas se espalham de boca em boca. Mulheres contam seus pesadelos; homens fazem prognósticos. Pelas ruas, monges frenéticos, de olhos inflamados, pregam morte e destruição à cidade que abjurou a fé dos seus pais. Toda essa agitação se originou no mosteiro do Pantocrator, donde o monge Gennadios expede cartas para serem lidas alto à população. Mulheres choram, ouvindo-as. Por decisão imperial ele não se pode mostrar em público, mas li uma proclamação mandada afixar por ele na porta do mosteiro:

— Desgraçados! Até que ponto vos desgarrastes! Como chegastes a abandonar vossa fé em Deus e pôr vossas esperanças no auxílio dos francos? Atirais vossa cidade à destruição e com ela a vossa religião! Senhor, rende justiça para comigo! Perante Teu semblante testifico que não tomei parte nesse pecado. Refleti bem, ó miseráveis! Definhareis e perecereis como escravos porque repudiastes a fé de vossos pais para abraçar doutrinas falsas. Ai de vós, ai de vós no Dia do Julgamento!

O problema mais importante no momento é se a frota pontifícia chegará a tempo e se o seu auxílio será suficiente. Não me convenço que se empreenda uma cruzada geral. A Cristandade teve que se preparar durante cinco anos e ainda assim foi derrotada em Varna. Os húngaros não se atreverão a quebrar a paz, conforme fizeram naquela ocasião. Se não chegar auxílio a tempo, o único resultado da união dos ritos terá sido causar amargura, rancor e desespero. De fato, por que haveria a população de Constantinopla de renunciar ao consolo que a sua fé lhe pode dar?

Gennadios tem o povo a seu favor. A igreja de Santa Sofia agora permanece quase sem freqüência de fiéis. Apenas o imperador com o seu séquito vai até lá assistir à missa. Ora, os políticos acreditam que isso não tem importância. O tributo que rendem às religiões é insincero; mas julgo que o fato da igreja andar vazia os atemoriza. Alguns membros do clero sumiram de lá, também, e os que permaneceram no cabido da igreja de Santa Sofia têm sido ameaçados pelos outros com a excomunhão e o interdito.

8 de janeiro de 1453

Um boato recente me fez ir ao mosteiro do Pantocrator para falar com esse monge Gennadios. Tive que esperar

muito tempo. Vive rezando e se flagela o dia inteiro para redimir a cidade de seus muitos pecados. Resolveu receber-me quando soube que pertenci à comitiva do sultão. Evidentemente aqui preferem os turcos aos latinos. Quando viu meu rosto escanhoado e meus trajes latinos recuou, bradando:
— Anátema!... Apóstata!...
Não era de espantar que não me reconhecesse, pois eu também quase não o conheci ao primeiro relance assim barbado, com a gaforinha em pé e os olhos encovados por causa dos jejuns e das vigílias. Todavia ele era o antigo Georgios Scholarios, secretário e zelador do sinete do falecido imperador João — o homem que em Florença assinara a união na companhia dos demais, o jovem culto, orgulhoso e vivo. Sim, Georgios Scholarios. Disse-lhe:
— Sou Jean Anje. Giovanni Angelo, o franco que foi tratado por vós com tamanha bondade em Florença, há muitos anos.
Olhou-me como se contemplasse Satanás. E exclamou:
— Talvez Georgios vos tenha conhecido; mas Georgios deixou de existir. Devido aos meus pecados renunciei às altas posições do mundo, às honras de intelectual erudito e de político de prestígio. Em mim resta apenas o monge Gennadios, que não vos conhece. Que desejais de mim?
Seu zelo e sua febre espirituais não eram fingidos. Sofria realmente, e o suor mortal do seu povo e de sua cidade lhe porejava na testa e nas têmporas. Contei-lhe resumidamente a minha história, o indispensável para lhe granjear a confiança. Depois lhe disse:
— Se pecastes naquela ocasião assinando o acordo ritual e se agora expiais tal pecado, por que não o fazeis a sós com Deus? Por que arrastais o povo todo e semeais dissensões agora que todas as forças precisam estar unidas?
Respondeu:
— Através da minha língua e da minha pena Deus os flagelará pela traição inominável que cometeram. Se tivessem confiado em Deus e rejeitassem a ajuda do Ocidente, o próprio Deus lutaria a favor deles. Agora Constantinopla está perdida. Reforçar muralhas e acumular armas não passa de vaidade. Deus nos virou o Seu semblante e nos entregou nas mãos dos turcos.
— Mesmo que Deus esteja falando através de vossa boca, ainda temos diante de nós a batalha. Julgais que o imperador Constantino entregará espontaneamente a capital do seu império?
Olhou-me, perscrutando-me, e notei em seus olhos

absortos a centelha viva do antigo estadista experiente.
— E quem é que fala através da *vossa* boca? — perguntou-me. — O sultão protegerá as vidas, as propriedades, os lares e, acima de tudo, a religião daqueles que se submeterem. A nossa Igreja viverá e florescerá mesmo no império turco, sob a proteção de Mohammed. Ele não guerreia a nossa fé e sim o nosso imperador. — Como eu não fizesse nenhum comentário, acrescentou: — Ora, esse Constantino incrédulo tem demonstrado que não é o verdadeiro *Basileus*. Não foi sequer coroado legalmente. Para a nossa religião é um inimigo pior do que Mohammed.

— Monge demente! — bradei. — Sabeis o que estais falando?

Com timbre um tanto mais calmo, ele treplicou:

— Não tenho feito segrêdo de minhas opiniões e idéias. Declarei a mesma coisa ao próprio Constantino. Nada tenho a perder. Mas não estou sozinho. Conto com o apoio do povo e de muitos nobres que ainda têm temor a Deus. Transmiti isso a quem vos mandou aqui.

— Estais enganado, — retruquei. — Não me acho mais a serviço do sultão. Mas tenho certeza de que vos será fácil fazer chegar vossa mensagem aos ouvidos dele por outros intermediários.

10 de janeiro de 1453

Fui convocado outra vez ao palácio de Blachernae. Phrantzes dedicou-me acentuada cortesia e atenção e ofereceu-me vinho. Mas nem uma só vez me fitou nos olhos. Retorcia o seu anel-sinete, que era do tamanho da mão de uma criança, e observava as próprias unhas muito bem cuidadas. Trata-se de homem culto, vivaz, que por certo não segue nenhuma religião; apenas é fiel ao seu imperador. Constantino e ele cresceram juntos desde a infância.

Disse-me, entre outras coisas:

— Este inverno será decisivo. O Grão-vizir Khalil está fazendo tudo quanto pode em Adrianópolis para preservar a paz. É nosso amigo. Ainda recentemente recebemos dele alentadoras mensagens através dos genoveses de Pera. Não vejo razão para vos esconder isto. Conclama--nos a ter confiança no futuro e equipar-nos o melhor que pudermos. Julga que quanto mais nos fortalecermos mais certa será a derrota do sultão se realmente se aventurar ao assédio desta cidade.

— Este inverno será decisivo, — concordei. — Quanto mais cedo o sultão fundir as suas bombardas e mobilizar o seu exército, mais depressa cairá Constantinopla.

Phrantzes redargüiu com um sorriso:

— Nossas muralhas já resistiram a muitos assédios. Apenas os latinos conseguiram subjugar a cidade, e isso mesmo apenas uma vez, e vieram pelo mar. Desde então cessou o nosso amor pelas cruzadas. Preferiremos viver em paz com os turcos.
— Bem. Estou tomando o vosso tempo. Não vos quero roubar aos vossos encargos, — disse-lhe eu.
— Absolutamente! Preciso dizer-vos ainda determinadas coisas. Estou a par de vossas idas freqüentes a Pera e sei também que visitastes o monge Gennadios, muito embora por ordem categórica do imperador ele deva permanecer inabordável dentro dos muros do mosteiro. Que fostes fazer lá?
— Dá-se o seguinte: vivo muito sozinho e noto que ninguém tem confiança em mim. Quis apenas reatar um antigo conhecimento. Mas Georgios Scholarios realmente deixou de existir. Não tive o mínimo prazer em vê-lo substituído pelo monge Gennadios.

Phrantzes esboçou um gesto de indiferença e disse:
— Para que abrir debates convosco? Jamais nos poríamos de comum acordo.

Exclamei:
— Pelo santo nome de Deus, chanceler! Fugi do sultão. Abandonei uma situação que muitos me cobiçavam, e o fiz expressamente para lutar a favor de Constantinopla. Não por vós, não pelo vosso imperador, mas por esta cidade que outrora foi o coração do mundo. De um poderoso império resta agora apenas o coração transmitindo as suas últimas e lentas pulsações. Esse coração é meu também. Morrerei com ele. Se eu caísse prisioneiro, o sultão me lançaria à fogueira.
— Infantilidades! — exclamou Phrantzes impetuosamente. — Se fosseis um jovem devaneador eu ainda poderia acreditar. Mas vós, um franco, um latino, que tendes de comum conosco?
— A vontade de lutar, — respondi, — conquanto em vão, como num cataclismo, como exposto a um novo dilúvio. Não acredito na vitória, e lutarei sem a mínima esperança. Mas que importa isso, se estou disposto a lutar?

Durante um momento tive a impressão de que o convencera, de que ele estava decidido a anular-me dos seus cálculos políticos e considerar-me um excêntrico inofensivo. Depois meneou a cabeça, e os seus olhos azuis se encheram de melancolia.
— Se, como os demais, tivésseis vindo da Europa com uma cruz nos ombros e pedindo dinheiro como todos os francos, se me tivésseis solicitado concessões comerciais

em recompensa, então sim, eu acreditaria, poderia mesmo confiar em vós. Mas sois um homem demasiado culto, demasiado frio e experiente para que a vossa atitude não indique senão motivos escondidos.

Permaneci de pé, na sua frente, com ansiosa vontade de me despedir. Mas ele ainda revirava entre os dedos o sinete e me olhava de esguelha sem ousar deter seus olhos nos meus, como se sentisse a mais profunda repugnância por mim. Perguntou-me:

— Quando chegastes a Basiléia, vínheis donde? Como captastes a confiança do doutor Nicholas Cusanus? Por que viestes com ele numa nau para Constantinopla? Sabíeis até falar turco. Por que motivo vos quedastes tão obstinadamente com o sínodo em Ferrara e em Florença? E de lá para onde fostes? Por que motivo o cardeal Julius Cesarini vos escolheu para seu secretário? Fostes vós que o liquidastes em Varna para que pudésseis voltar mais prontamente para junto dos turcos? E é favor não cravar assim os olhos em mim! — bradou, agitando as mãos. — Dizem os turcos que tendes o poder sobrenatural de impor vossa vontade aos bichos e de captar a confiança alheia. Mas comigo não arranjareis nada! Não porque eu disponha deste sinete e de talismãs, e sim porque me apóio no bom senso!

Continuei calado, sem saber o que objetar.

Levantou-se, bateu com o dorso da mão em meu peito, num gesto de quem vai prosseguir na minha demolição.

— Ora, então pensais que não sabemos? Fostes o único a emparelhar com o sultão Mohammed dia e noite quando êle cavalgou de Magnésia para Galípoli por ocasião da morte do pai. "Quem me ama me segue!" Lembrai-vos disto! Emparelhastes com ele que até declarou ao chegar àquela cidade não acreditar no que via.

— É que eu dispunha de bons corcéis — expliquei. — Fui ensinado pelos dervixes a enfrentar todas as privações e a calejar o corpo. Se quiserdes retiro já uma brasa dali sem queimar os dedos.

Dei um passo à frente e consegui que ele me fitasse nos olhos. Desviou-os logo, irritado, não se atrevendo a continuar. Sendo muito supersticioso como todos que já não acreditam em mais nada, temeu decerto que eu o hipnotizasse. Falei então:

— Realmente eu gostava de Mohammed, como se pode admirar um esplêndido bicho selvagem embora sabendo que é traiçoeiro. Sua mocidade era como um caldeirão a ferver que necessita de uma tampa para não entornar o conteúdo. Às vezes, por ordem de Murad, eu me prestava ao papel de moderador. Murad detestava-o porque não se esquecia do filho predileto, Aladino, que morreu afogado. Como pai e filho, nunca estavam de acordo. No íntimo, porém, Murad se orgulhava dele, e desejava torná-lo moderado, justo e humilde perante o Deus único. Queria, enfim, que o filho percebesse a fatuidade do poder e da vida. Quanto mais pregavam a moderação a Mohammed, mais ele se tornava impetuoso; quando lhe falavam na justiça, mais abusava do seu arbítrio; quanto mais apregoavam a necessidade do autodomínio, mais ele se desmandava. Cumpre suas devoções, mas sua alma não acredita em nada. Não dá o mínimo valor à religião; considera todas elas igualmente inúteis. Sabe grego, latim, árabe e persa. Conhece matemática, o mapa do mundo, história e filosofia. Constantinopla é a sua mania, e desde a infância sonha conquistá-la. Julga que subjugando esta cidade provará a si próprio que é maior do que os seus ancestrais. Conheceis o significado de sua ambição? Cuida-se aquele por quem todos esperam. Não quero viver na era que ele vai inaugurar.

Phrantzes pestanejou como se despertasse de um sono. E disse:

— Mohammed é um jovem apaixonado e impaciente. Nós, por nossa parte, temos estadistas, conforme os séculos já demonstraram. Homens mais idosos e experientes, tanto aqui em Blachernae como no serralho do sultão, têm certeza de que ele se danará, e já se rejubilam de antemão. O tempo é nosso aliado.

— Tempo? Qual? A hora é chegada. A clepsidra já esvaziou a areia do tempo. A paz seja convosco.

Acompanhou-me até à porta do castelo caminhando ao meu lado pelo frio corredor de pedra; nossos passos ecoavam soturnamente. A águia bicéfala e briosa ornamentava a ombreira da porta. Phrantzes advertiu-me:

— Permanecei mais tempo em vossa casa. Freqüentai menos as tavernas de Pera. Evitai a companhia de certos indivíduos notórios, do contrário tereis de deixar vossa casa de madeira pela torre de mármore. Aceitai este conselho de amigo, João Angelos, que é do vosso próprio interesse. — De repente me agarrou, franzindo minha roupa à altura do peito, e grunhiu esta pergunta: — E o Megadux Notaras? É verdade que vos ofereceu a sua amizade? — Foi uma tentativa para me pegar de supetão. Como eu não respondesse, ameaçou: — Cuidado! Se chegar aos nossos ouvidos que procurastes vos articular com ele estais perdido!

Um dos porteiros desatou a rédea do meu alfaraz e dentro em pouco eu cavalgava pela rua principal em galope desabrido sem prestar atenção nos transeuntes que vinham em sentido contrário. Quem não se afastasse a tempo que se queixasse depois da própria imprudência;

44

mas, ouvindo a distância o estrépito dos cascos do cavalo sobre as lajes gastas, eles gritavam, blasfemavam e puxavam para o lado os seus jumentos. Desde o palácio até ao Hipódromo cavalguei velozmente até ver espuma saltar em bolhas do freio do corcel.
— Preferível o turbante turco à mitra papal! — soava em meus ouvidos.
O Megadux, comandante da esquadra, o homem mais poderoso de Constantinopla depois do imperador!... Lukas Notaras. Também ele!

16 de janeiro de 1453

Quase não saio de casa, agora. Mas correm boatos insistentes. Ninguém os pode deter. Atravessam muros e paredes.
O sultão está construindo naves em todos os portos da Ásia.
Os sérvios foram compelidos, por causa do seu tratado de aliança, a mandar cavalaria para o exército muçulmano. Virão cristãos assediar cristãos!
Vivo sozinho. Sou suspeito e por conseguinte imprestável.
O tempo passa. Desapiedadamente os dias se sucedem. Ela não deseja voltar; do contrário já teria vindo.
Até mesmo os pobres se encontram e se amam... Nestes dias ensolarados, eles se estendem languidamente na encosta ressequida da Acrópole e se abraçam à sombra das árvores. Homens e mulheres andrajosos. Pouco se importam que os observem! Se ao menos fosses pobre, feia e esfarrapada, minha querida! Então ninguém impediria que nos encontrássemos. E eu te reconheceria pelos olhos, por aqueles teus olhos castanhos que me diriam quem eras, mesmo que fosses velha, que estivesses suja e que tivesses mãos ásperas de trabalho e miséria.
Se realmente tivesses querido, terias vindo.

21 de janeiro de 1453

Durante três dias estive trabalhando com os operários que andam a reforçar a muralha perto da porta de São Romanos. Rolei pedras pesadíssimas e transportei argamassa. Estou coberto de pó e com a pele cheia de cortes. A cal endureceu os meus cabelos.
Fechado outra vez em meu aposento, descanso. Preciso conservar o corpo forte e os braços desenvoltos para poder esticar o arco e brandir a espada quando chegar a

hora. Pois não ajudei a construir a fortaleza do sultão à margem do Bósforo durante todo o estio? Não aceito o salário, mas compartilho do pão, do azeite e da carne seca dos trabalhadores. Cuidam que sou idiota.

23 de janeiro de 1453

Hoje o imperador Constantino percorreu a cavalo as muralhas, com o seu séqüito. Conversou afavelmente com os mestres-pedreiros e os feitores. Eu estava com a cara suja e tratei de abaixar a cabeça; mas depois de falar com os outros ele se voltou e ao me ver disse:
— Vá para casa. Este trabalho não condiz com sua categoria.
Mais nada. Vi, pela expressão do seu rosto, que me deu esta ordem com certa relutância. Tem ânimo reto e por conseguinte também não vive a desconfiar dos outros; mas Phrantzes e os demais vivem a esporeá-lo. Para me consolar, acrescentou: — Não lhe faltam tarefas mais compatíveis.
Falou assim apenas por magnanimidade. Quis tão--somente abrandar a minha humilhação.

Quinze anos antes ele era tão obstinado e altivo como os outros Paleólogos seus irmãos; porém o tempo alisou as arestas da sua índole. Agora está com quarenta e nove anos, e a barba já se tornou grisalha. Não tem filhos. Enviuvou duas vezes ainda relativamente jovem; desde a morte do imperador João vem acalentando o projeto de se casar pela terceira vez. Consta que pediu a mão de Mara, a viúva de Murad. Mohammed consentiu que ela regressasse à Sérvia, já que preferia o convento a novo consórcio. Sabe-se que Murad deixou que ela conservasse sua antiga religião, e distraía-se vendo-a ensinar orações em grego a Mohammed quando este era criança.

Os anos abateram Constantino. É muito solitário e tudo em sua vida acontece demasiado tarde, sempre. O doge de Veneza quis dar-lhe a filha, mediante o que viria a ganhar considerável apoio do Ocidente; mas Constantino não ousou se casar com mulher latina. O imperador de Trebizonda era sobremaneira pobre e já se aliara ao sultão. Por fim foi descoberta uma princesa bárbara nas regiões remotas do mar Negro. O príncipe da Geórgia professa a verdadeira religião e prometeu um dote nada desprezível; prontificou-se mesmo a enviar valorosos guerreiros para a defesa de Constantinopla. Mas era demasiado tarde. Phrantzes voltou de sua missão de cortesia pouco antes da fortaleza do sultão ficar terminada.

Agora o Bósforo acha-se fechado. Da Geórgia não podem mais vir guerreiros valorosos, dote respeitável nem noiva trigueira. O mar Negro deságua no Bósforo... Constantino nasceu sob o signo de uma estrela má. Agora o seu próprio povo o odeia por causa da união dos ritos. Mas é um homem justo, desconhece a crueldade. Logo que irrompeu a guerra mandou encarcerar todos os turcos existentes na cidade, mas ao cabo de três dias ordenou que os soltassem e os deixou ir embora.

As autoridades podiam aprisionar-me, torturar-me pelos processos tradicionais forçando a confissão que exigissem. Mas Constantino não consentiria e Phrantzes não se atreveria. Ora, eu podia ser mesmo um agente secreto do sultão e ninguém arrasta uma tal pessoa para a câmara de tortura quando o inimigo está às portas da cidade.

Mas Constantino é apático, vagaroso no agir, enleva-se com a sua dignidade de soberano. Como há de um imperador divino saltar do cavalo para soerguer blocos de pedra e manejar uma colher de pedreiro ao lado de trabalhadores comuns a fim de encorajá-los conforme fez o jovem sultão no Bósforo? Não deixaria de ser vibrante estímulo! De modo que o trabalho prossegue de maneira monótona, sem o mínimo entusiasmo.

Pois se até eu próprio sou proibido de colocar pedras e carregar argamassa para reforçar as arcaicas muralhas! Não antipatizo com Constantino, mas me custa muito perdoar-lhe isso.

Voltei para casa, tomei banho, pedi a Manuel que me esfregasse os cabelos, vesti roupas limpas. Quando lhe disse que vi o imperador Constantino, que estive face a face com o divino *Basileus,* o meu criado principiou a rir sorrateiramente, cuidando que era jactância minha. Bebi vinho, dei-lhe um pouco, e ele então principiou a falar na sala cujas paredes são forradas com as primeiras lajes de pórfiro trazidas de Roma. Poucas pessoas a viram. Naquele aposento cor de púrpura nasceram todos os imperadores de Bizâncio e do balcão existente na fachada o nascimento foi sempre participado ao povo.

— Um brinde ao teu nome imperial, Manuel! — exclamei derramando vinho em sua caneca de cerâmica.

— À vossa saúde, messer João! — respondeu, bebendo tão depressa que derramou vinho na roupa.

24 de janeiro de 1453

Se ela tivesse ido embora com certeza eu viria a saber. Mesmo que a nau saísse às escondidas, a notícia correria depois, porque das colinas baixas da cidade se vê o que

acontece no porto e nada nesta cidade permanece em segredo.
A costa da Ásia irrompe muito verde para lá das águas. A saudade punge em meu coração.
Se eu fosse um desconhecido, um pobre-diabo sem passado nem honra, me afogaria no oceano revolto. Ou, talvez, vivesse contente, ao sabor dos dias, poupando o meu tempo. Mas provei o pão amargo do conhecimento: minha vontade jaz inerte, petrificada dentro de mim.

26 de janeiro de 1453

Aconteceu qualquer coisa inesperada, hoje. Duas grandes naus de guerra se esgueiraram porto adentro velozmente, com as grandes velas enfunadas. E enquanto as equipagens colhiam as velas, o povaréu irrompeu pelas encostas e subiu às muralhas do porto para agitar os braços e fazer clamor. A maior é poderosa, comparável a galeão veneziano.

O seu comandante militar é Giovanni Giustiniani, um genovês, antigo *podestá* de Kaffa e profissional de larga experiência. Trouxe consigo setecentos homens armados, legítimos veteranos. A população está deslumbrada de júbilo, muito embora tais tropas sejam latinas. Acham-se equipadas impecavelmente. Muitos dos seus elementos carregam armas moderníssimas e, uma vez metidos em suas armaduras metálicas, cada qual vale por dez homens ligeiramente armados e revestidos de malhas de couro. Estão acostumados a rija disciplina, respeitam seu comandante conforme se pôde averiguar quando desembarcaram em excelente ordem e marcharam com seus ressoantes equipamentos através da cidade rumo ao palácio de Blachernae.

O imperador passou em revista essas tropas. Se estava ciente de antemão da chegada, soube guardar estrito segredo. Via de hábito coisas assim transudam mesmo através dos poros oficiais e pelas nesgas dos conselhos e comissões de caráter mais secreto.

Talvez, afinal de contas, as nações ocidentais não se tenham esquecido de Constantinopla. Giustiniani deve ter vindo com o beneplácito dos genoveses; do contrário, como teria conseguido aparelhar suas naves e conseguir dinheiro para os seus homens?

Mas os janízaros do sultão já se elevam a doze mil, e em Varna nem mesmo a cavalaria com fortes armaduras os pôde conter.

27 de janeiro de 1453

Ela veio. Afinal, sempre voltou. Não! Não me esqueceu. Achei-a mais magra, muito pálida, e notei ansiedade em seus olhos castanhos. Deve ter sofrido. Palavras e perguntas morreram em meus lábios. Indagar o quê? Disse, apenas:

— Minha querida! Minha amada!

E ela então perguntou subitamente:

— Que foi que vieste fazer em Constantinopla? Por que não ficaste junto do teu sultão? Por que me atormentas? Por que me manténs atada à tua vontade? É uma vergonha! Eu era tão feliz, vivia tão despreocupada e agora só conheço apreensões. Meus pés me trazem para onde não quero vir. Para junto de ti, que és latino, que és casado, que és um aventureiro! Sinto abjeção por mim própria.

Perplexo, eu não podia dizer nada.

— De que vale se ter a melhor e mais alta instrução? Que adianta ser culta, ter discernimento, fortuna, altivez e origem nobre? Eis-me aqui à tua mercê qual uma escrava! Enrubesço ao pensar nos passos que dei para chegar até aqui. E isso, muito embora nem sequer me hajas tocado! Todavia, sinto redemoinhos no meu sangue. O mistério atrai o meu corpo. Outrora eu era lúcida... Outrora eu era pura. Agora não sei o que sou nem o que desejo. Isto é, sei, sim. Vim aqui para te dizer: mete um punhal no teu peito! Põe veneno na tua taça! É melhor que morras!

Tomei-a em meus braços e beijei-lhe a boca. Como tremeu em meus braços! Durante os dias de separação ela se tornara mulher. Todavia, como odiei aqueles estremecimentos! Como odiei o rubor de desejo que lhe abrasava as faces! Muitas vezes, outrora, eu já assistira a estados assim. Não há amor sem o corpo. Não! Não existe amor sem os sentidos.

Disse-lhe:

— Não vou me deitar contigo. Há tempo para tudo. Não foi o meu corpo que sentiu saudades de ti.

— Mesmo porque se tentasses desonrar-me eu te mataria. Pelo menos em consideração a mim e a minha família. Não me fales nesse tom!

— Poupa a tua honra para os turcos. Não tenho intenções de macular-te.

— Abomino-te, João Angelos! — bradou ela, ofegando.

— Odeio-te, João Angelos! — repetiu, apertando o rosto contra o meu ombro e soluçando violentamente.

49

Tomei-lhe o rosto entre minhas mãos, ri, beijei-lhe as faces e os olhos e procurei consolá-la como se fosse uma criança. Obriguei-a a sentar-se, ofereci-lhe vinho. Daí a pouco, também estava sorrindo. E começou a falar:
— Não pintei as faces antes de vir para aqui. Pelo menos tive sensatez, pois sei que sempre me fazes chorar. Logo, pintar as faces para quê?!... É claro que, por tua causa, gosto de ficar bonita. Mas, que adianta? Sei muito bem que só queres os meus olhos. Toma-os, toma--os, então! — disse, inclinando-se para mim. — Fica com eles e deixa-me em paz.
Era a hora do sol poente. Lá fora a atmosfera tornava--se cor de púrpura, mas no meu aposento já imperava leve crepúsculo.
— Como fizeste para poder vir? — perguntei-lhe.
Respondeu, rindo:
— A cidade inteira está alvoroçada. Todos celebram a vinda dos genoveses. Imagina tu que são setecentos homens com armaduras metálicas! A nossa sorte melhorou muito. Como há de um pai ter tempo de pensar em vigiar a filha num dia destes? Mesmo que ela se fosse encontrar com um latino seria perdoada, não te parece?
— Nunca te perguntei nada a respeito de Constantinopla. Agora gostaria de fazê-lo. Não que isso tenha importância. Mas certos motivos tornaram-me curioso. Dize-me uma coisa: conheces o Megadux Lukas Notaras?
Estremeceu violentamente e fitou-me com os olhos muito abertos.
— Por que perguntas isso?
— Apenas quero saber que espécie de homem ele é. — E como a visse perplexa ainda a me fitar, acrescentei com impaciência: — É verdade que ele preferiria mesmo o sultão ao seu próprio imperador? Ouviste o que ele exclamou para a multidão na manhã em que nós ambos nos conhecemos. Dize-me, caso o conheças: pode ele realmente ser um traidor?
— Que é que estás dizendo? Como ousas pensar tal coisa, supor isso do Megadux? — E prosseguiu com veemência: — Conheço-o muito bem. Dou-me também com a sua família. É de antiga progênie, altivo, irascível e brioso. Sua filha teve uma educação imperial e o Megadux chegou a tencionar casá-la com o jovem Constantino. Mas depois que este se tornou *Basileus* a filha de um Megadux já não era merecedora dele. Isso constituiu um insulto difícil de ser engolido. É verdade que o Megadux não concorda com a política do imperador, mas

um homem que se opõe à união dos ritos nem por isso se torna traidor. Não! Ele não é traidor nem jamais será. Se quisesse ser, não tornaria tão notória a sua opinião, não a exporia publicamente.
Ponderei-lhe:
— Ignoras por completo as paixões que dominam a humanidade. O poder é uma formidável sedução. Um homem ardiloso e astuto que desaprove a política de Constantino é capaz de conceber a hipótese de Constantinopla ser governada por um megadux sob a suserania do sultão. Antes de agora já houve agitadores e usurpadores nesta cidade, e até o monge Gennadios prega abertamente a submissão.
Ela sussurrou:
— Aterrorizas-me!
— Hás de convir que a idéia é atraente. Não achas? Um breve tumulto, derramamento de um pouco de sangue, e a abertura das portas da cidade às tropas do sultão! Preferível alguns virem a morrer do que todos se perderem e a cultura e a própria religião perecerem com a cidade. Podes crer que o homem que assim agisse poderia justificar sua ação com argumentos muito válidos.
Recuando, perguntou:
— Afinal, tu quem és? Por que te exprimes assim?
— Porque o momento adequado já passou, — respondi.
— Hoje o imperador dispõe de setecentos latinos bem armados além de suas próprias tropas, e contra eles a turba mais espessa nada conseguiria mesmo que Gennadios abençoasse a revolta e que o Megadux Notaras conduzisse o povo a atacar o palácio de Blachernae. Eis a alteração que se processou. A vinda de Giovanni Giustiniani selou o fado de Constantinopla. Agora a sua queda é inevitável e podemos respirar aliviados. Pois o sultão Mohammed não é como seu pai Murad. Não se pode confiar em sua palavra. Quem quer que se render a ele, acreditando em promessas, estará se ajoelhando diante do seu executor.
— Não te compreendo. Palavra, que não te compreendo. Falas como se quisesses que a nossa cidade caísse... Falas como se fosses o anjo da morte.
O fulgor do poente desvanecera-se e já estava tão escuro em meu aposento que nossos rostos só podiam ser vistos como pálidas manchas em pleno dilúculo.
— E quem te diz que eu não sou mesmo o anjo da morte? Pois se eu próprio me tenho feito esta pergunta!... — E continuei a falar: — Faz tempo, muito tempo, abandonei a Irmandade do Espírito Livre. Seu fanatismo era uma atmosfera irrespirável. Sua intolerância era pior

do que a dos monges e do clero. Afastei-me daqueles fanáticos e ao acordar na manhã seguinte me vi debaixo de uma tília junto ao paredão de um cemitério. Alguém pintara ali a dança da morte, de maneira que quando abri os olhos a primeira coisa que vi foi um esqueleto fazendo dançar sucessivamente um velho imperador, uma linda mulher e um opulento comerciante. Na manhã ainda úmida de orvalho, um rouxinol cantava junto à margem do impetuoso Reno. Tal instante foi como uma revelação; desde aquela manhã a morte se tornou minha irmã e não me infunde medo.

Em plena escuridão eu ouvia a minha própria voz ponderar:

— Esta cidade é como um cofre de ouro cuja incrustação de pedras preciosas se soltou e cujas bordas e recantos se carcomeram; mas por dentro permanece intato. Sim, esta cidade conserva a filosofia do último dos seus pensadores, conserva sua fé deslumbrada, guarda a igreja original de Cristo. Os seus mosaicos dourados vigiam os textos antigos. Não quero que Constantinopla caia. Amo-a dolorosamente, e me desespero ante a sua queda iminente. Como consentir que este cofre caia na mão de salteadores? Não será preferível deixar que Bizâncio seja destruída entre ruínas e sangue? A bem dizer é uma outra Roma, a última Roma por onde ofega ainda o milênio. É preferível, por conseguinte, a coroa de espinhos, a coroa da morte ao turbante turco. Compreendes-me?

Ela sussurrou:

— Quem és tu? Por que falas assim em plena escuridão?

Eu já dissera tudo quanto era preciso. Acendi uma candeia. Os topázios amarelos do colar reluziam em seu pescoço alvo. Os topázios amarelos que protegem quem os usa como um talismã.

— Perguntas quem sou? Um homem casado, um latino, um aventureiro, conforme disseste ainda agora. Por que perguntas?

Endireitou a gola, depressa, dizendo:

— Teus olhos me queimam o pescoço.

— A minha solidão é que te queima. Vendo o teu rosto à luz da candeia, o meu coração arde querendo reduzir-se a cinzas. Tua pele é como a prata e teus olhos parecem flores escuras. Falo como se fizesse um poema. Conheço e sei empregar lindas palavras que extraio de textos antigos e atuais. Quem sou?... Sou o Ocidente e o Oriente, sou o passado irrevogável, sou a fé sem esperança. Sou o sangue da Grécia nas veias do Ocidente. Não chega isso? Queres que eu continue?

— Preciso ir-me, — disse, enrolando-se no manto, sem esperar que eu a ajudasse.
— Vou buscar uma lanterna para acompanhar-te. Deve haver desordeiros pelas ruas, não quero que genoveses bêbedos te desrespeitem. Onde há mercenários há brigas e desavenças. Não podes andar sozinha durante a noite. Lembra-te que os latinos chegaram.
Hesitou, depois disse com voz deprimida e rosto impassível:
— Como queiras. Agora nada mais importa.
Prendi ao cinturão o meu sabre turco. Sua lâmina tanto pode cortar uma pena esvoaçante como estilhaçar o gume de qualquer espada ocidental. Os sabres são forjados para os janízaros.
— Numa noite como a de hoje, — principiei a falar mas não prossegui. Brotava das fontes secretas de meu coração um repentino acesso de raiva contra todas aquelas injunções. Estudei com os dervixes durante tantos anos, obedeci aos jejuns impostos, jamais desejei fazer mal a uma única criatura, mas naquela noite senti vontade de ferir, de matar um ser humano, um meu semelhante. O meu sangue grego detestava os latinos, e parecia que dentro de mim vibrava qualquer coisa nunca experimentada antes, uma vontade indomável de assassinar! E dizer-se que era o amor que me infundia tal sentimento! Que poder paradoxal e profundo! Como pode alguém conhecer os recessos de sua natureza?
Agarrando o meu braço, reanimada de novo, ela implorou:
— Não leves o sabre. Acabarias te arrependendo. — Mas sua voz vibrava de satisfação triunfante e estranha. Com que então ela me conhecia melhor do que eu próprio! Era inacreditável! O contato de sua mão modificou meu ânimo; desafivelei o sabre e arremessei-o ao chão, onde caiu com estrépito.
— Está bem. Como queiras — concordei.
Rodeamos a primeira colina. Pelo porto, os genoveses cambaleavam e faziam alarido andando de braço dado ao longo das ruas e praças. Estendiam as mãos querendo agarrar mulheres, saudavam com obscenidades os transeuntes, falavam em diversos idiomas. Tinham deixado as armas no quartel, suas intenções não eram violentas, a bem dizer não faziam nem provocavam desordens. Quanto a nós dois, assim que nos viam davam logo passagem. Pelo porte distinto da mulher deduziam que se tratava de pessoa de alta categoria, muito embora não lhe pudessem ver o rosto por causa do véu. Quanto a mim, antes mesmo de Varna os soldados mais insolentes logo se afastavam para o lado assim que me viam.

Os gregos tinham-se retirado para suas casas e quando chegamos ao alto da colina tudo permanecia em calma; apenas os guardas que patrulhavam as ruas com uma lanterna na mão se entremostravam na noite misteriosa, anunciando de longe a sua aproximação. No cais havia lanternas nos mastros das naus; música estridente ecoava ao longo do ancoradouro. Sons de tambores e flautas. As encostas de Pera, na outra banda, tremulavam como repletas de vaga-lumes. No recinto da cidade a cúpula de Santa Sofia se erguia muda e majestosa. Tornamos a ver diante de nós a massa escura do antigo palácio imperial. A lua crescente pairava por sobre o Hipódromo, cujas esculturas valiosas os cruzados tinham roubado havia muito tempo fundindo-as para cunhar moedas. Ainda assim, no centro restavam as serpentes délficas com suas cabeças arrogantes fundidas com o bronze das rodas de proa das naves persas depois da batalha de Salamina.
Parei e disse:
— Se preferes, podes ir sozinha daqui por diante. Já não há mais perigo. Leva a lanterna. Voltarei muito bem às escuras.
Respondeu:
— Já declarei que depois desta noite nada mais importa. Minha casa não é longe daqui.
Um caminho estreito e sinuoso conduziu-nos encosta abaixo às margens do Mármara, junto da muralha. Passamos pelos robustos arcos que sustentam o Hipódromo do lado que dá para o mar e nos aproximamos do velho e abandonado porto Bucoleon. Perto se erguia um cômoro que os guias gregos costumavam mostrar com satisfação aos latinos: um conglomerado de ossos de cruzados que, de regresso à pátria através de Constantinopla, sofreram uma emboscada. Os gregos atraíram-nos desarmados para as passagens entre as muralhas e os liquidaram do primeiro ao último homem, vingando-se das extorsões, rapinas e insolências. Pelo menos assim se desculparam.
Perto daquela sepultura coletiva, junto da muralha rente ao mar, surgiu uma casa majestosa construída de pedra. Tochas ardiam em suportes ladeando a porta e iluminando o estreito arco das janelas do andar superior. O andar térreo não tinha janelas e por isso parecia a bossagem de uma fortaleza. Ela parou e mostrou o brasão entalhado por cima da porta. E disse:
— Caso ainda não saibas... sou Anna Notaras. — E repetiu: — Sim, Anna Notaras, a filha única do Megadux. Sua voz parecia vibrante como um cristal.

Pegou na aldraba e deu três golpes surdos, como o ruído que fazem três pás de terra caindo sobre o ataúde, por mais esplêndido que este seja.

Não havia no paredão nenhuma porta lateral, nenhuma entrada furtiva. A porta abriu-se. A libré azul e branca do porteiro reluzia de bordados prateados. Ela voltou-se mais uma vez e com a cabeça erguida sobranceiramente disse:

— Agradeço-vos, Messer João, por me haverdes acompanhado até à casa de meu pai. Ide-vos com Deus.

Sumiu, e a porta fechou-se. Agora eu sabia quem ela era. Filha de princesa sérvia, da sobrinha do antigo déspota. Por conseguinte, prima da falecida esposa do sultão. Tinha dois irmãos mais moços. O pai era o Megadux, o grão-duque; fora educada para ser noiva do imperador, porém Constantino rompera o noivado. Entre tantas mulheres de Constantinopla por que motivo fui conhecer exatamente essa criatura?

Anna Notaras. Verdadeiro jogo de cabra-cega me fizera parar ali. Para isso foi que vivi até então. Abriram-se tôdas as lousas do meu coração.

Meu pai resolvera encontrar-se com os anjos; mas eu, bem seu filho, voltei do precipício, aqui estou, com quarenta anos, e vendo às claras.

Mas por que razão estar atônito? Pois não adivinhei logo desde que a vi? Apenas me recusei a acreditar. Agora o jôgo de cabra-cega terminou; vai começar outro, sinistro, mais sério.

1.º de fevereiro de 1453

Hoje, após muitas noites sem dormir, fui ao foro de Constantino, o Grande. As rodas dos carros acabaram gastando e carcomendo as lajes do pavimento. Os edifícios acham-se corroídos, e casas de madeira puída aderem como ninhos de andorinhas às paredes de mármore amarelado.

Galguei a escada em espiral de degraus gastos que conduzem ao topo do pilar. Tão exausto estava por ter jejuado e devido às vigílias que cheguei ofegando, com falta de ar. Durante a subida senti vertigens e tive que parar diversas vezes e apoiar-me na parede. A escada quase em ruínas é bem perigosa. Uma vez lá no alto me firmei melhor e contemplei Constantinopla, que se estendia aos meus pés.

Outrora, aquela coluna suportava uma gigantesca estátua eqüestre do imperador. A estátua brilhava ao sol como dourada baliza dominando ampla extensão do Mármara; lançava seu áureo fulgor até ao litoral da Ásia, e a espada apontava para o Oriente...

Há duzentos e cinqüenta anos, os cruzados latinos jogaram abaixo a estátua depois que capturaram Constantinopla. Seu domínio durou apenas uma geração, o breve espaço de um dia na história milenar da cidade. Depois disso, o pilar foi durante muito tempo usado como sítio de execuções. Do seu topo altivo foram arremessados traidores sobre as lajes do chão. Por fim um monge santo elegeu o pilar para exótica e restrita residência e só o deixou quando o corpo gretado pelo verão e pelo inverno foi descido de lá por meio de cordas. Pregava o temor de Deus e contava suas visões à turba que costumava reunir-se na praça embaixo, fitando-o embasbacada. O vento esgarçava-lhe os brados, as imprecações e as bênçãos, mas durante anos e anos ele constituiu um dos espetáculos da cidade.

Agora, nada restava no ápice da pilastra. Absolutamente nada. As pedras tinham começado a soltar-se. A hora diurna atingia seu termo. Sob a pressão dos meus pés uma pedra se destacou do rebordo. Algum tempo depois ouvi o seu baque lá embaixo. A praça achava-se deserta.

A minha cidade também estava em seu termo final. Extinguira-se o fulgor do pórfiro, a cintilação do ouro. Sumira a própria santidade. As vozes dos coros angélicos desde muito haviam cessado. Restava apenas desejo carnal, pois as almas permaneciam mortas. Só perdurava o conglomerado álgido da indiferença, da cobiça comercial e da intriga política. A cidade era um corpo em seu derradeiro ofegar. O espírito retirava-se para a atmosfera abafadiça dos mosteiros e escondera-se nas bibliotecas, nos códices amarelentos cujas páginas são viradas apenas por velhos bastante encanecidos.

A negra mortalha da noite estendia-se por sobre a cidade dilatando-se para o ocidente. Bradei das profundezas de meu coração:

— Inflama-te, ó minha cidade! Inflama-te e fulgura mais uma vez. Pela derradeira vez! Acende-te entre os portais da noite. Acende a tua chama sagrada! Durante mil anos petrificaste a tua alma; agora, pela última vez, arranca da pedra uma centelha de espírito. Acende as últimas gotas do óleo sagrado que está secando no fundo de tuas pedras. Cinge a coroa de espinhos, veste teu manto de púrpura pela última vez, e sê digna de ti mesma!

Lá embaixo e ao longe, as naus do Ocidente permanecem imóveis na ampla baía. No mar de Mármara ondas inquietas se perseguem umas às outras, e bandos estridentes de aves giram por sobre as redes estendidas dos pescadores.

Sob os meus pés vejo os domos esverdeados das igrejas e a massa cor de cinza das casas que de encosta a encosta se estendem entre os templos. E as muralhas, as invictas muralhas com seus bastiões, se encurvam de litoral a litoral abraçando e protegendo a minha cidade.

Não! Não me atirei sobre as pedras do foro. Resignei-me à condição humana. Resignei-me aos meus grilhões de escravo, aos grilhões do tempo e do espaço. Como poderia um escravo dispor de qualquer coisa? Impossível, mesmo que eu quisesse. Limitada é a minha cultura, insuficientes são as minhas palavras, e a incerteza é a minha única certeza. Nem sequer nutro dúvidas.

— Adeus, Anna Notaras. Adeus, minha amada. Não sabes quem eu sou nem nunca saberás. Que teu pai reine como paxá de Constantinopla e como vassalo do sultão, se assim lhe aprouver. A mim, tanto se me dá. Constantino desdenhou-te, mas talvez o sultão Mohammed queira remediar tal desconsideração e levar-te para o tálamo nupcial, para assim poder contar com teu pai. Tem muitas consortes e entre elas haverá lugar para uma dama grega.

Tendo recuperado a paz que desde tantas noites insones fugira de minha alma, senti que após a grande tentação ela se dissolvia no vácuo divino. Meus membros relaxaram-se, minhas pulsações diminuíram, caí de joelhos, inclinei a cabeça e fechei as pálpebras.

— Adeus, minha amada, caso não nos reencontremos nunca mais. Outra não conheci que se te assemelhasse. És irmã do meu sangue, a única estrela da minha felicidade. Bendita sejas, já que te encontrei. Bendigo teus olhos mortais, teu corpo mortal. Bendita sejas, toda tu!

Com os olhos fechados, contemplei a estrela que fulgia no mais recôndito do meu ser. Dissolveram-se as fronteiras do tempo e do espaço, senti-me inerme, álgido.

Mas Deus não é algidez.

A estrêla dentro de minha alma fulgurava no infinito opaco. Êxtase ardente me lavava com suas ondas vibrantes.

Mas Deus não é fogo.

Dissolvi-me na luz reverberante, tornei-me claridade e luz.

Mas Deus não é luz.

E veio a treva. Mais escura do que o negror terreno, mais quieta do que todos os silêncios. Mais misericordiosa do que todas as compaixões.

Mas Deus não é treva.

A seguir, deixou de haver algidez e fogo, luz e treva. Só havia o não ser. Deus estava em mim. E eu em Deus. Deus imperava. Segurei um pedregulho; quando entreabri de todo os dedos, ele caiu por entre os meus joelhos. O ruído da pedra batendo nas outras me despertou. O meu estado de indefinido transe durou apenas o tempo necessário para aquela pedra cair. Quando uma criatura sente Deus, para ela o tempo é como o vislumbre do dia e da noite. Na realidade de Deus não há tempo. Decerto mudei. Decerto emanava até virtude de mim. Talvez naquele instante eu curasse enfermos e ressuscitasse mortos. Mas não me foi preciso chegar a tanto para provar a mim próprio quem eu era. Querer convencer-se é duvidar. A dúvida e a incerteza são da condição humana. Eu não duvidava. Era companheiro dos anjos. Mas voltei de minha liberdade para as algemas do tempo e da realidade. Já agora, porém, minha escravidão não era mais um ônus, mas uma dádiva.

2 de fevereiro de 1453

Tendo dormido até bem tarde, fui procurar Giovanni Giustiniani, o capitão que comandava as forças genovesas. Não se achava a bordo da sua nau nem no palácio de Blachernae; encontrei-o finalmente no arsenal, perto das fornalhas de fundição. Estava de pé, apoiado em sua espada. É um homem espadaúdo, sadio, de ventre proeminente, de porte fora do comum; é mais alto do que eu, até. Com vozeirão retumbante bradava ordens aos técnicos do imperador e aos operários da fundição. O imperador Constantino já o nomeou seu protostrator, responsável absoluto pela defesa da cidade.

Encontrei-o de excelente humor porque Constantino prometeu erguê-lo à categoria de duque e outorgar-lhe a ilha de Lemnos em perpetuidade que se estenderá aos seus descendentes, caso consiga expulsar os turcos. Deposita confiança no seu próprio valor e na sua profissão, conforme averiguei na maneira de dar ordens e fazer perguntas quando procurava saber o número e o tamanho de canhões e balestras que o arsenal podia produzir se o trabalho prosseguisse dia e noite até ao assalto dos turcos.

— Protostrator, tomai-me ao vosso serviço, — pedi-lhe. — Fugi do acampamento dos turcos e sei brandir uma espada e vergar um arco.

Observou-me com olhar duro e descrente, embora sorrisse. Depois declarou:

— Não és um soldado comum.
— Bem sei que não.
— Tens sotaque toscano, — manifestou-se com certa desconfiança. Dirigira-me a ele em italiano para lhe ganhar a confiança.
— Morei muitos anos em Florença, — expliquei. — Mas nasci em Avinhão. Falo francês, italiano, latim, grego, turco, e um pouco de alemão e árabe. Posso redigir listas de abastecimentos. Tenho bastante prática de armas de fogo e até de canhões. Sei calibrar bem o alcance de peças de artilharia. E sou um pouco alveitar. Meu nome é Jean Ange.
— Jean Ange, — repetiu ele, encarando-me com olhos proeminentes e bovinos, — se tudo isso é verdade, então és um prodígio. Mas por que não assinaste na lista do imperador? Por que vieste pedir serviço a mim?
— Ora, sois o comandante supremo! — repliquei.
— Estás escondendo alguma coisa. Decerto tentaste entrar para o serviço do imperador e não conseguiste. Por isso resolveste procurar-me. Por que hei de confiar em ti mais do que o *Basileus*?
— Meu empenho não é ganhar dinheiro, — disse, para tentá-lo. — Não sou pobre. Não chego a pedir-vos sequer uma moeda de cobre. Minha decisão é por causa de Cristo, é por causa de Constantinopla. Trago uma cruz gravada aqui no braço, embora não esteja a mostrá-la.

Deu uma risada e bateu na coxa com a mão.
— Não me contes lérias. Um sujeito esperto e da tua idade não anda atrás da coroa de martírio. Bem sei que o cardeal Isidoro jurou perante mim e os meus homens, por tudo quanto lhe é sagrado, que todos que caírem lutando nos baluartes da cidade entrarão no céu arrastados pelos cabelos por São Pedro. Mas prefiro ganhar a ilha de Lemnos e o título de duque a merecer a coroa de mártir. Afinal, andas atrás de quê? Fala-me com franqueza ou vai-te embora e não me aborreças mais. Os tempos são outros.

Redargüi:
— Giovanni Giustiniani! Meu pai era grego. O sangue desta cidade corre nas minhas veias. Se eu tornar a cair nas mãos dos turcos o sultão Mohammed não me perdoará: serei empalado! Por que não hei de preferir vender a minha vida o mais caro possível?

Não quis acreditar. Resolvi então olhar em redor furtivamente e abaixar a voz:
— Quando fugi do acampamento do sultão, roubei uma bolsa com jóias. Nunca ousei contar isso a ninguém. Compreendeis agora por que reluto em cair nas mãos do soberano turco?

59

Ele era genovês, engoliu a isca. Um brilho esverdeado cintilou nas pupilas. Olhou em redor, por sua vez, depois me segurou pelo braço com a maior camaradagem e, respirando hálito avinhado na minha cara, se inclinou para a minha frente e sussurrou:
— Está bem. Se me mostrares essas jóias, então acredito e confio em ti.
— A minha casa é a caminho do porto, — contei-lhe, ponderando a seguir: — Não dormis a bordo da vossa nau?

Com ar taciturno montou no seu importante cavalo. Dois archoteiros caminhavam depressa para iluminar o caminho; a sua escolta taramelava na retaguarda. Eu ia a pé ao seu lado, respeitosamente, com a mão no estribo.

Assustado, Manuel abriu a porta quando os soldados bateram com força. Giustiniani tropeçou no leão de pedra e soltou uma blasfêmia. A lanterna tremia na mão de Manuel. Ordenei-lhe logo:
— Serve-nos carne fria e pepinos. Traze vinho e as taças maiores.

Giustiniani deu uma risada e ordenou à escolta que esperasse lá fora, na rua. A escada rangia sob o seu peso exagerado. Acendi todas as velas antes de tirar do esconderijo a bolsa de couro encarnado; quando a escancarei, rubis, esmeraldas e diamantes emitiram lampejos rubros, esverdeados e brancos.
— Santa Mãe de Deus! — sussurrou Giustiniani olhando logo para mim e fazendo menção de estender a mão maciça mas sem tocar nas pedras.
— Tirai a que quiserdes, — disse-lhe eu. — Não vos cobrarei nada. O meu gesto representa uma prova de simpatia. Não estou querendo absolutamente comprar a vossa confiança.

No começo, não acreditou. Depois escolheu um rubi cor de sangue de pombo; não o maior, porém o mais bonito. Percebi logo que entendia de pedras; devia ter traficado com elas.
— Ora! Mas isso é magnanimidade de príncipe! — comentou já com a voz mudada, sem saber como me tratar. E admirava o rubi, rodando-o nas pontas dos dedos.

Calei-me. Observou-me, perscrutando-me bastante; depois abaixou os olhos e deu uma palmada na bainha das calças de couro e declarou:
— Avaliar bem os homens faz parte da minha profissão. Só assim posso separar o trigo do joio, conforme dizem os padres. Qualquer coisa me afirma que o amigo não é gatuno; estou com propensão para confiar em vós.

Não penseis que seja por causa destas pedras; sou avesso a tentações, mesmo as perigosas. — Tratava-me por *vós*, agora.
— Bebamos um pouco de vinho, — propus.
Manuel trouxe carne fria, pepinos, vinho e as maiores taças que encontrou.
Giustiniani bebeu, ergueu um brinde, bradando:
— Glória e felicidade, príncipe!
— Tomais-me por idiota? — reagi.
— Absolutamente. Sei o que digo, mesmo quando bebo. Um tipo como eu, mesmo que lhe ponham na cabeça uma coroa, jamais chegará a príncipe; pessoas há, porém, que trazem coroas sobre os seus corações. Vossa testa, vosso olhar, vosso porte, tudo mostra o que sois. Mas, por que não haveis de ser franco? Guardarei segredo. Afinal, que é que desejais de mim?
— Acreditais que podeis defender Constantinopla?
Respondeu fazendo outra pergunta:
— Tens aí um maço de cartas? — perguntou voltando a tratar-me com intimidade.
Apresentei-lhe um, que eu tinha comprado a um marinheiro no porto. Baralhou as cartas distraidamente, depois começou a virá-las sobre a mesa, enquanto explicava:
— Se não soubesse jogar cartas não teria vivido até agora nem atingiria a situação a que cheguei. O destino manobra-nos através das cartas. Um homem experiente trança o seu trabalho, extrai as suas cartas e estuda bem suas possibilidades antes de se decidir a jogar. Não precisa jogar todos os turnos. Convém esperar a vez mais propícia. Um bom jogador não se deve arriscar com cartas ruins só porque em cima da mesa há apostas fortes. É lógico que não se pode ver as cartas do adversário, mas se pode calcular e fazer hipóteses. Além de boas cartas, também é indispensável sagacidade e, acima de tudo, sorte. Até aqui, adotando esse sistema, tenho sido feliz, Messer Jean Ange. — Virou grandes goles até esvaziar a taça, e continuou: — Sim, não me posso queixar das cartas. Os meus lances têm sido bons até agora. Nem mesmo a promessa de um ducado me tentaria a entrar num jogo ruim. Examinei as muralhas da cidade. Se resistiram aos ataques dos turcos por várias gerações, por que não hão de resistir agora? Percorri os arsenais, passei em revista os soldados do imperador e só depois de muito considerar foi que resolvi empenhar a minha reputação e a minha vida. Donde se deduz, portanto, que confio nas cartas de que disponho.
— Dispondes de navios também, — ponderei.
— De fato. Disponho de navios. Serão as últimas

cartas com que jogarei se uma situação má se transformar em péssima. Não, não tenho receio. Giovanni Giustiniani uma vez decidindo lutar, cumpre seu propósito com honra e critério. Irá lutando enquanto lhe restar ainda pelo menos uma chance. Mais do que isso, não. A vida é uma parada muito alta; não há outra superior. Nem o peitoral do aço mais resistente consegue agüentar um arremesso. Lembro-me sempre que uma lança pode atravessar a virilha na junção da escarcela com a cota de malhas, que sempre que se ergue o braço para brandir a espada se expõe a axila. Uma flecha pode fincar-se na viseira de um capacete. Que adianta uma armadura, por exemplo, contra o fogo líquido e o chumbo derretido? Sei muito bem ao que me estou expondo. Experiência não me falta. Minha honra me impele a lutar enquanto houver uma chance. Mais do que isso, não, absolutamente.

Servi-lhe nova dose de vinho. E perguntei-lhe com ar displicente:

— Quanto pedis, Giustiniani, para pôr a pique os vossos navios?

Assustou-se, benzeu-se à maneira latina.

— Mas... que pergunta! Jamais farei tal coisa!

— Com estas pedras preciosas estareis apto a aparelhar novas naus em Gênova. — E virei a bolsa fazendo as pedras amontoarem-se em cima da mesa.

— Aparelhar nova frota seria possível só se eu já dispusesse de naus em Gênova. Mas, Jean Ange, não estou em Gênova, acho-me longe, muito longe de Gênova, — retrucou, olhando com olhos fascinados para os rubis de lampejos cor de sangue, e para os diamantes de candura azulada que eu revolvia com as pontas dos dedos. — Se eu afundasse os meus navios, de que me valeriam estas pedras? Não! Nem que me fosse oferecido dez vezes... cem vezes o que os meus navios valem eu não os poria a pique.

— Então tendes muita fé em vossas cartas?!

— Acredito nelas e por isso jogarei, mas usando sempre o senso comum. — Passou a mão pela cara balofa, sorriu e considerou: — Vês como o vinho está atuando? De outra forma não nos viria à mente uma conversa tão estapafúrdia.

Mera desculpa. Podia encher o corpo taurino com todo o vinho de um barrilete sem sentir a menor alteração nos miolos. Tornei a juntar as pedras e disse, conservando-as nas mãos fechadas.

— Para mim não valem nada. Já afundei os meus navios. Quereis ver o apreço que lhes dou? — E arremessei-as longe de mim. Bateram como saraiva nas paredes e no chão... — Pronto. Podeis fazer delas o que quiserdes. Não me interessam.

— Estás bêbedo. Ignoras o que dizes. Amanhã cedo segurarás as têmporas entre as mãos, arrependido de tudo isso.

Senti forte espasmo na garganta, não pude prosseguir, meneei a cabeça e por fim balbuciei:

— Ficai com elas como preço do meu sangue. Alistai-me nas vossas forças, deixai-me lutar ao lado dos vossos homens. É tudo quanto peço.

Olhou-me, boquiaberto, até que uma centelha de desconfiança lhe brilhou nos olhos. Estendeu a cabeça e perguntou:

— São pedras verdadeiras ou pedaços de vidro de cor como os com que os venezianos ludibriam os negros?

Inclinei-me para o chão, apanhei um grande diamante de arestas bem cortantes, caminhei até à janela e risquei uma linha profunda desde cima até abaixo no vidro esverdeado a ponto do ruído sibilante me arrepiar todo. Novamente joguei longe o diamante.

Tornou a menear a cabeça e declarou:

— Não passas de um louco. Seria vil esperteza minha aproveitar-me do teu estado de embriaguez. Reflete com bastante vagar e depois então conversaremos.

Perguntei-lhe:

— Nunca vos vistes numa visão? — Talvez eu estivesse mesmo um pouco tonto, pois não tenho o hábito de beber.

— Pois eu já vi. A primeira vez foi na Hungria, antes da batalha de Varna. Assisti a um terremoto, vi cavalos corcovearem e caírem de pernas para o ar, aves fugirem em bandos aterrorizados, as tendas do acampamento abaterem-se no chão cheio de fendas. Foi então que o anjo da morte me apareceu pela primeira vez na forma de um homem esquálido e embuçado de negro... a minha imagem exata. Sim, eu me vi caminhando na minha própria direção. Parou e antes de sumir disse: "Ver-nos-emos ainda". De fato, nos marnéis de Varna o vi pela segunda vez. Foi quando os húngaros em fuga abateram o cardeal Cesarini; quando volvi a cabeça vi atrás de mim o anjo da morte, que disse antes de sumir: "Ver-nos-emos ainda na porta de São Romanos". Suas palavras de então, como haveria eu de compreendê-las? Mas agora começam a ter nexo para mim. Não. Não sou ladrão. O favor de um soberano como o da Turquia pode fazer um escravo se tornar mais rico do que muitos príncipes do Ocidente. Depois da batalha fui levado perante o sultão Murad, com outros prisioneiros. Sua vitória estivera por um fio de cabelo, de modo que ele ainda estremecia de excitação e me foi fácil notar em suas faces

63

encovadas e em suas olheiras fundas os péssimos momentos por que havia passado. Era de estatura mediana e a doença e o módulo de vida já o tinham tornado pesadão. Muitos dos prisioneiros estendiam as mãos suplicando misericórdia e propondo quantias para o resgate de suas vidas. Considerava-os a todos perjuros porque haviam quebrado o armistício. Depositara tamanha fé numa paz permanente que abdicara o trono em favor do filho e se retirara para os jardins de Magnésia, onde contava levar velhice plácida. Agora exigia que escolhêssemos entre o islamismo e a morte. O chão já estava empapado com o sangue dos que se tinham ajoelhado diante dos carrascos. Muitos tomavam-se de pavor quando viam rolar tantas e tantas cabeças, e então se punham a chorar e a invocar alto o Deus do Islão e seu Profeta. Houve até monges que afirmaram descrer em sua própria religião já que Deus dera a vitória aos turcos.

Giustiniani ouvia com atenção, fitando-me. Prossegui:

— Sim, Murad sentia-se cansado e bastante idoso. Desde que o filho favorito morreu afogado, não o interessava mais exercer o governo. Resolveu esquecer os dissabores bebendo na companhia de intelectuais e poetas. Não gostava de derramamento de sangue. Quando chegou a minha vez, me fitou, simpatizou com a minha cara e disse: "És jovem ainda. Por que hás de provar o gosto amargo da morte? Invoca o Profeta!" Respondi: "O fato de eu ser moço não significa que deixe de pagar a dívida à morte. Isso é da condição humana e vós mesmo, grande Sultão, um dia a pagareis". Gostou de minhas palavras e não insistiu para que eu abraçasse o islamismo. Declarou: "Tens razão. Dia virá em que mãos desconhecidas nivelarão a argila divina do meu corpo com a da terra". Deu ordem para que a minha vida fosse poupada. Mero capricho; julgou que minhas palavras tinham feito florescer um pouco de poesia em sua alma árida. Quereis ouvir, Giovanni Giustiniani, o poema que o sultão Murad fez depois da batalha de Varna?

Giovanni meneou a cabeçorra dando a entender que não se interessava muito por poesia; serviu-se de mais vinho e começou a mastigar uma talhada fria de carne de vitela. Empurrei a cuba de pepinos para diante dele e recitei em turco o inesquecível poema, batendo o ritmo com as pontas dos dedos como se estivesse desferindo as cordas de um alaúde. Depois traduzi:

"Copeiro, serve aquele vinho de ontem!
Músico, toca em ritmo alternado
Antes que angústias lânguidas despontem
Agravando inda mais meu coração.
O pó divino com que fui plasmado
Não tarda a misturar-se ao pó do chão".

— Assim era a alma de Murad. Querendo consolidar o império turco empreendera guerras sobre guerras para conseguir depois uma paz duradoura. Por duas vezes renunciou o trono a favor de Mohammed. Primeiro foram os cristãos que o compeliram a reassumir o poder; a outra vez Khalil, o Grão-vizir, o chamou porque os janízaros tinham queimado o bazar de Adrianópolis. De então por diante Murad se resignou a continuar a exercer a sua soberania e governou até morrer, sem que sobreviessem outras guerras. Duas vezes por semana bebericava com poetas e filósofos, e em tais ocasiões conferia cafetãs de honra aos amigos; e também os presenteava com pedras preciosas e títulos de propriedades extensas. Jamais anulou esses atos no dia seguinte. Pois bem. As jóias que aqui vedes, Giovanni Giustiniani, me foram dadas pelo sultão Murad. Podeis ficar com elas, se quiserdes. Não as quero, não as pedirei de volta amanhã.

Giustiniani enfiou na boca metade de um pepino, limpou os dedos molhados de salmoura esfregando as mãos nas calças de couro, benzeu-se com a maior devoção e, desajeitadamente, se pôs de quatro no pavimento, dizendo:

— Não passo de um pobre homem e de um simples soldado. Gabolices e bazófias são coisas que não uso. Acedo de bom grado quando antevejo vantagens...

Dito isto, principiou a rastejar atrás das gemas, apanhando-as, enquanto bufava e ofegava. A fim de ajudá-lo, eu estendia a lanterna em várias direções, muito embora ele declarasse:

— Não te incomodes. Este esforço é mais agradável do que lutar com a mulher mais ágil e bonita deste mundo.

Entreguei-lhe a bolsa de couro, onde imediatamente foi guardando as pedras. Quando se ergueu, fechou o cordel e enfiou a bolsa no peito. E ainda comentou:

— Vês? Não sou ganancioso. Deve haver pedras, das menores, caídas entre as junções das lajes ou embaixo da enxerga; deixo de procurar para que teu criado as encontre amanhã cedo quando varrer. Muito obrigado.

— Entortou a cabeçorra, contemplando-me com expressão mais afável. — Nas minhas andanças pelo mundo tenho encontrado homens piedosos, videntes e não poucos malucos; eu próprio seria louco se não concordasse que neste mundo acontece muita coisa que o entendimento humano não compreende. O nosso encontro, por exemplo, é um fato assim, de natureza extraordinária. — Estendeu a mão grandalhona, apertou a minha em sinal de sincera gratidão, e asseverou: — Doravante serás meu amigo, Messer Jean Ange. Não darei ouvidos a nenhuma intriga que queiram fazer a teu respeito. Amanhã cedo, logo depois do toque de alvorada anotarei o teu nome na minha lista, e é preciso que te apresentes. Terás um cavalo e equipamento. Podes ter certeza de que não te faltará muito trabalho para que te acostumes logo à disciplina. Exercito a minha gente com mais severidade do que os oficiais turcos.

Não me abraçou nem bateu no meu ombro conforme teria feito um homem menos experiente. Pelo contrário, inclinou a cabeça com a maior gratidão, ao se retirar, e afirmou:

— Quanto ao segredo, se algum existe, guarda-o contigo. Não sou de índole curiosa. Confio no amigo que por certo não agiria como agiu se tivesse más intenções.

Os gregos rejeitavam-me e um latino recebia-me. Giovanni Giustiniani por certo me compreendia muito melhor do que o tinham feito os gregos.

5 de fevereiro de 1453

Deram-me cavalo e armadura. Nos primeiros dias, Giovanni Giustiniani tratou de pôr à prova a minha capacidade. Tive que acompanhá-lo na inspeção às muralhas e às forças de defesa; quando chegamos ao contingente composto de artesãos e monges sem o mínimo treinamento, ele meneou a cabeça e riu. Era, de fato, gente muito xucra.

Conferenciou com o imperador e com Phrantzes, recebeu os capitães das naus venezianas, avistou-se com os comandantes dos elementos das ilhas, entendeu-se com o *podestá* dos genoveses de Pera e com o *bailo* dos venezianos do porto. Foram conversas demoradas e categóricas, durante as quais contou muitas histórias das campanhas e assédios em que tinha tomado parte. Sabe abrir caminho em atmosferas de dissensão, inveja e preconceito passando através de tudo como navio de grande calado. Todos confiam nele. Nem podia deixar de ser assim, já que é o baluarte humano, o fundamento técnico sobre o qual se baseia a defesa iminente da cidade. Bebe muito vinho, esvazia em dois goles o copo mais volumoso, e o único efeito que se nota é ficar com olheiras maiores em redor das pálpebras.

A lentidão de maneiras e a conversa incessante de que se serve para esconder sua astúcia e seu conhecimento dos homens me irritaram no começo, até que principiei a distinguir através de seus olhos saltados e bovinos a verdadeira organização de energia e vontade que ele era. Dir-se-ia uma espécie de máquina ajustada por um provecto matemático, movendo-se com estardalhaço e barulheira porém de modo cada vez mais irresistível com rodas pesadas e inexoráveis, feito mós esmagadoras. Verdadeira máquina apta a agir, com todas as engrenagens a transformando num conjunto maciço e impiedoso.

Já agora o admiro com o mesmo devotamento dos seus homens, e obedeço a todas as suas ordens certo de que nenhuma delas é desnecessária. Tenho-me tornado útil, também, pondo-o a par do treino, da disciplina, das armas e dos métodos dos janízaros. Expliquei-lhe além disso o temperamento do sultão Mohammed e dos seus oficiais mais próximos, inteirei-o a respeito das facções de guerra e de paz existentes no serralho, das dissensões entre as gerações novas e velhas ocorridas depois da morte do sultão Murad e que com Mohammed se têm ampliado e aprofundado cada vez mais, visando derrubar Khalil da sua posição de Grão-vizir.

— Mohammed não se esquece nunca de que quando adolescente se viu forçado a deixar o trono duas vezes; primeiro, aos doze anos de idade; depois, aos quatorze. Isso marcou-o bastante e explica seu fanatismo e sua ambição, bem como certa amargura. A primeira vez sofreu essa humilhação quando os cruzados realizaram um avanço de surpresa e se aproximaram de Varna. Achava-se em Adrianópolis; chorou, gritou, teve convulsões de pânico e escondeu-se no harém. Pelo menos é o que consta. Se o velho sultão Murad não tivesse vindo de Magnésia e dentro de poucos dias não arrebanhasse um exército através da Ásia, o império turco teria sucumbido. A segunda vez, foi surpreendido por uma rebelião da sua própria gente. Os veteranos recusaram-se a obedecer a um rapazola afoito e magricela incapaz de comandá-los direito nas campanhas. Saquearam e queimaram o bazar de Adrianópolis; teve, assim, novamente o jovem Mohammed que se refugiar no harém, que é inviolável. Khalil, por decisão própria, apelou para Murad, resolução esta que Mohammed nunca pôde perdoar-lhe.

E expliquei, conforme já explicara tantas vezes, mas em vão, aos outros:

— É preciso compreender que um jovem ferido em seu brio é capaz de reagir brutalmente, munir-se de coragem inaudita capaz de arrasar reinos! Convém lembrar que ele foi humilhado duas vezes. De então por diante, munido de amarga experiência, passou a nutrir uma ambição ilimitada. A fim de anular os insultos que sofreu se sente impelido a deixar na sombra todos os seus predecessores, e a cidade de Constantinopla é o seu objetivo obstinado. Há anos e anos que vem planejando capturá-la; para isso sacrifica a paz dos seus dias e o repouso de suas noites. Antes do pai morrer, ele já aprendera de cor todas as minúcias de suas fortificações, a ponto de desenhar ao acaso qualquer dos principais baluartes. Até de olhos vendados saberá entrar em Constantinopla. Consta que andou por aqui, quando moço, percorrendo-a rua por rua, disfarçado. Fala grego e conhece os costumes e as preces dos cristãos. Não, vós outros não conheceis Mohammed! Tem apenas vinte e dois anos, mas quando o pai morreu, Mohammed não tinha mais a mentalidade de criança. Muito pelo contrário! Como de hábito, o príncipe de Caramã se insurgiu e, à guisa de experiência, ocupou uma ou duas províncias da Ásia. É parente de Mohammed. Este deslocou um exército e dentro de duas semanas já se achava nas fronteiras de Caramã, com os janízaros. O príncipe achou conveniente render-se, cavalgou com grande comitiva ao encontro de Mohammed a quem explicou, rindo, que se rebelara apenas por brincadeira a fim de pôr o jovem sultão à prova. Mohammed já tinha critério suficiente para esconder suas reações e deixar de agir impulsivamente. É capaz de irromper num acesso de fúria espumejante, mas o fará de maneira deliberada para impressionar um adversário. Trata-se de um ator cujo êmulo ainda está para nascer.

Minhas palavras causaram certa impressão em Giustiniani. Decerto já ouvira antes muita coisa do que eu acabara de lhe contar, mas agora sabia que eu era testemunha ocular de tais acontecimentos.

Perguntou:

— E os janízaros? Não me refiro aos destacamentos com esse nome. Refiro-me ao alto comando.

Esclareci:

— Os janízaros querem guerra, naturalmente. São guerreiros profissionais. Como filhos de cristãos mas criados e educados no Islão, tornaram-se por conseguinte mais fanáticos do que os próprios turcos de nascimento. Não saem nunca de seus quartéis, permanecem solteiros, não aprendem nenhum ofício, ignoram toda e qualquer profissão que não seja guerrear. É lógico que ficaram furibundos quando o príncipe de Caramã se rendeu, privando-os assim de escaramuças e saques. Mohammed deixou que eles esbravejassem e dessem pontapés no rancho. Limitou-se a fechar-se na sua tenda durante três dias ininterruptos. Mercadores haviam-lhe vendido uma jovem escrava grega roubada de uma das ilhas; tinha dezoito anos e era bela como o dia; chamava-se Irene. O sultão passou três dias e três noites com ela em sua tenda, não aparecendo e não recebendo ninguém. Os janízaros principiaram a fazer escarcéu e a insultá-lo, aglomerando-se perto da tenda. Não queriam um sultão que preferia as delícias do amor às refregas da batalha e que chegava a negligenciar suas preces por causa de uma jovem escrava. Os oficiais não conseguiam impor disciplina; talvez tolerassem de propósito aquela desordem.

— Ouvi falar nesse fato, — comentou Giustiniani. — Aliás, serviu para mostrar a crueldade e a loucura de Mohammed.

— Crueldade, sim, mas não loucura. Tudo não passou de gesto deliberado de ator. Depois que os janízaros se fartaram de dar pontapés no vasilhame do rancho e se entregaram a demonstrações de raiva cega, finalmente o sultão saiu de sua tenda com uma rosa na mão. Tinha os olhos estremunhados e todos os seus movimentos eram de mancebo assustado e cheio de pejo. Os janízaros soltaram gargalhadas e começaram a jogar na direção da tenda punhados de terra e de excremento de cavalo, tomando cuidado, porém, de não atingir Mohammed. E vociferavam: "Que espécie de sultão sois vós que trocais a espada pela rosa?" Mohammed redargüiu-lhes: "Ah! Irmãos, gritais assim porque não sabeis o que dizeis! Mas se a vísseis... Ah! Se a vísseis, garanto que não me censuraríeis!" Os janízaros irromperam em brados mais altos: "Mostrai-nos então a grega, para que acreditemos!" Mohammed bocejou vagarosamente, tornou a entrar na tenda, donde logo saiu arrastando a jovem cheia de acanhamento e pânico que, seminua e envergonhada, procurava esconder o rosto com as mãos.

Esperei o efeito na fisionomia de Giustiniani, e prossegui:

— Jamais esquecerei a cena. Ainda estou vendo as cabeças raspadas dos janízaros apenas com uma simples madeixa, pois tinham jogado no chão os fezes de feltro e os pisavam!... Ainda estou vendo o rosto ávido de Mohammed e o brilho amarelo de seus olhos bárbaros de bicho! Ainda estou vendo a rapariga seminua, mais bela do que a primavera de Caramã! O sultão puxou-lhe para os lados as mãos, dilacerou-lhe o resto da túnica e empurrou-a na direção dos janízaros, que recuaram deslumbrados ante a beleza do rosto e a perfeição do corpo.

69

"Olhai-a até fartar-vos!" exclamou Mohammed. "Olhai bem e confessai que ela é digna do amor do vosso sultão!" Nisto seu rosto se sombreou de ódio; jogou longe a rosa e gritou: "Trazei a minha espada!" A jovem ajoelhou-se no chão, inclinou a cabeça e procurou esconder sua nudez com as mãos. Mohammed, com a espada em punho, ergueu a escrava pelos cabelos e com um só golpe lhe separou a cabeça dos ombros, o que fez o sangue atingir os janízaros que se achavam mais próximos. Não acreditando no que viam, soltaram uivos de susto, principiaram a recuar afastando-se o mais possível de Mohammed, que apenas lhes declarou: "A minha espada pode cortar até mesmo os liames do amor. Confiai portanto na minha espada!" Depois perguntou: "Onde está o vosso comandante?" Os janízaros foram buscar depressa o oficial mais graduado, que se escondera em sua tenda. Quando o teve na sua frente, Mohammed arrancou-lhe as dragonas e na presença de todos lhe vibrou tamanhos golpes na cara que o nariz logo ficou quebrado e um dos olhos saltou fora. Mas os janízaros permaneceram calados e não fizeram sequer menção de defender seu chefe.

Olhando bem para Giustiniani, declarei:

— Os janízaros não se rebelarão nunca mais! Mohammed reorganizou os batalhões aumentando-os com seis mil irregulares, ato este inteiramente contrário ao regulamento. Os janízaros são promovidos de acordo com a idade e êle não podia, portanto, exonerar todos os oficiais, muito embora mandasse executar uma porção deles naquela mesma noite. Mas podeis ter certeza de que lhes dará o lugar de honra no assédio de Constantinopla. Saberá utilizar-se deles. Os oficiais e os veteranos atrevidos que ele marcou cairão diante dos nossos baluartes. Mohammed nunca perdoa uma afronta, mas aprendeu a aguardar a hora oportuna.

Fiquei sem saber se devia prosseguir, pois provavelmente Giustiniani não compreenderia o que eu ia afirmar; mas acabei acrescentando:

— Mohammed não é um ser humano.

Giustiniani vincou a testa e fitou-me com olhos tumefatos. Repeti:

— Mohammed não é um ser humano. Talvez seja o anjo das trevas, talvez seja o que foi anunciado; pelo menos tem todos os sinais. Mas não vos quero confundir, absolutamente, — acrescentei depressa. — Se é um homem, então é o primeiro de uma categoria toda nova. Com ele principiará uma outra era, um novo período que apresentará homens muito diferentes dos que conhecemos até aqui. Soberanos da terra, déspotas da noite, que,

tomados de arrogância e objetividade, rejeitam o céu e dão preferência à terra. Só acreditam naquilo que seus olhos e sua mente lhes dizem. Trazem para a superfície do mundo o fogo e o gelo do inferno, e escravizam as próprias forças da natureza. Não temem a vastidão do oceano nem os páramos celestes. Depois que subjugarem terras e mares arranjarão asas para, em sua voracidade de conhecimento, atingir os astros e subjugá-los. Mohammed é o primeiro homem dessa raça. Como pode alguém se supor capaz de lhe opor resistência?
Giustiniani esfregou a cabeça, retrucando:
— Pelas Sagradas Chagas! Acaso já não ouvimos tanta coisa sobre o fim do mundo vaticinado pelos monges desta cidade, cujas bocas espumam durante suas prédicas?! Então até mesmo um dos meus oficiais se põe a ver visões e a dizer asneiras?! Se disseres mais uma palavra, minha cabeça estourará!

Mas agora já não se refere a Mohammed como se este fosse um mancebo aloucado e a ponto de arrebentar os miolos de encontro a um muro. Tornou-se cauteloso e tem advertido os seus homens para que não se vangloriem demais nas tavernas nem façam pouco caso do poder dos turcos. Resolveu até assistir à missa latina, confessou-se e humildemente recebeu a absolvição, não obstante o cardeal Isidoro já lhe haver garantido que seus pecados lhe foram cancelados desde que assumiu o cargo de defensor supremo de Constantinopla. Como segurança mais objetiva, pediu que a absolvição fosse feita por escrito, e carrega consigo sempre tal documento, explicando:

— Já agora tenho o que mostrar a São Pedro quando for bater à porta do paraíso. Estou informado de que, por implicância descabida, o Velhote anda exigente e severo demais com nós outros, os genoveses. Decerto foi subornado pelos venezianos...

7 de fevereiro de 1453

Em Adrianópolis foi desferido um tiro que continuará a abalar o mundo.

Urbano, o húngaro, cumpriu sua palavra e fundiu o maior canhão de todos os tempos.

Quando entrei em casa após um dia atarefadíssimo, meu criado Manuel veio logo ao meu encontro, torcendo as mãos e tremendo todo. Perguntou-me logo:

— É verdade, patrão, que os turcos têm um canhão que pode esbarrondar as muralhas de Constantinopla com um único tiro?

Como os boatos se disseminam depressa nesta cidade! Pois se foi apenas hoje de manhã que Giustiniani recebeu o primeiro relato pormenorizado do canhão!
Respondi:
— Mentira! Um canhão capaz disso é impossível. Só um terremoto poderia abater as muralhas de Constantinopla.
— Mas estão dizendo que a bala percorreu uma distância enorme e abriu um rombo do tamanho de uma casa no lugar onde caiu! Que fez a terra tremer num círculo de dez mil passos a ponto de muitas casas terem ruído em Adrianópolis e diversas mulheres darem à luz antes do tempo!
— Conversa fiada! Lérias! Viste com teus olhos? Pois então!?
— É verdade, sim! Esse canhão que Urbano fundiu para a fortaleza turca pode afundar um navio com um só disparo. Um mercador que chegou a Pera vindo de Adrianópolis mediu uma das balas dessa nova peça de artilharia e afirma que nem mesmo um homem robusto pode abarcá-la. A detonação deixou-o surdo e trêmulo que nem um velho, embora não tenha ainda cinqüenta anos de idade.
— Não tremeria de tanto haver bebido? Decerto a roda que se pôs a escutá-lo o foi enchendo de vinho e a bala com certeza foi crescendo à medida que ele ia virando os copázios. Amanhã será maior do que a torre de uma igreja.
Manuel caiu de joelhos diante de mim. Sua barba tremia. Agarrou minha mão, beijou-a e disse:
— Patrão, estou com tanto medo!
Já é bem velho. Seus olhos lacrimosos refletem a mágoa pungente dos gregos de Constantinopla. Compreendi o seu pavor. Acha que os turcos o matarão, considerando-o velho demais para serviços de escravo.
— Levanta-te, homem! Que é isso? Já sabemos o calibre do canhão e os técnicos do imperador estão calculando o peso e a força das balas e o seu possível efeito sobre as nossas muralhas. Trata-se sem dúvida de uma arma terrível, capaz de nos causar grandes danos; mas não tem absolutamente o tamanho que andam dizendo por aí. Além disso Urbano é ignorante, não tem meios para calcular a mira nem a trajetória. Os nossos especialistas acham impossível que ele possa calibrar direito a peça. É preciso haver relação entre o comprimento do cano e o peso do projétil. A sua peça pode disparar alguns tiros, mas não tardará a explodir e a espalhar destruição pior entre os próprios turcos do que entre nós.

Urbano esteve outrora a serviço do imperador; os técnicos conhecem-no bem e sabem o que ele pode fazer e o que não pode. Explica isto às tuas tias e aos teus primos, a toda a tua família, e pede-lhes que passem esta afirmação aos outros para que a população não viva alvoroçada.
— Como é que a minha gente pode se referir a coisas que não entende? — suspirou Manuel. — Gente do povo nada sabe a respeito de calibres e trajetórias; apenas irá repetindo e exagerando o que escuta e que já lhe parece medonho. Só em ouvir falar nesse canhão certa mulher do povo teve um mau sucesso. Imagine-se quando ele disparar diante das nossas muralhas e arrebentá-las em pedaços!
— Dize-lhe então que peça socorro à Panaghia, — retruquei, para que ele não me atenazasse mais. Mas a dúvida corroía o espírito de Manuel, que replicou:
— A própria Virgem decerto não há de querer aparecer nas muralhas agora para amedrontar os turcos com o seu manto azul. Na última vez não havia canhões grandes. — Seus lábios tremeram quando ele me perguntou: — É verdade mesmo que o canhão já saiu de Adrianópolis para cá? Que é puxado por cinqüenta juntas de bois e que mil homens abrem estradas e constroem pontes para que ele possa passar? Há exagêro nisso tudo?
— Não há exagero, Manuel. É verdade. O canhão já se acha a caminho. A primavera não tarda e em breve os pombos arrulharão e bandos de aves sobrevoarão a cidade rumo ao norte. Quando a primavera estiver toda em flores, as tropas do sultão aparecerão nas portas de Constantinopla. Nenhuma força do mundo pode evitar isso.
— E por quanto tempo resistiremos?
Para que havia de enganá-lo? Está velho e é grego. Ele e eu somos seres humanos. Não sou médico, porém tenho pena dos meus semelhantes.
— Um mês, talvez. Ou, quem sabe?... dois meses. Giustiniani é um soldado brilhante. Poderemos agüentar três meses, se ele tiver tempo de tomar as necessárias providências, conforme acredita que conseguirá. Mas não mais, na melhor das hipóteses. Não mais do que isso.
Manuel já não tremia, fitando-me bem nos olhos.
— E os países do Ocidente? E a União?
— Com a queda de Constantinopla também as nações ocidentais serão devoradas pelas trevas. Constantinopla é a última lâmpada, a derradeira esperança da Cristandade. Se a deixarem extinguir-se, merecerão esse destino.

— Qual destino? Perdoai-me, patrão, mas tenho necessidade de saber, para preparar o meu coração.
— Perdurará a carne sem o espírito. A vida sem a esperança. A humanidade ficará escravizada. Será uma servidão tão sem esperança que os escravos nem terão forças para se lamentarem. Bem-estar sem felicidade; abundância sem possibilidade de gozá-la. Enfim, a morte total do espírito.

10 de fevereiro de 1453

Tenho-me encontrado com todos, exceto com o Megadux Lukas Notaras. Parece que mora propositalmente o mais longe possível do palácio de Blachernae, pois sua residência é na extremidade oposta, no bairro velho, à sombra da igreja de Santa Sofia, do Hipódromo e do antigo palácio imperial. Isolou-se completamente. Os seus dois filhos exercem cargos honoríficos no cerimonial da côrte, mas jamais comparecem ao palácio. Vi-os jogar bola a cavalo nos terrenos do Hipódromo. São jovens esbeltos, cujos rostos apresentam o mesmo orgulho circunspeto da fisionomia paterna.

Como almirante da esquadra, o Megadux se recusa a cooperar com Giustiniani e aparelhou por sua própria conta cinco velhas dromundas da frota imperial. E, para espanto de todos, elas arriaram hoje os remos e saíram do porto, passando ao largo das grandes naus do Ocidente. Uma vez no mar de Mármara içaram velas novas, formaram em linha de batalha e velejaram rumo à costa asiática. O dia estava cinzento e nublado e sopravam rajadas. A maruja já se desabituara de tais exercícios, remava sem ritmo certo, com os remos se atrapalhando uns aos outros.

A verdade era que a última esquadra de Constantinopla se fizera ao mar. Os capitães venezianos e gregos riam dando socos nos joelhos. Mas qual seria o objetivo de tais manobras? Não podia ser mero exercício porque ao escurecer as dromundas ainda não haviam regressado.

Giustiniani montou a cavalo e se dirigiu para o palácio onde, desrespeitando todo o cerimonial, empurrando os guardas e os eunucos, a bem dizer invadiu os aposentos privados do imperador. Diante deste fez uma cena de indignação, muito embora no íntimo apenas quisesse satisfazer sua curiosidade. Tem em péssimo conceito o estado da frota do imperador, está convencido de que um único navio de guerra do Ocidente pode pô-la a pique sem maior trabalho; mas, como comandante supremo, se sente naturalmente desconsiderado pelo fato da frota não ter sido posta sob seu comando.

O imperador Constantino apresentou esta desculpa:

— O Megadux não é homem para ficar sentado girando os polegares; soube que os turcos devastaram o litoral e assediaram Selymbria e outras cidadelas; achou, portanto, que lhe competia assumir a ofensiva e pagar-lhes na mesma moeda enquanto o mar de Mármara ainda se acha aberto.

Giustiniani ponderou:

— Eu abri as poternas para surtidas ao longo das muralhas e por diversas vezes pedi a Vossa Majestade licença para atacar os bandos esparsos dos incursores turcos cujo atrevimento se tem tornado insuportável; passam a cavalo a um tiro de besta de distância das muralhas e bradam insultos às minhas guarnições, ameaçando castrá-las. Ora, isso é uma situação péssima para a disciplina.

O imperador ponderou:

— Não estamos em situação de perder um único homem. Os *asaps* turcos podem armar emboscadas às tropas que fizerem surtidas e aniquilá-las.

— Exatamente por isso, — redargüiu Giustiniani, — obedeci às vossas ordens; mas parece que o Megadux não dá atenção às mesmas.

O imperador explicou:

— Ele comunicou-me, inopinadamente, que tencionava sair para manobras. Fiquei sem poder sequer ordenar às naus venezianas e cretenses que o impedissem. Mas afirmo que essa atitude arbitrária não se repetirá.

Phrantzes interveio com ar conciliatório:

— O Megadux equipou as galeras à sua própria custa e paga as tripulações com dinheiro do seu próprio bolso; de maneira que não podemos ofendê-lo.

Mas tudo aquilo não passava de conversa, e eles sabiam muito bem. Giustiniani bateu na mesa com o seu bastão de comando e perguntou:

— Como sabeis que ele voltará com as naus e as equipagens?

O imperador inclinou a cabeça e disse devagar:

— Talvez fosse melhor para todos nós que não voltasse mesmo.

Mais tarde Giustiniani me repetiu toda a conversa e observou:

— Não compreendo estes políticos gregos; são muito complicados. Até aqui o *Basileus* tem evitado estritamente toda e qualquer ação ofensiva. A cada bofetada que o sultão lhe dá ele tem virado o rosto com excessiva resignação cristã, oferecendo a outra face. Sem dúvida procura com isso demonstrar ao mundo ocidental e à posteridade que o sultão é o agressor, ao passo que ele visa a paz. Que adianta isso? Pois todos já não sabem?

Agora o Megadux Notaras assume a iniciativa e dá início às hostilidades navais. Voltará, tenho certeza, com as suas naus; o que não consigo perceber é o que ele estará querendo. Tu, que conheces os gregos, talvez me possas explicar.

Respondi:

— Não conheço Notaras. Impossível se supor o que pretende um homem orgulhoso que dá pasto à sua cobiça. Talvez queira limpar alguma nódoa na sua reputação. Desde os tumultos no adro de Santa Sofia ele tem sido encarado no palácio de Blachernae como suspeito e favorável aos turcos. Por isso talvez tenha resolvido abrir as hostilidades, em contraste com a hesitação do imperador.

— Mas qual a vantagem numa incursão ao litoral turco? — replicou Giustiniani. — Principalmente agora que os dervixes estão pregando a guerra por toda a Ásia e que o sultão se pôs a mobilizar o seu exército? Mohammed não haveria de querer melhor provocação ou pretexto. Esse homem está fazendo o jogo do outro!

— Não se pode provar tal hipótese, — objetei. — Apenas podemos julgar cada caso segundo suas aparências óbvias e tentar interpretá-lo da melhor forma, até que os fatos provem o contrário.

Giustiniani olhou-me com aqueles seus olhos saltados, coçou o pescoço e comentou:

— Por que estás defendendo Lukas Notaras? Serias mais prudente se fechasses a boca. Ainda hoje Phrantzes me puxou para um lado quando eu saía e instou para que eu estivesse atento aos teus passos. Disse mesmo que és indivíduo perigoso, pois tinhas livre acesso ao sultão dia e noite. Fez-me ver que a maior cautela nunca seria demasiada.

Dito isto me entregou um estojo de cobre de escrevente e me nomeou seu ajudante-de-campo. De forma que, doravante, terei a meu cargo os seus papéis secretos.

11 de fevereiro de 1453

Na noite passada o meu criado Manuel me acordou, cheio de pânico, sussurrando:

— Patrão, há tumulto na cidade!

Lanternas e tochas moviam-se pelas ruas e havia gente com traje noturno nos patamares olhando para certo fulgor em determinado ponto do céu.

Enfiei o casaco de pele e subi a pé, em meio à turba, até ao alto da Acrópole. Para lá do mar estreito o céu noturno estava avermelhado por distantes incêndios. O verão úmido trazia um cheiro forte de terra orvalhada, prenunciando a primavera.

Mulheres com suas cógulas pretas ajoelhavam-se em oração e alguns homens persignavam-se diante dos olhos enquanto sussurravam uns para os outros:
— Lukas Notaras. Lukas Notaras...
Sim, aldeias turcas achavam-se em chamas do outro lado do mar; mas tal verificação não entusiasmava o povo que, pelo contrário, parecia paralisado por um receio sinistro, percebendo que afinal de contas a guerra se iniciara mesmo. Era difícil aturar as rajadas ásperas do vento noturno.
Todo aquele que arrancar da espada perecerá pela espada.
E os inocentes perecerão junto com os culpados.

12 de fevereiro de 1453

Patrulhas inimigas capturaram a torre de Santo Estêvão e dizimaram a guarnição, por ter ousado resistir. Medonho vendaval irrompeu hoje obrigando toda gente a se abrigar. Muitos telhados sofreram danos, e à noite ouviam-se estranhos estrondos no fundo das cisternas; a própria terra tremia. Não faltou quem visse estrias de relâmpagos riscarem o céu sem que se seguisse o mínimo estampido, e discos cintilantes cruzarem os espaços.

Não só a grande bombarda mas toda a artilharia do sultão se acham agora em marcha de Adrianópolis para Constantinopla. Formam-lhe a escolta dez mil elementos de cavalaria.

Em Adrianópolis o sultão proferiu longo discurso diante do Divã, convocado especialmente. Instigou os elementos jovens e arrancou juramento dos velhos e dúbios. Tanto o *bailo* veneziano como o *podestá* genovês dos respectivos bairros de Pera receberam minuciosos informes sobre o discurso em que Mohammed teria proclamado:

— Está quebrado o poder do *Basileus!* Apenas um último esforço ainda para destruir o império milenar que Constantino, o Grande, formou. Constantinopla, rainha das cidades, será conquistada pelas armas, e o triunfo é certo graças a novas técnicas e ao espírito dos nossos exércitos. Mas precisamos atacar depressa, antes que a Cristandade se levante e mande esquadras em socorro de Constantino. Chegou a hora! Não deixemos que ela se escoe através dos nossos dedos!

Diz-se que antes de proferir essa arenga, o sultão convocou altas horas da noite o Grão-vizir Khalil, chefe do partido da paz, decidido a liquidar contas com ele; dessa vez, pelo menos, Khalil não ousou abrir a boca em favor da causa da paz.

Desde que pude compulsar documentos sob minha guarda no cofre de ferro de Giustiniani, tive comprovantes de que Khalil ainda mantém comunicações secretas com o imperador Constantino. Se assim não fosse, não disporíamos dos informes que temos sobre os armamentos turcos e os gastos feitos para a campanha. Logo que a esquadra se fez ao mar, o imperador se apressou em enviar um apelo final a Adrianópolis. Redigiu-o pessoalmente, sem consultar Phrantzes. Há uma cópia dessa carta no cofre de Giustiniani e a li diversas vezes. Emocionou-me e deprimiu-me de maneira indizível. Mais do que qualquer outro ato de Constantino, prova que ele é um autêntico imperador. Eis o que escreveu ao sultão Mohammed:

> *É evidente que preferis a guerra à paz. Que seja, pois, conforme desejais. Não consegui convencer--vos de minhas intenções pacíficas, muito embora jamais tenha usado de traição e pensado, sequer, em ser vosso vassalo nominal. Volto-me agora para Deus, meu único arrimo. Se for da vontade divina que a minha cidade caia em vossas mãos, como hei de me opor a isso? Se Deus inclinar o vosso coração a entendimentos de paz, me sentirei feliz. Com estas linhas vos desobrigo de todos os vossos compromissos, bem como dos ajustes que fizemos um com o outro. Mandei fechar as portas da minha cidade e defenderei o meu povo até à última gota do meu sangue. Reinai, pois, e sede feliz até ao dia em que Deus, sempre justo e nosso juiz supremo, vos chamará à Sua presença.*

Era uma carta altaneira, sem nada da retórica elevada da Grécia e sem os torneios polidos do estilo de Phrantzes; todavia me empolgou. É uma carta de imperador. E, ainda assim, supérflua e tão inútil! Mas talvez Constantino, lá em seu palácio vazio, estivesse escrevendo principalmente para a posteridade, e talvez tal documento em sua simplicidade venha a mostrar muito mais do que os melhores relatos dos historiadores o homem que ele é. Que culpa tem de haver nascido sob o signo de uma estrela funesta?

13 de fevereiro de 1453

A frota regressou. O palácio de Notaras, junto do mar, mantém misteriosamente a sua incógnita. Não posso su-

portar mais tamanha incerteza. Passaram-se mais de duas semanas desde que nos encontramos e nem sequer sei se Anna ainda permanece na cidade.
Tenho cavalgado em vão ao longo das ruas e rente às muralhas. Tenho procurado em vão afogar minhas apreensões em trabalhos intensos. Não consigo esquecê-la. Seus olhos deslumbrantes atribulam os meus sonhos, o seu orgulho congênito e o seu desafio mudo pungem meu coração. Que importa que seja filha de um grão-duque e de uma princesa sérvia? Que importa que a sua linhagem seja mais antiga do que a do próprio imperador? Eu sou apenas o filho de meu pai.
Tenho quarenta anos... e pensava ter atingido o outono da vida!...
Por que não hei de tentar encontrá-la? Pois se nos restam tão poucos dias! O tempo passa vertiginoso, perdendo-se. Rápidos como flechas perpassam estes dias, não obstante a rotina, as tarefas, os problemas de abastecimento e o vazio das horas.
Esta manhã saí de minha casa lôbrega para a claridade fulgurante; o sol brilhava num céu puro que se estendia feito dossel azul por cima de Constantinopla, e um estado de êxtase total me impelia enquanto caminhava a pé como um peregrino paupérrimo. Longe, na distância transparente, as torres de mármore da Porta de Ouro cintilavam na atmosfera.
Cheguei afinal diante da bossagem de pedra, vi os arcos das estreitas janelas do andar superior e o brasão de armas por sobre a porta. Bati.
— Sou Jean Ange, ajudante-de-campo do Protostrator Giovanni Giustiniani.
— O Megadux acha-se a bordo de sua esquadra, com seus dois filhos. A dona da casa está adoentada e de cama.
— Gostaria de falar com sua filha, Anna Notaras.
Ela apareceu acompanhada por um eunuco idoso. Vi-a surgir da ala fechada que se destina às mulheres. Não obstante a educação imperial que teve, é uma grega, senhora da sua vontade. O eunuco já bastante grisalho tem a pele enrugada feito fruta passada; não tem dentes e ouve mal. Mas em que trajes vistosos obrigam a pobre múmia a andar vestida!
Sim, Anna surgiu mais bela do que antes, com o rosto descoberto e sorridente. E disse logo:
— Estive à tua espera, estes dias todos. Estranhei que não viesses. Senta-te, Jean Ange.
O eunuco meneou a cabeça, discordando; depois ergueu os braços em sinal de protesto, escondeu o rosto nas mãos

e se acocorou num canto da sala, repudiando toda e qualquer responsabilidade.

Uma criada jovem trouxe uma taça de ouro numa bandeja de prata; a taça era de antiquíssimo lavor grego; na superfície do bojo um sátiro perseguia ninfas em fuga. Enfim, uma taça frívola. Molhou os lábios na borda da taça e estendeu-ma, dizendo:

— À nossa amizade. Só podes ter vindo aqui com boas intenções.

Provei um pouco do vinho do Megadux e ergui um brinde misterioso, nestes termos:

— Bebo pensando no desespero destes dias. Invocando o esquecimento e as trevas. Pensando no tempo e no espaço. E também nas nossas algemas... nos nossos amenos grilhões, porque tu existes, Anna Notaras.

Opulentos tapetes orientais de todas as cores estendiam-se pelo pavimento de pórfiro. Através das estreitas janelas em arco se podia ver a cintilação cerúlea do mar de Mármara.

Os olhos castanhos de Anna brilhavam e sua tez lembrava ouro e marfim. Continuava a sorrir.

— Fala. Dize o que quiseres. Sê franco, se tens algo de importante a participar. O eunuco é surdo; porém quanto mais depressa falares mais tranqüilo ele acabará ficando.

Era difícil. Eu preferia permanecer assim, contemplando-a. Mas era preciso falar. Disse, então:

— O olor de jacinto de tuas faces... O olor de jacinto do teu rosto...

— Vais recomeçar? — perguntou em tom de gracejo.

— Por que não?! Tua túnica reluzente de fios de ouro é maravilhosa; porém muito mais maravilhosa és tu. Bem vejo que o teu peplo e a tua túnica envolvem tua beleza com zelos demasiado precavidos. Foram os monges que desenharam os teus trajes. Desde a juventude que só vejo alterações na indumentária. Em França as damas consentem que os homens lhes admirem os seios, como no caso da estupenda Agnes Sorel do rei Carlos. Mas aqui vós outras escondeis até o rosto. Ah! Se ao menos pudesses viajar um dia até às bandas do livre Ocidente! A primeira mulher que me ensinou os segredos íntimos do amor, sabes onde a encontrei? Banhando-se num lago na Fonte da Juventude, perto do Reno. Na madrugada daquele dia o rouxinol me despertou e vi minha irmã, a Morte, dançar sobre os muros do adro. Pois bem, a tal mulher em plena florescência teria apenas um ou dois anos mais do que eu e não fez menção sequer de esconder sua beleza. Estava sentada toda nua na orla do lago, absorta na leitura de um livro, enquanto damas e cava-

80

lheiros de distinção se divertiam na água e comiam em mesas flutuantes. Chamava-se Frau Dorothea. Deu-me uma carta de apresentação a Aeneus Silvius, de Basiléia; decerto não sabes quem é. Isso tudo ocorreu depois que abandonei a Irmandade do Espírito Livre. Até então eu apenas tinha amado no escuro e embaixo de moitas; mas aquela admirável mulher me levou para um aposento repleto de almofadas de penugem e acendeu candelabros em redor do leito para que tudo se patenteasse bem.

Anna Notaras enrubesceu e perguntou com lábios trêmulos:

— Por que me falas assim? É um despropósito que eu não esperava de ti.

— Falo assim porque te desejo. O desejo da carne pode não ser amor; mas acaso existe amor sem tal desejo? Repara, porém, que nunca te falei assim quando estávamos sozinhos e te achavas à minha mercê. Bem sabes que não me esbofetearias se eu tocasse em ti. Não... não! Sei muito bem ler nos teus olhos. Em verdade o meu desejo é claro que nem uma labareda. Tempo virá em que tu própria te oferecerás a mim como uma flor; jamais te despetalarei usando de força. Perdoa, perdoa, Anna Notaras, se te quero tanto! Não dês ouvidos ao que falo, eu próprio não sei o que estou dizendo, tamanha é a minha felicidade. Tu me fazes feliz.

E, mudando de assunto, expliquei:

— A Confraria do Espírito Livre reconhece apenas os Quatro Evangelhos, rejeita o batismo, vive em absoluta comunidade de idéias e de bens. Seus membros encontram-se entre os pobres e entre os ricos; e, onde e quando menos se espera eles irrompem e se reconhecem uns aos outros por sinais secretos. Existem em todos os países, sob os mais diversos nomes. Até mesmo entre os dervixes. Devo-lhes a minha vida. Foi por isso que tomei parte na guerra em França, pois muitos deles se congregaram em redor da Virgem. Mas quando completei vinte e quatro anos me desliguei deles porque seu fanatismo e rancor eram piores do que qualquer outro fanatismo. Depois disso andei por muitas estradas da vida.

— Depois disso te desligaste de tudo e te casaste, — observou Anna. — Já me disseste. Fala-me do teu casamento e de como foste feliz então; mais feliz, talvez, do que com a mulher nua do lago, não? Conta-me, não te acanhes.

Lembrei-me de Florença em pleno verão, das águas amarelentas do Arno e das colinas crestadas. A recordação feliz desfez-se. Perguntei:

— Queres? Seria preferível falar-te de Florença e Ferrara, contar-te como os homens mais eruditos do nosso

81

século levaram discutindo durante dois anos sobre três letras do alfabeto!
— Por que foges do assunto, João Angelos? — aparteou Anna. — Confrange-te tanto assim relembrar o teu casamento? Não tenho o direito de magoar-te já que por tua vez também me magoaste?
— Por que motivo havemos de conversar sempre sobre mim? — retruquei, obstinadamente. — Por que motivo não falarmos de ti, agora?
Endireitou a cabeça e disse, com um brilho vivaz nos olhos castanhos:
— Eu sou Anna Notaras, e isso basta. Não há mais nada a dizer a meu respeito.
Tinha razão. Passara a vida abrigada entre paredes de um palácio e entre os altos muros de um jardim à margem do Bósforo. Sempre passeara de liteira para que a lama das ruas não lhe maculasse os sapatos. Foram seus preceptores veneráveis filósofos. Virara distraidamente as páginas dos grandes fólios só para contemplar as reluzentes iluminuras douradas, azuis e vermelhas. Era Anna Notaras. Tinha sido criada e educada para vir a ser consorte do imperador. Que mais havia a dizer a seu respeito?
Resolvi aceder ao seu pedido e comecei:
— Chamava-se a Senhora Ghita; morava numa betesga que ia dar no mosteiro dos franciscanos. Na parede cinzenta de sua casa havia uma janela com grades e uma porta reforçada com chapas de ferro. Ela vivia num quarto mais estreito do que a cela de uma freira; passava o dia inteiro rezando e cantando hinos; transeuntes atiravam-lhe insultos que lhe chegavam aos ouvidos através das grades da janela. Aliás, o seu rosto causava medo por causa de certa moléstia que o deixara descarnado e com cicatrizes de pústulas; dir-se-ia uma horrenda máscara. Vida, só havia nos olhos. Para passar o tempo, vinha sempre fazer compras na cidade acompanhada por uma escrava preta que carregava a cesta. Em tais ocasiões usava um manto feito de pedaços de panos coloridos que ela própria costurara; o manto e a touca apresentavam tal quantidade de imagens de santos e medalhas sagradas que a certa distância já se ouvia o tilintar. Caminhava sussurrando palavras e dando risadinhas abafadas; mas, caso alguém parasse para observá-la, se enfurecia e bradava insultos. Chamava-se a si própria a Louca de Deus. Os franciscanos protegiam-na porque era rica. A família deixava-a viver segundo queria porque era viúva e empregara toda a sua fortuna em oficinas de fios de lã e negócios bancários. Todos em Florença a conheciam bem; exceto eu, que era estrangeiro.

Anna Notaras escutava com a maior atenção.
— Eu nada sabia absolutamente a seu respeito quando a vi pela primeira vez. Encontramo-nos na Ponte Vecchio e ela principiou a seguir-me. Calculei logo que se tratava de uma louca. Queria a força presentear-me com uma estatueta de marfim que eu admirara numa vitrina. Mas não podes compreender, pois como hei de te explicar direito o que aconteceu entre nós? Eu era muito jovem ainda, tinha apenas vinte e cinco anos, estava no limiar da experiência da vida, mas já não nutria a menor esperança em nada deste mundo. Decepções e mais decepções me haviam ensinado a abominar os gregos de caras barbadas e capas negras. Sentia aversão pela calva de Bessarion e por seu corpo rotundo. Onde eu residia, acordava cada manhã nauseado pelo cheiro do suor, da sujeira e da imundície. Fazia um calor causticante. Já em Ferrara eu me saturara de amor e de pestilência, e agora não acreditava em mais nada. Tinha ódio até de mim mesmo. Escravidão, algemas, a prisão da carne, enfim. Compreendes acaso o que isso seja?
E prossegui, ante o pasmo crescente de Anna:
— Ela convidou-me a ir à sua casa. Na cela havia apenas um banco de madeira onde ela dormia, uma bilha com água e, pelo chão, restos fétidos de alimento; porém atrás da cela se sucediam salas e aposentos lindíssimos ricamente mobiliados e um jardim todo murado com repuxos, árvores e viveiros de pássaros canoros. Da mesma forma, por trás de todo aquele hábito de falar e rir a sós, descobri uma criatura inteligente e desesperada que, devido à angústia, se tornara a Louca de Deus. Na mocidade tinha sido mulher bonita, rica e feliz; porém o marido e os filhos haviam falecido com poucos dias de intervalo, e a mesma doença lhe arruinara a beleza. Vira-se assim face a face com a inconstância da vida e a aterrorizante insegurança emergindo no fundo de toda aquela aparente felicidade material. Era como se Deus por estranha zombaria a derrubasse no chão e lhe esfregasse o rosto na lama. Sem dúvida durante algum tempo a sua mente esteve transtornada; depois que ficou boa continuou a se portar feito insana perante o público, movida pelo desespero, como que desejando desafiar Deus e a humanidade. Blasfemava quando rezava; rezava quando blasfemava; e a expressão do seu olhar era atormentada e perscrutadora. Duvido, palavra de honra, que possas compreender direito. Tinha apenas trinta e cinco anos, mas seu rosto a fazia parecer uma velha enrugada. Dos lábios gretados, quando falava, lhe saía espuma. Os olhos, porém...

Anna Notaras ouvia de olhos baixos e apertava os dedos enlaçados. A claridade solar avivava os desenhos pretos e vermelhos dos tapetes. Lá no canto, o eunuco acocorado esticava a cabeça encanecida olhando ora para mim ora para ela, murmurando sílabas ininteligíveis e procurando ler em meus lábios as palavras que eu proferia. Continuei:

— Deu-me de comer e de beber. Seus olhos devoravam o meu rosto. Após visitá-la algumas vezes e conversar com ela um pouco, senti em meu coração uma piedade inenarrável. Compaixão não é amor, Anna Notaras, mas algumas vezes o amor pode ser compaixão quando, com a sua simples presença, um ser humano se apiada do outro. Lembra-te que naquela altura eu ignorava que ela fosse rica; apenas supunha que vivia sem privações já que os franciscanos a protegiam. Quis dar-me roupas novas, mandou-as entregar no cômodo onde eu morava; entre os trajes descobri uma bolsa repleta de moedas de prata. Mas não quis aceitar os presentes nem mesmo só para satisfazê-la. E eis que certo dia ela me mostrou uma tela retratando-a quando era jovem. Vi então o que ela havia sido, e finalmente compreendi o seu drama. Deus estraçalhara-lhe a felicidade e em seguida a fechara no inferno do seu próprio corpo. Ao me ver pela primeira vez na ponte se apaixonou cegamente por mim e então passou a me desejar, muito embora no princípio nem ela própria pudesse admitir tal hipótese.

E exclamei, cheio de confusão:

— Eis como foi! Deitei-me com ela. Meu corpo teve piedade do seu, mesmo porque se tratava de gesto a que eu não dava nenhum valor. Passei a participar do seu inferno, certo de que estava agindo bem. Isso, durante três noites. Depois vendi tudo quanto possuía, meus trajes de escrevente, o meu volume de Homero, distribuí o dinheiro entre os pobres e fugi de Florença. O julgamento de Deus alcançou-me ainda naquele outono na estrada da montanha que vai ter a Assis. A Senhora Ghita foi no meu encalço numa liteira, acompanhada por um franciscano e por um hábil advogado. Eu estava imundo, de barba crescida, todo maltratado. Ordenou que me lavassem, me barbeassem e me pusessem trajes novos. Casamo-nos em Assis. Dei-lhe um filho e ela considerava isso um milagre. Foi só então que descobri quem ela era e percebi a armadilha com que Deus me apanhara. Antes, em minha vida toda, nunca me senti tão estupefato!

Não consegui permanecer sentado por mais tempo. Levantei-me, aproximei-me da janela e fiquei contemplando

as ameias ameaçadoras da muralha rente ao mar que se estendia até ao horizonte. E declarei:
— Fui avisado no sentido de não ter a mínima comunicação com esta casa. Talvez venha a ser encerrado na torre de mármore em conseqüência desta visita. Talvez não me salve sequer o cargo que mantenho por designação de Giustiniani. Mas já me tens em teu poder, pois ninguém mais sabe da parte da minha existência que acabei de contar. É que a Senhora Ghita pertencia, Anna Notaras, à família Bardi, e quando me casei fiquei sendo um dos homens mais ricos de Florença. Só a citação do meu nome fazia qualquer banqueiro, de Antuérpia até ao Cairo, ou de Damasco até Toledo, se inclinar profundamente diante de mim. Nunca desejei saber quanto ela teve que pagar aos monges e ao próprio Papa para se defender dos parentes e assegurar a validez do nosso casamento. Pois se eu nem ao menos tinha um nome digno de apreço! Os documentos referentes a meu pai e à minha origem tinham ficado com Gerolamo em Avinhão, e o ourives negava de pés juntos os haver recebido. Mas o advogado manobrou tudo legalmente e me foi dado um novo nome. Jean Ange ficou esquecido. No começo nos instalamos em sua casa em Fiésole, isto é, até que nascesse o nosso filho. Depois que deixei crescer a barba, fiz ondular os meus cabelos e passei a me vestir como nobre com uma espada de dois gumes na ilharga, ninguém mais poderia reconhecer na minha pessoa o pobre escrevente francês do Sínodo. Mantive-me assim durante quatro anos. Tinha tudo quanto o meu coração desejava: falcões, galgos, livros; não me faltavam alegres companhias e conhecimentos com gente erudita. Até os Medicis me toleravam; não por mim, propriamente, que era filho de um plebeu; mas por meu filho, que era um Bardi. A Senhora Ghita foi-se tornando tranqüila. Após o nascimento do filho ela mudou completamente. Tornou-se devotada, deixou de blasfemar, mandou edificar uma igreja. Amava-me, evidentemente; mas, acima de tudo, idolatrava o filho.
Repeti:
— Suportei isso durante quatro anos. Depois me fiz cruzado e decidi acompanhar Giulio Cesarini à Hungria. Deixei uma carta para minha mulher e fugi às escondidas, coisa que já fizera diversas vezes na vida. Ela e meu filho acreditam que morri na batalha de Varna.
Mas não contei tudo. Não contei, por exemplo, que antes de rumar para a Hungria me dirigi a Avinhão, agarrei Gerolamo pela barba e lhe cravei um punhal na garganta. Isso não contei nem tive sequer idéia de fazê--lo. Trata-se de um segredo que permanece entre mim

e Deus. Pois Gerolamo não sabia ler grego e jamais teve lembrança de mostrar os documentos a quem soubesse aquele idioma.
Que mais havia a dizer?
— O meu casamento foi uma experiência que Deus realizou em mim, — prossegui. — Tive que experimentar uma estupenda riqueza com suas glórias respectivas para só assim renunciar à opulência. Barras de ouro são grades mais difíceis de forçar do que as barras de prisão dos livros, do raciocínio e da filosofia. Quando criança, estive emparedado numa torre lôbrega de Avinhão; daquela época por diante a minha vida tem sido uma constante fuga de masmorras para outras masmorras. Agora só me resta uma: a prisão do meu corpo, isto é, do meu conhecimento, de minha vontade e de minha alma. Mas sei que em breve escaparei também desta prisão; e não tardará muito.
Anna Notaras meneou levemente a cabeça e disse:
— Que homem estranho que és. Não te compreendo. Assustas-me!
— O medo não passa de outra prisão, — redargüi. — E do medo também nos podemos livrar. Pode-se agradecer e despedir-se na certeza de que não se tem nada a perder exceto as próprias algemas. O medo é o receio de perder qualquer coisa. Ora, que é que possui um escravo?
— E eu? — perguntou ela em tom baixo. — Por que então me procuraste?
— A opção é tua e não minha. Esta é que é a verdade.
Apertou as mãos com força e replicou, sacudindo veementemente a cabeça:
— Não! Não estás falando com sinceridade.
Encolhi os ombros.
— Supões então que te falei a meu respeito com que finalidade? Para passar o tempo, talvez? Ou para me tornar interessante aos teus olhos? Pensei que me conhecesses melhor. Não. Quis mostrar-te que nada significa o que julgas que possa valer ou que foste levada a acreditar que valesse. Opulência e riqueza, poder e medo, honra e vergonha, sabedoria e estupidez, feiura e beleza, bem e mal... nada disso possui significação de per si. A única coisa que tem significação é o que fazemos de nós mesmos e o que desejamos ser. O único pecado legítimo é a traição: saber a verdade e ser falso para com ela. Despojei-me de tudo. Não sou nada. E para mim isso é o apogeu a que o mortal pode atingir: a sensação tranqüila do meu poder. Não tenho mais nada a oferecer. A opção é, portanto, tua.
Ficou agitada. Apertou os lábios, empalideceu, e um rancor frio lhe surgiu nos olhos; deixou até de ser bela. Tornou a perguntar:

— E eu? Que é que desejas realmente de mim?
— Depois que vi teus olhos compenetrei-me de que todo ser humano precisa, afinal de contas, de um companheiro. Não te iludas; tu própria sabes disso. Tais coisas acontecem apenas uma vez, e para certas pessoas não acontecem nunca. Falei-te a meu respeito a fim de te mostrar que tudo quanto tiveste até aqui, tudo quanto pensas que possuías, é instável e ilusório. Não perderás nada renunciando ao que tinhas. Quando os turcos chegarem serás forçada a perder muita coisa. Para teu bem desejo que em teu coração já te tenhas despedido de tudo que mais cedo ou mais tarde terás que perder.
— Palavras e nada mais! — bradou ela começando a tremer. — Palavras, apenas palavras!
— Também eu estou farto de palavras. Mas não posso te tomar em meus braços com aquele eunuco ali a nos fitar. Bem sabes que com meus braços te apertando entenderias tudo e não precisaríamos mais de palavras.
— Estás delirando, — disse ela, encolhendo-se. Mas os nossos olhos se encontraram como no pórtico de Santa Sofia e se compreenderam em silêncio.
Insisti:
— Anna, minha amada. O nosso tempo se esvai. A areia da clepsidra escorre sem que aproveitemos o resto de tempo que nos sobra. Quando te vi pela primeira vez te reconheci; isso tinha que acontecer. Talvez já tenhamos vivido outra existência e já nos tenhamos encontrado antes; mas disso nada sabemos. Há apenas uma certeza: que nos encontramos agora e que tal encontro tinha que se dar. Talvez venha a ser a nossa única oportunidade... o único lugar e a única hora no universo em que nos deveríamos encontrar. Por que hesitas? Por que te iludes?
Ergueu a mão e passou-a nos olhos querendo voltar à realidade doméstica, aos seus tapetes, às suas janelas, ao seu pavimento de pórfiro, ao seu próprio tempo, às suas origens e às coisas que conhecia. E disse em voz baixa:
— Meu pai irrompe entre nós...
Perdi-me, voltei também ao tempo, à realidade. Mas disse:
— Ele acha-se a bordo. E eu me pergunto para que, afinal de contas.
— Perguntas, para quê? Porque está exausto da política frouxa de um imperador incompetente! Porque não se quer inclinar perante o sultão, conforme se tem inclinado Constantino. Abriu as hostilidades, já que tem que haver guerra. Perguntas, para quê! Porque é o único homem de brio nesta cidade, o único grego genuíno.

Não quer contar com o auxílio dos latinos. Confia em si próprio e em suas naus.
Que havia eu de replicar? Certo ou errado, ela ama seu pai. É Anna Notaras.
— Assim pois, já optaste. Está bem. Falarás a teu pai a meu respeito.
— Pois não. Falarei a meu pai que estiveste aqui e quem és.
Eu caíra na armadilha da minha própria vontade. Não disse mais nada. Nem sequer olhei para ela. Contudo, mesmo isso foi premeditado.

15 de fevereiro de 1453
A esquadra regressou ontem. Entraram no porto as cinco dromundas. Galhardetes tremularam, marujos tocaram tambores e instrumentos de sopro, e o pequeno canhão de bronze disparou uma salva. A população correu para o cais e panos brancos adejaram nos peitoris das casas.
Hoje escravos turcos foram postos à venda no mercado. Pescadores, pobres criaturas barbudas, alguns jovens magricelas, diversas mulheres em pranto que procuravam esconder o rosto com os trapos das roupas. Sem dúvida uma brilhante vitória que Notaras ganhou dos turcos. Conseguiu fazer uma incursão inesperada a algumas aldeias da costa asiática e aprisionar seus habitantes desprevenidos. O povo das demais aldeias fugiu, mas ele lhe incendiou as casas. Velejou até Galípoli e conseguiu afundar um cargueiro turco. Quando as galeras turcas remaram ao seu encontro, ele virou suas proas para o porto de Constantinopla.
Quanto júbilo popular! Como os marinheiros gregos foram aclamados! Como a turba ovacionou o Megadux quando cavalgou de retorno à sua residência! Giustiniani e os latinos caíram no esquecimento, e durante um dia inteiro Lukas Notaras se tornou o herói de Constantinopla.
No entretanto, ninguém se apresentou no mercado para fazer lances; ninguém quis saber de comprar prisioneiros turcos. Ninguém zombou deles nem os insultou; os curiosos não tardaram a se dispersar. O povo abaixou os olhos, envergonhado, ante aqueles miseráveis seres aglomerados uns sobre os outros e que murmuravam versículos do Corão para conservar um pouco de ânimo.

18 de fevereiro de 1453

O eco respondeu lá de Adrianópolis. O sultão Mohammed fez ler em público a carta do imperador Constantino como prova da traição grega e depois a pisou com as botas. Mensageiros com suas sapatas de ferro divulgaram-na em todas as cidades turcas. Dervixes e sacerdotes pregam vingança e os partidários da paz se conservam em silêncio. Mohammed chama até o próprio Ocidente como testemunha:

> A todo instante os gregos quebram os seus juramentos e desdenham os seus tratados aproveitando-se de todos os ensejos. Quando o imperador Constantino entregou a sua Igreja ao Papa, rompeu os últimos laços de amizade entre turcos e gregos. Seu único objetivo é inflamar as nações ocidentais contra a Turquia. Com palavras enganosas e falsa candura procura esconder seus conluios, mas as aldeias de Osmanli agora em chamas ao longo da costa do mar de Mármara deitaram luz sobre os seus selvagens intentos. A sede de conquista de Bizâncio constitui ameaça à nossa própria existência; a crueldade e a astúcia dos gregos exigem vingança. A fim de liquidar essa ameaça constante e de livrar o nosso reino do perigo ardiloso dos gregos é dever de cada crente erguer-se e comparticipar da guerra santa. Quem quer que desculpe os gregos se revela inimigo da pátria. A espada de castigo do Sultão deve e há de erguer-se para desagravar os nossos fiéis súditos que foram mortos, torturados, queimados vivos ou escravizados.

A fim de varrer quaisquer vestígios de indecisão, houve ordem de ler em todas as mesquitas no culto das sextas-feiras, em tom alto, os nomes dos turcos trucidados.

A ação naval de Notaras deu a Mohammed a única arma que lhe faltava para esmagar a facção dos pacifistas e a resistência do Grão-vizir Khalil. Todo aquele que for contrário ao assédio de Constantinopla porá em perigo a sua própria cabeça. Nem o próprio Khalil está imune, embora seja o Grão-vizir parente dos dois anteriores.

21 de fevereiro de 1453

Têm ocorrido milagres no mosteiro do Pantocrator. Nas manhãs úmidas a névoa se condensa em gotas sobre os sagrados ícones, e os monges declaram que os santos estão suando de tamanha angústia que sentem. Certa monja não cessa de jurar que viu a Virgem Santíssima de Blachernae chorar lágrimas de sangue; e o povo acredita, não obstante o imperador haver convidado o cardeal Isidoro e o patriarca títere Gregorios, junto com filósofos de prestígio, a examinar a imagem e a dita comissão não ter encontrado nenhum traço de sangue. O povo não confia em apóstatas, e seu apego fanático e espontâneo à crença antiga é mais forte do que nunca.

Jovens artesãos, monges, burgueses e mercadores, que até recentemente nem sabiam os nomes das partes componentes de uma espada, estão agora fazendo exercícios e manobras em pelotões e esquadrões dirigidos pelos veteranos de Giustiniani. Desejam combater em defesa de sua fé, mostram-se ávidos de não só igualar como ultrapassar os latinos, se necessário for. Estão decididos a não entregar a cidade. Já sabem vergar um arco, porém as flechas ainda são desferidas ao acaso. Brandem suas lanças e investem com entusiasmo contra sacos de feno suspensos, mas a falta de prática ainda é notória. Dois ou três deram talhos nas próprias pernas ao tropeçarem em suas capas; mas há homens intrépidos entre eles que sem dúvida serão aproveitados para despencar pedras do alto das barbacãs quando os turcos tentarem o assalto.

Os voluntários e os convocados não receberão capacetes nem gibões de couro. Os que receberam elmos os arrancam logo à primeira oportunidade queixando-se de que incomodam. Dizem que as correias dos arneses os apertam e que com as escarcelas de metal mal se podem locomover.

Não os censuro. Empenham-se o melhor que podem. Foram criados em afazeres pacíficos, confiando profundamente nas muralhas da capital e nos mercenários do imperador. Numa batalha campal um único janízaro daria cabo de dez destes voluntários, num abrir e fechar de olhos.

Observei mãos bonitas de dedos esguios que sabem esculpir admiravelmente um pedaço de marfim. Observei olhos aguçados pela prática de gravar imagens de santos em cornalina. Homens que sabem ler e escrever; artífices que com pincéis finos como cabelos desenham em escarlate e ouro as capitulares de manuscritos litúrgicos. E agora têm que aprender a enfiar espadas em virilhas e axilas desprotegidas, a atirar lanças na cara de um homem, a traspassar com flechas olhos nascidos para contemplar a terra e o céu.

Que mundo louco! Que século hediondo!

Canhões leves e giratórios foram transportados dos arsenais para os baluartes; e também pesados canhões forjados em ferro, porque o imperador não dispõe de meios para fundi-los em bronze. Os recrutas xucros têm mais pavor dos canhões do que dos turcos, e se jogam no solo tapando as orelhas com as mãos sempre que as peças disparam. Queixam-se que os estrondos os ensurdecem e que o clarão da boca das peças os cega. Ainda por cúmulo um pequeno canhão de ferro explodiu logo no primeiro dia, aleijando dois homens.

24 de fevereiro de 1453

Giustiniani já completou o seu plano de defesa. Dividiu os latinos de acordo com a nacionalidade e colocou-os nos pontos mais expostos ao longo da muralha e em volta das portas. Venezianos e genoveses competirão uns com os outros em busca da glória. Até de Pera vieram jovens para se alistar sob as ordens de Giustiniani. Suas consciências não permitiram a inatividade numa guerra que afinal de contas determinará a sorte do Ocidente.

Giustiniani confia apenas nos latinos e nos artilheiros e técnicos do imperador. Os gregos restantes servirão apenas de buchas para tapar fendas na muralha. Aliás, são indispensáveis. A muralha do lado de terra, só essa, que é a maior, mede dez mil côvados e dispõe de cem torres. A muralha do lado do mar e a do cais formam colossal triângulo de defesa, também têm grande extensão e dificilmente serão seriamente ameaçadas. O porto acha-se protegido pelas naus de guerra das nações ocidentais; trata-se de forças navais superiores às dos turcos. A muralha que dá para o mar provavelmente não corre perigo, pois as peças gregas podem incendiar as galeras turcas a vários tiros de besta de distância. Para tal fim, os técnicos do imperador dispõem de projéteis especiais comparáveis aos dos canhões volantes. Mas guardam zelosamente o segredo e não o divulgam nem mesmo aos técnicos latinos.

De qualquer forma, Giustiniani espera que a batalha decisiva será ao longo da muralha do lado da terra. No centro acha-se a porta de São Romanos, no vale de Lykos, cuja defesa reservou para si próprio e seus genoveses revestidos de armaduras. De lá lhe será mais fácil, também, enviar reforços aos pontos expostos ao longo da muralha. Mas o dispositivo geral das forças de defesa dependerá do plano de ataque do sultão.

A pior fase dos preparativos já terminou. A muralha ainda está sendo reforçada, porém já agora tudo se processa metodicamente e cada homem sabe com exatidão o que lhe competirá fazer em todas as horas do dia. Exercícios e manobras prosseguem da mesma forma, muito embora o intervalo para as refeições seja demasiado longo por causa da enorme área da cidade que os voluntários têm que percorrer nos dois sentidos.

Giustiniani descartou-se das calças de couro puído, mandou cortar e ondular os cabelos à maneira grega, tingiu a barba ruiva e trançou-a com fios de ouro; e embora não tenha pintado de azul os cantos dos olhos e de vermelho as comissuras dos lábios como fazem os jovens oficiais do corpo da guarda imperial, ostenta uma porção de correntes de ouro em redor do pescoço e já se habituou bastante à vida grega. As damas do palácio de Blachernae dedicam-lhe lisonjeiras atenções.

É um homem robusto, maciço, bem mais alto do que a maioria dos varões gregos. Manda polir sua couraça até resplandecer feito espelho e nos serões muda a corrente de comandante supremo que o imperador lhe deu por uma cadeia de ametistas, na esperança de que estas pedras preciosas evitem que fique bêbedo.

O imperador confirmou com uma crisóbula a promessa do ducado de Lemnos caso Giustiniani consiga expulsar os turcos. Só o selo vale muitos besantes e o imperador traçou com sua própria mão a cruz ortodoxa sobre o documento.

Desde a surtida naval de que foi o realizador, o Megadux Notaras se isolou em sua casa. O imperador, a conselho de Giustiniani, proibiu-o categoricamente de tornar a se fazer ao mar com as suas dromundas. Notaras insiste com pertinácia que agiu como devia, e acusa o imperador de covardia e de submissão aos latinos.

Deixou bem explícito estar à espera de Giustiniani para conferenciarem sobre a defesa da cidade e a melhor maneira de dispor as tropas. Como Megadux e comandante da frota imperial, se considera pelo menos em igualdade de condições com Giustiniani, não obstante este último haver sido nomeado protostrator. Acima de tudo está curioso de saber que posição Giustiniani lhe reservou no plano de defesa. Não admite desconsiderações, já que é personalidade influente e da mais alta categoria. Ainda assim, os capitães das naus latinas exercem inteiro comando sobre suas naves e têm recebido ordens diretamente do imperador. Por conseguinte, a verdade é que Notaras comanda apenas aquelas cinco dromundas arcaicas e quase desmanteladas, o que não impede que sejam do imperador muito embora o Megadux as tenha consertado e equipado à sua própria custa.

Mesmo tendo conquistado a simpatia popular, Lukas Notaras nestes dias foi esquecido... pelo menos quanto ao expediente atarefado que empolga os salões do palácio de Blachernae.

Giustiniani o tem deixado à espera. Giustiniani não passa de um aventureiro exaltado à situação de protostrator e por isso mais formalista do que um grão-duque hereditário. Terá que prevalecer aqui também a dissídia pueril induzindo os dois homens a medir suas atribuições com uma régua? Não resta a menor dúvida de que a cidade se acha sob o comando dos latinos; os gregos não dispõem do mínimo poder, muito embora o imperador pareça não se ter dado conta disso. O porto está dominado pelas naus latinas, ao passo que os pontos-chave da cidade e suas muralhas estão guarnecidos com as tropas blindadas de Giustiniani e dos venezianos. Será possível que Giustiniani esteja urdindo planos políticos? Tem feito alguns contatos através dos elementos femininos com os gregos mais influentes de tendência latina. Caso falhe o ataque turco e o sultão Mohammed sofra uma derrota... caso as esquadras veneziana e pontifícia, com o auxílio latino cheguem a tempo... Constantinopla acabará se transformando apenas em base latina para a conquista do comércio do mar Negro e a subjugação do Estado turco subdividido. A União já foi proclamada. Instituir-se-á mais uma vez o Império Latino, consentindo-se que o imperador títere dos gregos retenha o seu trono? Contentar-se-á o comandante vitorioso com o ducado de Lemnos?

O meu sangue de grego já não acredita mais que as coisas sejam o que parecem. É um sangue que duvida e suspeita, um sangue afeito a um milênio de intrigas políticas. Cada dia se vai desfazendo a parte latina que acaso existe em mim. Sou o filho de meu pai. O meu sangue está se nacionalizando...

25 de fevereiro de 1453

Susto e pânico difundiram-se através da cidade. A população tornou-se silenciosa e se entreolha cheia de mútua desconfiança. Há muita gente rezando nas igrejas. Os ricos estão arrumando as suas arcas e enterrando os seus valores; ou então os escondem nos poços. As adegas principiaram a ser emparedadas. As mãos de muitos arcontes vivem inchadas por causa de trabalhos insólitos. Noto expressão compungida nos olhos desses homens e manchas indiscretas de argamassa em suas mangas.

Disse-me hoje o meu criado Manuel:

— Está acontecendo alguma coisa. O que seja, não sei.

Dizei-me o que é, patrão.

Eu também farejo coisas estranhas no ar. Noto azáfama no porto e muitos barcos a remo vindo e indo de uma nau para outra. O Conselho Veneziano dos Doze realizou-se de portas fechadas.

26 de fevereiro de 1453

Eu já me havia despido quando Manuel veio anunciar que um jovem grego estava à minha procura. Não me dei ao trabalho de sair da cama, tamanho era o meu cansaço.

O mancebo entrou sem fazer mesuras, revistou o aposento com olhos perscrutadores, fungou ao sentir cheiro de couro, papel, cera e metal polido. Reconheci-o logo; já o tinha visto em exercícios de equitação nos terrenos baldios do Hipódromo. Era o irmão mais moço de Anna Notaras.

Minha disposição de ânimo piorou. Rajadas violentas de vento faziam estremecer os taipais. O jovem disse:

— Lá fora está cor de breu. O céu nublou-se de ponta a ponta. Quase não se distingue nada a um palmo da cara.

Observei-o. Devia ter dezessete anos, era formoso, muito cônscio de sua beleza e categoria social, encantador, mesmo. Olhava-me com evidente curiosidade. Prosseguiu:

— Sei que fugistes dos turcos. Fala-se muito a vosso respeito na cidade. Uma vez alguém me chamou a atenção quando passáveis a cavalo. Meu pai gostaria de encontrar-se convosco, caso isso não vos fosse muito difícil.

— Olhou em direção à porta e repetiu, intencionalmente:
— Lá fora está escuro que nem breu. Não se vê nada.

Respondi:

— Não gosto de sair em noite assim escura; mas é evidente que levo no maior apreço qualquer mensagem ou ordem de vosso pai.

— Não se trata de uma ordem, absolutamente. Como haveria meu pai de vos dar uma ordem? — obtemperou o jovem. — Estais inscrito entre as forças de Giustiniani. Não é o soldado que ele manda convidar. Deseja receber-vos como seu hóspede e provável amigo. Supõe que deveis ter excelentes informes a prestar-lhe e se admira que até agora o tenhais evitado. Sente muita curiosidade a vosso respeito. Mas é lógico que não se abespinhará caso acheis preferível não procurá-lo.

Falava depressa e com tom afável para esconder o embaraço que lhe causava a tarefa que lhe fora confiada. Era um moço franco e atraente e não parecia disposto a volver logo para a escuridão da noite. Por que motivo o pai dava ao convite um teor secreto a ponto de não mandar o recado por intermédio de um servo, tendo designado o próprio filho para essa prebenda?

Pensei, comigo: "Um cordeiro para o sacrifício. Um carneiro já crescido para o altar da ambição. Notaras

está disposto a sacrificar até o próprio filho, se necessário for."
Ali se achava, diante de mim, um irmão de Anna Notaras. Sorri-lhe cordialmente e, depois que me vesti, lhe bati no ombro, de leve. Assustou-se, enrubesceu, mas acabou sorrindo também. Evidentemente não me considerava indivíduo de baixa extração.
O vento norte sibilava através da noite, parecia arrancar a nossa respiração e querer despir-nos. Negror absoluto. Por entre as nuvens velozes de vez em quando cintilavam estrelas. O cão amarelo acompanhava-me, apesar de lhe ter ordenado que ficasse em casa. Esgueirara-se atrás de mim aproveitando-se da treva. Peguei a lanterna de Manuel e entreguei-a ao jovem; sentiu certa reação mas a levou sem nenhum protesto. Por quem me tomaria ele? O cão acompanhou-nos durante todo o trajeto como se quisesse guardar-me até mesmo contra a minha vontade.
Não havia luzes no palácio de Notaras. Entramos pela porta dos fundos num canto rente à muralha que dava para o mar. Não se via ninguém, no entretanto a noite parecia repleta de olhos ocultos. O vento lamuriento e precavido me disse qualquer coisa que não compreendi. Havia rugidos dentro de minha própria cabeça como se o vendaval tivesse desmoronado meus pensamentos.
Que silêncio mortal ao longo da galeria! Um ar quente veio ao nosso encontro. Subimos uma escada. Na sala para onde fui conduzido distingui uma escrivaninha com papel e cálamos de penas de aves, e uma pilha de belos livros. Diante do ícone dos Magos ardia uma lâmpada de azeite perfumado.
Ele estava com a cabeça um tanto inclinada como ao peso de raciocínios espessos. Não sorriu e recebeu minha saudação como prova natural de respeito. Ao filho disse apenas isto: "Não vou precisar mais de ti." O jovem ficou melindrado, mas procurou esconder a decepção. Tinha muita curiosidade de ouvir o que iríamos conversar, contudo inclinou a cabeça graciosa, desejou-me boa noite e retirou-se.
Logo que ficamos a sós, Lukas Notaras se mostrou menos circunspeto, fitou-me com atenção e disse:
— Sei tudo a vosso respeito, João Angelos; portanto, conversemos com a maior franqueza.
Dei-me conta de que ele estava a par de minha origem grega; essa verificação nada tinha de surpreendente; ainda assim me afetou de maneira desagradável. Redargüi:
— Com que então desejais falar com toda a franqueza. Um homem só diz isso quando tenciona esconder seus

pensamentos. Ousareis ser franco inclusive convosco? Disse:
— Fostes conselheiro de confiança do sultão Mohammed. Fugistes do seu acampamento no outono passado. Um homem que atingiu tamanha posição não age assim sem uma razão e um objetivo.
— Trata-se agora de vossas intenções, Megadux, — aparteei em tom evasivo, — e não das minhas. Não me mandaríeis chamar em segredo se cuidásseis que eu não poderia ajudar-vos a cumpri-las.
Fez um gesto de impaciência. Também o seu anel de sinete era do tamanho da mão de uma criança. As mangas do manto verde lhe vinham até aos cotovelos, mas as mangas compridas da túnica eram de púrpura bordada a ouro, como os trajes do imperador.
— Todavia sei que no princípio pensastes em ter contato comigo. Fostes muito cauteloso. Isso é compreensível e sensato, tanto do vosso ponto de vista como do meu. Foi muito engenhoso da vossa parte travar conhecimento com minha filha, conquanto simulando mero acaso. Depois a acompanhastes até a casa certo dia em que ela se perdeu de seu séqüito. Quando estive em ação naval ousastes visitar minha casa em plena luz do dia. Queríeis rever minha filha. De fato fostes muito engenhoso.
— Ela prometeu falar-vos a meu respeito, — admiti.
— Minha filha simpatiza muito convosco. — Sorriu. — Não sabe quem sois e não faz a mínima conjetura a respeito dos vossos intentos. É briosa e sensível. Além disso não conhece o mundo. Compreendeis o que quero dizer.
Arrisquei-me a comentar:
— Ela é muito linda.
O Megadux mais uma vez afastou minhas palavras com um gesto displicente, ponderando:
— Estais aquém dessa espécie de tentação. Minha filha não é para vós.
— Eis uma assertiva de que estou mais do que convencido, Megadux, — retruquei.
Pela primeira vez deu mostra de certa surpresa. Declarou:
— Claro como a luz do dia. O vosso jogo é demasiado difícil e perigoso para que incluais nele uma mulher. Pela única razão de terdes de guardar as aparências. Estais caminhando sobre o gume de uma espada, João Angelos; ai de vós se perderdes o equilíbrio.
— Sabeis muita coisa, Megadux; porém não me conheceis.
— De fato sei muita coisa, — concordou ele. — Mais do que julgais. Nem mesmo a tenda do sultão é lugar

seguro para se conversar dentro dela. No seu acampamento também há ouvidos indiscretos. Sei que não vos separastes do sultão com ódios mútuos. Estou informado que ele vos presenteou principescamente com pedras preciosas. Infelizmente o *Basileus* e Phrantzes, seu chanceler, também sabem disso. De forma que os vossos passos foram vigiados desde que chegastes a Constantinopla. Não me importa saber quanto pagastes para entrar ao serviço de Giustiniani; todos os latinos podem ser comprados. Mas nem o próprio Giustiniani vos poderá salvar se cometerdes o mínimo erro. — Tornou a fazer um gesto displicente. — E a verdade ridícula é que a autoridade do sultão Mohammed constitui a vossa única proteção aqui em Constantinopla, tão baixo desceu o prestígio da segunda Roma. Ninguém ousa erguer a mão contra vós porque ninguém descobriu ainda as vossas intenções.

— Tendes razão. Realmente é ridículo. Mesmo depois que fugi do sultão e o traí, ainda é o seu poder que me protege. Não cesso de pensar nisso a todo instante. Vivemos num mundo louco.

Sorriu de leve.

— Não sou tão ingênuo que chegue a pensar que revelareis os vossos planos, pelo menos a mim. Afinal de contas, sou grego. E nem isso é necessário. O senso comum me diz que depois da queda desta cidade atingireis uma situação ainda mais alta a serviço do sultão. Não publicamente, é lógico, mas às escondidas. Por conseguinte, uma compreensão mútua ou mesmo uma cooperação dentro de certos limites será de vantagem recíproca.

Fitou-me como a me interrogar. Retruquei prudentemente:

— Esse ponto de vista é vosso.

— Existem apenas duas possibilidades, — continuou ele. — Ou o assédio acabará vitorioso e o sultão tomará Constantinopla de assalto, ou ele malogrará e então nos tornaremos um estado vassalo dos latinos, para sempre.

Levantou-se, aprumando-se, e aumentou o tom da voz.

— Já tivemos a experiência do domínio latino, uma vez. Durou uma geração e embora se tenham passado trezentos anos Constantinopla ainda não conseguiu voltar ao que era antes. Os latinos são salteadores mais cruéis do que os próprios turcos, e falsificaram até a verdadeira religião. Os turcos pelo menos permitem que conservemos a nossa crença e as nossas tradições. De modo que a própria Panaghia agora está favorável aos turcos, embora chore lágrimas de sangue lamentando a nossa fraqueza.

— Não vos estais dirigindo às turbas, Megadux, — resolvi lembrar-lhe.
Respondeu com veemência:
— Não me compreendais errado. Haja o que houver, não me compreendais errado. Sou grego. Lutarei pela minha cidade enquanto restar alguma esperança de independência. Jamais, porém, a deixarei cair em poder dos latinos. Pois isso apenas redundaria em incessantes carnificinas durante decênios, com Constantinopla reduzida a posto avançado da Europa. E assim as nossas últimas energias se perderiam. Estamos cansados da Europa, fartos dos latinos. Ao lado desses bárbaros, até mesmo os turcos se tornam um povo civilizado graças à sua herança árabe e persa. O poderio do sultão faria Constantinopla reflorescer. Como fronteira entre o Oriente e o Ocidente, Constantinopla pode mais uma vez reger o mundo. O sultão não exige que traiamos a nossa crença, apenas quer que firmemos amizade com os turcos. Por que não conquistarmos o mundo com ele, de maneira à antiga cultura grega se tornar o lêvedo de uma civilização universal mais robusta? Deixemos que nasça a terceira Roma! Cooperemos para isso! Uma Roma do sultão, onde gregos e turcos sejam irmãos e respeitem suas respectivas crenças!
Externei-me:
— Vosso sonho é alentador. De forma alguma atirarei água fria em vosso coração abrasado, mas os sonhos jamais passam de sonhos. Prendamo-nos à realidade, isso sim. Não conheceis Mohammed. Como desejais então que a vossa cidade seja conquistada e caia em poder dele?
— Não desejo isso. Não se trata de desejar. Sei, *tenho certeza* de que Constantinopla cairá. Não é em vão que sou estrategista. Um cão vivo vale mais do que um leão morto. O imperador Constantino escolheu o seu destino, mesmo porque não lhe resta outra solução. Sem dúvida procurará morrer nos baluartes quando vir que tudo está perdido. Mas como pode um patriota morto ajudar o seu povo? Se meu destino for cair cairei nas muralhas de Constantinopla; todavia, me empenharei em preservar a minha vida a fim de trabalhar pelo bem do meu povo. A era dos Paleólogos chegou ao seu termo. O sultão virá a ser o único imperador; porém, para reger os gregos e gerir os negócios gregos, precisará de estadistas gregos. Após a queda da cidade isso será inevitável. Terá que nomear para os altos cargos aqueles que estão afeitos ao cerimonial da corte e que têm prática de administração. Portanto, Constantinopla tem necessidade de patriotas que amem os seus concidadãos e que amem a herança da antiga Grécia mais do que a sua pró-

pria reputação. Se eu puder servir o meu povo como um cão vivo não hei de procurar morrer como leão. Terei apenas que persuadir o sultão da minha boa vontade, e quando o grito se propalar através das muralhas: "A cidade está perdida!" terá chegado a minha hora de tomar o destino do meu povo em minhas mãos e guiá-lo certo. Calou-se e encarou-me, esperando. Disse-lhe:

— Vossa explicação foi convincente, longa, persuasiva e até mesmo bela. Honra-vos sobremaneira. É verdade que a antiga herança grega a que vos referistes inclui Leônidas e as Termópilas; mas entendi o significado de vossas palavras. Desejais persuadir o sultão da vossa boa vontade. Acaso não deixastes também bem claro o vosso pensamento? Dirigis o grupo que se opõe à União, desfraldais a bandeira do ódio contra os latinos, estabeleceis conflitos dentro da cidade e assim lhe enfraqueceis a defesa. Saís com os vossos navios e mediante uma incursão a esmo dais ensejo ao grande emir, oferecendo-lhe a provocação de que ele carecia. Ora muito bem! Por que então não lhe escreveis oferecendo-lhe os vossos serviços?

Respondeu:

— Sabeis muito bem que um homem na minha situação não pode fazer semelhante coisa. Sou grego. Devo combater pela minha cidade, embora saiba que se trata de batalha inútil. No entretanto me reservo o direito de agir de acordo com as circunstâncias, visando ao bem do meu povo. Para que hão de os meus concidadãos morrer e ser arrastados à escravidão se posso evitar isso?

Repeti:

— Não conheceis Mohammed.

Minha objeção pareceu preocupá-lo.

Esclareceu:

— Não sou nenhum traidor. Sou político. Tanto vós como o sultão deveis compreender isso. Perante o meu povo e a minha consciência, perante o tribunal de Deus responderei por meus pensamentos e ações, pouco me importando com os caluniadores. O meu senso político me diz que um homem como eu se tornará imprescindível nessa hora decisiva. Minhas idéias são puras e desinteressadas. Será melhor de qualquer forma que os meus concidadãos sobrevivam do que sejam dizimados. O espírito da Grécia, a sua cultura e a sua religião não significam apenas as muralhas da cidade, o palácio do imperador, o foro, o senado e os arcontes. Estas são apenas formas aparentes, palpáveis, e mudam com o tempo; ao passo que o espírito perdura.

Aparteei:

— A sabedoria política e a sabedoria divina são duas coisas diferentes.
Argumentou:
— Se Deus deu ao homem o poder de pensar politicamente, é lógico que Sua intenção é que nos utilizemos desse poder.
— Falastes com bastante clareza, Megadux Lukas Notaras, — ponderei com ar bem sério. — Quando Constantinopla cair, haverá homens de vossa categoria que desejarão reger o mundo. Posso assegurar-vos que Mohammed conhece vossa opinião e dá o merecido apreço aos vossos planos abnegados. Por certo em tempo adequado vos transmitirá seus desejos e vos dirá de que forma podereis servi-lo melhor durante o assédio.
Inclinou moderadamente a cabeça, como se me considerasse o enviado do sultão Mohammed e visse em minhas palavras uma mensagem de caráter oficial. Eis até que ponto um homem se pode escravizar aos seus desejos. Ficou menos empertigado e esboçou um gesto amável com ambas as mãos quando fiz menção de me retirar.
— Ficai mais um pouco, — pediu. — Travamos uma conversa muito formal, mas também desejo ganhar a vossa amizade. Servis um chefe ainda jovem mas cujo ânimo resoluto e visão profunda das coisas respeito cordialmente.
Dirigiu-se até à mesa mais próxima, encheu de vinho duas taças e ofereceu-me uma. Não aceitei.
— Já bebi do vosso vinho, — disse-lhe. — Na companhia de vossa filha provei uma taça. Permiti que desta vez eu conserve o raciocínio bem lúcido. Não tenho o hábito de beber.
Sorriu, dando outra interpretação à minha recusa. E ponderou:
— Os mandamentos do Corão não deixam de ter suas boas qualidades. Não resta dúvida que Maomé foi um grande profeta. Nos tempos de hoje todos que têm critério reconhecem o que há de bom nas outras religiões, muito embora se mantenham fiéis à sua. Compreendo perfeitamente que haja cristãos que por sua livre vontade abracem o islamismo. Em questões de crença respeito todas as convicções honestas.
— Não me converti ao islamismo, — esclareci. — Manterei a minha fé cristã, defendendo-a decididamente. Não sou circunciso. Só não aceito o vinho para manter meu raciocínio bem lúcido.
Fitou-me, bastante sério.
— Além disso já vos declarei e torno a garantir que larguei o serviço do sultão. — E acrescentei vagarosamente: — Vim para Constantinopla a fim de morrer de-

fendendo a cidade. Não me movem outros intuitos. Agradeço a vossa prova de confiança e não abusarei dela. Todo homem tem o direito de fazer cálculos políticos em sua mente; ninguém o poderá censurar por isso enquanto tais cálculos se mantiverem sensatos. O imperador Constantino e seus conselheiros com certeza estão cientes da possibilidade de tais cálculos. Sede cuidadoso, portanto, como tendes sido até aqui.

Largou a taça sem provar o vinho. E externou-se:

— Noto que não confiais em mim. É lógico que tendes a vossa missão e tarefas que ignoro e respeito. Portanto, sede cauteloso também. Por certo desejareis ter contato comigo de novo quando for oportuno. Estais ciente dos meus pontos de vista. Sei o que se pode esperar de mim, assim como sei o limite que não ultrapassarei. Conforme já repeti por diversas vezes, sou grego e combaterei pela minha cidade.

— Como eu. Pelo menos temos isso em comum. Ambos tencionamos comparticipar da luta, embora saibamos que Constantinopla deverá cair. Já não aguardamos milagres.

— Os tempos evoluem. A era dos milagres já passou. Deus não intervém mais; é testemunha dos nossos pensamentos e dos nossos atos.

Voltou-se para os Magos que a lâmpada iluminava e pronunciou este juramento:

— Por Deus Nosso Senhor e Seu único Filho gerado, pela Mãe de Deus e por todos os santos, juro que os meus intuitos são altruísticos e que tenho em vista apenas o bem do meu povo. Não luto para alcançar o poder. Bem sei que me vou sujeitar a uma grave provação, mas estou resolvido a agir em prol do futuro do meu povo, dos meus concidadãos e da minha cidade.

Proferiu este juramento com uma solenidade tão convincente que tive que acreditar nele. Não deve ser um político meramente calculista; acredita deveras que está agindo de modo correto. Tem suportado insultos, seu brio tem sido ferido, execra os latinos e foi posto quase no ostracismo. Por conseguinte está agindo de acordo com a sua visão dos fatos e acredita nela.

— E vossa filha Anna Notaras? Permitireis que eu ainda a veja?

— A que propósito essa vossa lembrança? — perguntou, surpreendido. — Isso só atrairia uma atenção desnecessária. Como poderia ela mostrar-se na companhia de um homem que todos suspeitam que seja o enviado secreto do sultão?

Considerei alto:

— Ainda não me encerraram na torre de mármore. Se

101

Giustiniani é bem recebido pelas damas da corte de Blachernae, por que motivo não poderei apresentar os meus respeitos à filha do Megadux?
Com voz fria e desfavorável, replicou:
— Minha filha precisa zelar por sua reputação.
— Os tempos evoluíram, — insisti. — Com os latinos, chegaram até aqui os costumes modernos do Ocidente. Vossa filha já é adulta e tem bastante critério. Por que não permitis que cantores e músicos a distraiam? Por que não posso acompanhá-la a cavalo quando vai de liteira para a basílica? Por que não posso convidá-la para um passeio de barco no porto em dia de sol? Vossa casa é muito lúgubre. Por que negar-lhe um pouco de alegria e risos antes que comece a temporada de vicissitudes? Acaso vos oporeis a isso, Megadux?
Declarou num gesto de lástima:
— Agora é tarde demais. Providenciei a saída de minha filha para longe da cidade.
Fitei o chão para que ele não visse os meus olhos. Eu já esperava por isso. Já contava com essas notícias; senti profunda amargura.
— Seja feita a vossa vontade. Ainda assim tenciono ver vossa filha ainda uma vez antes de sua partida.
Lançou-me um olhar rápido, e seus grandes olhos vivos tomaram uma expressão vaga como se por um instante estivesse refletindo sobre possibilidades que até então não encarara. Depois gesticulou afastando os pensamentos e olhou através da janela como se quisesse ver o mar na noite densa, não obstante as adufas cerradas. E repetiu:
— Agora é demasiado tarde. Lamento muito; suponho que a nau já partiu aproveitando o vento favorabilíssimo da noite. Esta tarde ela seguiu de barco para uma das naus cretenses com suas bagagens e criadagem.
Voltei-me e saí às cegas. Tirei a lanterna do gancho do pórtico, escancarei a porta e saí para a noite escura. O vento sibilava, as ondas atiravam-se contra a muralha com bramidos cavernosos, alagando o cais. As rajadas fizeram o meu manto revolutear em torno do meu corpo e pareciam sufocar-me. Desesperei-me. Atirei longe a lanterna com toda a força. Bateu numa arcada, espatifou-se e extinguiu-se.
Isso salvou a minha vida. O meu anjo da guarda estava atento. E o meu cão também. Por trás de mim irrompeu uma faca que passando sob o meu braço esquerdo aflorou minhas costelas. Depois o assaltante tropeçou sobre o cão e gritou enquanto este o mordia. Vi-o, apesar das trevas, brandir às cegas o punhal.
Um grunhido esganiçado me fez deduzir que o cão re-

cebera um golpe mortal. Tomei-me de fúria incontida. Agarrei um pescoço escorregadio, valendo-me de um golpe ágil que aprendera com os turcos; senti cheiro de alho num hálito ofegante, e a fedentina de andrajos imundos. Apertei o pescoço no chão e cravei a minha adaga no corpo estrebuchante. O homem soltou um guincho enquanto a lâmina lhe varava as carnes. Depois me inclinei sobre o cão, que ainda tentou lamber meus dedos; mas logo sua cabeça caiu para um lado.
Admoestei-o:
— Por que me seguiste, se te proibi?! Não foste tu e sim o meu anjo da guarda que me salvou. Morreste inutilmente por mim, querido amigo.

Não passava de um miserável cão amarelo. Ligara-se à minha existência por sua livre vontade, tornara-se meu amigo e agora pagava com a vida o fato de me haver sido fiel.

Uma luz brilhou numa das janelas do palácio e ouvi a porta ser destrancada com estrépito. Desandei a correr; como as lágrimas me cegavam dei um encontrão numa parede e arranhei a cara. Enxuguei o sangue e continuei a correr rumo ao Hipódromo. O lado direito do meu tórax estava molhado de sangue. Por entre as nuvens velozes vislumbrava de vez em quando enxames de estrelas; gradualmente os meus olhos se foram acostumando à escuridão. Em minha cabeça zonza martelava um pensamento: "Não foi Constantino. Deve ter sido Phrantzes. Não pode ter sido ordem do imperador. Na certa foi idéia de Phrantzes..."

Acaso me consideravam homem tão perigoso que preferiram assassinar-me a prender-me na torre de mármore? Phrantzes bem que me advertira que não fosse à casa de Notaras.

Mas esses raciocínios inúteis se desvaneceram quando rodeei o Hipódromo e me vi escalando a colina. Cambaleando passei por Santa Sofia, cuja cúpula avultava na noite, e desci rumo ao porto com a mão comprimindo a ferida. Sentia meu coração pulsar fazendo ritmo ao meu solilóquio desesperado: "Ela foi embora... Ela foi embora..."

Sim. Anna Notaras deixou a cidade. Partir foi a sua opção. Era filha obediente de um pai voluntarioso. Que mais podia eu imaginar? Fora embora sem me enviar uma única mensagem. Sem despedir-se.

Meu criado Manuel estava de pé, à minha espera, e conservara acesa a lâmpada do meu quarto. Não se mostrou muito surpreendido ao ver o meu rosto lívido e desfigurado e notar sangue em minha roupa. Instantâneamente sumiu e reapareceu com água limpa, ataduras e ungüento. Ajudou-me a tirar a roupa, lavou a ferida que se estendia desde o omoplata até o bordo do hemitórax esquerdo. Doía-me bastante, porém a dor não deixava de fazer bem à minha alma.

Dei a Manuel uma agulha e um fio de prata e mostrei-lhe como coser e juntar bem os lábios dilacerados do ferimento. Depois ordenei que lavasse a superfície com vinho bem forte e colhesse teias de aranha e bastante orvalho para evitar a inflamação e a febre. Só depois que ele terminou o curativo e me ajudou a deitar foi que principiei a tremer. Tremia a ponto da cama ranger. Sussurrei com voz compungida:

— Pobre cão de rua... Meu amigo magro e de pêlo amarelo! Donde terias vindo? Que ser quase humano serias?...

Não conseguia dormir. Via-me novamente a sós. Mas não implorei a misericórdia divina. Anna Notaras tomara a sua resolução. Quem era eu para julgá-la?

Contudo, no dia de minha morte adormecerei beatificamente sob a ação do olor de jacinto de teu rosto. Isso não podes impedir, Anna Notaras.

28 de fevereiro de 1453

Durante o vendaval da última noite numerosas naves aproveitaram para fugir do porto; foi o que fizeram as galeotas do veneziano Piero Davenzo e as naus cretenses repletas de carga. Os juramentos beijando a cruz e a ameaça de penalidades e multas não bastaram para retê-las aqui.

Os capitães salvaram assim mil e duzentas caixas de soda, cobre, índigo, cera, mástique e especiarias destinadas a Veneza e a Creta.

Além disso acudiram a centenas de ricos que se refugiaram a bordo pagando pelas passagens o preço que lhes foi pedido. Parece que por diversos dias esse êxodo foi um negócio que se entabulou em segredo em pleno porto.

A guarnição turca de Galípoli não fez um único disparo contra as naus fugitivas, não mandou uma só galera de guerra atacá-las. Isto também deve ter sido previamente arranjado através de agentes neutros em Pera. Aliás, para que haveria o sultão de se incomodar por causa de alguns caixotes de cobre e especiarias se aquela fuga representava uma diminuição de navios com que o imperador contava, passando portanto a constituir um enfraquecimento das defesas do porto?

O Megadux, comandante da esquadra, também devia saber dos preparativos da fuga, tendo mesmo aproveitado para assim afastar da cidade sua filha, pondo-a em segurança.

Mas as damas da família imperial também partiram, muito embora não se saiba quando velejou a nau que as transportou.

O imperador exigiu dos capitães das naus restantes que fizessem novos juramentos e a afirmativa de que não sairiam sem permissão. Que mais poderia ele exigir? Os venezianos recusam-se a descarregar suas valiosas cargas, medida essa que seria o único meio de reter aqui os seus navios.

1.º de março de 1453

Giustiniani veio visitar-me, visto até agora eu não ter saído. O ferimento causa-me dores, tenho febre, sinto as faces em brasa. Assim que saltou do seu formidável cavalo, logo se viu rodeado por uma porção de curiosos. Os gregos admiram-no, embora ele seja um latino. A criançada se pôs respeitosamente a apalpar os freios e as rédeas do brioso palafrém. O imperador presenteou-o com uma sela tauxiada de ouro e com um arnês cravejado de jóias. Sua visita constituiu grande honra para mim. Conversamos demoradamente, expus-lhe a minha filosofia, as idéias do meu professor Dr. Cusanus, de que o bem e o mal, a verdade e a mentira, o certo e o errado, nenhum anula o outro. De que não existem de modo absoluto o bem, o certo e o verdadeiro de um lado, nem o mal, o errado e o falso do outro lado, pois que tudo é relativo neste mundo limitado, harmonizando-se e contrabalançando-se fora do Tempo, nas esferas do que é eterno. Mas ele não compreendeu.

Meneou a cabeça e estalou a língua de modo espetacular quando viu minha testa esfolada e meu nariz tumefato. Menti-lhe que aquilo era conseqüência de briga numa taverna.

— Mas... soubeste retribuir!

— Lógico. Dei muita pancadaria e depois zarpei.

— Se for verdade, não serás punido. Pelo menos até agora não recebemos queixa de que te embebedaste a ponto de prejudicar a boa ordem. Posso ver o ferimento?

Fez Manuel retirar a atadura e apertou desajeitadamente com o enorme polegar os bordos inchados da cutilada.

— Uma punhalada nas costas. Escapaste por um fio! Não arranjaste isso em nenhuma briga de taverna, muito embora te convenha declarar que foi assim.

— Tenho poucas relações nesta cidade. Desconfiam de mim, — acabei confessando.

— Precisas usar uma cota de malha. Uma cota de

malha bem leve já basta para quebrar a ponta de uma lâmina e evita que um punhal penetre fundo.
— Não é preciso. Tenho o "corpo fechado"; basta que eu não esteja distraído.
Mostrou-se curioso:
— Tens mesmo o corpo fechado? Usas algum talismã? Encomendaste algum feitiço que carregas contigo? Que é? Usas verbena em tua bolsa? Qualquer desses feitiços é bom. O essencial é acreditar mesmo.
Tirei de cima da mesa um alfinete de prata e mostrei--lho, dizendo:
— Presta atenção. — Sussurrei uma fórmula em árabe dos dervixes de Torlak, enfiei com força o alfinête no músculo do meu braço de maneira a ponta aparecer do outro lado. Não surgiu sequer uma gota de sangue. Giustiniani tornou a menear vagarosamente a cabeça, muito admirado.
— Mas então como se explica que tenhas febre? — perguntou, desconfiado. — Por que é que o ferimento não cicatriza logo, se tens mesmo o corpo fechado?
— Porque na hora eu estava distraído, sem prestar atenção na hipótese de um ataque. Mas não vos preocupeis. A ferida não tarda a sarar. Depois de amanhã estarei em condições de reassumir os meus deveres.
Não se demorou por mais tempo. Os cascos pesados do seu cavalo ressoaram pelo lajedo da rua. Os cascos de ferro do corcel do Tempo pisam o meu coração, estraçalhando-o...

2 de março de 1453

Dias cálidos. Nos jardins e esquinas de ruas ardem entulhos. A relva começa a despontar das fendas dos mármores amarelentos, e as encostas da Acrópole já apresentam as primeiras flores vistosas da primavera. No porto se estendem pela noite adentro as pândegas e orgias cujos sons atravessam os espaços ermos e chegam até à minha casa. Jamais vi poentes tão belos como estes, pois as cúpulas parecem se abrasar e a baía se torna negrejante como tinta, entre as colinas e o horizonte. Na outra banda as paredes e as torres de Pera tomam tons violáceos e se refletem nas águas escuras.
Estava eu assim contemplando o poente com o coração repleto de saudades quando Manuel se aproximou disposto a entabular longa conversa.
— Patrão o que chegou foi a primavera, e não os turcos. Os pássaros, excitados pela mudança de estação, se perseguem loucamente, e o arrulhar dos pombos não me dá

descanso. Na cocheira do patriarca os jumentos zurram tão desaforadamente que quem os escuta fica irritado com esses estupores. Como é horrível, patrão, se estar sozinho!...
Exclamei, com estranheza:
— Que queres dizer com isso? Será que pensas em casamento? Lembra-te que já tens a barba grisalha. Ou estás procurando arrancar de mim uma contribuiçãozinha para o dote de alguma das filhas de teus primos?
— Patrão, aflige-me apenas ver-vos assim, — respondeu melindrado. — Conheço-vos bem, sei qual a vossa categoria e compreendo perfeitamente o que vos é permitido fazer e o que vos é vedado. Mas a primavera mexe com o sangue até mesmo das personalidades mais distintas, não estabelecendo diferença entre o imperador e o pegureiro. Não vos quero ver de novo entrar em casa cambaleando, com as vestes ensangüentadas causando-me formidável susto. Ponderai sempre que pórticos escuros e pátios internos são locais perigosíssimos nesta cidade. Esfregou as mãos e abaixou as pálpebras enquanto procurava frases adequadas. Até que prosseguiu, com voz untuosa:
— Mas há solução para tudo. Vejo-vos deprimido, dormindo mal de noite, e isso me aflige. É claro que não devo intrometer-me nos vossos negócios; conheço o meu lugar. Mas não pude evitar de perceber que já faz bastante tempo que não recebeis a visita de certa criatura cuja vinda vos iluminava de alegria o semblante. Ora, uma noite destas chegastes à casa ensangüentado da cabeça aos pés; deduzi então que tudo foi descoberto e que estais sofrendo a saudade de uma separação obrigatória. O tempo cura todas as feridas; para todas elas há bálsamos aplacadores; inclusive para as do coração.
— Basta! Se o poente não me tivesse tornado melancólico te daria um soco na boca.
Apressou-se em responder:
— Não me julgueis confiado, patrão. Julgo que um homem da vossa idade precisa de mulher a não ser que seja monge ou que por qualquer outra razão faça piedosa abstinência. É lei da natureza. Por que motivo não haveis de gozar a vida durante o curto tempo que resta? Tenho uma sugestão a fazer e até mesmo duas, caso não tomeis isto por abuso de confiança...
Recuou e encolhendo-se e tornando-se mais untuoso continuou:
— Uma de minhas primas tem uma filha... uma jovem viúva que perdeu o marido tão cedo que a bem dizer é... quase donzela ainda! Ela vos tem visto atravessar a cidade a cavalo e se apaixonou por vós a tal ponto que vive

a atenazar-me para que a deixe vir até aqui conhecer-vos. É uma jovem vistosa, de muita personalidade. Torná-la-eis muito feliz e lhe honrareis sobremodo a família se a receberdes por uma noite, ou duas. Não pede mais do que isso, e podereis dar-lhe o que quiserdes quando vos cansardes dela. Desta forma cometereis uma ação bondosa e ao mesmo tempo aplacareis um pouco o vosso corpo.

— Agradeço, Manuel, tuas boas intenções; se eu tivesse que me render à atração de todas as mulheres que me seguem com os olhos jamais me livraria delas. Desde a mocidade que sofro da desgraça de ao invés de desejar ser desejado. Sempre ansiei por qualquer coisa que todavia não era aquilo pelo que os outros ansiavam. Tenho sido castigado caro por isso. Podes crer que eu daria à filha de tua prima sofrimento e mágoa acolhendo-a em meu leito, pois logo perceberia que não a desejo...

Manuel concordou logo:

— Foi o que procurei lhe meter na cabeça, mas sabeis como são as mulheres: a teimosia em pessoa. Está bem, tenho outra proposta. Uma de minhas tias tem um conhecimento... um senhor distinto e muito discreto... que de bom grado ajuda tanto os fregueses de alta categoria como as criaturinhas que os distraem. Para tanto construiu uma casa perto do palácio de Blachernae; por fora tem aparência modesta, mas por dentro é muito bem mobiliada e arranjada. Habitam-na jovens escravas provenientes de diversos países, e há cômodos para banhos quentes e massagens. Até mesmo arcontes caducos e impotentes saem de lá satisfeitos com os serviços que lhes são prestados, e manifestam sua gratidão depois por diferentes meios. Trata-se de casa compatível com a vossa alta categoria e não vos degradareis experimentando as várias possibilidades que lá se oferecem.

Percebeu a minha expressão, atrapalhou-se e tratou quanto antes de explicar-se:

— Não me acode ao pensamento um instante sequer, patrão, que sejais velho ou impotente. Pelo contrário, vejo que sois homem em plena exuberância de vida. Na casa a que me refiro se pode encontrar com perfeita segurança e discrição certo número de damas distintas desejosas de uma mudança ou que, por causa da sovinice dos maridos, buscam facilidades financeiras. Posso asseverar-vos que até mesmo damas do palácio de Blachernae freqüentam tal casa sem conseqüências desagradáveis. Muito pelo contrário. O prestimoso amigo de minha tia tem amplo e profundo conhecimento da humanidade e é muito compreensivo. Escolhe a sua clientela com o maior escrúpulo.

Respondi:
— Não farei nada para aumentar a imoralidade desta cidade agonizante. Não, Manuel, obrigado. Excusado explicar-te, não entenderias.

Mostrou-se profundamente decepcionado.

— Imoralidade como, patrão, quando se trata de uma freqüência apenas de gente culta, distinta, do mesmo nível social? Não vos parece mais arriscado e imoral pular muros em noites escuras ou sussurrar sugestões vergonhosas a damas bonitas, à socapa? Se alguém tem que pecar, por que então não fazê-lo alegremente, de maneira aristocrática e em plena consciência? Se não compreendeis isto, então perdoai-me, mas será por serdes latino.

— Não é pecar que me aflige, Manuel. Estou assim por saudades, por causa do amor que perdi.

Sacudiu a cabeça, ficou com uma expressão de melancolia submissa.

— O pecado é sempre pecado, seja qual for o disfarce com que apareça, e tanto seja chamado de amor ou de prazer. O resultado é o mesmo. Apenas vos cansais, patrão, inflamando assim os vossos sentimentos. Nem mesmo o pecado mais fascinador merece ser cosido depois com agulha e fio num esconderijo. Não me decepcioneis, patrão. Cuidava que tínheis mais senso comum. Mas isso de critério não é outorgado a uma pessoa feito presente de batismo, mesmo se nasce em berço de ouro.

Agarrei-o de súbito pela nuca e forcei-o a ajoelhar-se no pó do pátio. A minha adaga reluziu no fulgor do poente... Dominei-me, porém. Bradei:

— Que foi que disseste? Repete? Repete se tens coragem!

Ficou assustadíssimo, e seu pescoço magro finalmente se livrou de meus dedos. Notei, contudo, que após o primeiro choque aceitou a minha violência como honra. Erguendo o olhar lacrimejante e a barba grisalha com expressão de teimosia ardilosa desculpou-se:

— Não tive o menor intento de magoar-vos, patrão. Longe de mim supor que um simples gracejo meu vos enfureceria.

Mas suas palavras tinham um timbre demasiado untuoso para eu acreditar nelas. Bem no fundo de sua comprida lenga-lenga pusera uma isca para ver se eu a engolia. Por que me exacerbava eu a tal ponto de perder a calma? Tornei a enfiar a adaga na bainha.

— Não sabes o que dizes, Manuel. O anjo da morte postou-se atrás de ti por uns instantes.

Continuou de joelhos diante de mim como usufruindo com prazer aquela posição humilhante.

— Patrão, agarrastes a minha cabeça e quereis saber o que sucedeu? — perguntou com os olhos e as faces brilhantes de júbilo. — Sumiu a minha dor crônica de ouvidos. Mais ainda! Meus joelhos não me doem mais, embora eu esteja com eles sobre a terra úmida. Acaso não é tudo isso prova suficiente a demonstrar quem sois?
— Deixa de delírios. Tiveste pavor de minha adaga e é notório que o pavor repentino expulsa momentaneamente as dores.

Inclinou a cabeça, apanhou um punhado de terra e deixou-a cair. Começou a falar tão baixo que a custo ouvi direito.

— Quando eu era criança, via freqüentemente o imperador Manuel. Jamais vos deixarei mal. — Ergueu a mão como se quisesse tocar a minha ilharga e fitou os meus pés, como fascinado. — Botas de púrpura... — sussurrou para si mesmo. — Pusestes a mão em minha cabeça, e eis que as dores da minha decrepitude se desvaneceram.

O derradeiro reflexo cor de sangue do poente extinguiu-se e a noite irrompeu com seu séquito de sombras e friagem. Dentro de pouco tempo eu já não distinguia direito o rosto de Manuel. Permaneci calado, sentindo minha solidão imensa. Ergui-me e entrei no torpor da casa.

Tinta e papel. Outrora eu gostava do cheiro suave da tinta e do ruído seco do papel. Agora, odeio-os. As palavras são apenas analogias, como todas as coisas temporais. Meros símbolos rudes de coisas subjetivas que cada qual interpreta como quer, de acordo com seu temperamento e estado de ânimo. Não há palavras capazes de expressar o infinito.

Ainda há naus no porto e, tendo sorte, um navio do Ocidente pode velejar através dos Dardanelos sem ser molestado, e sair para o mar Egeu. Não há um só latino que não possa ser subornado. Sim, foi a febre de meus nervos que me fez atirar para Giustiniani as minhas jóias... foi a febre de meus nervos que me fez despojar-me novamente de minhas riquezas como de vestes apertadas. Agora sou tão pobre que não posso subornar um capitão de navio para que sua nau saia comigo em demanda daquela criatura!... Teria sido essa idéia que eu temi? Teria sido por isso que joguei fora as minhas pedras preciosas? Nada acontece por acaso... Nada, absolutamente. Todas as coisas obedecem a um curso previsto e ninguém pode fugir ao seu destino. O homem traça o seu fado como um sonâmbulo obedecendo a uma ordem inconsciente mas que no fundo é seu próprio arbítrio.

Teria eu tido medo de mim, desconfiado de mim? Conhecer-me-ia Mohammed melhor do que eu me conheço quando lançou em minhas mãos feito isca a bolsa de couro ao nos separarmos? Teria sido por isso que tive que jogar fora o seu donativo?

O conquistador Mohammed, sultão dos turcos! Bastar-me-á cruzar num barco o estreito, saltar em Pera e entrar em determinada casa com um pombal no pátio... e trair. Tornar a trair. Desespero tão lancinante como este, jamais senti. A opção jamais é feita definitivamente; apresenta-se sempre, de novo, até o nosso último alento. A porta permanece aberta. A porta para a fuga, para a traição, para novos desenganos.

Junto ao marnel de Varna o anjo da morte me disse: "Encontrar-nos-emos de novo na porta de São Romanos". Até agora tais palavras eram o meu conforto. Mas ele não me disse de que lado da porta. Não explicou.

Nem era preciso. Durante toda a minha vida fugi de uma prisão para outra. Mas desta última não me evadirei. Sim, desta, cujas paredes são as muralhas de Constantinopla. Sou o filho de meu pai. A prisão é o meu único lar.

7 de março de 1453

Hoje bem cedo, antes do sol nascer, um bando de monges, monjas e pobres mulheres embuçadas carregando círios acesos se encaminhou para a igreja do convento de Khora, perto do palácio de Blachernae e da porta Kharisios. Procuravam cantar, mas seu canto era engolido pelo silêncio da cidade e pelo dilúculo da madrugada. O teto e as paredes da igreja formam um único mosaico; as pedras coloridas cintilavam refletindo a luz de inúmeras velas de cera, e o recinto cheirava a incenso. A devoção resplandecente daqueles fiéis constituiu um bálsamo para o meu coração.

Por que os acompanhei até lá? Por que me ajoelhei junto deles? Já me fartei na vida de ver monges e freiras; vão aos pares de casa em casa com o prato de pedir espórtulas, coletando esmolas para os pobres refugiados que acorrem para dentro da cidade fugindo dos turcos.

Todas as monjas se parecem e é impossível distingui-las uma da outra. Entre elas há mulheres de origem aristocrática e humilde. Mulheres solitárias de famílias prósperas que compraram uma cela em determinado convento, ou irmãs leigas que oferecem o trabalho humilde de suas mãos mas que não fazem certos votos nem tomam véu. Gozam de liberdade maior do que as freiras

do Ocidente. Os gregos também consentem que os seus sacerdotes se casem e usem barba.
Todas as freiras são iguais. Usam os mesmos hábitos negros que lhes escondem as curvas dos corpos e os mesmos véus que lhes escondem os semblantes até aos olhos. Contudo, inconscientemente, reparei ao acaso numa certa monja que me seguia pela rua e que parou quando me voltei. Passou por minha casa com a companheira e fez uma pausa junto do leão de pedra a fim de olhar para as minhas janelas. Mas não bateu para pedir esmola. Desde então dei em prestar bastante atenção em cada monja que encontro. Qualquer coisa na atitude da cabeça, na maneira de andar e no modo das mãos se esconderem nas mangas cruzadas me faz reconhecê-la entre as demais quando se acham em bando.
Tenho sonhos e visões. O desespero me cegou e passei a acreditar no impossível. Será que meu juízo não se derreterá como uma vela acesa?

10 de março de 1453

Estes últimos dias vivi entre sonhos e delírios. Esta manhã as duas monjas tornaram a passar pela minha rua, pararam diante de minha casa e olharam para as janelas como à espera de que eu aparecesse. Desci precipitadamente a escada, abri a porta e parei ofegando diante delas, sem poder falar. Recuaram, fizeram uma saudação e uma delas estendeu o prato de madeira murmurando a prece habitual. Disse-lhes:

— Entrai em minha casa, irmãs. Minha bolsa está lá dentro.

Escondendo-se atrás da companheira idosa, a outra conservou a cabeça abaixada para que eu não lhe visse os olhos. E ambas fizeram menção de prosseguir rua acima. Perdi o domínio sobre mim mesmo, agarrei-a pelo braço, sem que ela resistisse. Manuel apresentou-se e exclamou, perplexo:

— Que é isso? Enlouquecestes, patrão? Quem maltrata uma freira é lapidado pelo povo.

A monja velha deu-me um soco com o punho magro e começou a bater na minha cabeça com o prato de madeira. Ambas não ousaram gritar. Intimei-as:

— Entrai, do contrário atrairemos a atenção e juntará gente.

A que me agredira bradou, com tom ameaçador:

— Queixar-nos-emos ao vosso comandante e ele vos fará enforcar!

E voltou-se para a companheira, hesitando. A outra

lhe fez sinal que sim. Nem podia ser de outra forma, já que eu continuava a segurá-la pelo braço.
Depois que entramos e Manuel fechou a porta, eu disse para a freira jovem:
— Reconheci-te logo. Reconhecer-te-ia entre mil monjas iguais! Com que então és tu? Será possível?
Safou-se de minha mão, toda trêmula, e disse depressa para a outra:
— Deve haver um equívoco... Ou qualquer incompreensão. Preciso esclarecer o que sucedeu. Permaneça aqui, por favor.
Ao ouvir isso, deduzi logo que ela não era monja ou pelo menos não fizera votos, do contrário não poderia ir para o aposento anexo sozinha comigo. Levei-a ao meu quarto e fechei a porta. Arranquei-lhe o véu e tomei-a em meus braços.
Sim, tomei-a em meus braços.
Só depois foi que principiei a tremer e a chorar, tão terrível havia sido o meu desespero, tão profunda fora a minha dúvida e tão intenso se tornara o meu desejo. Agora tudo estava aplacado. Tenho quarenta anos, acho-me no limiar do meu outono, e a felicidade de revê-la me causou soluços convulsivos, como a criança que acorda de um pesadelo e se vê de novo na segurança do lar. Exclamei:
— Minha querida! Por que me fizeste isto?
Deixou a cógula deslizar-lhe da cabeça para os ombros, e arrancou o manto preto, como envergonhada de suas vestes conventuais. Estava muito lívida. Ainda bem que não lhe haviam cortado os cabelos! E agora não tremia mais. Seus olhos castanhos tinham expressão altiva e interessada. Passou os dedos por meu rosto e olhou para eles, admirando-se de os ver molhados.
— Que é isso, João Angelos? Estás chorando? Por que te queixas de mim? Fiz-te algum mal?
Eu nem podia falar. Apenas olhava para ela, certo de que minha alma se sentia radiante como nos dias felizes da juventude. Não suportou o meu olhar e abaixou o seu.
— Cheguei a supor que me livrara da obsessão da tua lembrança... Mas... — Não pôde prosseguir, as palavras lhe ficavam sufocadas na garganta e um rubor lhe subia do pescoço às faces. Virou-se de costas e permaneceu quieta, passiva. Enlacei-lhe os ombros, desci as mãos até ao seu peito e, ofegando, senti o leve estremecer de todo o seu corpo macio. Apertei-a contra mim; reclinou a cabeça orgulhosa em meu ombro. Beijei-lhe a boca e foi como se lhe sentisse exalar a alma no beijo. Um júbilo novo e desconhecido se apossou de mim e todo um

fulgor nos rodeou. O meu desejo era límpido como água de fonte e puro como fogo de chama. Sussurrei: — Com que então voltaste para mim!

— Deixa-me. Preciso ir embora. Meus joelhos estão tremendo. Não posso ficar em pé. Sinto que vou desfalecer.

Caiu numa cadeira, apoiou os cotovelos na mesa e a testa nas mãos. Algum tempo depois ergueu os olhos. E de modo espontâneo aqueles olhos castanhos fitaram os meus.

Falou com voz entrecortada:

— Estou melhor agora. No primeiro instante tive medo de morrer em teus braços. Não sabia, não podia supor que fosse assim. — E corrigiu, olhando-me indefinidamente: — Ou talvez eu soubesse e por isso resolvi ficar na cidade, muito embora tivesse jurado nunca mais te rever. Jurei, mas acabei ficando. Como fui ingênua em pensar que podia me subtrair ao teu fascínio!

Sacudiu a cabeça. Seus cabelos pareciam de ouro, e seu rosto de marfim. Os arcos azuis de suas sobrancelhas, a ternura dourada de seus olhos, ah!...

— Resolvi evitar-te, quis desaparecer para longe de ti... mas precisava te ver de vez em quando, nem que fosse de certa distância, ao menos. Não tardei a convencer-me que acabaria por te procurar. Como freira tenho a liberdade que nunca usufruí antes. Posso andar livremente, dirigir-me aos pobres, falar com eles com naturalidade, sentir as lajes das ruas sob os meus pés, estender um prato de madeira, angariar esmolas ao preço de um agradecimento em nome de Deus. João Angelos, aprendi muito nestes poucos dias. Sem me dar conta, me preparava para ti.

Estendeu um pé nu. A sola de couro da sandália estava presa com correias de couro atadas ao tornozelo, e os atilhos lhe tinham ferido a pele alva. O pé, encardido pela poeira das ruas, era o pé vivo de um ente humano. Ela não era mais um ídolo pintado. Quanta transformação!

— Mas como é possível? Falei com teu pai uma noite destas! Mandou buscar-me, disse-me que te achavas a bordo de um navio que já devia estar levantando a âncora!

— Meu pai não sabe, — confessou candidamente. — Ainda pensa que parti. Adquiri a preço alto uma cela num convento onde damas nobres vão às vezes fazer retiro espiritual. Lá sou apenas uma inquilina temporária chamada Anna. Ignoram o meu nome de família. O convento ver-se-ia em apuros se eu fosse descoberta, de maneira que o meu segredo é respeitado. Se desejasse ficar lá pelo resto de minha vida receberia um nome novo, como se nascesse outra vez, sem que ninguém quisesse saber quem eu fui antes de entrar para lá. Eis a situação. Só tu sabes... pois acabaste descobrindo... ou me apresentei para que me descobrisses.

— Evidentemente não tencionas permanecer para sempre no convento! — exclamei, atarantado.

Olhou-me com ternura através das pestanas e disse, afetando ar de culpa:

— Cometi um grande pecado: enganei meu pai. Não devo então penitenciar-me?

Não compreendia como, sendo tão zelosamente guardada, ela pôde fugir. Contou-me que o pai resolveu remetê-la para Creta a fim de evitar que os turcos ou os latinos a aprisionassem. Mas que como a mãe continuava doente e não podia ir, tal projeto lhe repugnou desde o princípio. Transportaram-na para bordo com a bagagem e a criadagem aproveitando a escuridão da noite. Encontrou a nau repleta de fugitivos que tinham pago somas absurdas por suas respectivas bagagens. Ante a confusão geral reinante no tombadilho voltou para o barco e fez os remadores a trazerem para terra. Quando as amarras e a âncora foram içadas, a criadagem a supunha a bordo, logicamente; só muito tempo depois viria o pai a saber do seu desaparecimento.

— Agora estou livre. Tomara que cuidem que caí da amurada e me afoguei, pois para meu pai seria tristeza ainda maior se descobrisse que o enganei. Nem ouso pensar nessa hipótese.

Ficamos por bastante tempo em silêncio, olhando um para o outro. Isso bastava; creio que algo mais, um sorriso, um contato de mãos, faria meu coração sucumbir. Compreendi o que ela quis significar quando disse que receara morrer em meus braços.

Dedos nodosos bateram na porta e a voz estridente da monja idosa ressoou demonstrando nervosismo:

— Ainda demoras, irmã Anna?

Ouvi a voz persuasiva de Manuel procurar acalmá-la.

— Já vou, — respondeu Anna. Depois voltou para mim, afagou o meu rosto e disse: — Agora preciso ir embora.

Mas não se moveu. Apenas procurou ficar na ponta dos pés para poder me olhar bem nos olhos; e perguntou:

— És feliz, João Angelos?

Respondi:

— Sou feliz. E tu, Anna Notaras? És feliz também, agora?

— Sinto-me felicíssima.

Abriu a porta. A monja idosa precipitou-se, brandindo

115

a escudela. Anna agarrou-a suavemente pelo braço e puxou-a para fora do aposento. Agarrei a cabeça de Manuel e pespeguei-lhe dois beijos, um em cada face. E disse-lhe:
— Deus te abençoe e te conserve!
— O mesmo vos desejo. Que Deus seja magnânimo para convosco, — exclamou o meu criado, depois que passou o espanto. — Uma freira! Uma freira em vosso quarto! Quererá isso dizer que renegastes os latinos, finalmente, e que abraçastes a única religião verdadeira?

15 de março de 1453

A primavera engalana a cidade inteira. Crianças descalças vendem flores nas esquinas e garotos tocam avenas entre as ruínas. Não há som mais belo nem mais pungente do que o desses instrumentos feitos de folhas de caniço enroladas. Abençôo cada dia que passa. Abençôo cada dia que me é permitido viver...

A monja idosa chama-se Khariklea; é filha de antigo sapateiro e sabe ler. Meu criado Manuel diz, porém, que o nome dela não condiz com a cara. Verificou isso porque durante as refeições ela trata logo de suspender o véu; gosta de comer carne e de beber vinho. É irmã leiga e fica radiante por poder encher o prato de esmolas com trabalho mínimo. Manuel explicou-lhe que eu, em face do ataque dos turcos, resolvi renunciar às falsas doutrinas latinas para poder comungar o Corpo de Cristo na forma de pão levedado e decidi recitar o Credo legítimo sem interpolações. Para tal fim a irmã Anna me estaria instruindo escrupulosamente.

Não sei o que ela pensa a nosso respeito, mas tomou a irmã Anna sob a sua asa, considera-a uma dama culta e distinta cujo comportamento não compete a uma irmã leiga comentar.

Hoje Giustiniani mandou-me à Porta de Ouro superintender os exercícios militares; e Anna e Khariklea apareceram lá com uma cesta de alimentos. Ninguém se admira nem estranha porque é comum o almoço ser trazido ao meio-dia para oficiais e soldados na impossibilidade de se ir comer em casa por causa das grandes distâncias. Os soldados monges têm licença de ir comer no mosteiro de São João Batista; foram dispensados da obrigação do jejum e a verdade é que se tornaram fortes e queimados pelo sol. Prontamente enrolam as mangas dos hábitos assim que ouvem as ordens dos instrutores. Nos intervalos para descanso cantam alternadamente lindos hinos gregos.

Não há memória da Porta de Ouro ter sido aberta ao trânsito; por ela só podem passar procissões imperiais de triunfo. Agora foi emparedada para melhor resistir ao assédio. Sentamo-nos na relva à sombra dos baluartes, comemos e bebemos juntos. Khariklea costuma ficar sonolenta depois da refeição, afasta-se um pouco, estende-se na relva e dorme com o véu sobre o rosto.

Hoje Anna tirou as sandálias porque as correias lhe feriram os pés... Vejo seus artelhos brancos repousando na relva verde. Confessou-me que desde a infância jamais se sentiu tão à vontade e feliz.

Um falcão pôs-se a descrever círculos altos no céu radiosamente azul. Às vezes os falcoeiros do imperador soltam suas aves para que elas cacem pombos egípcios, como se isso adiantasse alguma coisa. Vagarosamente o falcão girava lá em cima, observando atentamente.

Anna estendeu a mão sobre a relva e disse sem olhar para mim:

— Aprendi a ter compaixão pelos pobres. Confiam no hábito monacal. Contam-me seus sofrimentos e dificuldades, falam comigo como de igual para igual, o que para mim é coisa completamente nova. Comentam: "Que adiantam todos esses cuidados? Os guerreiros do sultão são incontáveis! Suas peças de artilharia arrebentam logo ao primeiro tiro as muralhas mais fortes. O imperador Constantino é um apóstata e se entregou ao Papa. Vendeu seus direitos de primogenitura e esta cidade por um socorro que equivale a um prato de lentilhas. E por quê? O sultão não ameaça o nosso credo; nas cidades gregas ocupadas os sacerdotes ortodoxos têm licença de servir as comunidades cristãs. Apenas são proibidos os sinos nas igrejas e nos mosteiros. Sob a proteção dele a nossa fé ficará livre das heresias dos latinos. Os turcos nunca molestam os pobres; deixam a população à vontade contanto que esta pague os impostos que, aliás, são bem menos exorbitantes do que os do imperador. Para que perecermos ou cairmos na escravidão em benefício apenas do imperador e dos latinos? Só os ricos e os nobres têm motivos para temer os turcos."
É assim que muita gente aflita conversa comigo.

Continuou a não me olhar. Estranhei. Que desejaria de mim, para estar falando dessa forma?

Perguntou:

— Então a nossa cidade tem que ser saqueada ou que se tornar um Estado vassalo dos latinos? Toda essa pobre população apenas deseja viver, trabalhar com as mãos calejadas, ter filhos e praticar sua religião. Haverá grandes causas pelas quais valha a pena a gente morrer? Apenas existe esta vida, esta pobre vida mortal. Tenho pena de toda essa pobre gente.

— Falas assim porque és mulher.
Empertigou-se.
— Sim, sou mulher. E que tem isso? Também as mulheres devem possuir sabedoria e senso. Houve ocasiões em que esta cidade foi governada por mulheres. Foram tempos muito melhores do que os outros. Se as mulheres ainda mandassem hoje, expulsaríamos os latinos com seus canhões e galeras. E, com eles, o imperador!
Repeti maliciosamente a frase de seu pai:
— Preferível o turbante turco do que a mitra papal.
— E ponderei: — Falas como teu pai. — Olhei para ela.
e nisto fui assaltado por uma suspeita. Perguntei-lhe, instantaneamente: — Anna, creio que te conheço bem, mas posso estar iludido. Dize-me uma coisa: é verdade mesmo que permaneces aqui em Constantinopla sem que teu pai saiba? Juras?
Exclamou:
— Não esperava de ti tamanho insulto! Jurar, para quê? Minha palavra então não basta? Se falo como meu pai é porque o compreendo agora melhor do que antes. É um estadista infinitamente maior do que o imperador e ama o seu povo muito mais do que aqueles que por causa dos latinos querem que esta cidade vire escombros e que a população pereça. É meu pai. Ninguém mais se atreveu a desafiar o imperador e a proclamar bem alto suas próprias convicções, como ele fez no dia em que tu e eu nos conhecemos. Acaso não tenho direito de me orgulhar de meu pai?
Senti meu rosto contrair-se e disse baixo, endurecendo os lábios:
— Ele usou de um estratagema barato de demagogo, indigno de ser utilizado para obter o favor popular. Quem é que ele desafiou? Não desafiou ninguém; pelo contrário, preferiu deslizar junto com a corrente, e ganhou uma vantagem temporal às expensas de sua alma. Nem se pode dizer que agiu por impulso; tentou deliberadamente agitar a população.
Anna fitou-me com ar incrédulo. E perguntou:
— Apóias então a União? És latino de alma, e teu sangue grego é uma simples mentira?
— Mesmo que assim fosse, a quem escolherias? A mim ou a teu pai?
Ficou com as faces tão lívidas e com as comissuras dos lábios tão hirtas que se tornou feia. No primeiro instante pensei que me fosse agredir; restringiu-se a gesticular de modo conciliatório.
— Não acredito. Não podes ser latino. Mas que é que tens contra meu pai?
A dúvida e a fúria, meras variantes de ciúme, impul-

sionaram-me de chofre. Perguntei com tom áspero:
— É ele que quer saber, ou és tu? Foi ele que te mandou experimentar-me por não ter podido pessoalmente me atrair para o seu lado?
Anna levantou-se de um salto e limpou depressa fragmentos de relva aderidos às suas mãos, como a limpar-se do meu contato. O ar de desprezo de seus olhos queimava a minha alma; estavam cheios de lágrimas.
— Jamais te perdoarei isto! — exclamou, e saiu às cegas, esquecendo até as sandálias; mas tropeçou numa pedra, caiu e principiou a soluçar. Permaneci imóvel. Lágrimas não me comoviam, agora. A suspeita lavrava dentro de mim em redemoinhos confusos e estonteantes e me subia à garganta com gosto de fel. Não estaria Anna representando apenas um suposto drama? Talvez supusesse que eu abrandaria e fosse enxugar-lhe as lágrimas.
Daí a instantes levantou-se, soerguendo a cabeça e enxugando o rosto com a manga. Khariklea sentou-se na relva e olhou para nós dois, muito perplexa.
— Ia esquecendo as minhas sandálias, — disse Anna. E abaixou-se para apanhá-las. Imediatamente pus os pés sobre elas e disse:
— Espera. Ainda não acabamos de esclarecer o caso em questão. Conheces-me, porém pouco sabes a meu respeito. Nem nunca virias a saber. Tenho direito de desconfiar de toda gente... mesmo de ti.
Disse por entre os dentes cerrados:
— Agi por vontade minha. — Tentou soltar as sandálias do peso dos meus pés. — Tão louca fui que te escolhi, certo de que me amavas.
Tomei-lhe a cabeça entre as minhas mãos e forcei-a a parar diante de mim. Resistiu, era mais forte do que parecia, mas a fiz ficar de frente; fechou os olhos para não me ver, tamanho o ódio que sentia de mim naquele instante. Se não fosse bem educada me cuspiria na cara.
— Espera! Temos que esclarecer este assunto, — repeti. — Arrependes-te então de ter confiado em mim, Anna Notaras!
Ofegava, impotente, e as lágrimas escapavam pelo vão das pálpebras e dos cílios, e lhe desciam pelo rosto abaixo. Ainda assim, pôde responder:
— Como posso confiar em ti se por tua vez desconfias de mim? Nunca esperei tal atitude de ti.
— Por que e para que, então, disseste aquelas coisas de ainda agora? Talvez, de fato, não estivesses falando por sugestão de teu pai. Retiro o que disse e peço desculpas. Mas em teu íntimo acreditas que eu ainda esteja a serviço do sultão? Como teu pai... como toda gente

acredita? Sim, todos, exceto Giustiniani, que é mais esperto e clarividente do que vós outros. Acreditas, do contrário não dirias o que disseste. Quiseste experimentar-me.
Aplacou-se um pouco, e declarou:
— O que eu disse foi muito claro. Expus os meus próprios pensamentos e por certo queria conhecer os teus. Não tive outra intenção. Falei o que todos comentam, afinal de contas; não alterei nada. Soltei-a e lamentei a minha violência. Ela não apanhou as sandálias.
— Comentários desse jaez não podem ser feitos. Quem fala assim é um traidor, embora fale inconscientemente. Tal atmosfera apenas beneficia o sultão, que ignora o que seja piedade. Não duvido que, quanto a promessas e sugestões, ele seja bastante generoso; mas não tenciona conceder senão aquilo que convenha aos seus planos. A única coisa que respeita é a coragem. Transigência é coisa que ele considera covardia, e para os fracos e pusilânimes não há lugar em seu império. O homem que fala em submissão ou deposita sua fé no sultão está cavando a própria sepultura.
Sacudindo-a pelos ombros, exclamei:
— Pois não compreendes, querida, que ele tenciona fazer de Constantinopla a sua capital, transformá-la em cidade turca e reduzir seus templos a meras mesquitas? Na sua Constantinopla não haverá lugar para os gregos a não ser como escravos, de forma que demolirá até mesmo os fundamentos do Estado grego! Eis o que pretende fazer e não se contentará com outro projeto. Nem poderia, pois daqui pode dominar tanto o Oriente como o Ocidente. Por conseguinte não nos resta outro recurso senão combater! E combater até à última gota do nosso sangue, até mesmo depois de perdida toda e qualquer esperança. Se um império de um milênio tem que cair, então que caia com honra. Essa é que é a verdade! Melhor farão as mães residentes nesta cidade batendo com as cabeças dos filhos nas pedras do que falarem em submissão. Todo aquele que se inclinar perante o sultão se inclinará sob a espada do carrasco. Não importa seja rico ou pobre. Podes crer, deves crer, querida, no que te estou dizendo! Conheço o sultão Mohammed e prefiro procurar a morte aqui entre vós outros do que acompanhá-lo; não desejo, absolutamente, sobreviver a Constantinopla.
Sacudiu a cabeça, com lágrimas de rancor e humilhação brilhando ainda nos olhos. Estava com as faces inflamadas, parecia uma jovem aluna que tivesse sido imerecidamente repreendida por seu professor.

— Acredito em ti. Tenho que acreditar. Mas não compreendo! Não posso compreender! Apontou para longe. Olhei na direção mostrada: por cima da vasta aglomeração de casas amarelas se erguia a cúpula gigantesca de Santa Sofia. Estendeu a mão, girando o braço: para lá dos campos de ruínas muitas outras cúpulas dominavam os milhares de edifícios. E bem perto de nós se elevavam os baluartes batidos de sol, coloridos pelos séculos, bem mais altos do que as mais altas casas, estendendo-se para o norte, atravessando colinas e vales até sumirem, contendo toda a imensa cidade na proteção de seu abraço.

Ela repetiu:

— Não compreendo. Esta cidade é demasiado grande, antiga e rica, mesmo em sua decadência e crise, para ser saqueada e destruída. Centenas de milhares de pessoas têm os seus lares aqui; não podem, todas elas, ser reduzidas a escravos ou a cadáveres. Constantinopla é grande demais para ser invadida de ponta a ponta pelos turcos. Há cem, duzentos anos, eles ainda eram salteadores e pastores; precisam de nós para a construção de um império perdurável. O sultão é um homem culto que fala grego e latim. Por que nos há de molestar, caso venha a conquistar a cidade? Por que há de dizimar os seus próprios súditos? Palavra, que não compreendo. Não estamos mais no dia de Gengis Khan ou de Tamerlão.

— Não conheces Mohammed. — Eu não podia dizer outra coisa, por fútil que pudesse parecer esta afirmativa que levava a repetir. — Leu tudo quanto se refere a Alexandre, o Grande, estudou a história grega e os contos árabes. O nó górdio era complexo demais para ser desfeito. Constantinopla é o nó górdio dos turcos. Uma espécie de meada intrincadíssima do Oriente com o Ocidente, de gregos com latinos, de ódio com desconfiança, de intrigas políticas com barafundas domésticas, de tratados mantidos e desrespeitados... Enfim, um nó mesmo complicado e secular de política bizantina. Um nó que só pode ser desfeito pelo golpe de uma espada. Não há inocentes nem culpados, há apenas uma população debaixo do gume de uma espada erguida.

Lembrei-me da cara reluzente, dos olhos brilhantes de Mohammed enquanto lia a história grega do nó górdio; de vez em quando me perguntava o significado de uma ou outra palavra que não compreendia. Isso, no tempo em que ainda era vivo o sultão Murad: um homem baixo, gordo, de ar melancólico, sempre ofegante, de lábios violáceos e de faces túmidas pela bebida; morreu em pleno banquete, entre os seus amados poetas e intelectuais; era justo e misericordioso, perdoava até aos seus inimigos,

121

cansado de antigas guerras. Conquistara Tessalônica e se veria compelido a assediar Constantinopla caso fosse vitorioso em Varna; contudo, jamais quis guerras; sentia repugnância pelas guerras. Mas gerou uma fera selvagem como seu sucessor, e nos seus últimos anos de vida se compenetrou dessa fatalidade. Dificilmente encarava o filho, tanto o achava esquisito! Mas como podia eu explicar tudo isso, que se tornara parte de minha experiência no decurso de sete anos?
— O sultão Murad, — disse eu, — não acreditava no poder. Entendia que um soberano é pouco mais do que um cego designado para guiar outros cegos. Achava que um soberano era um instrumento, um meio para servir forças e pressões crescentes, um utensílio que nem podia dirigir nem estancar acontecimentos. Passou a usufruir a beleza da vida e amava mulheres, poemas e vinho. Depois de velho deu em andar com uma rosa na mão e com a cabeça aturdida pelo vinho, e por fim até mesmo a beleza lhe pareceu não ser mais do que vaidade. Convenceu-se de que não era mais do que pó. Acreditava que o universo não passava de grão de poeira no vórtice do infinito. Ainda assim praticava suas devoções, prestigiava o islamismo e suas doutrinas, construía mesquitas, e fundou mesmo uma universidade em Adrianópolis. Seus contemporâneos consideravam-no varão devoto e fundador de um Estado. Mas sorria quando lhe gabavam as vitórias e as qualidades de estadista.

Repeti:

— Murad não acreditava no poder. A seu ver a vida, inclusive a de um soberano, não era mais do que uma centelha soprada pelo vento em plenas trevas, extinguindo-se logo. Mohammed, porém, esse acredita no poder. Acredita que pode dirigir os acontecimentos segundo a sua vontade. Tem mais inteligência e intuição do que Murad. Sabe disso. Para ele não existe bem nem mal, verdade nem mentira. É capaz de chapinhar no sangue, se isso convier aos seus planos.

Continuei, abaixando a voz:

— E não deixa de ter razão. No fundo, o sofrimento ou a morte de cem, de mil, de cem mil pessoas é a mesma coisa que o sofrimento ou a morte de uma só pessoa. Os números medem coisas finitas, não passam de meros elementos de matemática. A única medida para o sofrimento e a morte é o Homem, esse cálice que contém um oceano. Foi por isso que Cristo com Seu sofrimento e a Sua morte pôde redimir os pecados do mundo. No reino de Cristo vem a ser a mesma coisa dolorosa se um grego ou duzentos mil gregos perecem pela espada. Números e cifras são significativos somente para aquele que rege o mundo finito; para um tal homem o povo é constituído apenas de números vistos em relação a outros números; não são seres humanos.

Anna ergueu a cabeça e perguntou com ar impaciente:

— Que é que estás procurando provar?

— Estou apenas procurando dizer-te, querida, por meio de palavras fracas e inadequadas, que te amo mais do que qualquer outra coisa no mundo. Amo-te de maneira desesperada e inconsolável. És a minha Grécia. És a minha Constantinopla. Na vastidão do tempo Constantinopla virá a cair, da mesma forma que o teu corpo um dia se extinguirá. É por isso que o amor terreno é tão árduo. Quando amamos, somos mais agudamente prisioneiros do tempo e do espaço do que em qualquer outro momento. Mora dentro de nós a desesperada saudade de todas as coisas temporais; a saudade de sobreviver. Amada, quando te contemplo percebo a tua caveira do lado de dentro de teu rosto. Através de tua carne macia distingo o teu esqueleto, da mesma forma que, quando jovem, fui despertado pelo rouxinol perto do muro do cemitério. O amor é uma morte lenta. Quando te tomo em meus braços, quando te beijo na boca, é a morte que estou abraçando e beijando. Tão loucamente, de forma tão terrível te amo!

Ela, porém, não compreendia.

Disse-lhe, pois:

— Feriste teu pé por culpa minha. Só te causo dor e sofrimento. Deixa-me ajudar-te.

Apanhei as suas sandálias. Inclinou-se sobre o meu braço; conduzi-a até à grande cisterna. Era-lhe difícil caminhar, e os seixos machucavam-lhe as solas macias dos pés. Ergui-a; teve confiança em mim. Seu corpo confiava no meu, apesar de seus pensamentos altivos e rebeldes.

Ajudei-a a sentar-se o melhor possível na beira da cisterna que vazava; lavei-lhe os pés, tirando o sangue de cima dos ferimentos. Lavei-lhe demoradamente os pés descalços... até que de repente ela empalideceu e procurou afastar-se, como se sentisse qualquer coisa internamente. Implorou:

— Não. Não faças assim. Não posso suportar.

Estava em meu poder. A certa distância, um pastor soprava a sua avena de caniço; as notas finas, melancólicas, entristeciam o meu coração. Sol a pino... Toquei-lhe a perna, acima do tornozelo. A pele branca era quente e viva. Se eu então a puxasse para mim e a beijasse, ela não resistiria, mesmo que procurasse dominar--se. Mas não ficou com medo de mim. Fitou-me com aqueles seus olhos francos e inteligentes. Ordenei-lhe:

123

— Fica em pé. Apóia-te em mim enquanto te calço e ato as sandálias.
— Sinto o rosto em fogo, — disse. — Meu rosto vai ficar queimado de sol porque não conservei o véu, deixei que me olhasses... Meus pés estão vermelhos agora por eu andar descalça demais.
Abençôo cada dia que me é permitido viver.

Depois que Anna foi embora, os exercícios militares se reiniciaram. Giustiniani mandou disparar vários tiros de um canhão pesado que içáramos no trecho mais alto da muralha; queria com isso acostumar os recrutas aos estrondos, fulgores e fumaça, provar-lhes enfim que um tiro de peça é mais alarmante do que perigoso, opinião esta que procura difundir. Os técnicos do imperador embasaram com bastante firmeza o canhão no topo da muralha. Funcionou direito, segundo os cálculos, arremessando uma bala de pedra do tamanho da cabeça de um homem e que foi cair após a parábola por sobre os muros exteriores e o fosso, fazendo estremecer o solo; mas não tanto quanto a muralha, que rachou em certo ponto da superfície fazendo desmoronar lajes inteiras. Embora ninguém fosse ferido, o acidente provou o que Giustiniani asseverara: que os canhões são mais perigosos para os que os manobram do que para o inimigo. O fato causou efeito deprimente; monges e artesãos puseram-se a olhar para a fenda, não querendo acreditar no que viam, porque comprovava quanto era ilusória a inexpugnabilidade daquela muralha maciça.

Para lá dos baluartes os campos estendem-se ermos até a gente os perder de vista. Árvores foram derrubadas a fim da perspectiva ficar bem visível, e os cepos dos ciprestes e dos plátanos formam secções de cilindros rentes à terra verde e pardacenta. Cortaram até as árvores frutíferas, demoliram todas as casas para que não haja abrigos nem materiais que os assediantes possam usar. Em determinado ponto longínquo do horizonte se ergue um pilar de fumaça de um edifício em chamas; quanto ao mais, nenhum sinal de vida naquela vastidão desolada.

A ponte levadiça ainda não tendo sido destruída, ordenei que se abrisse a porta parcialmente bloqueada e mandei que alguns homens fossem apanhar a bala do canhão. Mesmo o pedreiro mais hábil leva um dia inteiro pelo menos para talhar balas de pedra daquele diâmetro.

Coloquei archeiros nos torreões e nas ameias da muralha exterior, como se fôssemos fazer uma autêntica surtida. Os homens sentiram-se desprotegidos e muito expostos e assim que deixaram os refúgios olharam em redor, muito apavorados; mas logo se reanimaram, foram buscar a bala e reentraram com ela.

Alguns tomaram um bom banho na vala que, tendo sido reedificada muito recentemente, ainda mantém água bem limpa. O fosso tem trinta côvados de largura e outro tanto de profundidade e sua água é mantida no mesmo nível por grandes condutores vindos do mar e de enormes reservatórios situados em diferentes pontos da cidade. De quando em quando é represado, para que não venha a secar, de modo que parece uma série de lagos entre a cidade e os campos adjacentes. Pouco antes do palácio de Blachernae o fosso termina porque ali o chão descai em rampa até à baía; substituem-no muralhas e bastiões que em todo esse trecho são mais fortes. Os próprios edifícios do palácio se incorporam ao cinturão formando uma fortaleza contínua até à praia.

E dizer-se que a grande muralha se fendeu hoje com o disparar de um único tiro do parapeito!

18 de março de 1453

Eu e ela não conversamos mais sobre política; guardamos nossas idéias para nós mesmos. O seu corpo acredita em mim, mas não a sua alma.

Senti-me no dever de contar a Giustiniani o que a população da cidade pensa. Não se impressionou absolutamente; pelo contrário, fitou-me como se eu fosse um idiota, e disse:

— É lógico que quem tem critério não deseja a guerra. É natural que as mulheres não queiram ficar sem os filhos, os maridos e os lares. Se eu fosse comerciante ou lavrador, trabalhasse em marfim ou em seda, abominaria a idéia de guerra. Sei disso muito bem. Mas quando chega a hora, o povo não importa. Dez homens metidos em armaduras dominam e dirigem mil paisanos; os romanos ensinaram-nos isso. O povo não tem importância. Fará o que lhe for dito que faça, é como o gado levado às cegas para o matadouro. A primeira coisa que fiz quando recebi o bastão de protostrator foi mandar reunir e arrolar todas as armas da cidade. Apliquei essa regra a ricos e pobres. Os filhos dos arcontes tiveram que entregar suas excelentes bestas tauxiadas de marfim, da mesma forma que os açougueiros tiveram que entregar suas machadinhas. Agora, diariamente, após os exercícios, as armas são restituídas aos arsenais e somente as sentinelas conservam seu equipamento. Todos podem praticar as armas que desejarem, mas não as podem levar para casa. Uma população desarmada não é perigosa. Ao vir para aqui encontrei uma cidade fervendo de raiva e desconfiança dos latinos, mas a transformei numa cidade pacata e ordeira, cujos habitantes estão aprendendo a se defender segundo a instrução que recebem dos latinos. Isso por si já constitui um feito militar, não te parece? Absolutamente não tenho o mínimo receio da população da cidade, Jean Ange. Combaterá para defender suas vidas e providenciarei para que ao se iniciar a batalha ninguém pense em traição.

E prosseguiu, após ter dito isto com ar resoluto:
— Os nossos marinheiros, obrigados à inércia, constituem um perigo bem maior. Sua violência obstinada causa danos e apreensões tanto aos latinos como aos gregos. — Olhou-me de modo especial e declarou, esfregando as mãos: — Tive grande trabalheira em persuadir o imperador a dar-lhes trabalho. Para que precisava ele manter gente em plena preguiça à razão de três mil ducados ouro por mês? Os operários gregos exigem pagamento para cada pedra que transportam para as muralhas ou cesta de terra que carregam de um lugar para outro. Está certo e é natural. São homens pobres que precisam sustentar suas famílias. E cada pá de terra custa dinheiro ao imperador. Ora, os marinheiros não fazem nada, apenas tocam flauta e fazem cabriolas no tombadilho o dia inteiro. Repugna ao imperador desavir-se com os arrais venezianos que por sua parte não consentem que seus homens trabalhem fora da rotina de bordo. Ainda bem que consegui pôr Aloísio Diedo no comando da frota.

E explicou com ênfase:
— Sim, no comando de toda a frota e do porto. Isso significa que na segunda-feira de manhã todas as grandes galeras seguirão em potentes remadas para o Corno de Ouro e lançarão âncoras perto de Blachernae, no porto de Kynegion, onde já esperam as equipagens, picaretas, pás e cestas. A maruja terá por tarefa cavar um fosso desde a Porta de Madeira até à Torre de Anemas, onde o chão é demasiado raso. Seria loucura deixar que os turcos chegassem tão perto do porto até às muralhas de Blachernae e colocassem minas debaixo do palácio. Estou ciente de que o sultão convocou não só a cavalaria como também os mineiros da Sérvia.

É evidente que Giustiniani teve outros informes a respeito dos planos do sultão, já que acha necessário realizar na última hora empreendimentos tão formidáveis como esse de abrir um novo fosso. Mas dei pouca atenção a isso, já que a notícia que mais me pôs perplexo foi a da exoneração de Lukas Notaras. É notório que os armadores e os capitães de navio não reconhecem a autoridade grega, mas me assombrou saber que o imperador ousara fazer tamanha afronta ao Grão-Duque.

— Durante semanas e semanas Lukas Notaras esperou que fosseis conferenciar com ele, — comentei, — e agora sem o consultardes o pusestes de lado! Como vos atrevestes a tanto?

Giustiniani estendeu as mãos e exclamou:

— Longe disso! Longe disso! O imperador, seus conselheiros e eu concordávamos em uníssono que um estrategista tão notável e experiente como Lukas Notaras devia comparticipar de maneira mais digna na defesa da cidade. Que poderia ele fazer com suas dromundas carcomidas já que os latinos estão resolvidos a ter seus comandantes próprios em suas respectivas naus? Não! Ele foi promovido. Caber-lhe-á defender considerável extensão da muralha.

Achei incrível e bradei:

— Estareis loucos todos vós? Por que lhe facilitastes vós outros tamanha tentação? Não fica bem tanto para ele como para a cidade. Pois se declarou abertamente que preferiria submeter-se ao sultão do que ao pontífice romano!

Giustiniani olhou-me com ar categórico, declarando:

— Impossível evitar isso. Foi uma decisão espontânea e unânime. Lukas Notaras terá sob seu comando quase um quarto do perímetro. Quem somos nós para rejeitarmos um homem devido às suas honestas convicções? Acabemos com desconfianças recíprocas! Estendemos-lhe a mão fraternalmente. Lutará ombro a ombro conosco na defesa desta soberba cidade.

— Estareis bêbedo? — perguntei-lhe. — Terá o imperador Constantino perdido o juízo?

Giustiniani fingiu limpar uma lágrima. Era-lhe difícil conter-se. Continuou, contraindo ainda a cara:

— Esta promoção ajudá-lo-á a suportar a perda de suas dromundas. A primeira medida de Aloísio Diedo foi garantir a segurança do porto removendo toda e qualquer embarcação pequena e imprestável. De forma que as galeras do imperador estão sendo desarmadas e postas a seco. Suas equipagens formarão um valioso reforço para os contingentes de Notaras, pois não lhe subtrairei um só dos seus homens. Não te preocupes. Muitas outras naus imprestáveis serão afundadas ou postas a seco, pois se rompessem suas amarras ou fossem incendiadas durante a luta acabariam atrapalhando seriamente as naus de guerra. Além disso, uma vez inutilizadas não oferecerão a ninguém tentativa ou ensejo de fuga caso os aconteci-

mentos se agravem. Dessa maneira a movimentação no mar será fácil e... idônea. Aloísio Diedo é indivíduo sagaz; não é à toa que se trata de um veneziano.
Comentei:
— Com que então estais empurrando o Megadux para os braços do sultão, tentando-o a tomar um rumo que como grego e compatriota jamais hesitará em seguir. Tirais-lhe o porto, tirais-lhe as naus que ele aparelhou às suas expensas, e ainda por cima exacerbais um homem já bastante amargurado. Não compreendo essa política. A vossa e a do imperador.
— Não lhe tiramos o porto, — retrucou Giustiniani com ar de inocência melindrada. — Pelo contrário, é exatamente o porto que ele terá que defender. O seu setor estende-se desde a concessão veneziana até ao palácio de Blachernae... Toda a extensão da muralha rente ao porto; cinco mil côvados, pelo menos. Contentei-me com mil côvados modestos da muralha do lado de terra.
Não precisei consultar qualquer mapa para compreender. Com as naves latinas guardando a entrada do porto, nenhum assalto poderia ameaçar a muralha interna ao longo do Corno de Ouro; um punhado de sentinelas bastaria para guardá-lo por inteiro e vigiar o movimento na baía. Aquela parte do perímetro seria a mais garantida de todas, a não ser que os turcos arranjassem asas. Tudo por conseguinte se reduzia a uma honra virtual.
Quando por fim me dei conta do estratagema, Giustiniani soltou uma gargalhada, fungou e grunhiu, dando socos nos joelhos. E perguntou, limpando as lágrimas:
— Compreendeste agora? É um setor enorme, muito mais comprido do que qualquer que outro oficial tenha sob seu comando. Notaras vê-se obrigado a receber com boa cara o encargo, mesmo que venha a perceber o que a designação significa. E é claro que já percebeu; não é nenhum tolo.
Observei:
— Jogastes-lhe em rosto a falta de confiança nele, muito embora simulando uma prova de distinção e prestígio. Talvez tenhais agido com prudência. Talvez.
Giustiniani parou de rir e encarou-me com ar perscrutador, até que declarou:
— Estamos evitando que Notaras tenha oportunidade para uma traição. Assim que o assédio principiar ele ficará atado à sua muralha, sem poder apunhalar-nos pelas costas mesmo que deseje. Por que estranhas, se foste tu mesmo que me advertiste sobre ele?
Logicamente tinha razão. Sem dúvida arranjara a maneira mais discreta de tornar Notaras inofensivo. Por que, então, eu não estava satisfeito?

19 de março de 1453

Hoje as grandes galeras dirigiram-se a remo para o porto de Kynegion, com flâmulas ao vento, trompas ressoando e tambores ruflando. Marinheiros e soldados desceram à terra em boa ordem; tendo recebido picaretas, pás e cestas, marcharam em pelotões ostentando seus próprios estandartes. Transpuseram a muralha, perto do palácio Hebdomon, onde o imperador, ataviado de púrpura e ouro, os esperava a cavalo e lhes deu boas-vindas.

O fosso, que terá diversas centenas de côvados de comprimento, já fora medido e marcado; os capitães dos navios atiraram ao chão os seus estandartes nos pontos designados para cada contingente. O fosso terá oito pés de largura e idêntica profundidade. Trata-se de tarefa bem fácil para dois mil homens. A um sinal do imperador, a criadagem atenta abriu uma porção de odres repletos para que todos se pudessem servir de uma boa medida de vinho. Não é de admirar, portanto, que iniciassem o trabalho cantando e porfiando mutuamente em cavar e encher as cestas, enquanto outros as carregavam correndo para reforçar com terra a muralha exterior. Foi um belo espetáculo e juntou gente para assistir. A presença do imperador incentivou capitães, armadores e arrais a cooperarem.

Ao pôr-do-sol o trabalho estava quase pronto e apenas um trecho intato do solo separava a extremidade do fosso da água adjacente. Certamente este fosso não pode ser comparado com a grande vala estratégica de paredes de tijolo, embora os flancos também estejam reforçados com pedra e madeira para resistir à ação infiltrante da água.

25 de março de 1453

Anteontem o sultão marchou, deixando Adrianópolis. Agora será apenas questão de dias.

26 de março de 1453

— Estamos nos arriscando muito! — disse hoje Anna Notaras.
Agora não discutimos mais, pois vemos que as nuvens do destino flutuam negrejantes por sobre nós. A expectativa constringe a garganta de todos e comprime os corações como lajes. Foi exatamente assim, faz muito tempo, que esperei os passos da morte, algemado a uma

129

parede de pedra. Então, eu não tinha nada a perder, nada a lamentar. Mas agora como posso perdê-la?
— De fato, isso é muito perigoso, — concordei. — Tuas vindas acabarão causando suspeitas, alguém poderá reconhecer-te. As ruas têm olhos, as paredes têm ouvidos, e teu pai poderá reter-te e levar-te para casa.
— Não tenho medo de meu pai. Meu hábito de monja protege-me. Não é a esse perigo que me refiro.
Saímos em direção ao promontório, junto aos plátanos da Acrópole, e nos estiramos ao sol nos degraus de mármore amarelado. Um lagarto fugiu para baixo das pedras. O mar de Mármara cintilava como lâmina de prata e o Bósforo se esticava feito uma fita azul-escuro entre as colinas que a primavera reverdeceu. Do outro lado do porto erguiam-se as muralhas de Pera, e a cruz de Gênova flutuava no alto da torre.
Khariklea não viera conosco; ficara em casa lavando roupa e, enquanto isso, distraía Manuel contando histórias edificantes de santos. Na cozinha gastava-se agora mais vinho...
Anna e eu não nos sentíamos à vontade em minha casa; as apreensões faziam-nos procurar o céu aberto. Apesar do perigo de sermos reconhecidos, confiávamos na sorte.
Repetiu:
— Não é a esse perigo que me refiro. Sabes muito bem o que quero dizer.
O sol avermelhara-lhe um pouco a testa. Dobrou os joelhos e principiou a esfregar os pés na relva. As faces brilhavam, os lábios sorriam, porém havia tristeza em seus olhos. Disse:
— Este hábito é apenas um disfarce. Não sou monja. Agora que deixei minha casa, minha família e todos os costumes da minha classe social, me sinto bem melhor e mais feliz do que antes. Tenho até apetite. Sinto o vento encher-me os pulmões, e isso me dá vontade de viver. Possuo um corpo... que me alvoroça.
Ponderei, sem evasivas:
— Tenho respeitado teus trajes monacais.
— Eu sei, perfeitamente. Teu escrúpulo é... absoluto, — retrucou com tom quase de censura. — Não ousas me tocar, com receio de cometer profanação.
— Tua presença constante me basta. Estamos sempre juntos. Já não sou jovem, amo-te, e de fato não existe amor sem desejo. Ainda bem que o meu desejo é claro como chama transparente. Não preciso te tocar.
Cruzando os braços, ela repetiu:
— Não existe amor sem desejo. Não tenho a tua idade nem a tua experiência. Deves ter razão; talvez seja preferível assim; mas o meu corpo se exalta e quando pões

a mão em meu joelho, estremeço toda. Mas agora nem isso fazes mais.
Respondi:
— Não penses nunca, porém, que eu seja um anjo.
— Que domínio que tens sobre ti! Não me consideras uma tentação, porventura? Soergueu um pouco a perna direita e acariciou o joelho exposto, olhando-me enquanto isso por entre as pálpebras entrecerradas. Se eu a tocasse, tenho certeza de que ela daria um pulo afastando-se. Agia assim agora apenas para me atormentar. Continuou:
— Cometi grande pecado ao trair a confiança que meu pai depositava em mim. Achei que devia expiar a minha culpa tomando o hábito monacal e entrando para um mosteiro onde me entregaria a orações. Estava resolvida a não te ver mais. Acalentei até a idéia de cortar os cabelos mais tarde e tomar o véu definitivamente. Dize-me, querido, todos mentem a si próprios para conseguir aquilo que desejam?
Respondi:
— Os seres humanos são incuravelmente mentirosos. Acreditam naquilo em que têm esperanças e se persuadem que é direito e certo tudo quanto desejam. Mas em seu íntimo ninguém consegue iludir-se.
— João Angelos, — declarou Anna com ar muito ponderado, — creio que seria melhor para nós se nos casássemos. — Tapou minha boca com a mão e prosseguiu: — Bem sei que és casado segundo o rito da igreja latina e que tua mulher vive ainda. Mas, que tem isso? Se renunciares à heresia, recitares e seguires o único credo verdadeiro, poderás receber o batismo pela segunda vez, e não faltam sacerdotes que em casos assim consideram nulo o casamento anterior. Poderias casar comigo, nem que fosse para irritar os latinos.
— Mas que significação teria isso? Na verdade sou marido de Ghita e não romperei o sacramento. Nem mesmo o Papa pode anular o matrimônio que contraí por minha espontânea vontade.
Olhou-me, e notei expressão de raiva sob suas pálpebras abaixadas.
— Então gostas mais dela do que de mim? Tenho culpa que hajas dissipado tua vida nos braços de mulheres diferentes e que te cansasses disso? Estás sério, hem? A idéia te atormenta?... Por que então perturbaste a paz da minha consciência? Em tua alma, sim, é que jamais haverá paz, por mais que te empenhes nisso.
— Nem na tua. Que valor teria um casamento em tais condições? Seria realizado sem o consentimento de teus pais e sob nome falso ou incompleto. Poderia ser con-

131

testado mais tarde tanto pela lei civil como pela eclesiástica.

— Contestado, sim. Mas seria legal. Por que então não nos casamos secretamente? Eu poderia mudar-me para a tua casa. De manhã acordaria despida, ao teu lado, sob a mesma coberta. Isso não seria tão bom que valesse a pena afrouxares um pouco a tua consciência?

Olhei-a bem e disse:

— És o meu pecado. E ele aumentará se eu romper o sacramento por tua causa. No íntimo, só em olhar para ti ou tocar tua mão já cometi adultério. Assim que vi teus olhos te reconheci e abri o meu coração ao pecado. Por que teimas em não me compreender?

— E tu por que não te contentas em ser humano e afrouxar um pouco a tua consciência? — replicou com obstinação, enrubescendo cada vez mais. Confessou: — Quanto mais te olho mais te amo. No fundo do meu coração já pequei contigo, muito embora aos olhos do mundo não tenhamos transgredido lei nenhuma. Não compreendes que desejo uma situação de segurança para nós a fim de que ninguém nos possa acusar com fundamento caso suceda alguma coisa?

— Deus que continue a ser bom para nós! — exclamei.

— O nosso pecado não aumentará nem diminuirá se deitarmos juntos, se a nossa união for ou não for abençoada por um sacerdote. Essa é uma questão entre nós. Somos responsáveis apenas um perante o outro. Mas acaso algum dia te tentei? Disso, pelo menos, não me podes acusar.

— Tens-me tentado sim, com teus olhos. Com tuas mãos. Aliás, esse argumento é tolo e desnecessário, já que estamos falando de coisas diferentes. Colocas-te num pedestal, como é praxe entre os homens, e discorres sobre princípios; ao passo que eu, mulher prática que sou, discorro sobre a melhor forma de harmonizar o nosso caso sem ofensa maior do que a necessária à virtude e ao decoro.

Fitando-a sempre, perguntei:

— Estás mesmo decidida a isso?

— Naturalmente, — respondeu, olhando-me por entre os cílios e notando com prazer a minha agitação.

— Neste caso, que têm a virtude e o decoro a ver com essa hipótese? Já somos pessoas adultas. Os turcos não tardarão a iniciar o assédio... e em breve a artilharia troará implantando o terror e a morte. Em face da morte é certo que não importa se somos casados ou não.

— Obrigada, querido, obrigada! — exclamou, fingindo contentamento. — Se a ti é indiferente, eu, porém, escolho o casamento.

Quis agarrá-la mas se afastou para um lado, arrastando-me com ela para cima da relva. Seus olhos zombavam e riam enquanto ela resistia com toda a força. Como eu a imobilizasse de encontro ao chão, retesou o corpo todo, e sussurrou, com os olhos fechados, a cabeça aninhada em meu peito:
— Não, João Angelos. É excusado. Jamais me ganharás pela força. Só serei tua quando renunciares à heresia latina e um sacerdote grego nos abençoar.
Agradável era a nossa luta, e inflamava-nos. Mas repentinamente ficou quieta, muito rígida e pálida, abriu as pálpebras e me fitou com as pupilas dilatadas. Avançou a mandíbula e ferrou os dentes em meu braço como se quisesse arrancar um pedaço de carne. Gritei de dor e soltei-a.
— Ahn... — sussurrou. — Convenci-te afinal? Vais parar com tuas investidas?
Sentou-se, alisou os cabelos, depois permaneceu imóvel, apertando as faces com as mãos.
— Mas sou eu que estou aqui? Eu, Anna Notaras, rolando sobre a relva com um latino feito uma rameira de taverna no chão de um estábulo? Nunca... nunca me supus capaz de tal coisa, Deus meu! — disse, olhando a esmo. Sacudiu a cabeça e de súbito me esbofeteou. Levantou-se logo. Compreendi. A culpa tinha sido minha. Continuou a falar: — Não te quero ver nunca mais! Odeio-te mais do que tudo no mundo. Odeio teus olhos, tua boca, tuas mãos! Acima de tudo, porém, odeio tua consciência e a tua "chama transparente"! Como é que te dás ao desfrute de empregar expressões cretinas como essa?...

Declarei, compondo a roupa:
— Tens razão, Anna. De fato, te estás arriscando muito.
Apesar de tantas apreensões, ainda descutíamos!

31 de março de 1453

Último dia do mês. Em breve tudo terminará.
O imperador não ousou protelar mais, e hoje os marinheiros abriram o trecho que faltava do fosso e depois o encheram de água. Talvez os troncos e o revestimento de pedras resistam à infiltração da água durante o tempo indispensável.
Enquanto trabalhavam, as turmas erguiam os olhos para as colinas, diversas vezes. Já agora não se ouvem flautas nem tambores, e os estandartes foram levados. O imperador, com sua armadura de prata, seguiu a ca-

valo com a sua comitiva para o alto de uma das colinas. Mas não havia exército nem patrulhas à vista. As forças são numerosas e marcham lentamente.

Hoje os venezianos, tendo à frente o Conselho dos Doze, dirigiram-se em préstito para o palácio imperial. O imperador confiou-lhes a defesa das quatro portas de Blachernae, cujas chaves lhes entregou. Constantino reservou para si a chefia da defesa da porta de São Romanos, muito embora Giustiniani seja responsável tanto por esta como pelo vale de Lykos até à porta de Kharisios.

Hoje atingimos a fase final dos treinamentos. Estamos de prontidão absoluta, e as sentinelas foram multiplicadas com grandes reforços. Ainda assim, a maioria das tropas permanece aquartelada dentro da cidade.

Após o nosso encontro já descrito, Anna Notaras levou três dias sem sair do convento. Não chego a saber se quis punir a si própria ou a mim. No terceiro dia Khariklea apareceu sozinha, com a escudela das esmolas; instalando-se na cozinha junto à mesa, principiou a lamentar os caprichos das mulheres jovens. Manuel foi à taverna próxima buscar comida para a irmã leiga. Notando que ela estava um tanto sem jeito como se abusasse de minha hospitalidade vindo sem Anna, eu pessoalmente a servi de vinho para lhe dar a entender que a recebia como sempre. Gesticulou, toda ofegante, benzeu-se e bebeu tudo, deixando que eu lhe enchesse o copo mais duas vezes. Depois disse:

— A irmã Anna ficou rezando, pedindo a Deus que a guie. Tem medo de cair em tentação aqui em vossa casa.

— Quando se tem medo é porque já se caiu em tentação — observei. — Aflige-me ouvir essa explicação, irmã Khariklea. Diga-lhe que não pretendo de nenhuma forma tentar ou fazer mal a quem quer que seja. Pode mesmo dizer-lhe que, quanto a mim, acho melhor mesmo que não apareça em minha casa.

— Ora! Ora!... — exclamou a irmã Khariklea, discordando. — Mero capricho! Qual é a mulher que sabe ao certo o que deseja? Não é natural que resistamos a toda sorte de tentações deste mundo? Melhor fazer-lhes face com ímpeto e de cabeça erguida do que se render covardemente, não acha?

Khariklea conhecia todos os mitos e histórias da Grécia, de tanto os ter ouvido de seu pai. Tinha imaginação muito viva, e sua alma se comprazia em prestar atenção no que existiria entre mim e Anna. Como todas as mulheres, era no íntimo um tanto alcoviteira, porém com as melhores intenções.

Ignoro o que teria dito a Anna, mas a verdade é que

no dia seguinte ambas apareceram. Assim que Anna entrou no meu quarto sacudiu a cabeça e arrancou o manto de freira; vestira-se mais uma vez como criatura pertencente à alta nobreza, pintara as faces, os lábios e as sobrancelhas. Seu ar era altivo. Dirigiu-se a mim como a um desconhecido, dizendo friamente:

— A irmã Khariklea contou-me que a minha ausência te perturbava, que estavas magro, sem cores, e com expressão febril e desatinada. Não quero absolutamente que fiques assim por minha causa.

Respondi com igual frieza:

— Pois então ela mentiu. Não senti nenhuma estranheza. Pelo contrário, conheci a paz e a tranqüilidade pela primeira vez desde muitos dias. Foram-me poupadas palavras árduas e o sofrimento desnecessário que costumam causar.

— Ah! Com que então foi assim? Que vim eu fazer aqui, então? Vejo que nada te perturba. Está bem, vou me retirar. Quis apenas assegurar-me de que não estavas doente.

Redargüi prontamente:

— Não te vás ainda. Manuel guardou geléia e doces para Khariklea. Deixa a pobre mulher fartar-se um pouco. O regime conventual é escasso... Tu mesma estás com o rosto magro e ar estremunhado de quem tem dormido pouco.

Voltou-se logo para o meu espelho veneziano e declarou:

— Não acho. Estou com o rosto de sempre.

— Tens os olhos cintilantes demais. Será febre? Deixa-me verificar.

Recuou.

— Não me toques. Esbofetear-te-ei se ousares!

Mas se atirou nos meus braços.

Beijamo-nos e acariciamo-nos, tomados de sede insaciável. Beijamo-nos tanto que parecia que nossos corpos ardiam em chamas abrasando o aposento todo. No delírio do desejo ardente beijamo-nos esquecidos do tempo e do lugar onde estávamos. Ela agora não usava o hábito que a protegia. Ofegando, arfando, beijava-me, afagava-me a cabeça e os ombros, enlaçava a minha cintura. Mas os meus desejos alvoroçaram-se em vão; sua vontade e sua condição de donzela a mantinham vigilante, mesmo de olhos fechados. Só quando cansei foi que ela reabriu as pálpebras, se soltou do amplexo e disse com orgulhoso triunfo:

— Vês? Isso só serve para atormentar-te. Nada mais.

— E para atormentar-te outro tanto, — respondi, com os olhos molhados ainda pelas lágrimas da paixão.

135

— Não creias. Enquanto souber que posso transformar tua alegria em sofrimento sentirei prazer. Veremos qual de nós é mais forte. No começo fiquei desnorteada por falta de experiência; mas agora aprendi um pouco dos processos do Ocidente...

Com mãos trêmulas principiou a compor os cabelos e o vestido, falando ainda com um sorriso de desafio:

— Não cuides que eu seja tão inocente que possas fazer o que quiseres de mim. Enganei-me no início e procuraste me dedilhar como se eu fosse uma cítara. Agora é a minha vez de agir. Veremos até quando suportarás. Sou mulher educada e já adulta... conforme frisaste tantas vezes. Não me deixo seduzir como uma rameira de taverna.

Achei-a transformadíssima. Falava com voz estridente e desdenhosa. E enquanto isso eu tremia, não dava nenhuma resposta, ficava a contemplá-la; lançava-me por sobre o ombro olhares galantes. Ah! O seu pescoço esguio e alvo, as arcadas azuis de suas sobrancelhas... Sua cabeça emergia do deslumbrante traje como flor soberba. O perfume de jacinto de suas faces ainda emanava das palmas de minhas mãos. Consegui dizer-lhe:

— Mudaste tanto que não te reconheço.

— Eu também não me estou reconhecendo, — admitiu com sinceridade por um momento. — Ignorava minha capacidade para tantas metamorfoses. Não resta dúvida que me transformaste em mulher, Messer Jean Ange.

Deu um salto na minha direção, agarrou-me pelos cabelos com as mãos, sacudiu minha cabeça violentamente, beijou-me na boca e de repente me largou, dizendo baixo:

— Vês? Foste tu que me fizeste assim, que despertaste minhas qualidades más. Mas a sensação não é desagradável. Tenho curiosidade em conhecer-me.

Agarrou minha mão inerte, e começou distraidamente a brincar com ela, acariciando-a com as pontas macias dos dedos.

— Já estou mais a par dos costumes ocidentais. Disseste-me que homens e mulheres bem-nascidos costumam banhar-se e brincar juntos em público. Que certas damas bonitas deixam os seios descobertos e permitem que seus amigos lhes beijem os bicos, em gesto de íntima saudação... Que esses convivas se distraem aos pares bebendo vinho e ouvindo música, e que até mesmo certos homens casados consentem que as esposas deitem com algum bom amigo e sejam acariciadas, contanto que nada de pior redunde dessas liberdades.

Redargüi-lhe:

— Bem estranha é a idéia que fazes do Ocidente. Em qualquer país há libertinos e devassos de costumes corrompidos, quer seja entre cristãos ou turcos, quer residam em Veneza ou em Constantinopla. É por isso que tal gente gosta de viajar de um lugar para outro, sob diferentes pretextos. Mesmo a peregrinação, para alguns não passa de mero pretexto em tempos confusos e degenerados, quando a religião morre e permanecem apenas resquícios. Quanto mais avidamente um homem procura prazer, mais difícil se lhe torna descobrir novas distrações a seu gosto. Nessas coisas há um limite à invenção do homem, que se vê forçado a contentar-se com o mundo loucamente restrito dos seus sentidos. Um homem sem outros desejos que não esses permanecerá eternamente insatisfeito.

Repeti, após breve pausa em que a fitei bem:
— Tens uma idéia muito estranha do Ocidente. Eu, por exemplo, conheci homens santos, indivíduos ricos que distribuíram suas riquezas por entre os pobres e entraram para mosteiros! Homens de alta situação que renunciaram aos seus cargos para viver de sobejos de esmolas! Intelectuais que estragaram a vista decifrando textos antigos! Príncipes que pagavam fortunas por manuscritos roídos pelos ratos! Astrólogos que passaram a vida calculando o curso dos astros e a influência destes na vida humana! Mercadores que inventaram contabilidade diferente pelas partidas dobradas para que a qualquer momento pudessem fazer o levantamento completo de seus negócios e bens. Em todos os países também há néscios e insensatos. O que varia é apenas a forma de relações entre homens e mulheres.

Parecia não estar prestando atenção. Virava-se e desvirava-se diante do espelho, até que soltou um broche do vestido e principiou a descer e a abaixar a gola até ficar com os seios expostos. Examinou com a cabeça inclinada para um lado a sua imagem, tomou uma expressão crítica e disse:
— Não! Meu pudor me proíbe de andar assim diante dos homens. Pelo menos tenho que ver primeiro outras mulheres fazerem isso. Assim talvez me habituasse finalmente, acabando por não estranhar.
— Para que me tentas? — perguntei, com a garganta seca.
— Absolutamente! — retorquiu com ar afetado, recompondo logo o vestido. — Nem conseguiria, pois és muito lúcido e senhor de ti! Como pode uma mulher inexperiente como eu tentar um homem como tu? Disseste que precisavas de diversões novas. Ora, que posso eu te oferecer nesse sentido?

Sua malícia exasperava-me, muito embora procurasse dominar o meu temperamento. Reagi:
— Eu nunca disse isso! Falei de um modo geral, não me referi a mim. Muito pelo contrário, sempre fugi das mulheres, ao invés de me deixar atrair por elas, pois no mais das vezes anuviam as minhas idéias e velam a minha visão. Acabei aprendendo a fugir de olhos ardentes e de carícias alvoroçadoras.
Anna voltou-se, cruzou as mãos nas costas e disse:
— ...Carícias alvoroçadoras!... Desaforado!
— Não me refiro às tuas! — bradei, furioso. — É claro que não me refiro às tuas. Por Deus do céu!
— Não passas de um latino depravado! De um desfibrado!
Apanhou a capa, enrolou-se nela, puxou para a cabeça o capuz e desceu o véu por sobre o rosto.
— Adeus! Muito obrigada por todos os teus bons conselhos. Doravante estarei mais atenta.
Não parecia zangada comigo. Convenci-me disso por mais que ela tivesse querido espezinhar meu coração com aquele fluxo de palavras. Foi-se embora sem raiva, antes com alegria, de porte bem majestoso. Disse "doravante". E eu, pobre desgraçado, que julgava conhecê-la como se fosse uma parte de mim mesmo!

1.º de abril de 1453

Desde bem cedo, esta manhã, os sinos das igrejas e mosteiros principiaram a chamar a população para as preces em prol da cidade. Fez um dia radioso, de uma beleza espetacular. Ficou terminada a barreira de troncos flutuantes; renovaram-se os troncos, repararam-se e reforçaram-se os elos e as amarras. A barreira ondulante repousa ao longo do porto, e vai da Torre de Eugenios à de São Marcos.
Depois do serviço, muita gente desceu até ao cais, por ser domingo, para contemplar a barreira. Os troncos roliços destinados a manter a corrente na superfície das águas são tão grossos que um homem robusto não pode abarcar nenhum deles por mais que estenda os braços. Os elos são feitos de ferro da grossura de uma perna e com diâmetro da largura de uma coxa. A orla de cada cepo é ligada à próxima com enormes ganchos. A famosa barreira colocada pelos Cavaleiros de São João na entrada do porto de Rodes é um brinquedo perto desta. Nem mesmo a nau mais poderosa pode rompê-la. Quando os pais a mostram aos filhos, a criançada quer logo andar em cima, o que não seria difícil. O próprio imperador

foi até perto para inspecioná-la. Uma das extremidades está chumbada fortemente na rocha, junto da Torre de Eugenios.
De tarde, as duas monjas vieram de mãos dadas à minha casa. As orações e o efeito da barreira incutiram coragem nova em Khariklea. Pôs-se a tagarelar incessantemente e afirmou a Manuel que a mãe de Deus e muitos outros santos tinham salvaguardado Constantinopla durante gerações e gerações e feito fugir desabaladamente os turcos. Declarou que como os turcos tinham construído uma fortaleza no Bósforo, o próprio São Miguel, o arcanjo estrategista munido de gládio flamejante, deixara o Bósforo em demanda de Constantinopla e que muitas testemunhas dignas do maior crédito o tinham visto pairar entre nuvens por sobre a igreja dos Apóstolos. Sua armadura era tão fulgurante que os que o viram tiveram que tapar o rosto e virar de costas.
Manuel perguntou depressa, esperando uma resposta autorizada a uma velha questão controvertida:
— Quantas asas tem ele?
— Ninguém teve tempo de contá-las, — replicou Khariklea. — A espada flamejante fulgura os olhares, de modo que naquele vislumbre só se viram discos voando através do firmamento!
Assim se entretinham os dois, e de vez em quando eu comparticipava da conversa, porque era domingo, fazia tempo excelente e Anna se recusara terminantemente a entrar no meu aposento. Permaneceu sentada em silêncio na sala, e mostrava-se diferente, outra vez, envolta já agora da cabeça aos pés no hábito negro. Conservava até mesmo o rosto velado e as mãos escondidas entre as largas mangas cruzadas. Sempre que eu lhe dirigia uma pergunta, apenas meneava a cabeça de leve, como se tivesse feito voto de silêncio. Pelo pouco que consegui vislumbrar do seu rosto, achei-a um tanto pálida. Contemplava-me com aqueles olhos castanhos cheios de expressão de censura; notei-lhe olheiras e pálpebras tumefatas, como se tivesse chorado. Como em certo momento procurasse pegar-lhe na mão, tratou de retirá-la, ofendida. Desconfiei até que tivesse empoado demais as faces e pintado de azul as pálpebras, tão esquisito lhe achei o rosto.
Após se encher um pouco de vinho, a irmã Khariklea olhou de esguelha para Anna, repetidamente, rindo à socapa. Anna lançava-lhe olhares irritados que a faziam tapar a boca para logo recomeçar.
Acabei não me contendo mais, arremeti na sua direção, agarrei-a pelos punhos obrigando-a a levantar-se e perguntei com veemência:

— Resolveste representar? Que significa essa pantomima?
Fingiu assustar-se, e pondo um dedo diante dos lábios me disse que falasse baixo. Por fim, submetendo-se ao inevitável, deu de ombros e deixou que eu a conduzisse escada acima; porém parou na porta do meu quarto, não querendo entrar, desculpando-se:
— Não! Não devo repetir tamanha loucura. Preciso preservar a minha reputação. Que acabará pensando de mim o teu criado? Aliás, — continuou, muito séria, — tu me insultas diante dele, como se já estivéssemos casados. Admiro-me de te pores a conversar com essa irmã leiga apalermada que dá sentido errado a tudo quanto lhe é dito. Ou será que fui eu que compreendi errado? Vê lá se estás apaixonado por ela e se eu apenas sirvo de pretexto para que ela venha até aqui para que lhe dês vinho e um dia te aproveites da pobre inofensiva para saciar teus maus instintos! Ainda bem que não consinto que venha sozinha, muito embora eu própria não tenha mais vontade de pôr os pés nesta casa.
Redargüi em tom conciliador:
— Ora, Anna! Por que motivo te comportas assim? Fico sem saber como agir! Enlouqueceste ou me queres fazer de imbecil?
— Ainda mais esta! Insultas-me, chamas-me de imbecil! Estou sendo castigada por haver renegado lar e família e me haver entregue nas tuas mãos. Desde quando não me diriges uma palavra que não seja grosseira?! Nada te agrada. Se me visto de acordo com a minha categoria e educação, me tratas como rameira. Se procuro te ser agradável e me comporto com pudor e recato, blasfemas e me insultas, e me arrastas para o teu aposento como se quisesses me profanar. Estarás cego a ponto de não veres mais que atitude tens assumido para comigo?
Exclamei, exausto e desesperado:
— Deus tenha pena de mim, que me enredei nas malhas de semelhante criatura! Qual, sou mesmo um latino que jamais compreenderá o temperamento grego!
Com tom mais calmo retrucou, abrindo muito os olhos maravilhosos:
— Não censures os gregos. Não compreendes as mulheres, isso sim. Talvez não sejas mesmo um devasso, e apenas um homem que se sabe dominar. Tenho, portanto, que te perdoar.
— Perdoar-me? — Fiquei furioso. — Acaso sou eu, entre nós dois, que tenho que ser perdoado? Está bem... está bem! Pois então perdoa-me, pronto! Peço-te perdão humildemente; assim liquidamos de vez esse debate ines-

gotável, que já não posso suportar mais. Escuta: por que me tratas desta maneira?
— Porque te amo, Jean Ange, — disse baixo. — Porque te amo tanto e vejo que és tão pueril que me emociono até às lágrimas. Sim, só mesmo isso é que me faria ter tal amor por ti.
Fitei-a com ar incrédulo, sem poder compreender direito.
— Que espécie mais esquisita de amor! — comentei.
Afagou o meu rosto com ar meigo e disse, muito terna:
— Meu amado! Como és teimoso...
— Teimoso, eu? — A irritação empolgava-me. Tive que me dominar para depois prosseguir: — Pelo menos não tenho caprichos nem acessos como tu.
— Julgas-me caprichosa? — perguntou, como se ponderasse com seriedade a minha observação. — Achas que sou mesmo? Pode ser... As mulheres geralmente são seres complexos.
— Que desejas de mim? Dize-me logo duma vez.
— Casamento o mais legal possível dentro das atuais condições que a cidade atravessa, — respondeu de modo claro e simples, pronunciando bem cada palavra. — Tenho que zelar por minha reputação e pelo meu futuro, por causa de minha família, de meu pai.
Fechei as mãos com tanta força que cravei as unhas nas palmas.
— Tens que zelar por teu futuro? Falas ainda em futuro!? Procura entender de uma vez por todas que tua progênie, o palácio de teu pai, a tua reputação e tudo mais em breve será coisa sem significação. As peças de artilharia dos turcos já se acham a cinco mil passos das muralhas da cidade. Não temos diante de nós nenhum futuro, compreendes? Nenhum!
— Por que hás de ser tão obstinado? — perguntou, procurando mostrar-se calma como eu. — Se de fato não temos mais nada diante de nós como esperança, se tudo perdeu qualquer sentido, então, por Deus do céu, por que não satisfazes o meu pedido tão moderado?
Respondi:
— As Igrejas do Ocidente e do Oriente estão unidas. Compreendes bem? A União dos ritos foi proclamada. O casamento latino é tão válido como o grego, e eu violaria o sacramento do matrimônio se me casasse outra vez. Trata-se de uma questão de princípios. Jamais reneguei a minha religião, nem mesmo diante da ponta de uma espada. Seria vergonhoso fazer isso só por causa do capricho de uma mulher.
Retorquiu, insistindo:
— Pois em muitas igrejas o Credo ainda é recitado sem

as interpolações latinas. Os casamentos, as exéquias, o batismo e a comunhão ainda são celebrados segundo os antigos ritos ortodoxos. Gregorios Mammas é um patriarca títere que foi destituído pelo Santo Sínodo. O Papa não pode outorgar-lhe nenhuma dignidade. Ele é uma sombra mantida pelo imperador. A legítima Igreja da Grécia acha-se eclipsada por essa sombra, mas acabará se destacando dela novamente, quando chegar o tempo propício. Filia-te a ela e o teu primeiro casamento ficará sem valor, se é que por acaso tem algum.

Dei socos no peito e comecei a arrancar os cabelos, exclamando desesperadamente:

— Por que nasci neste estuporado mundo? Por que não posso viver como quero e conforme a minha consciência me impõe? Que maldição é esta? Queres acaso pôr sacerdotes e causídicos no meu encalço, muito embora jamais eu te tenha sequer tocado?

— E não me tocarás nunca, nem que eu tenha que lutar a ponto de morrer. Será uma questão de princípios para mim também, já que tanto te apegas a eles. Pois faze o que a tua consciência te ordena, e acabarás morrendo na maior solidão. Estamos vivendo na hora presente, e não séculos atrás. Quem convive entre os seus semelhantes tem que se adaptar, cedendo e retribuindo. Deixei o lar paterno por tua causa, logo por que não hás de renunciar também a alguma coisa? A não ser que concluamos que não nos adaptaremos um ao outro. Disseste uma vez que precisávamos optar. Pois muito bem, escolhamos. Já me decidi; agora é a tua vez. E esta é a minha última espera.

Com lágrimas de raiva me cegando, embarafustei pelo meu quarto adentro, afivelei a espada no cinturão, calcei as botas e agarrei a cota de malha. Exclamei, passando por ela e quase me atirando pelos degraus abaixo:

— Adeus, Anna! Doravante me encontrarás nas muralhas. Fica com a maçã na mão, já que não ousas mordê-la com medo de que contenha vermes!

— Toma a tua maçã! — respondeu ela lançando sobre mim o primeiro objeto que pôde agarrar. Por acaso era a minha preciosa lâmpada de cristal. Este fragmentou-se em minha cabeça, cortou-me a pele do pescoço e da mão, sem que eu percebesse logo. Saí batendo com tamanha força a porta da rua que o estrondo repercutiu pela casa inteira.

Mas logo a porta se reabriu e Anna apareceu no patamar, perguntando-me com voz aflita se eu tinha ficado ferido.

Nem sequer me voltei. Irrompi rua acima com a armadura rangendo debaixo do braço, como se sentisse o próprio demônio atrás de mim, tão tresloucadamente eu amava aquela criatura.

4 de abril de 1453

Segunda-feira os troncos flutuantes foram arriados e agora obstruem a entrada do porto desde a Torre de Eugenios até à Torre de Gálata, em Pera. A baía acha-se fechada e nenhuma nau pode sair. A corrente oscila feito enorme serpente de uma à outra margem.

Ao anoitecer, toda a banda noroeste do horizonte se avermelhou com o reflexo das fogueiras do acampamento turco.

Ao sair de casa me dirigi através da porta de São Romanos para o quartel-general de Giustiniani. Os latinos estavam preguiçosamente estendidos no torreão e nas barbacãs, refogando carne de carneiro em grandes panelas, bebendo vinho e jogando cartas. Os gregos cantavam salmos e rezavam. Sentinelas rondam entre as ameias. De vez em quando uma delas supõe ver sombras movendo-se na escuridão e arremessa uma tocha ardente ou desfere uma flecha por sobre o fosso. Mas para lá da muralha reina apenas o vácuo negrejante.

Em breve se deixará de cozinhar e passar-se-á a utilizar os grandes tachos para o chumbo derretido e o breu em ebulição.

Diversas colubrinas foram dispostas sobre os baluartes; e também algumas possantes bombardas que vomitam longe em majestosa parábola as suas balas de pedra; porém ainda não foram calibradas direito. Tem-se poupado pólvora para os mosquetes e as peças giratórias que disparam balas de chumbo. Os técnicos montaram também balestras arcaicas e catapultas. Estas lançam grandes pedras para além do fosso, mas é verdade que a ação é bem mais demorada do que das peças de artilharia.

Sempre que se distribuem mosquetes e arcos, apenas um homem entre cinqüenta escolhe o mosquete, porque a besta é muito mais segura e garantida.

Alargam-se os reflexos rubros na banda noroeste do céu, e os latinos apostam entre si quanto à probabilidade dos turcos atingirem ou não amanhã cedo as portas da cidade. Reina apreensão aguda e ninguém consegue dormir. Os mercenários blasfemam a todo instante, desenvoltura esta que escandaliza os gregos, fazendo-os afastar-se dos latinos.

Amargura e dúvida corroem a minha mente enquanto monto guarda junto com os demais. Não consigo esquecer

Anna Notaras. Impossível. Sem dúvida não foi apenas o destino que me lançou neste rumo! Por que insistirá ela tanto assim para me ligar por meio de laços legais? Acaso não se capacitou ainda que tenho motivos para me opor? Claro que tenho! Se eu não tomasse conhecimento da união dos ritos e consentisse em me casar com Anna Notaras, daria mais um passo no dédalo de emaranhadíssimas tentações.
Por que motivo se teria posto de novo no meu caminho, estorvando-me? Tratar-se-ia de uma deliberação planejada de propósito? Será que seu pai não sabe mesmo que ela se acha na cidade? Ou estarão ambos representando de comum acordo, numa liga secreta? Mas Lukas Notaras não pode saber quem eu sou.
Para que, Deus meu, a encontrei no adro de Santa Sofia? Antes, a perspectiva diante de mim era aberta, sem estorvos. Agora me quedo alvoroçado, inerte, com a mente confusa e os pensamentos fervilhando. Devo deixar que o meu espírito se renda à tentação da carne? Pois o meu amor não é muito mais espiritual do que carnal? Assim eu supunha. No entretanto...
Sou homem, não sou anjo. Contudo, até o joelho de Manuel sarou quando o toquei com minha mão.
Por mais que pretenda devotar-me a Deus, terei por causa dessa mulher que me arrojar nos desvãos ardentes de minha concupiscência.
Devo odiá-la, e todavia a amo tanto!

5 de abril de 1453

Logo depois que o sol nasceu, uma nuvem de pó começou a erguer-se de todas as estradas e atalhos que vêm ter à cidade. Através do halo transparente surgiram as primeiras tropas turcas esparsas. Assim que viram as muralhas começaram a invocar aos berros os nomes de Deus e do Profeta e a agitar as suas armas. Pontas de lanças e cimitarras cintilavam rubras através das volutas de poeira.
Giustiniani mandou chamar-me. Ele e o imperador estavam montados em briosos cavalos junto da Porta de Kharisios. Cem jovens da nobreza grega estacionavam de ambos os lados e tinham grande dificuldade em conter os corcéis que mordiam os freios e escarvavam o solo. Eram os mesmos jovens que haviam erguido apodos durante as conversas do imperador com os latinos, os mesmos que antes viviam jogando bola a cavalo nos terrenos vagos do velho Hipódromo. Garbosos e belos mancebos que consideram uma quebra à sua dignidade falar com os latinos.

Giustiniani perguntou-me:

— Montas bem a cavalo, Jean Ange? E sabes tocar trompa?

Respondi que sim.

— Queres lutar, não é verdade? Está bem. Lutarás. Ataca então sem demora e vê se não te derrubam. Dize em grego a estes excomungados aristocratas que mandarei enforcar todo aquele que não obedecer ao toque de regresso da trompa. Não podemos dispensar um só homem. Aliás, se trata de mera demonstração e não de uma surtida; basta que atarantes as colunas turcas. Olha de vez em quando para o torreão; mandarei agitar a bandeira se te vir em perigo de ser envolvido pelos flancos.

Agarrei a trompa e soei o toque de sentido. O som vibrou nítido e claro. Os cavalos fogosos empinaram-se e eu bradei à rapaziada que não ia arremeter propriamente junto com eles e comparticipar de sua glória, pois o comandante supremo me ordenara que apenas os seguisse para soar o toque de regresso na hora devida. Declarei que era bem mais velho do que eles e que comparticipara de cargas de cavalaria antes mesmo da batalha de Varna.

Giustiniani falou afavelmente com o seu corcel brioso antes de me entregar as rédeas. Declarou:

— Montado no meu cavalo estarás melhor protegido do que com a tua espada. Sabe abrir caminho no meio da pior confusão, derrubando e mordendo tudo quanto é turco que encontre pela frente.

O cavalo era de fato um garboso e intrépido garanhão, um corcel de guerra de raça européia, mais robusto e maciço do que os puro-sangue gregos. Felizmente os animais me respeitam, do contrário eu sentiria mais medo daquele formidável ginete do que dos próprios turcos. Giustiniani sendo muito alto, os loros ficavam compridos demais para mim; mas não havia tempo para encurtá-los, a ponte levadiça já estava sendo abaixada com imenso ruído e estridor, e magotes de homens arfavam escancarando as portas.

Em boa ordem a cavalaria grega avançou e assim que transpôs a ponte levadiça irrompeu em furioso galope, cada elemento procurando arremeter primeiro. Acompanhei-os ao longo do solo ecoante de estrépitos. O meu ginete enraiveceu-se de ser sofreado e ter que ficar atrás, afeito como estava a sempre seguir na frente de todos; empenhou-se portanto em avançar e me senti tão seguro como se estivesse sobre o dorso de um elefante de guerra sacudido num palanque.

Cavalgamos em direção a um destacamento de infantaria que se aproximava vindo de Adrianópolis, sua sede habitual. Assim que aquelas tropas nos viram trataram de afastar-se para os dois lados da estrada e o primeiro arremesso de flechas sibilou em nossa demanda. Os jovens gregos também se deslocaram, como num jogo de bola, cada qual disposto a alvejar a cabeça de um turco. Não tardou que o meu ginete pisasse o primeiro cadáver. Na distância, por um dos flancos, surgiu uma tropa de *spahis* turcos, com esvoaçantes capas vermelhas, avançando a galope. A vanguarda da infantaria muçulmana esparsa jogou logo fora as armas para poder correr mais depressa. Em seguida a segunda fileira cerrou corpos e abaixou suas lanças fincando-as no chão para assim deter os nossos cavalos. Os gregos mudaram de direção para envolver a tropa; porém o meu corcel se arrojou em linha reta por entre lanças e chuços, quebrou-as feito bastões, avançando com o peitoral metálico e principiou a derrubar os turcos aterrorizados.

Eu tinha vindo para Constantinopla a fim de combater, e tinha que combater. Mas aqueles homens de gibões de couro bradavam "Alá! Alá!" e me ouvi bradando também "Alá! Alá!" como se rogasse ao Deus deles que tivesse misericórdia de seus fiéis.

Não tardou que o campo ficasse recoberto de frangalhos. O meu cavalo aguçou as orelhas e meteu os dentes na barriga de um jovem turco, matando-o e jogando-o para o lado.

As colunas turcas pararam, em plena desordem. A cavalaria grega investia em velocidade crescente até que as rampas acidentadas do terreno mais afastado a obrigaram a diminuir o ímpeto. Flechas sibilavam ainda por entre nós sem que por enquanto alguém caísse da sela. Em dada altura olhei para a cidade. O estandarte de Giustiniani subia e descia loucamente. Então toquei a retirada repetidamente, mas os gregos fingiram não ouvir. Se a rampa cada vez crescente não os forçasse a cavalgar vagarosamente, teriam galopado até Adrianópolis. Consegui finalmente agrupar o meu destacamento. Regressamos à cidade. Ao passarmos pelos turcos feridos que se estorciam no chão com as mãos nas têmporas, alguns dos jovens gregos, à guisa de prática, se inclinavam vibrando-lhes o golpe de misericórdia. O ar estava pesado com o cheiro de sangue e excrementos. Num dos flancos os *spahis* aproximaram-se de nós em arranco selvagem invocando Alá e brandindo suas cimitarras. Investiam como onda vermelha e tempestuosa. Os nossos cavaleiros em disparada olhavam de vez em quando para trás e esporeavam cada vez mais os corcéis.

Não observei em redor. Mantive-me olhando sempre

para as muralhas e os bastiões de Constantinopla, que se erguiam na minha frente. Procurava contemplar as muralhas como se eu fosse um dos invasores turcos, e não me admirava da infantaria inimiga se ter detido diante delas. Estendiam-se a perder de vista, assim pardacentas e pesadas com suas torres e ameias. Primeiro se via o fosso com sua contra-escarpa; após ele os primeiros contrafortes exteriores e baixos; a seguir a muralha exterior com suas torres, guarnições e peças de artilharia, só essa muralha sendo mais forte do que a muralha de qualquer cidade da Europa minha conhecida; contudo, por trás desta se erguia, mais alta que qualquer construção gigantesca, a grande muralha de Constantinopla, com seus bastiões maciços. Os contrafortes avançados, a muralha exterior e a grande muralha pareciam degraus formidáveis. Mesmo que o inimigo transpusesse as duas primeiras linhas de defesa, ainda assim se veria encurralado entre a segunda e a terceira linha como num alçapão mortal.

Observando aqueles imensos degraus, senti pela primeira vez um vislumbre de esperança. Parecia-me que talvez nem mesmo um terremoto conseguiria derrubar aqueles paredões ciclópicos.

Quando prestei atenção, o meu cavalo trotava já próximo da ponte levadiça. A fila de *spahis* com suas plumas, couraças e capas flutuantes estacou a um tiro de besta da nossa coluna. Tão logo reentramos na cidade, já os engenheiros correram para despedaçar a ponte enquanto pedreiros junto de pilhas de pedra e tanques de argamassa se prepararam para emparedar a porta. Da mesma forma as outras quatro pontes levadiças foram desmanteladas e as últimas portas obstruídas. Permaneciam agora apenas as estreitas poternas na grande muralha e cujas chaves o imperador confiara aos latinos.

Os turcos acorriam de todas as direções da Ásia, desdobravam-se e detinham-se a uma distância fora do nosso alcance. Grandes manadas de gado os acompanhavam, tangidos em relativa ordem. Também do outro lado do Corno de Ouro, das colinas existentes atrás de Pera, afluíam intermináveis colunas. De tarde se tinham reunido em arco tão denso desde a ponta extrema do Corno de Ouro até ao mar de Mármara, que nem mesmo uma lebre teria podido se esgueirar por entre eles. Estavam parados a uma distância de três mil passos; vistos das muralhas, pareciam do tamanho de formigas.

De fato, pequeno assim parece ser o homem em face da gigantesca e milenar muralha. Mas o tempo engole e devora tudo. Até mesmo a muralha mais resistente de uma praça de guerra cairá um dia. As eras sucedem-se umas às outras.

6 de abril de 1453

Hoje é sexta-feira, dia santificado para os muçulmanos. Esta manhã o sultão Mohammed desfilou a cavalo paralelamente às nossas muralhas, em plena claridade solar, com uma comitiva de centenas de dignitários. Manteve-se sempre longe de qualquer alcance e seu rosto não podia ser distinguido, logicamente. Ainda assim o reconheci pelo porte majestoso. Reconheci também, por seus trajes e capacetes, alguns dos elementos eminentes do cortejo. Não foi desferida uma única flecha nem disparado um único tiro de qualquer dos lados. Já agora os turcos tinham carregado os corpos dos companheiros vitimados pela nossa surtida. Depois que o sultão contornou a muralha voltou e subiu a colina fronteiriça à porta de São Romanos, onde sua grande tenda de seda com baldaquinos já o aguardava; inúmeros sapadores empenhavam-se em fortificar a elevação com trincheiras e paliçadas.

Sem descer de sua montada, o sultão despachou um arauto para as nossas portas, com uma bandeira de trégua. Com voz estridente citou o nome do imperador e propôs-lhe paz. Falava horrendamente o grego, mas ninguém zombou. O imperador subiu a uma das torres da grande muralha para que o arauto o visse. Usava a sua coroa de ouro e estava rodeado por um séquito do seu cerimonial.

De acordo com os preceitos do Corão, o sultão oferecia paz e dava a sua palavra de que todas as vidas seriam poupadas caso a cidade se rendesse sem oferecer resistência. Esta era a última oportunidade para o Grão-vizir Khalil e os elementos pacifistas empreenderem negociações, e acredito que Mohammed, sentado imóvel na sua sela, temia mais do que ninguém que a sua proposta fosse aceita.

O imperador Constantino fez que Phrantzes repetisse a mensagem remetida antes para Adrianópolis. A voz fina e um tanto meliflua de Phrantzes quase não era ouvida a pequena distância; os latinos logo se cansaram de ouvi-la e principiaram a bradar insultos contra o arauto, com a desenvoltura típica da soldadesca. Em breve os gregos também se puseram a gritar, e um rugido simétrico de desafio se ergueu ao longo de toda a muralha. Os gregos encorajaram-se com suas próprias vozes; estavam com os olhos e as faces abrasados e muitos arcobalistas começaram incontidamente a vergar seus instrumentos de guerra.

Mas o imperador Constantino ergueu a mão e com fisionomia severa proibiu que descompusessem o mensageiro do sultão que viera ostentando um vexilo de trégua.

O arauto partiu e quando chegou à tenda do sultão, o sol já estava bem alto no céu. Era a hora da prece do meio-dia. O sultão Mohammed saltou do cavalo; uma esteira foi desenrolada diante dele e uma lança fincada no chão para apontar o rumo de Meca. O sultão segurou o pulso esquerdo, inclinou a cabeça e caiu de joelhos, curvando a cabeça até ao chão. Omitiu as abluções costumeiras porque se achava em campanha e a água não seria suficiente para todos os seus guerreiros. Prostrou-se diversas vezes, e todo o seu exército desde o litoral de Mármara até ao ponto extremo do Corno de Ouro se prosternou acompanhando-lhe o ritmo. Imenso tapete vivo parecia cobrir a terra até ao horizonte.

Como em resposta, os sinos principiaram a badalar em todas as igrejas da cidade, acompanhados pelos dos mosteiros. O clangor retumbante inspirava confiança à população e flutuava até aos acampamentos dos turcos, para atrapalhar-lhes a devoção.

Após repetir muitos versículos, Mohammed estendeu as mãos e proclamou o estado de assédio. Os que o ouviram irromperam num grito que se espalhou pelas fileiras como o bramir do mar.

— Começou o assédio! — bradavam os turcos, e imediatamente o exército inteiro investiu contra as muralhas, brandindo as armas, como para um assalto instantâneo. Os batalhões reluzentes avançaram e pouco a pouco suas fisionomias ofegantes e abrasadas se foram pormenorizando tão ferozes e horrendas que os recrutas gregos recuaram dos seus postos enquanto os latinos encurvavam seus arcos e puxavam suas espadas.

Mas os turcos pararam em boa ordem a uma distância de mil côvados fora do alcance da nossa artilharia e principiaram a cavar trincheiras, dispondo pedras e erguendo paliçadas para defender o acampamento. Alguns janízaros adiantaram-se até ao fosso e desafiaram os gregos para combates singulares. Os oficiais da guarda do imperador pediram licença, logo, para descer e provar sua perícia nas armas; e entre os homens de Giustiniani também não faltou quem quisesse medir suas espadas ocidentais com as lâminas curvas dos janízaros; mas Giustiniani proibiu terminantemente qualquer arrebatamento.

— A época dos torneios já passou. Um soldado resoluto não se dá ao desfrute de arriscar a vida numa competição imprudente de honra. Fui convocado para vir combater e não para organizar espetáculos.

Ordenou aos seus melhores atiradores que alvejassem o inimigo com arcabuzes e bestas. Seguiu-se logo uma saraivada de disparos. Vimos cair cinco janízaros, atingidos por balas e dardos. Os demais, enfurecidos com aquela quebra de uma convenção de honra, blasfemaram contra os gregos e os latinos, chamando-os de covardes que não ousavam sair de seus esconderijos. Depois que mais dois caíram, os restantes acharam prudente recuar transportando os corpos dos camaradas. Já então o tiroteio se generalizara ao longo de toda a muralha, e muitos tombavam. Mas outros janízaros resolveram em grupos sucessivos tentar a remoção dos cadáveres, não obstante o perigo, de modo que perto do fosso ficaram apenas manchas de sangue tingindo a relva.

Enquanto o exército turco abria trincheiras e fincava estacas, Giustiniani cavalgou rente à muralha externa procurando avaliar o contingente invasor. Os janízaros acampados em redor da tenda do sultão em frente da Porta de São Romanos eram em número de doze mil, conforme já calculáramos. Os regimentos de cavalaria, os *spahis*, deviam ser outro tanto. Giustiniani avalia que os infantes relativamente bem equipados, dispondo de armaduras, devem orçar por cem mil. Acrescente-se a isso outro tanto de tropas irregulares, pobres homens que obedeceram aos apelos das autoridades entrando para o exército movidos por fervor religioso e pela hipótese dos saques; vestem andrajos e têm como armas espadas ou fundas; alguns deles carregam pequenos escudos de madeira revestidos de couro. Apenas um quarto do exército turco usa gibões de couro.

Trata-se de fato de um exército alarmantemente numeroso; porém Giustiniani acha que a infantaria ligeira tem pouco valor; pelo menos não voltou desanimado de sua inspeção; intrigava-o apenas não ver sinal da tão falada artilharia do sultão.

A fim de estimular os defensores da cidade, o imperador Constantino propôs a Aloísio Diedo que as equipagens das galeras venezianas desfilassem de ponta a ponta da muralha exterior com flâmulas esvoaçantes. Tambores e trombetas ressoavam e a bandeira do leão de São Marcos se desfraldava ao vento. Isso constituiu indubitavelmente um golpe ardiloso de diplomacia, pois dava a entender ao sultão que este estava em guerra também com Veneza.

Ao entardecer se patenteou que preço custou aquela demonstração. O imperador Constantino transferiu-se do palácio de Blachernae e acampou ao lado das linhas de Giustiniani, no centro da muralha. E para o palácio vazio seguiu o *bailo* à frente da guarnição dos voluntários venezianos. Caso a cidade acabasse resistindo e expulsando os turcos, a ocupação do palácio viria a adquirir uma significação funesta.

Giustiniani e seus guerreiros cobertos de armaduras

ocupavam o posto de honra em face dos janízaros junto à Porta de São Romanos. Ali ele reuniu pelo menos três mil dos melhores elementos sob o seu comando.
Qual seria o número dos defensores? Só o imperador e Giustiniani sabiam. Mas este último deu a entender que metade da guarnição estacionava entre a Porta de São Romanos e a Porta de Kharisios, depreendendo-se portanto que toda a força defensiva, incluindo monges e artesãos, não ia além de seis mil. Não acredito. Só os marinheiros venezianos orçam em dois mil, muito embora certa porção tivesse ficado no porto e nos navios, montando guarda. Creio por conseguinte que dispomos de pelo menos dez mil homens nas muralhas, sendo que apenas mil, além dos seiscentos de Giustiniani, se acham bem equipados.
Digamos, portanto, dez mil contra cem mil. Mas até agora a artilharia do sultão não chegou, e sua frota ainda não está à vista.
Ao fim da tarde começou a se ouvir das bandas de Selymbria um ribombar cavernoso, muito embora o céu estivesse claro. E das ilhas azuladas do mar de Mármara principiou a levantar-se espessa coluna de fumaça.

7 de abril de 1453

Na noite passada os corpos nus e mutilados dos que defenderam Selymbria foram empalados em estacas enormes do lado de fora da porta da localidade. Quarenta estacas e quarenta corpos.
Segundo os boatos vindos de Pera, a esquadra do sultão tentou inutilmente tomar de assalto a cidadela daquela última ilha. Ontem, por ordem do almirante turco, foram fincados troncos rente aos torreões; atearam fogo e as guarnições morreram queimadas.
Os gregos sabem morrer pela última polegada do seu império em derrocada.
Bárbaros a Leste, bárbaros a Oeste. Na linha divisória de dois mundos a última cidade de Cristo luta por sua sobrevivência, sem pretensões à glória. Corpos nus, mutilados, metidos em estacas, cobertos por enxames de moscas...
Revestido de ferro da cabeça aos pés, o porte gigantesco dominando a estatura dos demais, Giustiniani anda de um lado para outro, sorridente, de cara flácida e olhos em brasa, qual torre movediça. Hoje, depois que vi os defensores de Selymbria, tive ódio dele.
Nossa luta não tem esperança nem futuro. Mesmo que derrotemos o sultão, Constantinopla será apenas uma ci-

dade morta, dominada pelos bárbaros, sob o governo dos latinos.
A vida inteira detestei e evitei o fanatismo e o rancor. Agora, dentro do meu coração, esse sentimento arde como chama ofuscante.

9 de abril de 1453

Após um domingo sossegado, as nove galeras maiores dirigiram-se para a barreira flutuante, dispostas a defendê-la. É que se espera a esquadra turca. Juntas e mais juntas de bois puxam os grandes canhões de bronze do inimigo. Na retaguarda das linhas turcas, o gado levanta nuvens de poeira que se distendem até às nossas muralhas.
A nossa defesa já está preparada. Cada guerreiro conhece o seu setor individual e sabe qual é a sua tarefa. O imperador Constantino andou inspecionando o dia inteiro os nossos baluartes, conversou com os comandantes dos diversos setores, encorajou os gregos e renovou promessas aos latinos.

11 de abril de 1453

O sultão fez instalar em pequenos grupos paralelos ao trecho marítimo da muralha centenas de pequenos canhões e morteiros. A sua artilharia pesada concentra-se em quatro pontos: diante da Porta de São Romanos, da Porta de Kharisios, da Porta de Kaligari e do setor de Blachernae, onde as muralhas são mais espessas mas não existem fossos. Mandou postar também três grandes peças defronte da Porta de Selymbria.
Esses canhões foram arrastados até tão perto das muralhas que um observador de vista aguçada pode distinguir as caras dos artilheiros. Aliás, magotes deles estão atarefados em assentar as peças em grandes plataformas de madeira e pedra. As peças lá estão, rudes e inertes com seus bojos alongados; mas quando se comparam suas bocas roliças com os homens que as rodeiam então se nota seu formidável tamanho. Cada uma das balas acumuladas perto tem o diâmetro da coxa de um homem. Protegem-nas valas e paliçadas. Nenhum dos latinos jamais viu tão poderosos instrumentos bélicos. Devorarão barricas de pólvora e matarão centenas de turcos se explodirem... Pelo menos assim afirma Giustiniani para animar a sua gente.
A maior bombarda fundida por Urbano em Adrianó-

polis e da qual se vem falando tanto desde o mês de janeiro, foi instalada diante da porta de Kaligari, onde a muralha é mais espessa. É lógico que o sultão acredita que a sua artilharia produzirá rombos em qualquer espécie de muralha resistente. Giustiniani mostrou curiosidade em ir ver aquela peça e, como reinava sossego, permitiu que eu fosse com ele. Também desejou verificar como os venezianos se achavam estabelecidos no palácio de Blachernae e na Porta de Kharisios, onde vem ter a estrada de Adrianópolis.

Muitos elementos das guarnições tinham deixado seus postos e se achavam reunidos em numerosos grupos contemplando a gigantesca bombarda; gente da cidade também subira para os telhados do palácio e para as torres a fim de melhor descortinar o monstro.

Alguns apontavam e diziam alto que estavam reconhecendo Urbano, que vestia um cafetã de honra e o elmo de alto dignitário. Os gregos proferiam blasfêmias e insultos, e os técnicos do imperador disparavam seguidamente arcabuzes e morteiros giratórios para estorvar o inimigo em sua laboriosa tarefa de montar em base adequada a grande peça.

Muitos gregos empalideceram e taparam os ouvidos quando aqueles pequenos disparos irromperam da muralha.

Minotto, o *bailo* veneziano, chamou seus homens à ordem e veio ao encontro de Giustiniani para cumprimentá-lo. Acompanhava-o o filho que, apesar de muito jovem, é comandante de uma galera. Johann Grant, um dos técnicos do imperador, também se juntou a nós. Foi a primeira vez que vi aquele homem notável, de cuja perícia e experiência sempre ouvi falar com admiração. É idoso já, mas ainda tem a barba escura; pensamentos vincam-lhe a testa, e o seu olhar é inquieto e perscrutador. Ficou satisfeito ao saber que eu falava um pouco o idioma alemão, muito embora ele fale bem latim e já saiba regularmente o grego. O imperador tomou-o a seu serviço como sucessor de Urbano e lhe paga o salário que este exigira inutilmente.

Grant disse:

— Aquela arma é uma das maravilhas do progresso da fundição e excede tudo quanto cuidávamos possível. Peça maior do que ela os artilheiros não poderiam manobrar. Se eu não soubesse que já a experimentaram em Adrianópolis não acreditaria que ela pudesse resistir à pressão da carga. Nem por duzentos ducados permaneceria perto na hora do disparo.

— Pois eu, pobre de mim, — declarou Giustiniani, — aceitei a defesa da Porta de São Romanos porque até então ninguém se manifestara. Mas agora não lamento absolutamente essa incumbência e desejo felicidade ao contingente veneziano.

O *bailo*, não gostando de tal observação, explicou:

— Evidentemente ninguém poderá permanecer nas ameias durante os disparos de tal monstro. Somos meros voluntários da marinha mercante e nos falta até mesmo exercício físico. Eu próprio fico ofegante quando subo para a muralha, porque tenho coração em condições precárias.

— Bem, mas a honra de estar no palácio de Blachernae vale sacrifícios, — disse Giustiniani. — Mas, se quiserdes, de bom grado trocarei a minha torre desagradável pelo leito do imperador; prometo subir para a muralha amanhã cedo! Podeis trocar comigo; não faço objeção.

O *bailo* rubicundo olhou desconfiado para Giustiniani, mediu com o olhar os enormes bastiões de Blachernae e comparou-os com o resto da muralha do lado de terra. Respondeu abruptamente:

— Estais gracejando!...

Johann Grant deu uma risada e observou:

— Os técnicos do imperador e eu fizemos cálculos e deduzimos, por conta nossa, que um canhão daquele tamanho não pode ser fundido satisfatoriamente; e, se for, não se agüentará. Supondo que possa disparar, arremessará a bala a apenas algumas jardas. Pode-se provar tudo isso mediante cálculos. Amanhã devo realmente munir-me de minhas tábuas de cálculos feito escudo ou broquel e tomar posição na muralha em face do canhão.

Giustiniani depois me puxou para um lado e disse:

— Jean Ange, meu amigo, ninguém pode saber o que acontecerá amanhã, pois o mundo jamais viu peças de artilharia como aquelas. É concebível que venham a arrebentar a muralha com alguns tiros, embora eu não acredite nisso. Permanece aqui observando a grande bombarda; instala-te em Blachernae, caso os venezianos consintam. Eu gostaria de ter um homem de confiança aqui até vermos que danos pode ocasionar uma tal peça.

Johann tomou-me a bem dizer sob a sua asa, já que somos estrangeiros entre os latinos e os gregos. É de temperamento taciturno e quando fala tende para o sarcasmo. Mostrou-me as oficinas vazias perto da Porta de Kaligari onde vários sapateiros gregos idosos ainda estavam afoitamente sentados rematando botas para soldados. É que todos os aprendizes jovens tinham sido mandados servir nas muralhas. Vagamos pelas galerias e salas do palácio imperial onde os voluntários vênetos se achavam instalados. O *bailo* Minotto tomara para si os aposentos particulares do imperador, disposto a passar as noites entre boas almofadas debaixo de colcha de púrpura.

O sistema de aquecimento do palácio consistindo em canos de ar quente sob o pavimento, devora quantidade colossal de combustível; de modo que assim que a primavera principiou o imperador proibiu que o pusessem em funcionamento, embora as noites ainda sejam frias. Tenciona poupar toda a lenha da cidade para os fornos das padarias e outras necessidades essenciais; principalmente para reparos na muralha caso os turcos consigam danificá-la.

Ao anoitecer, vi os guardas venezianos acenderem fogo sobre as lajes de mármore polido do salão dos protocolos. O mármore começou a estalar e a fumaça enegreceu logo os preciosos mosaicos do teto.

12 de abril de 1453

Levantei-me de madrugada. A noite que passou poucos dormiram profundamente; os gregos rezavam e os latinos bebiam à farta. Quando saí, a manhã estava gélida e meus pés escorregavam sobre os vômitos dos bêbedos através das galerias do palácio.

O sol erguia-se mais radioso do que nunca do outro lado do Bósforo. O litoral da Ásia reluzia cor de ouro, e soprava suave brisa vindo do mar de Mármara.

Das ameias pude ver a soldadesca turca cumprir suas devoções. Meus pensamentos seguiam os raciocínios prováveis do sultão. Também ele pouco há de ter dormido. Se a cidade inteira passou por uma vigília de expectativa, o mesmo se deve ter dado com o grande emir.

Contudo, as primeiras horas da manhã passaram sem novidades. Depois se propalou de boca em boca a notícia de que a esquadra turca tinha aparecido. Dizia-se que centenas de velas cobriam o mar. No porto, as sinetas das naus soaram alarme, que foi ouvido até mesmo em Blachernae.

Mais tarde vimos o sultão passar em seu cavalo cor de neve pela colina fronteiriça a nós, cercado por seus mais altos oficiais e por uma comitiva de *tsaushes* de uniformes verdes. Os chicotes de pêlo dos paxás e vizires flutuavam. Mohammed ia inspecionar o canhão maior porém parou prudentemente a uma distância de quinhentos côvados. Todos desmontaram e seus cavalos foram retirados para mais longe.

Assim que os artilheiros turcos fugiram da grande bombarda deixando apenas um escravo seminu segurando a mecha num longo bastão, o *bailo* perdeu sua equanimidade e ordenou que fosse evacuada a parte da muralha mais exposta ao perigo. Essa ordem tão oportuna fez fugir até mesmo os mais ousados, que se safaram que nem carneiros em pânico.

Surgiu então um halo de luz seguido por fragor mais tremendo do que o ribombo cavernoso de um trovão. A muralha estremeceu como se um terremoto a sacudisse; perdi o equilíbrio e caí, junto com muitos outros. Espessa nuvem de fumaça negrejante escondeu a bombarda. Vim a saber mais tarde que nas casas mais próximas caíram das mesas vasilhames e talheres e que a água dos cântaros espirrou longe, esvaziando-os. Consta que até as naus estremeceram lá no porto.

Tão logo o vento afastou a fumaça do canhão e a poeira da muralha, vi os artilheiros turcos correndo e apontando uns para os outros o efeito do disparo. Gritavam e gesticulavam, mas não se podia ouvir nada. O estrondo ensurdecera-nos. Gritei também, porém ninguém escutou. Só quando sacudi pelas mangas alguns dos atarantados arcabuzeiros mais próximos consegui que fizessem disparos; estavam tão zonzos, porém, que alvejaram errado. Nenhum turco ficou ferido, muito embora os nossos homens tivessem disparado tiros do alto das barbacãs e ameias. Os artilheiros turcos por sua vez se mostravam tão fascinados que apenas olhavam de esguelha, vagamente, para os dardos e projéteis que batiam no chão enquanto eles voltavam devagar para junto da peça conversando e sacudindo as cabeças. Não pareciam satisfeitos com o resultado.

A formidável bala de pedra abrira apenas um rombo na muralha e se espatifara em milhares de fragmentos. As bases da muralha tinham resistido displicentemente...

Acolá, perto da bombarda, vi Urbano girando seu bastão de comando; tive a impressão de que bradava ordens. Um grupo de artilheiros aglomerou-se em redor da peça envolvendo-a em espessos cobertores de lã, para que o metal não esfriasse demasiado depressa, e derramando óleo pelo cano adentro até às misteriosas entranhas, a fim de lubrificá-las após a terrível tensão da descarga.

Bem longe, lá nas bandas da Porta de São Romanos e da Porta de Kharisios retumbou outro estrondo. Vi fulgores e nuvens de fumaça, embora meus ouvidos quase não percebessem direito a vibração.

Apenas o sultão Mohammed permaneceu erecto, pois toda a sua comitiva e os *tsaushes* se atiraram no solo antes da detonação. E agora continuava de pé, imóvel, olhando para a muralha, enquanto seus oficiais se erguiam limpando a poeira dos uniformes. Permanecia quieto porque não queria trair seu sentimento. Talvez lá em sua mente tivesse acreditado que um único tiro de sua formidável arma pudesse de fato derrubar uma muralha de vinte pés de largura.

Depois que Urbano providenciou para que o grande canhão ficasse bem coberto, os outros dois canhões laterais dispararam. São bastante fortes porém parecem diminutos bácoros perto da mãe porca. Os artilheiros dispararam-nos sem fugir para qualquer abrigo.

Ainda assim, os dois clarões que se seguiram imediatamente um ao outro me ofuscaram por alguns momentos e logo o cenário longínquo ficou escondido atrás de nuvens negrejantes de fumaça que se seguiram aos disparos. As balas de pedra bateram quase no mesmo ponto de ainda agora causando tremores ao longo da muralha; por entre a nuvem de poeira que se ergueu redemoinharam saraivadas de fragmentos de granito, ferindo um veneziano. Quando descemos para inspecionar o dano causado verificamos que era menor do que esperávamos. A muralha de Blachernae resistia às experiências.

Sentindo-se aliviado, o *bailo* Minotto riu alto e bradou jocosamente para os seus homens:

— Já agora vos digo que nada temos a temer. Louvado seja o Espírito Santo! Cobremos coragem. O sultão que nos mande ameixas assim o dia inteiro... A muralha pouco sofrerá.

Enquanto os turcos tratavam de seus canhões como de gado doente, Johann Grant pôs toda a guarnição a trabalhar. Sabendo agora a que ponto as peças inimigas estavam calibradas, fez que grandes sacos de couro fossem enchidos com lã, algodão e relva e mandou baixá-los para proteger os rombos na superfície externa da muralha. Também ele se mostrava satisfeito e acabara por se convencer que os disparos escasseariam de noite e seriam mínimos.

Novos estrondos ouviram-se, e a muralha dançava sob os meus pés, pois agora abriam fogo centenas de colubrinas e serpentinas, enquanto morteiros curtos e atarracados vomitavam pedras em potentes parábolas. Muitos dos tiros passavam por cima das fortificações, iam cair dentro da cidade e derrubavam algumas casas até que artilheiros conseguissem calibrar direito as peças. O ar encheu-se de incessantes estrondos, e bandos esparsos de turcos principiaram a avançar em direção aos fossos fazendo estardalhaço com os escudos de metal e invocando Alá estridentemente. Mas entre as ameias da muralha os defensores agora já se tinham habituado ao bombardeio e alvejavam direito; de forma que muitos turcos caíam junto ao fosso e seus camaradas sofriam perdas enquanto se retiravam arrastando os mortos.

Dirigi-me ao parapeito da muralha externa, perto da Porta de São Romanos, para dizer a Giustiniani que até agora o canhão grande se mostrara menos formidável do que supuséramos. De vez em quando eu corria para os abrigos dos merlões mais próximos para não ser atingido pelos tiros nem pelos dardos sibilantes.

Ao longo do setor da muralha externa entre o palácio de Porphyrogenetos e a Porta de Kharisios, os defensores me pareceram apreensivos. Os primeiros disparos de quatro canhões tinham desmoronado merlões inteiros da muralha ameada e reduzido três homens a sangrenta massa. Outros doze haviam sido feridos pelos estilhaços de pedra e foi preciso levá-los para a cidade através de poternas, para serem medicados. Deixaram poças de sangue ao longo das barbacãs. Os defensores olhavam aflitos para o canhão que os turcos carregavam de novo. De fato, os artilheiros já estavam socando a carga na boca e lançando argila molhada no cano para expelir todo o ar antes de pôr outra bala.

A parte da muralha aqui é defendida pelos três irmãos Guacchardi, jovens aventureiros venezianos que pagam seus próprios mercenários e se puseram a serviço do imperador. Vi-os andando de um lado para outro na muralha encorajando os novatos, batendo-lhes nos ombros e assegurando-lhes que o perigo não era tão grande quanto imaginavam. Mostraram curiosidade em saber os estragos causados pela grande bombarda, e fiquei entre eles por algum tempo observando o efeito dos disparos naquele trecho da muralha. Ofereceram-me vinho na torre que tinham escolhido para alojamento e que haviam guarnecido com tapetes, colgaduras e almofadas do palácio de Blachernae.

Enquanto esperávamos os próximos tiros, eles falaram ruidosamente de seus casos com raparigas gregas de Constantinopla e me fizeram perguntas sobre os costumes das mulheres turcas. Todos eles tinham menos de trinta anos, e pela maneira de falar era evidente que se tratava de jovens simples com sede de aventuras, glória e lucros. Pareciam resignados à hipótese de terem que se apresentar na eternidade de um instante para outro; para isso estavam com as cabeças repletas de vapores de vinho e com os corações cheios de lembranças de mulheres bonitas. Ainda bem que já se achavam absolvidos dos pecados antigos e futuros. Não quis julgá-los, absolutamente; pelo contrário, na companhia deles cheguei a sentir algo assim como inveja de sua radiosa mocidade, que nenhuma filosofia conseguiria ainda amargurar.

No entretanto, os turcos afrouxavam as cunhas colocadas debaixo das peças e lhes abaixavam os canos fazendo mira para a parte inferior da muralha. Lá das ameias vozes diversas avisaram alto que os artilheiros já estavam brandindo as mechas, e os irmãos Guacchardi mais que depressa jogaram um lance de dados para saber qual deles teria a honra de se expor sobre a muralha como exemplo aos defensores. O mais jovem ganhou; entusiasmado com sua sorte, pulou para a barbacã, com expressão animada pelo vinho e pelo fervor. Dirigiu-se para uma das ameias bem defronte do canhão, agitou os braços revestidos de armadura para atrair a atenção dos sitiantes e principiou a bradar em idioma turco uma torrente de obscenidades, a ponto de eu próprio ficar envergonhado. Mas quando viu a mecha ser aproximada do "ouvido" do canhão prudentemente se esgueirou para trás do merlão, segurando-se bem.

As três peças dispararam simultaneamente, ensurdecendo-nos por alguns minutos e fazendo a muralha estremecer sob os nossos pés. Depois que a fumaça e a poeira se altearam bastante, vimos o jovem Guacchardi intato, parado, firmando-se sobre as pernas bem abertas. Mas as balas roçaram os fossos arrancando os contrafortes avançados e abrindo grandes rombos na muralha exterior. Era evidente que com a repetição do bombardeio a muralha sofreria grandes estragos, e de maneira lenta porém segura, acabaria por desmantelar-se.

Lá das plataformas longínquas onde se achavam os canhões nos chegaram gritos e lamentos, e então vimos que a peça do lado esquerdo arrebentara suas amarras e tombara sobre o chão, de lado; toras e pedras foram atiradas à distância, matando pelo menos dois dos artilheiros. Os restantes não deram atenção aos camaradas e correram para envolver as peças em cobertores e dar-lhes de beber óleo, pois valiam mais do que vidas humanas.

Enquanto prossegui em minha inspeção ao longo da muralha, os turcos mantiveram fogo nutrido de canhões e arcabuzes; soaram címbalos, tocaram trombetas e tambores, enquanto alguns bandos avançavam em direção ao fosso tentando atingir os defensores com seus dardos. Os homens de Giustiniani como estavam com suas armaduras não procuraram esquivar-se, deixando as flechas baterem e quebrarem-se contra os broquéis e as couraças.

Assim que cheguei ao setor de Giustiniani, os grandes canhões colocados na frente da Porta de São Romanos dispararam; parte das fortificações da muralha exterior ruiu, e inúmeros estilhaços sibilaram no ar. Vi-me coberto de cal enquanto uma fumaça venenosa me enegrecia o rosto e as mãos. Ouvi bem perto maldições e gritos, bem como brados em grego invocando a Santa Mãe de Deus. Junto de mim um operário infeliz, que carregava pedras para a muralha, caiu de cabeça para baixo, com sangue a lhe jorrar de um dos flancos.

— Jesus Cristo, Filho de Deus, tem misericórdia de mim! — gemeu ele, rendendo a alma sem sofrimento mais longo.

Giustiniani precipitou-se na minha direção, com sua armadura ressoante; queria verificar os estragos; soergueu a viseira, e seus olhos saltados de boi cintilavam com o calor da refrega. Fitando-me como se nunca me houvesse visto, bradou:

— Agora é que o combate começou mesmo! Acaso já presenciaste dia mais belo?!

Fungou profundamente para sentir o cheiro da fumaça e da carnagem, a ponto das presilhas do seu peitoral arrebentarem quase. Estava transformado, era um ser diferente do comandante pachorrento e estólido que eu conhecia. Era como se só agora se sentisse no seu elemento próprio, gozando aquela atmosfera de tumulto e estrondo.

A muralha tornou a estremecer debaixo dos nossos pés, um ribombo sacudiu céu e terra, e o ar escureceu. A bombarda defronte da Porta de Kaligari disparara pela segunda vez. Não conheço estrondo comparável ao que se produziu. O sol resplandecia feito uma bola vermelha atrás da nuvem de pó e fumaça. Calculei que teriam que esperar duas horas mais ou menos para que o grande canhão esfriasse, fosse limpo, reposto em posição certa e carregado de novo.

Giustiniani perguntou-me:

— Já ouviste dizer que a esquadra turca chegou? Contaram-se trezentas naves mas quase todas são galeras mercantes; as de guerra são de pequeno calado e fracas em comparação com as naus latinas. Os vênetos estavam à espera junto da barragem, ansiosíssimos; porém elas passaram ao largo e foram ancorar no Bósforo, no porto dos Pilares, para lá de Pera.

Falava alto, despreocupado, sem mostrar a mínima apreensão. Todavia, dois disparos das peças pesadas dos turcos tinham demolido os parapeitos baixos e danificado a muralha exterior. De fato, ela rachara de alto a baixo, em dois lugares. Giustiniani ordenou em voz alta que os operários gregos (que estavam apavorados) transportassem o corpo do seu infeliz camarada. Os pacíficos artesãos que nunca se tinham empenhado em lutar a favor dos latinos, permaneciam acocorados na passagem existente entre a muralha exterior e a maior, e pediam que os deixassem voltar para a cidade passando pelas poternas. Por fim dois deles se arrastaram para a muralha exterior, ajoelharam perto do corpo e se puseram a chorar vendo os ferimentos causados pelos estilhaços. Com suas mãos calosas e sujas limparam a caliça que cobria o rosto e a barba do morto e lhe apalparam os membros já frios como se não acreditassem que um homem pudesse morrer assim tão repentinamente.

Depois pediram a Giustiniani uma moeda de prata pelo trabalho de transportar o corpo para a cidade. Giustiniani blasfemou e me disse:

— Estás vendo, Jean Ange! É para desgraçados desta laia que estou defendendo a Cristandade!

Meu sangue grego protestou quando vi aqueles pobres e desvalidos velhos, que não dispunham sequer de um elmo ou de um gibão de couro, assim miseravelmente vestidos apenas com seus trajes de trabalho cheios de nódoas.

Respondi:

— É a cidade deles. Assumistes a defesa desta parte da muralha. O imperador vos paga para isso e podeis muito bem pagar os artesãos gregos, a não ser que queirais que os vossos próprios mercenários reparem sozinhos os estragos da muralha. Não foi essa a combinação? Não está direito forçardes esses homens indefesos a trabalhar de graça. Precisam comer, comprar víveres para suas famílias. O imperador não faz nada por eles. Aliás, uma simples moeda de prata para eles vale tanto como um ducado para vós. Acaso sois melhor do que esses homens? Lembrai-vos que vos vendestes ao imperador movido por cobiça e glória.

Giustiniani, animado pela batalha em início, não se melindrou. Apenas ponderou:

— Ouvindo-te torcer fatos inflexíveis, se diria que és grego.

Ainda assim atirou a moeda de prata solicitada. Os artesãos imediatamente ergueram o corpo do camarada e o levaram dali. Pingava sangue pelos degraus gastos do percurso.

13 de abril de 1453

Foi uma noite inquieta. Na cidade quase ninguém conseguiu dormir. À meia-noite o solo estremeceu outra vez com a detonação da peça maior, e o fulgor do seu focinho de bronze iluminou o céu. Até de madrugada se trabalhou em reparar as fendas da muralha e reforçar os pontos ameaçados, cobrindo-os com sacos repletos de lã e de feno.

A esquadra turca permanecia no Porto dos Pilares, onde

estão sendo descarregadas grandes quantidades de madeira e pedra que serão utilizadas no assédio. As galeras venezianas acham-se ainda perto da barreira flutuante e estão preparadas para um ataque noturno.

Durante o dia os canhões pesados turcos têm tempo para atirar seis vezes cada um. A muralha junto à Porta de Kaligari parece agüentar bem o bombardeamento, embora esteja situada bem defronte da grande peça. Os vênetos aquartelados no palácio de Blachernae dispensam agora a maior reverência à Virgem Santíssima e principiaram a acreditar nos gregos que afirmam ser a miraculosa Panaghia guardiã das muralhas do palácio.

Até agora ainda não morreu um latino sequer, conquanto dois estejam bastante feridos. A armadura protege-os bem. Dos artesãos e monges incorporados ao exército, muitos morreram no setor compreendido entre a Porta de Ouro e a Porta Rhesias. Isso acabou convencendo os restantes que é mais prudente usar o capacete incômodo e suportar os atilhos apertados do arnês.

A população da cidade já se está aclimatando ao combate. Cada morte que ocorre faz aumentar o ódio pelos turcos. Muitas mulheres e alguns velhos vêm até às muralhas molhar suas vestes no sangue das vítimas que consideram mártires da fé.

Os seres humanos adaptam-se a tudo com facilidade. Acabam aceitando até o impossível. Ontem me parecia que a detonação da peça gigantesca, o tremor do solo, o desmoronamento de trechos das muralhas e o redemoinhar dos estilhaços entre a poeira e a fumaça eram fenômenos horrendos. Hoje, porém, o mal-estar na boca do estômago passou e já respiro com certa naturalidade.

14 de abril de 1453

Explodiu hoje um dos grandes canhões turcos. Como saía fumaça pelas fendas do cano da peça! O bombardeio diminuiu bastante. O inimigo instalou forjas junto à plataforma e está reforçando as peças com cintas de ferro. Urbano montou uma fundição na encosta da colina atrás do acampamento turco, e de noite sobem para o céu reflexos avermelhados. Durante vinte e quatro horas só se sentiu cheiro de estanho e cobre. Um bufarinheiro judeu que chegou pela estrada de Pera disse que viu centenas de escravos trabalhando em redor de imensas escavações onde são mergulhados os moldes das diversas qualidades de canhões. O tempo está firme, e o céu claro. Grant, o alemão, pondera que os gregos têm muitos motivos para rezar pedindo que chova, porque se

a água atingir as formas estas estalarão quando as encherem com metal derretido.
Grant é homem esquisito, de catadura mística; vinho e mulheres não o interessam. Os técnicos do imperador instalaram sobre a muralha exterior muitas catapultas e balestras de tipo velho; o alcance é limitadíssimo, e elas só serão utilizáveis caso os turcos tentem tomar de assalto as fortificações. Grant fez desenhos mostrando como tais engenhos podem ser aperfeiçoados vindo a ficar mais leves e ágeis, pois que por enquanto são construídos pelos moldes do tempo de Alexandre. Sempre que dispõe de horas de lazer freqüenta a biblioteca do imperador para estudar textos antigos; o grisalho bibliotecário guarda zelosamente os volumes, não os empresta e não admite que se acendam lâmpadas nem velas na sala de leitura. Os códices só podem ser lidos à luz do dia. Esconde dos latinos todos os catálogos. Certa vez Grant pediu as obras de Arquimedes. O bibliotecário meneou violentamente a cabeça e disse que não havia nenhuma delas na biblioteca. Se Grant tivesse pedido obras dos padres da Igreja ou dos filósofos gregos seria atendido; mas ele só lê matemáticas e obras técnicas; por isso é menosprezado como bárbaro.
Estando nós em conversa, Grant ponderou:
— Arquimedes e Pitágoras podiam ter construído engenhos capazes de modificar o mundo. Ambos sabiam a arte de fazer a água e o vapor realizarem trabalho conseguido até agora pela força braçal; mas ninguém queria tal coisa no tempo deles, de modo que não se empenharam em invenções assim. Ao invés disso, voltaram seus pensamentos para as idéias de Platão. Consideravam o mundo sobrenatural mais importante e valioso do que o mundo tangível. Ainda assim, em seus textos esquecidos se encontra muita sugestão da qual se podem aproveitar os inventores hodiernos.
Redargüi:
— Se eram homens sábios e muito mais sensatos do que nós, por que não acreditamos neles então e não lhes seguimos os exemplos? Que adianta a um homem ter toda a natureza aos seus pés e prejudicar a sua alma?
Grant observou-me com seus olhos inquietos e perscrutadores. Apesar de ter a barba ainda bem preta, cor de carvão, já está com a testa enrugada de tanto levar noites e noites imerso em raciocínios. Tem um porte majestoso, que inspira respeito muito próximo do medo.
O estrondo do grande canhão fez estremecer as paredes da biblioteca; nuvens minúsculas de pó soltaram-se das fendas do teto e ficaram flutuando na cortina de raios de sol que entrava obliquamente pela janela estreita.

163

— Tens medo da morte, João Angelos? — perguntou-me Grant.
Respondi:
— Confesso que o meu corpo teme a desintegração, de modo que os ribombos das peças fazem vacilar meus joelhos. Mas o meu espírito é corajoso e desconhece o medo.
Declarou:
— Se tivesses mais experiências, temerias. Se tivesses visto a morte e a guerra mais vezes, o teu espírito sentiria mêdo. Só o guerreiro que estréia é que não sente a realidade daquilo em que está metido. O verdadeiro heroísmo consiste em conquistar o medo e não em fugir dele.

Apontou para milhares de figuras douradas e vermelhas seguidas de textos ao longo das paredes e para os grandes fólios que jaziam nas prateleiras com suas encadernações cravejadas de prata e de jóias. E disse:
— Tenho medo da morte. Mas o conhecimento, felizmente, é maior do que o medo. O meu conhecimento diz respeito às coisas terrenas, visto que o conhecimento das coisas celestes não tem valor prático. É por isso que me punge o coração ao olhar para esta sala. Aqui se acham enterrados os derradeiros e insubstituíveis remanescentes da sabedoria antiga. Durante séculos não houve quem se desse ao trabalho de inventariar isto tudo que se encontra aqui. Nas abóbadas os ratos corroeram os manuscritos. Os filósofos e os santos padres da Igreja têm seus volumes procurados com devotamento, mas os textos de matemática e engenharia ficaram de lado para alimentar ratazanas. E o velho bibliotecário rotineiro não compreende que não o prejudicarei em nada se consentir que eu desça aos porões e acenda uma lâmpada para procurar valiosos e abandonados volumes de que ele é guardião. Quando os turcos entrarem na cidade, este edifício será devorado pelas chamas junto com os demais e os manuscritos serão transportados para nutrir as fogueiras dos acampamentos.

Repliquei:
— Pelo que me dizeis achais então que os turcos entrarão em Constantinopla?!... Não acreditais que os manteremos à distância?
Sorriu.
— Eu meço as realidades com réguas objetivas, com o esquadro do senso comum. Não perco tempo em acalentar esperanças vãs, como decerto fará gente mais nova e menos experiente.
— Então vos será mais conveniente, em tal caso, e de muito melhor utilidade o conhecimento de Deus e de

quanto se acha acima das coisas temporais do que qualquer ciência matemática ou técnica. De que vos valerá o mais formidável engenho se de qualquer forma ides perecer?
— Esqueces-te de que todos nós devemos morrer. Por conseguinte, não lamento a curiosidade que me impeliu aqui para Constantinopla e me fez entrar para o serviço do imperador. Já pude ver, por exemplo, o maior canhão que mãos humanas conseguiram fundir. Só para tanto valeu a pena ter vindo. Alegremente trocarei todos os escritos sagrados dos santos padres por duas páginas do esquecido Arquimedes.
— Isso é loucura! — declarei sem me conter. — A vossa obsessão vos torna mais louco do que o sultão Mohammed. Estendeu o braço na direção do raio de sol como se quisesse pesar nas mãos os átomos que flutuavam no ar.
— Pois não vês? Nestas partículas de pó te observam os olhos de uma donzela admirável... Uma donzela cujo sorriso a morte já desfez há muito tempo. Nestas partículas dançam o coração, o fígado e o cérebro de um filósofo. Dentro de mil anos eu próprio, transformado em partícula de poeira, saudarei um estrangeiro nas ruas de Constantinopla. A tal respeito, a tua cultura e a minha são de valor igual. Deixa-me portanto conservar o conhecimento que tenho e não o menosprezes. Como sabes que no íntimo não menosprezo o teu?
Comecei a sentir um tremor crescente, mas fiz todo o esforço para manter a voz calma e redargüi:
— Lutais do lado errado, Johann Grant! O sultão Mohammed, se vos conhecesse, vos saudaria como seu camarada.
— De forma alguma. Pertenço ao Ocidente, à Europa. Luto pela liberdade do homem e não por sua servidão.
— Que vem a ser a liberdade do homem? — interpelei-o.
Olhou-me, refletindo por certo tempo, e depois respondeu:
— O direito de escolher.
— Exatamente, — ponderei em tom baixo. — Essa é a terrível liberdade do homem... A liberdade de Prometeu, a liberdade do nosso pecado original.
Sorriu, pôs a mão sobre o meu ombro e suspirou:
— Ah! Vós outros, os gregos!
Sentia-me diferente dele, sem afinidades; mas a despeito de tudo suspeito que nossas mentes coincidem. Ele e eu pisávamos em terreno comum. Só que ele escolhera o reino da morte e eu a realidade de Deus.
Nasci na linha divisória de dois mundos. No Oriente,

como no Ocidente, a árvore da morte está brotando. Que a posteridade lhe prove os frutos. Eu, não. Será mesmo assim? Foi assim que optei? Canhões disparam com estrondo, muralhas e paredes fragmentam-se, o grande tambor da morte faz estremecer céu e terra. Sinto-me, porém, impassível e frio... Não! Não! Sou brasa ardente e penso apenas em ti, ó minha Amada! Por que me dilaceraste a alma com espinhos? Por que não me deixas lutar e morrer sossegado, já que assim escolhi? Agora apenas te desejo; mais nada. E através de ti, comparticipar dos sagrados mistérios. É a volta do renegado à casa paterna...

15 de abril de 1453

    Domingo, outra vez. Os sinos das igrejas repicam jubilosamente na atmosfera límpida da manhã; mas todo verdor da primavera jaz coberto de fuligem e pó. Como formigas, homens exaustos empenham-se em consertar a muralha, abrigados por barricadas provisórias. Durante a noite foram enfiadas estacas no solo defronte dos rombos imensos da muralha exterior que estão sendo cheios agora com terra, galhos de vimeiro, touceiras e mato. Os cidadãos tiveram que desistir de seus colchões; estes, dependurados na superfície da muralha amainam um pouco o choque furibundo das balas dos canhões. Sobre eles foram esticados couros de boi que são regados com água constantemente para proteger o material que está embaixo.

    Sei e sinto por experiência própria quanto uma guerra de desespero como esta nos transforma e sacode até às profundidades das entranhas e das almas.

    A fadiga, o medo e a insônia forçada inflamam um homem, a ponto de torná-lo zonzo e não mais responsável por suas ações ou pensamentos. Põe sua atenção no barulho mais intenso. Assim é que temperamentos silenciosos se tornam palradores; índoles pacatas dançam de alegria ao ver um turco cair com um dardo metido na garganta. A guerra é uma intoxicação perigosa; modifica os ânimos, cujas alternativas de esperança e desespêro são súbitas. Só um soldado veterano pode conservar relativa calma, e quase todos os defensores de Constantinopla são recrutas e leigos sem a mínima prática. Por isso, Giustiniani julgou conveniente propalar pela cidade boatos otimistas: quase tudo coisa inventada. Por exemplo:

O exército do sultão contém o dobro do número de cristãos existentes no exército da cidade. Tropas auxiliares da Sérvia, da Macedônia e da Bulgária, assim como gregos da Ásia Menor. Perto da Porta de Kharisios foi encontrada uma flecha turca com uma nota enrolada escrita por um soldado sérvio da cavalaria atacante. A nota dizia o seguinte: *"No que depender de nós, Constantinopla jamais cairá nas mãos dos turcos."*

O Grão-vizir Khalil também está trabalhando secretamente contra o sultão; por enquanto pouco pode fazer, mas a hora propícia lhe virá, assim que o sultão se vir a braços com reveses.

As noites são frias ainda. Ora, o exército do sultão é grande, de forma que apenas pequena proporção de soldados dispõe de tendas; a maior parte dorme ao relento. Diferentemente dos janízaros, não estão habituados a isso e assim, durante a noite chegam até nós ruídos de tosses e espirros vindos do acampamento turco.

Mas os nossos também tossem enquanto trabalham na escuridão da noite reparando a muralha. Torres e abóbodas são úmidas e toda madeira existente é indispensável para as obras de consertos. Lenha e gravetos são usados apenas para cozinhar e para aquecer os caldeirões de chumbo e breu. De forma que muitos latinos estão bastante resfriados, embora se agasalhem com roupas grossas debaixo das armaduras.

17 de abril de 1453

Hoje o meu criado Manuel apareceu no palácio de Blachernae trazendo-me roupas limpas e nova remessa de papel e tinta. De víveres não preciso, porque os venezianos me reservarão sempre um lugar em sua mesa enquanto eu permanecer aqui no palácio. O cardeal Isidoro dispensou-os da obrigação do jejum enquanto durar o assédio. Verdade é que o imperador Constantino jejua escrupulosamente e passa as noites em vigília a ponto de estar lívido e cada vez mais magro.

Não me contive e perguntei a Manuel se alguém me havia procurado em casa. Meneou a cabeça. Levei-o até à muralha e mostrei-lhe o canhão gigantesco que os turcos tinham acabado de carregar. O estrondo fez Manuel apertar as têmporas; animou-o, porém, verificar que a muralha continuava a resistir.

A bem dizer o canhão espantou-o menos do que o aspecto incrível a que os vênetos tinham reduzido o castelo imperial. Comentou:

— Os latinos não mudam; são os mesmos, sempre. Quando capturaram Constantinopla há cento e cinqüenta anos usavam o santuário de Santa Sofia como cocheira, acendiam fogo sobre as lajes da nave e enchiam de sujeira os cantos das alas.

Os servidores da oficialidade latina têm licença de andar à vontade por Blachernae, e assim Manuel me pediu que o levasse ao palácio de Porphyrogenetos. Em certo trecho, olhando-me de esguelha, disse:

— Antes, pés plebeus não maculavam este pavimento; ainda assim os meus são pés de cidadão grego e por conseguinte menos profanadores do que os pés dos estribeiros latinos.

Atingimos o andar superior subindo a velha escadaria de mármore e penetramos no célebre aposento cujas paredes são forradas por placas de pórfiro. O leito esculpido em ouro com a águia dupla no dossel ainda se achava lá; mas tudo quanto era transportável foi roubado. Ao contemplar o imenso aposento vazio e saqueado, me compenetrei de que mais nenhum imperador nasceria em Constantinopla.

Manuel, sempre curioso, abriu uma porta estreita e saiu para um balcão de pedra. E contou, olhando lá para baixo:

— Dez vezes esperei humildemente misturado à multidão, nessa praça, notícias alvissareiras sobre a imperatriz. O velho imperador Manuel deu-lhe nada menos de dez filhos. Constantino é o oitavo. Sobrevivem apenas três e nenhum deles tem filhos. Bem se vê que essa é a vontade categórica de Deus.

Continuava a olhar-me de soslaio o tempo todo com aqueles olhos raiados de vermelho. E cofiava a barba de modo misterioso. Perguntei-lhe friamente:

— E a que propósito vem isso?

— Jamais pensei em algum dia me postar aqui, — considerou Manuel, sem responder a minha pergunta. — Mas um ambiente forrado de pórfiro não basta para fazer um imperador. Pura superstição, que aliás tem levado muita mulher desesperada a se agarrar a pedaços de pórfiro, à guisa de animação...

Apontou para um recanto sombrio, e vi que em diversos lugares tinham sido quebradas algumas saliências do revestimento de pórfiro. Momentâneamente me senti criança de novo, garoto antigo de Avinhão, e revi a cidade rodeada de muralhas, com o sol da Provença aquecendo a minha cabeça. Lembrava-me de haver agarrado um pedaço de pórfiro que encontrara na arca de meu pai.

— Estais vendo fantasmas, patrão? — perguntou-me Manuel, em tom baixo. Ajoelhou-se como para examinar

aquele recanto, mas na verdade se prostrara volvendo para mim a fisionomia tensa contendo lágrimas.
Respondi laconicamente:
— Estava pensando em meu pai.
Já não me admirava mais que meu pai tivesse acabado cego; talvez tivesse confiado demais num mundo de crueldades e pânicos.
Manuel disse em voz baixa:
— Patrão, já não vejo direito por causa da idade, provavelmente. Deve ser esta luz cor de púrpura que me atrapalha a visão. Permiti que eu toque os vossos pés.
Estendeu as mãos e reverentemente tocou os meus tornozelos. Depois ciciou:
— Botas de púrpura... Botas de púrpura...
Mas tão aterrorizador era o silêncio na sala de nascimento dos imperadores, que êle olhou em redor, atemorizado, como se receasse que alguém estivesse espiando.
— Estiveste bebendo de novo! — ralhei, sem muita convicção.
— O sangue nunca renega a sua origem, — ciciou ele.
— Acaba volvendo a ela por mais que se tenha afastado e que até haja passado de um corpo para outro. Sim, acaba voltando um dia...
— Em verdade te digo, Manuel, que esse tempo já passou. O meu reino não é deste mundo.
Inclinou a cabeça e beijou meus pés. Tive que empurrá-lo com um dos meus joelhos.
Pretendeu explicar:
— Não passo de um pobre velho palrando demasiado por excesso de vinho. Tenho a cabeça repleta de histórias antigas... Vejo visões. Não faço por mal, absolutamente.
— Pois que tais visões e histórias fiquem enterradas sob os escombros das muralhas, e que venha algum estrangeiro a reencontrá-las um dia quando a poeira redemoinhar sob os seus pés quando ele tropeçar nalguma pedra caída destas fortificações.
Depois que Manuel partiu, voltei para junto de Giustiniani, entre as fortificações. Era alarmante verificar o trecho da muralha exterior que ruíra naqueles poucos dias de ambos os lados da Porta de São Romanos. Isso obrigou a grande remoção de terra para encher cabazes e barricas que foram colocados sobre as trincheiras de maneira a formar um parapeito. Durante o dia inteiro bandos de turcos chegaram até ao fosso para atulhá-lo de pedras, troncos e feixes enquanto o fogo nutrido de suas peças obrigava os nossos defensores a se abrigarem. Os genoveses comandados por Giustiniani já tinham sofrido baixa, não obstante suas fortes armaduras, e cada

genovês mercenário vale por sua experiência e prática dez ou mesmo cinqüenta gregos xucros em questão militar. Cada genovês é insubstituível.

18 de abril de 1453

Ninguém poderia desconfiar que os turcos tentariam o seu primeiro ataque sério na noite passada. Tornara-se evidente que o intento era tomar de assalto a muralha exterior em frente à Porta de São Romanos. O ataque principiou de surpresa duas horas após o anoitecer. Protegidos pela escuridão, os turcos investiram para o fosso, sôbre o qual lançaram escadas e pranchas. Se a guarnição não tivesse durante o dia consertado os estragos daquele setor, o ataque poderia ter tido êxito. Mas o alarme foi dado a tempo, trombetas ressoaram pela muralha, tochas de breu foram acesas e os sinos da cidade principiaram a tocar.

Após o malogro desse ataque de surpresa, tambores de sons diversos troaram nas linhas turcas junto com medonhos berros, cujos ecos chegaram até à cidade. Os atacantes, munidos de longos ganchos, tentaram derrubar os parapeitos provisórios e destruir tudo quanto fosse possível; ao mesmo tempo incendiavam os sacos de lã e de feno dependurados ao longo da muralha. A batalha durou quatro horas ininterruptas. Os turcos também se aproximaram de outros pontos das muralhas, porém o ataque principal foi dirigido contra o setor de Giustiniani.

Na escuridão noturna o ruído e o tumulto causavam impressão ainda mais terrível, de modo que na cidade muita gente quase nua fugia de suas casas situadas nas imediações. Saindo apressadamente de Blachernae para me juntar às forças de Giustiniani, vi de relance o imperador Constantino; chorava tomado de lancinante transe, supondo a cidade já perdida de todo.

Na verdade, todavia, apenas alguns grupos inimigos atingiram mesmo o topo da muralha exterior, donde foram derrubados pelos homens de Giustiniani que, como barreira viva de ferro, lhes barraram o acesso. Varas resistentes removeram as escadas e pranchas enquanto chumbo derretido e breu em ebulição eram atirados sobre os assaltantes. O inimigo sofreu grandes perdas; de manhã vimos montes de mortos junto à muralha; entre esses, apenas alguns janízaros, o que demonstrou que o sultão mandara apenas contingentes de menor importância.

Contudo, depois que os turcos se retiraram, muitos dos elementos de Giustiniani estavam tão exaustos que se jogaram no chão e dormiram instantâneamente. O imperador Constantino, que inspecionou a muralha logo após o combate, cumprimentou pessoalmente a guarnição, a fim de reanimá-la. Giustiniani obrigou os operários gregos a descerem ao fosso e limpá-lo de toda sorte de entulho com que os turcos quiseram aterrá-lo. Vários encontraram a morte nesse empreendimento porque o inimigo, irritado com o malogro, deu em disparar sua artilharia sobre o setor.

De manhã, trinta galeras turcas saíram do Porto dos Pilares em direção à barreira flutuante, mas não houve luta, propriamente, entre elas e as naves venezianas; apenas troca de alguns tiros, tendo a esquadra turca regressado ao seu ancoradouro. Durante o dia o sultão mandou instalar duas grandes bombardas sobre a colina existente atrás de Pera. O primeiro tiro atingiu uma nau genovesa atracada no cais, afundando-a com toda a carga no valor de quinze mil ducados. Os genoveses de Pera protestaram contra essa violação de sua neutralidade. As bombardas achavam-se em seu território e um ou dois dos projéteis derrubaram telhados e mataram uma mulher na cidade. O sultão prometeu indenizar após o assédio qualquer dano sofrido pelos genoveses, e assegurou-lhes sua amizade.

Mas alcançou o seu objetivo, pois as galeras venezianas se viram forçadas a retirar-se da barreira flutuante, dirigindo-se algumas para o cais e outras para junto dos bastiões e da muralha do porto, onde nenhum disparo poderia atingi-las. Juntou gente para assistir ao bombardeio; a maior parte das balas caía no centro do porto, soerguendo grandes colunas de água.

Apesar de tudo isso, o estado de ânimo da população é de esperança e entusiasmo, pois o fato de havermos repelido os ataques nos alegrou bastante. E Giustiniani fez espalhar notícias exageradas sobre as perdas do inimigo. Declarou-me categoricamente:

— Não nos enfatuemos com uma vitória que não merece tal nome. O ataque não passou de uma simples manobra de reconhecimento para verificar a resistência da muralha. Mil homens no máximo tomaram parte na operação, segundo vim a saber pelos prisioneiros. Mas o hábito me obriga a dar um comunicado; de forma que quando declaro, como comandante supremo, que rechaçamos um ataque pesado e que os turcos perderam dez mil homens e tiveram igual quantidade de feridos, ao passo que as nossas perdas se restringem a um homem morto e um único ferido, todo veterano sabe que os comunicados são assim mesmo e lhe dá um apreço muito relativo. Para a população da cidade, contudo, o efeito

171

será formidável. — Fitou-me, sorriu e acrescentou: — Combateste bem e denodadamente, Jean Ange!
— Será?... Reinava tamanha confusão que eu nem sabia o que estava fazendo.
Pura verdade. Esta manhã vi que a minha espada se achava encoscorada de sangue; mas, quanto às minúcias da noite apenas as recordo como um pesadelo complicado. No decorrer do dia o sultão mandou engatar cinqüenta juntas de bois na bombarda maior, que assim foi removida de sua plataforma e arrastada com a ajuda de cem homens para uma nova posição diante da Porta de São Romanos. A muralha de Blachernae foi considerada ultra-resistente, e o sultão resolveu se preparar para um assédio prolongado. Visitei os feridos que estão deitados sobre palha em cocheiras e abrigos junto da muralha. A soldadesca latina veterana soube juntar dinheiro para chamar cirurgiões, de modo que está recebendo cuidados de profissionais; já os feridos gregos, porém, são tratados apenas por algumas freiras experientes que os atendem por pura caridade. Entre elas reconheci Khariklea que, sem véu e de mangas arregaçadas, lavava ferimentos e envolvia-os em ataduras. Saudou-me com tal desembaraço que não fiz cerimônia em participar que o meu setor era em Blachernae. Notou o meu aspecto e com certeza interpretou os meus pensamentos. Sem que eu lhe fizesse a menor pergunta, se apressou em dizer que não via a Irmã Anna desde uma semana.
Os feridos asseveram em uníssono que os turcos usam flechas envenenadas, transgredindo todas as regras da decência e dos hábitos estipulados. Mesmo os que receberam ferimentos leves pioram repentinamente dentro de poucos dias e sucumbem retorcendo-se em convulsões. Observei num canto um cadáver com o rosto retorcido num ricto espasmódico e o corpo dobrado em arco; os músculos estavam mais rijos do que se fossem de madeira. Espetáculo horrível de se ver. Assim é que a maioria dos feridos pede para ser conduzida para casa, para fora daquele cenário. Intercedi por eles junto de Giustiniani que, todavia, não permitiu que nenhum dos seus homens saísse para ajudar aqueles desgraçados.
Como eu lhe reprovasse a falta de caridade, explicou:
— A experiência já me ensinou que a sorte dos enfermos e feridos está nas mãos de Deus. Um deles, por exemplo, recebe os melhores cuidados de um especialista e morre, ao passo que outro, em total abandono, fica bom sozinho. Um recebe um corte no dedo mindinho e morre por envenenamento do sangue, ao passo que outro perde um braço inteiro e sobrevive. Alimentação abundante

e cama confortável só servem para amolecer e enervar o doente, prejudicando-o. Eis o que a experiência me ensinou. Não interfiras, portanto, naquilo que não entendes.

19 de abril de 1453

Jesus Cristo, Filho de Deus, tem piedade de mim, pobre pecador! Tendo escrito bastante ontem, esperei poder finalmente conciliar o sono. A insônia me tem afligido ùltimamente. Para aplacar o coração inquieto ou caminho ao acaso por algum tempo ou me sento para escrever estas palavras vãs.

E sucedeu que estando deitado de olhos abertos em plena treva do aposento frio de Blachernae, entregue ao devaneio e ao tormento de minha solidão, Anna apareceu. Sim, veio procurar-me espontaneamente a minha amada Anna Notaras. Reconheci-lhe os passos leves e a respiração suave. Parou junto de mim e perguntou, sussurrando:

— Estás acordado, João Angelos?

Senti-lhe as mãos frias tocarem as minhas, o corpo tépido estirar-se junto ao meu. O nariz e os lábios estavam frios, porém as faces ardiam procurando o meu rosto.

— Perdoa-me... Perdoa-me, querido. Eu não sabia o que estava fazendo. Ignorava o que queria. Encontrei-te enfim, e estás vivo, amor!

— Estou vivo, sim. Tenho resistência, como a erva daninha que viceja sempre.

— Treme a terra, fendem-se as paredes, a morte ruge durante noites seguidas com milhares de vozes. Só vendo é que se sabe o que significa a desgraça da guerra. Quando os turcos atacaram na noite passada rezei por ti com uma devoção que jamais conheci antes, até sufocar todo o meu egoísmo, todo o meu orgulho e maldade. O que eu queria era ver-te vivo, rever-te, enfim!

— Amas-me então? — perguntei ainda em dúvida, por mais que me assegurassem que sim suas mãos, seu rosto e sua boca. — Pois não me disseste que me detestavas?

— Tive raiva de ti durante dias, durante uma semana talvez. Mas quando os canhões principiaram a atirar e as paredes do convento a estremecer, então compreendi quanto te amava. Até então estava resolvida a não te procurar mais; cheguei a fazer voto de não te rever. E, caso nos encontrássemos, não te dizer uma única palavra, manter estrita cerimônia entre nós. Pois bem, eis-me aqui, de noite e em plena treva, sozinha contigo. Já te cobri de beijos. Ai de mim! Ai de nós!...

— Pois eu tinha feito a mesma resolução, — respondi, tomando-a pelos ombros redondos e macios, debaixo das cobertas, enquanto aspirava o perfume de jacinto de suas faces.

Aliviada após tantos dias e noites de tensão e pavor, Anna principiou a rir baixo, sem parar, feito criança, por mais que tapasse a boca com as mãos.

Desconfiado, temendo que ela estivesse zombando de mim ainda, ou quisesse humilhar-me de novo, perguntei:

— Por que ris?

— Porque sou feliz... — E ria mais ainda, apertando em vão os dedos contra os lábios. — Porque sinto uma felicidade infinita e te revejo fugindo de mim com a armadura tilintando debaixo do braço...

— Não era de ti que eu fugia. Era de mim mesmo. Mas foi inútil, pois tanto nas fortificações como na muralha de Blachernae, andando a esmo, lutando ou estirado nas trevas, te via sempre ao meu lado.

Seus lábios tenros abriram-se debaixo dos meus e, ofegando, ela ciciou quanto me amava. Abrasada e dolente, cada vez apertava mais o corpo contra mim, acariciando os meus ombros, as minhas espáduas, como se quisesse guardar nas mãos a memória do meu corpo cálido.

Depois fiquei descansando ao seu lado, tranquilo, inerte, já sem ofegar, senhor absoluto de seu corpo, que ela me entregara. Ali jazia ao meu lado, não era mais donzela, eu lhe maculara a honra e a amava agora mais do que nunca, admirando-lhe a decisão voluntária.

Após muito tempo em meio àquele torpor, ela murmurou no meu ouvido:

— Não foi melhor assim, João Angelos?

— Foi melhor, decerto... — respondi a esmo, tonto de sono.

Sorriu e sussurrou:

— Tão simples, tão fácil, tão natural... Para que havemos de fazer as coisas difíceis e complicadas? Sinto-me tão feliz!

— Não estás arrependida? — perguntei no marasmo da sonolência, só para dizer qualquer coisa.

— Arrependida de quê? — replicou, admirada. — Agora não fugirás mais de mim. Pelo menos já conheço a felicidade. Mesmo que te casasses comigo isso não constituiria uma salvaguarda, pois já abandonaste tua primeira mulher. Espero que tua consciência não consinta que me faças o mesmo. Pouco sei de tua vida, mas essa garantia me hás de dar, querido.

Eu sentia tamanha tranquilidade e paz que não tinha a mínima vontade de refletir. Ela respirava sobre o meu braço, seus lábios roçavam a minha orelha, seus cabelos me acariciavam o pescoço, o perfume de jacinto de suas faces me impregnava todo. Estendi a mão sobre o seu peito nu e adormeci profundamente. Desde muito tempo não conseguia dormir assim, sem sonhos.

Retirou-se não sei quando, sem me acordar. Aliás, nem mesmo os estampidos da artilharia, de madrugada, me acordaram na hora em que os turcos foram convocados para a prece matutina. Descansei bastante, e o sol já resplandecia bem alto quando me levantei. Sentia-me feliz e a bem dizer inteiramente renovado.

Foi melhor ela se ter retirado enquanto eu dormia. Não convinha que a reconhecessem, e eu tinha certeza de que nos tornaríamos a ver.

Refeito, contente, como jamais em minha vida, desci e almocei com imenso apetite. Depois, sem pôr a armadura e sem sequer prender a espada ao cinturão, saí mais humilde do que um peregrino com meus trajes ocidentais e me dirigi para o mosteiro do Pantocrator.

Lá tive que esperar uma hora ou duas até que o monge Gennadios terminasse suas devoções. Enquanto isso fiquei ajoelhado, rezando diante dos sagrados ícones na igreja do convento. Pedi perdão dos meus pecados. Mergulhei naquela atmosfera de espiritualidade mística, certo de que perante Deus os nossos pecados são pesados em balanças diferentes das dos homens.

Quando me viu, o monge Gennadios vincou as sobrancelhas e perguntou fitando-me com olhos abrasados:

— Que desejas de mim, latino?

Respondi:

— Na mocidade, conheci no mosteiro do Monte Atos muitos homens que tinham abandonado sua fé romana pela verdadeira Igreja Ortodoxa a fim de dedicar suas vidas a Deus e comparticipar dos santos mistérios segundo a original e primitiva maneira da Igreja de Cristo. Meu pai morreu quando eu ainda era criança, mas verifiquei em seus papéis que meu avô era grego de Constantinopla. Renegou sua fé, casou-se com uma criatura de Veneza e acompanhou o Papa para Avinhão. Meu pai sempre morou naquela cidade e até morrer recebeu uma pensão do tesouro pontifício. Nasci em Avinhão. Mas tudo isso estava errado, e agora aqui me encontro em Constantinopla, disposto a morrer defendendo suas muralhas, lutando contra os turcos, do lado de Cristo! Desejo voltar à fé dos meus antepassados.

O excesso de zelo cegava-o, de forma que não ouviu com apuros de atenção o que eu lhe dizia. Fiquei-lhe muito grato, pois me seria demasiado difícil responder direito às perguntas desconfiadas que se teriam formado na mente de um homem de mente mais fria.

Apenas redargüiu em tom de censura:
— Então por que estás combatendo ao lado dos latinos contra os turcos? Não sabes que o sultão é preferível ao imperador? Que este reconheceu o poder do Papa?
Implorei:
— Não discutamos essa questão. Cumpri a vossa tarefa tornando-vos o pastor que leva para o aprisco a ovelha tresmalhada. Lembrai-vos que também assinastes após breve reconsideração. Acaso o meu pecado é maior do que foi o vosso?
Com a mão esquerda ele ergueu a direita que eu então vi que estava paralisada. Depois disse em tom triunfante:
— Durante dias e noites roguei a Deus que como sinal de que me perdoava secasse a mão que em Florença assinou o ato de União. Quando a artilharia disparou pela primeira vez contra esta cidade, o Senhor deu ouvidos à minha prece. Agora o Espírito Santo habita dentro de mim.
Ordenando a um irmão leigo que nos acompanhasse, me conduziu até ao poço do pátio e mandou que eu me despisse. Depois me arremessou às águas, calcou bastante a minha cabeça e me batizou de novo. Deu-me, não sei por que, o nome de Zacarias. Quando emergi das águas me confessei a ele e ao irmão leigo, segundo o ritual dos adultos. A penitência que recebi foi leve, por haver mostrado boa vontade. O monge Gennadios estava radiante, de fisionomia amena. Rezou por mim, abençoou-me e disse:
— Agora és um grego legítimo. Lembra-te que é chegada a hora da consumação, que o Último Dia está prestes. Constantinopla perecerá. Quanto mais ela resistir maior será a fúria dos turcos e mais amargo o sofrimento que atingirá até mesmo os inocentes. Se for da vontade de Deus que esta cidade caia nas mãos dos turcos, quem poderá evitar isso? Todo aquele que lutar contra o sultão lutará às cegas contra a vontade de Deus. Mas todo aquele que expulsar de Constantinopla os latinos agradará a Deus.
— Quem vos deu autoridade para falar assim? — perguntei em tom pesaroso.
— O meu arrependimento, o que tenho sofrido, o meu zelo por esta cidade... eis o que me autoriza a fazer tal declaração, — respondeu com veemência. — Não sou eu, o monge Gennadios, quem fala, e sim o Espírito que habita a minha alma.
Volvendo o olhar, surpreendeu o peixe cinzento que atemorizado se debatia nas águas escuras da piscina; e

então exclamou, apontando para lá com a mão esquerda.
— O dia da aflição não tardará. E nesse dia aquele peixe, tomado de terror, ficará vermelho como sangue, de modo que até os apáticos acreditarão. Esse será o sinal! Nesse dia, se ainda estiveres vivo, verás! O Espírito de Deus, Senhor do Universo, fala servindo-se da minha boca.

Fez tal declaração com tamanho fervor que tive que acreditar. Depois, ofegando, ficou calado. Quando o irmão leigo se retirou, tornei a vestir-me e falei assim:
— Sou um pecador, meu pai! Pequei contra a lei divina, conforme ouvistes. Deitei-me com uma virgem grega e maculei-lhe a inocência. Ser-me-ia possível anular o meu pecado casando-me com ela, muito embora viva em Florença a mulher com quem me casei segundo a lei e o rito da Igreja Romana?

Refletiu por algum tempo e depois, com expressão nos olhos de antigo político, disse:
— O Papa e os seus cardeais têm perseguido e vilipendiado tanto a nossa Igreja, os nossos patriarcas e o nosso Credo... que não pode haver nenhum pecado em se irritar o mais possível a Igreja Pontifícia. Agora, após este batismo, o teu casamento anterior não é válido. Declaro-o sem valor, já que na presente circunstância não dispomos de nenhum patriarca legítimo para fazer tal declaração. Gregorios Mammas não passa de um apóstata! Que Deus justo o julgue! Traze aqui essa criatura e eu, debaixo deste teto consagrado, vos declararei marido e mulher.

Alvitrei cautelosamente:
— Trata-se de caso delicado, que deve ser mantido em absoluto segredo. Talvez conheçais a jovem. O ódio de alta personalidade nacional pode cair sobre a vossa cabeça se souber que nos casastes.

Retrucou:
— Isso está nas mãos de Deus. O pecado precisa de expiação e qual é o pai que por desnaturado que seja, nega à filha o direito de legalizar sua situação? Acaso tenho receio de nobres e arcontes, eu que me insurjo contra o próprio imperador?

Julgou com certeza que eu fizera mal à filha de algum cortesão simpático aos latinos; por conseguinte se alegrou com a hipótese. Prometeu guardar estrito segredo e instou para que lhe trouxesse a mulher naquela tarde mesmo. Pouco sei a respeito da Igreja Ortodoxa no que diz respeito à validez de um tal casamento. Mas para o meu coração isso é quanto basta.

Fui depressa através do porto rumo a casa, e meu pressentimento não falhou. Ela estava lá, já tendo mandado

177

buscar a sua arca no convento. Tivera tempo de arrumar tudo, de forma que as minhas coisas se achavam em pontos diferentes mas em boa ordem, e dei com Manuel esfregando o pavimento.

Torcendo num balde um esfregão encardido e molhado, ele disse logo, cheio de desânimo e de alívio ao mesmo tempo:

— Ah, patrão! Eu ia dar um jeito de sair agora mesmo à vossa procura. Ides consentir que essa mulher se mude para aqui e revire tudo de pernas para o ar? Já estou com os joelhos esfolados e com dor nas ilhargas. Não nos sentíamos tão bem antes nesta casa, sem mulher alguma aqui dentro?

— Ela vai ficar, Manuel. E a tal respeito não sussurres a ninguém uma só palavra. Caso os vizinhos façam perguntas, explica-lhes que se trata de uma mulher latina, amiga de teu amo, que ficará aqui enquanto durar o assédio.

— Meditastes bem no caso, patrão? — perguntou Manuel, um tanto apreensivo. — É dificílimo soltar do pescoço a mulher que a ele se agarra com os dedos entrelaçados... — E acrescentou em surdina: — Esteve revistando os vossos livros e papéis a manhã toda.

Não me detive para conversar com ele e convencê-lo. Com o corpo em febre subi a escada com a agilidade de um jovem. Anna vestira-se como simples mulher do povo; porém seu rosto, sua tez e todo o seu porte mostravam sua estirpe.

Fingindo susto, perguntou:

— Por que correste tanto? Estás ofegando... Que foi? Acaso tencionas mandar-me embora conforme Manuel ameaçou? Que velho desagradável e teimoso! Timbra em ser antipático. — Lançando um olhar de censura para a desordem reinante no aposento, acrescentou depressa: — Estive apenas mudando de lugar algumas coisas para que o quarto fique mais confortável... Falta asseio em tua casa. Se me deres dinheiro comprarei cortinas novas. Além disso, um homem da tua situação não pode dormir numa cama assim velha e desmantelada.

— Precisas de dinheiro? Ah, sim... — ponderei vagamente. E verifiquei, descoroçoado, que quase não tinha nenhum. Desde muito tais coisas me eram indiferentes.

— Naturalmente! Consta-me que os homens fazem tudo que podem para que as mulheres que eles seduziram aceitem dinheiro. Ou vais ser miserável, agora que tiveste o que querias de mim?

Não pude deixar de rir. Observei-lhe:

— Devias ter pejo em falar de dinheiro, agora que vim

te buscar para legalizar a tua situação. Foi por isso que entrei correndo.

Calou-se e fitou-me com ar grave durante muito tempo. Vi-lhe os olhos castanhos tão nitidamente como naquele primeiro dia no pórtico da igreja. Reconheci-a através dos séculos, como se já tivéssemos vivido muitas existências juntos embora o sono da morte e os vários nascimentos nos tivessem feito esquecer as outras vidas em comum e houvessem lançado um véu entre nós.

— Anna, depois de tudo que sucedeu, não gostarias de casar comigo? Eis o que te vim perguntar. Que o sagrado mistério una as nossas almas visto que as nossas carnes já se uniram.

Inclinou a cabeça. Algumas lágrimas lhe escaparam pelas pálpebras entrecerradas e lhe deslizaram pelas faces abaixo.

Perguntou, hesitante:

— Então me amas deveras, apesar de tudo?

— Pois duvidas, amor?

Fitou-me e mostrou-se franca:

— Nem sei direito... Pensava comigo própria que me resignaria se verificasse que não me amavas. Achei melhor oferecer-te a minha virgindade para ver se era tudo quanto querias de mim. E creio que me sujeitaria, se descobrisse que era. Deixar-te-ia, disposta a não te ver nunca mais. Estava aqui à tua espera e enquanto isso brincava de ter um lar... — Atirou os braços enlaçando o meu pescoço e deitou a cabeça sobre o meu ombro. — Pois a verdade é que nunca tive um lar. A casa onde moro é simplesmente a casa de meu pai e de minha mãe. Jamais tive algo com que me ocupar, e sempre invejei a sorte dos nossos criados que casavam e podiam ir comprar ninharias para enfeitar seus humildes cômodos. Invejei sempre a felicidade das criaturas simples, sentindo que nasci para conhecer momentos inefáveis. E agora sempre consegui, se realmente queres casar comigo.

— Conseguiste o quê? Praticamente nada. Apenas dispomos de um lapso de tempo antes que tudo se acabe. Quero que sejas o meu abrigo terreno enquanto eu viver. E não me largues depois da consumação dos tempos. Promete-me isso. Juras?

Não respondeu; apenas levantou um pouco a cabeça e me lançou um olhar por entre os cílios. Em seguida se pôs a devanear:

— E dizer-se que estive a ponto de ser a consorte de um imperador! Às vezes sentia rancor de Constantino por não haver cumprido sua palavra; mas agora agradeço a Deus não me haver consorciado com ele. Satisfaz-me

179

contrair matrimônio com um franco que abandonou sua esposa. — Tornou a fitar-me e declarou com um sorriso sincero: — Palavra de honra que foi bom eu não ser consorte do imperador porque tenho quase certeza de que o enganaria contigo assim que te conhecesse. Qual o resultado? Mandaria arrancar-te os olhos e, quanto a mim, me encerraria pelo resto da vida na cela de um convento. Ora, tal perspectiva longe estaria de ser agradável para nós ambos, não?

De hora em hora o canhoneio troava martelando as muralhas da cidade, fazendo estremecer nossa casa de madeira e desconjuntando-a. Nós, porém, usufruíamos ao máximo a nossa felicidade, esquecidos do tempo e da guerra. Ao anoitecer mandei Manuel alugar uma liteira, e seguimos juntos para o mosteiro do Pantocrator.

Gennadios ficou pasmo ao reconhecer Anna Notaras, mas cumpriu sua promessa. Manuel e os monges ergueram o pálio por cima de nossas cabeças enquanto nos tornávamos marido e mulher. Em seguida Gennadios abençoou o nosso casamento e escreveu a certidão, que selou com o sinete do mosteiro. Ao entregar-ma lançou-me um olhar bem significativo e disse:

— Não sei quem és; porém, o Espírito me diz que há um propósito ordenando tudo isto. Se assim for, que tudo decorra da melhor forma possível para a nossa cidade e a nossa religião.

Ouvindo tais palavras me convenci categoricamente que sucedera devido apenas à minha vontade. Desde que abandonei o acampamento do sultão venho seguindo passo a passo com a pertinácia inconsciente de um sonâmbulo a senda que me foi traçada pelo destino. Como explicar que em meio a tantas mulheres neste mundo eu fosse conhecer Anna Notaras e logo a reconhecesse misteriosamente só em lhe fitar os olhos?

20 de abril de 1453

Acordei e vi que estava em minha casa. Anna dormia nua ao meu lado. Seu corpo mortal, de uma beleza indescritível, parecia feito de ouro e marfim. Tão bela e tão virginal que quando caí na realidade e contemplei aquela criatura inerte ao meu lado senti verdadeira sufocação.

Nisto os sinos das igrejas principiaram de súbito a repicar alarme interceptando o estrondo da artilharia. Bandos de povaréu passavam diante de minha casa, e seu estrépito apressado fazia retinir a louça em cima da mesa. Saltei da cama, lembrando-me dos meus deveres urgentes. Anna acordou, sentou-se, assustada, cobrindo a nudez com os lençóis.

Vesti-me depressa. Nem sequer achei a minha espada. Após um beijo rápido de despedida, desci precipitadamente a escada. Manuel, em pé ao lado do leão de pedra, procurava deter alguns dos transeuntes que corriam numa única direção. Colhia informes. Voltou-se para mim e com o rosto iluminado por incrível assombro exclamou:

— Aconteceu um milagre, patrão! Este é um dia abençoado! Está chegando a esquadra pontifícia. As primeiras naus já se acham a vista.

Corri junto com os outros até ao alto da Acrópole, onde me instalei sobre a muralha alta que dominava o mar. E entre um grupo de gente ofegante que se agitava e gritava, vi quatro naves ocidentais com as velas enfunadas afrontar as ondas com firmeza prosseguindo, apesar das galeras turcas procurarem envolvê-las. Três das naus ostentavam a flâmula genovesa, ao passo que a quarta, imensa nau mercante, tinha içado o galhardete cor de púrpura do imperador. Não se viam outras naus cristãs.

As naves já estavam tão perto que o vento trazia até nós o alarido da batalha — brados, blasfêmias e tiros. A nau capitânia da esquadra turca tinha golpeado com o esporão o grande navio mercante colhendo-o à meia-nau; e procurava retê-lo. Os demais navios ocidentais já haviam sido alcançados pelas galeras turcas que com ganchos e fateixas se agarravam tenazmente a eles, de forma que se via o seguinte espetáculo: as grandes naus recém--chegadas prosseguiam arrastando em seus flancos as embarcações turcas mais leves.

À minha volta gente excitada contava alto que a batalha se iniciara ainda no mar alto. Que o sultão se metera a cavalo pela maré adentro até perto da torre de mármore para bradar ordens aos seus navios e exigir que seus comandantes destruíssem a frota cristã.

Toda a extensão da muralha que margeia o mar estava negrejante de multidão. Boatos e notícias propalavam--se de boca em boca. Contavam que o sultão rilhava os dentes e espumava de raiva. Pode ser verdade; eu próprio assisti a acessos de raiva de Mohammed, muito embora de então para cá ele tenha aprendido a dominar-se.

De maneira vagarosa porém firme o vento impelia as grandes naus para o porto; arrastavam consigo as galeras turcas, da mesma forma que um urso em fuga arrasta os mastins dependurados em seu pelo. Eram tantas as embarcações inimigas que muitas vezes colidiam umas com as outras, e as naus estavam franjadas de espuma sangrenta. De vez em quando uma das galeras desistia da luta, soltava-se e dava lugar a outra. Em pleno mar vogava uma galera isolada, afundando.

A atmosfera estava repleta de ruídos de tambores, trombetas, gritos dilacerantes e gemidos de morte. Cadáveres e destroços flutuavam nas águas revoltas. No convés de cada nave cristã, marinheiros metidos em armaduras brandiam machados, espadas e lanças, jogando ao mar os turcos que ininterruptamente galgavam irrompendo de ambos os lados.

O almirante turco estava de pé no tombadilho da sua galera vociferando ordens através de um megafone.

De repente a multidão principiou a bradar em uníssono:

— Phlaktanellas! Phlaktanellas! — E o grito espalhou-se jubilosamente por toda a cidade. Alguém reconheceu o capitão do navio em que tremulava o galhardete imperial. Aquela nau partira para a Sicília antes do assédio a fim de receber trigo. No convés se podia ver agora nitidamente um homem gigantesco que ria brandindo uma acha toda ensangüentada e mostrava aos archeiros o inimigo empoleirado no cordame das galeras.

Os genoveses baixaram seus velames para que as flechas inflamadas não lhes incendiassem as velas. Mas no convés de uma galera inimiga de súbito esguichou uma torrente de fogo e os gritos da equipagem queimada ofuscou por um momento o ruído da batalha. A galera danificada retirou-se do conflito deixando atrás um rastro de fagulhas.

Era uma cena incrível ver aqueles quatro navios cristãos rumando impavidamente para o porto, ladeados por no mínimo quarenta galeras turcas. Impossível descrever-se o júbilo da multidão que não cessava de gritar que a esquadra pontifícia se achava a caminho e que as quatro naus eram apenas a vanguarda da frota de guerra. Portanto, Constantinopla estava salva!

O conjunto negrejante e ardente passou com reboante escarcéu pela Ponta da Acrópole e aí as naus foram compelidas a mudar o curso para bombordo em demanda da barreira flutuante e do Corno de Ouro. De modo que largaram o vento propício e a velocidade diminuiu desastrosamente. No remanso produzido pela alta colina as velas murcharam e era evidente que as naus não obedeciam mais aos lemes. Um grito de triunfo ergueu-se das galeras turcas, e a multidão que assistia do alto da muralha se manteve calada, em cruel expectativa. Das colinas da margem oposta, atrás das muralhas de Pera, chegou até nós o brado triunfante de grande massa de turcos que presenciavam os fatos e invocavam Alá.

Lutando sem trégua, as naus cristãs juntaram-se mais,

não querendo abandonar uma à outra, muito embora a capitânia turca ainda conservasse a proa fincada no bojo do navio genovês maior, tolhendo-lhe os movimentos. Enganchados uns nos outros, lado a lado, os quatro navios vogavam nas ondas parecendo uma fortaleza compacta porém balouçante a despejar pedras, tiros, flechas e chumbo derretido sobre os turcos. Arcos esguichantes de fogo jorravam sobre os tombadilhos inimigos obrigando as equipagens a extinguir os incêndios.
— Phlaktanellas! Phlaktanellas! — ressoou novamente o grito partindo da multidão postada na muralha. Os navios achavam-se agora tão perto que se distinguiam perfeitamente as caras dos homens em luta; mas ninguém podia ajudá-los. Do lado de dentro da barreira flutuante, as naus venezianas estavam aparelhadas para a ação; porém a corrente impedia que saíssem em auxílio.

Presenciando os esforços fantásticos das naus genovesas, perdoei logo toda a mentalidade mercantil e interesseira de Pera, compreendi a disciplina imprescindível à prática naval e o denodo indispensável a uma ação daquela natureza; entendi a que preço, durante séculos e séculos, Gênova competira com a própria Veneza no domínio dos mares.

Infinitamente devagar, polegada por polegada, a fortaleza movediça cuspindo fogo deslizava para a barreira impelida pelas ondas lentas e pelos remos vigorosos.

Ao longo da muralha e no alto das colinas a população caiu de joelhos para rezar. A ânsia agora era insuportável devido à superioridade manifesta dos turcos, tão obstinadamente as galeras se auxiliavam umas às outras comparticipando da refrega. O almirante turco estava rouco de tanto gritar, e sua cara tornara-se rubra. Com os pulsos golpeados os turcos que tentavam a abordagem caíam no mar e se afogavam enquanto suas mãos permaneciam convulsivamente agarradas aos parapeitos das naus cristãs.

— Panaghia! Panaghia! Virgem Santa, protegei a cidade! — implorava o povo. Os gregos rezavam pelos latinos, excitados pela resistência e heroísmo dos marinheiros. Talvez não seja heroísmo lutar por sua própria vida, mas heróico era certamente o fato daqueles quatro navios se manterem lealmente juntos e abrirem caminho vagaroso através de forças muito superiores para socorrer Constantinopla.

De repente... sim, inopinadamente foi como se uma rajada azul de vento atravessasse o céu, ou como se cruzasse o ar o manto azul da Virgem. Deu-se o milagre: o vento mudou!

As pesadas velas frouxas enfunaram-se de novo e

aquela massa flutuante se aproximou da barreira, ganhando velocidade. No último momento o almirante turco ordenou que a sua equipagem soltasse os ganchos que prendiam a nau capitânia, de maneira a apenas o bojo permanecer entalado no casco da nau cristã. Com sangue a escorrer dos embornais, fez girar a sua galera que se afastou a força de remos. Movendo-se com dificuldade, destroçado desde os mastros até aos remos, envolto em fumaça devido ao bombardeio implacável, o resto da esquadra turca seguiu seu comandante, enquanto o clamor contínuo da população de Constantinopla fazia estremecer o próprio céu.

Pouco sei a respeito de milagres; mas que o vento mudasse favoravelmente bem naquele momento decisivo não deixa de ser algo muito extraordinário, como acontecimento prodigioso, e fenômeno que a compreensão humana não pode desvendar. Nem seu efeito foi obscurecido pelos gemidos dos feridos ou pelos berros grosseiros da maruja quando se pôs a pedir na direção do porto que abrissem a barreira flutuante. Desamarrar a enorme corrente é tarefa difícil e perigosa; só depois que as naus turcas sumiram no Bósforo foi que Aloísio Diedo permitiu a operação. E os quatro navios entraram no porto em meio a salvas em honra do imperador.

Naquela mesma tarde as equipagens desfilaram com suas bandeiras, sob o comando de seus oficiais. Seguidas por chusmas radiantes atravessaram a cidade rumo ao mosteiro de Khora a fim de render graças à Panaghia de Constantinopla por não terem perecido. Todos os feridos em condições de andar compareceram também, e os demais foram transportados em padiolas até à igreja na esperança de um restabelecimento milagroso. Assim, pois, os latinos agradeceram e invocaram a Virgem Santa dos gregos, e seus olhos mostravam-se deslumbrados pelos mosaicos dourados da nave e da abside.

Para a maioria dos cidadãos sensatos o júbilo geral perdeu um pouco de seu brilho quando se soube que aquelas três naus genovesas não faziam parte de nenhuma esquadra cristã, sendo meros cargueiros que traziam armas que o imperador encomendara e pagara no último outono. Portanto, o ataque que lhes infligiu a esquadra do sultão constituía uma quebra atrevida de neutralidade, já que as naus se destinavam a Pera. Os capitães tinham resistido apenas porque a carga era contrabando e temeram perder seus navios. Agora que se achavam a salvo no porto, seus comandantes e proprietários se podiam considerar riquíssimos. Se conseguirão permanecer de posse dessa riqueza e dos respectivos navios em face da neutralidade de Pera, isso já é outra questão.

184

Meu entusiasmo arrefeceu. Eu precisava voltar a Blachernae e relatar os fatos a Giustiniani. Já com os pensamentos bem longe, dei um beijo de despedida em Anna e proibi-a de ir à cidade para evitar que a reconhecessem. Também ordenei a Manuel que obedecesse a Anna em tudo e por tudo, e prometi regressar assim que os meus deveres permitissem.

Perto da Porta de São Romanos não só a muralha exterior se achava em ruínas como parte também da grande muralha apresentava grandes estragos causados pelo bombardeio. Ao cair o crepúsculo grande quantidade de madeira, terra, feixes e couros foi baixada num fluxo incessante para reforçar a muralha exterior. Qualquer um pode passar da grande muralha para a externa, sendo difícil voltar porque Giustiniani escalou sentinelas que prendem todos os que tentam regressar. Até os curiosos e visitantes são forçados a trabalhar durante uma noite inteira. Os contingentes latinos acham-se exaustos por causa do tiroteio contínuo que já dura vinte e quatro horas e por causa dos assaltos às brechas, onde os turcos fazem tudo para impedir o trabalho de reparação. A maior parte dos defensores não remove suas armaduras desde vários dias e noites.

Descrevi a Giustiniani a batalha naval e comentei:

— Os venezianos de Blachernae estão furiosos com a vitória dos genoveses, já que seus navios nada fizeram, permanecendo ancorados do lado de dentro da barreira ou se mantendo longe do alcance das bombardas turcas.

— Vitória? Hum!... — ponderou Giustiniani, ficando sério por algum tempo. — A nossa vitória tem sido agüentar a cidade durante quase duas semanas. A chegada das naus constitui amarga decepção. Até aqui tínhamos pelo menos a esperança de que a esquadra pontifícia chegaria a tempo de socorrer-nos; mas agora sabemos que o mar Egeu está limpo e vazio e que não existem navios reunidos nem mesmo nos portos italianos. A Cristandade desamparou-nos.

Protestei:

— Tal empresa tem que ser mantida em segredo até ao último momento possível.

— Absurdo! — retrucou ele. — Como se aparelhar uma grande esquadra sem que os capitães genoveses tivessem notícias? — Em seguida me encarou com ar desconfiado e perguntou de chofre: — Onde estiveste? Há vinte e quatro horas que não te vejo aqui em Blachernae!

Expliquei:

— Como reinasse relativa calma fui tratar de assuntos particulares e inadiáveis. Não confiais em mim, porventura?

Respondeu com autoridade:
— Fazes parte do meu contingente e tenho que permanecer a par dos teus passos. — Aproximou do meu rosto a cara congestionada e bradou com um brilho de desconfiança nos olhos salientes: — Estiveste no acampamento turco, hem?!...
— Estais louco? A hipótese é afrontosa e só pode partir de quem quer prejudicar-me. Como poderia eu ter ido até lá e regressado a tempo?
— Sabes muito bem que todas as noites navegam barcos entre o nosso porto e Pera. Basta que um tipo qualquer suborne o *podestá*... Os guardas da entrada são paupérrimos e não recusam uma taxa dobrada ou triplicada. Não penses que eu ignore o que se passa à volta do sultão. Tenho lá gente minha, da mesma forma que ele tem gente sua aqui.
— Giustiniani, — repliquei, passando a tratá-lo sem cerimônia; — se te interessa a nossa amizade trata de acreditar no que vou dizer a ti somente. Ontem foi um dia de calma relativa e aproveitei para me casar com uma jovem grega. Mas em nome de Deus te peço que mantenhas segredo, senão a perderei.

Deu uma estrondosa gargalhada e bateu no meu ombro com a mão imensa, dizendo:
— Maluqueira maior não me consta! Então este é o momento de alguém pensar em casamento?
Acreditou. Decerto quis apenas assustar-me obrigando-me a dizer o que fizera longe de sua vista. Mas me senti deprimido e cheio de maus presságios. A noite toda novas fogueiras ardiam no acampamento turco e os grandes canhões disparavam tiros de hora em hora. Até então o inimigo se satisfizera em atirar apenas uma vez no decorrer da noite.

21 de abril de 1453

Dia infernal. Durante a noite os turcos instalaram baterias mais próximas e reforçaram-nas. O método novo de alvejar pontos separados já provou sua eficiência. De tarde, uma das torres perto da Porta de São Romanos ruiu; e com ela grande parte da muralha. A brecha é considerável. Se a força atacante fosse maior talvez pudesse ter penetrado na cidade porque no ponto correspondente à muralha exterior existe apenas a paliçada provisória que deve ser renovada cada noite. Felizmente os turcos têm enviado apenas destacamentos de duzentos homens para experimentar pontos diferentes ao longo da muralha. Já agora o inimigo não tem tempo para levar os seus mortos, e por isso muitos cadáveres jazem perto da muralha exterior e dentro do fosso; de forma que a fedentina empesta a atmosfera.

Escaramuças feriram-se durante o dia todo, prolongando-se noite adentro. Nas elevações atrás de Pera foram instalados mais canhões colimando o bombardeio dos navios ancorados no porto. Pelo menos caíram na baía cento e cinqüenta balas. Assim que as naus venezianas se afastaram da barreira flutuante para não serem atingidas, as galeras turcas tentaram romper a corrente que fecha a entrada; mas o alarme foi dado a tempo e os vênetos voltaram e defenderam-na; infligiram tais danos nas galeras inimigas que estas se retiraram. Durante a ação os turcos não puderam atirar das eminências situadas atrás de Pera, com receio de atingir seus próprios navios. Por três vezes a esquadra do sultão tentou inutilmente passar rompendo a corrente.

Hoje tem-se a impressão de que o soberano turco moveu céus e terra para vingar a sua derrota vergonhosa no mar. Consta que na noite passada ele se dirigiu a cavalo até ao Porto de Pilares e com sua própria mão espancou o almirante turco no peito e nos ombros servindo-se da clava de ferro de um emir. O almirante Baltoglu já estava gravemente ferido e perdera um olho durante a batalha; tendo perecido duzentos homens da sua capitânia, tivera que se retirar da batalha por não dispor de socorro viável. Trata-se sem dúvida de um homem bravo, conquanto incapaz de comandar sozinho uma esquadra inteira; a balbúrdia de ontem deixou isso bem evidente.

O sultão estava decidido a empalá-lo, porém os marinheiros e os oficiais imploraram, referindo-se ao seu valor pessoal; de forma que Mohammed se satisfez em mandar flagelá-lo. O almirante foi obrigado a deitar-se de bruços no chão diante de tôda a equipagem da esquadra, sendo em seguida surrado com varas até ficar inconsciente. Todos os seus bens foram confiscados e demitiram-no do serviço do sultão. Tendo perdido um olho, suas propriedades e a honra em árduo serviço, compreende-se quanto deva ser difícil encontrarem um sucessor voluntário. Contudo, a esquadra turca saiu de seu letargo e esteve em atividade o dia inteiro, embora sem resultados notórios.

Os venezianos desconfiam que essa atividade e as constantes escaramuças com as patrulhas de reconhecimento pressagiam iminente ataque geral. Os nossos contingentes mantiveram-se de prontidão o dia todo; ninguém pôde deixar a muralha e nem sequer remover a armadura mesmo durante a noite. À vitória de ontem se seguiu profunda apreensão através da cidade. Já agora ninguém se dá mais ao trabalho de contar os tiros, tão constante é o estrondo da artilharia. A fumaça escurece o céu e enegrece as casas.

Diariamente chegam ao acampamento do sultão tropas frescas e bandos de voluntários atraídos pela perspectiva de saque. Entre eles há mercadores cristãos e judeus que fazem bom dinheiro vendendo vitualhas às tropas; pretendem aplicar os lucros na compra de produtos de pilhagem quando os turcos conquistarem a cidade. Consta que carroções, zorras, animais de tração, jumentos e camelos subiram enormemente de preço por causa da esperada procura de meios de transporte para os tesouros roubados de Constantinopla. Os indivíduos de menos posses contam que haja na cidade número suficiente de escravos para transportar nos ombros, Ásia adentro, os despojos da pilhagem.

Tudo isto prenuncia um desfecho que se aproxima. As baterias do sultão já aprenderam a experimentar seus tiros em três pontos especiais da muralha exterior, de maneira a um grande trecho ruir simultaneamente e atulhar o fosso. Em diversas partes tanto das fortificações como da cidade já se observam indícios de pânico.

Os esquadrões da reserva de Notaras cavalgam através da cidade arrastando implacavelmente para a muralha todos os homens válidos. Apenas as mulheres, as crianças e os velhos podem ficar em suas casas. Até mesmo os enfermos são arrancados de suas camas, visto que muitos se fingem de doentes, apavorados com a hipótese de servir. Outros declaram que esta guerra diz respeito aos latinos e ao imperador apenas, e evitam comparticipar de combates que não os interessam. Assim, muitos já descobriram porões, abóbodas subterrâneas e poços sem água onde pretendem abrigar-se caso os turcos consigam entrar na cidade.

22 de abril de 1453

Foi um domingo de horror. De manhã os sinos das igrejas permaneceram silenciosos, e muita gente se aglomerou na muralha que domina o porto; muitos ainda esfregavam os olhos, estremunhados, e todos olhavam a esmo, muito perplexos. Propalam-se casos esparsos de feitiçaria, de dervixes que caminham sobre as águas e que usam seus mantos como velas... Bem defronte da igreja de São Nicolau e da Porta de Santa Teodósia, o porto de Pera acha-se coalhado de galeras turcas. Ninguém pode imaginar como aquelas naus atravessaram a corrente flutuante de modo a agora ancorarem na retaguarda das nossas naves. Muitos tornam a esfregar as pálpebras crentes de que tais navios não passam de alucinação.

Mas o litoral de Pera está repleto de turcos que ainda acabam (desde vários dias) de formar aterros, erguer paliçadas e instalar canhões para proteger seus navios.

De repente irrompeu um clamor! Pois no alto do terreno, bem lá em cima, apareceu de súbito uma galera que principiou a deslizar pela encosta abaixo com todas as velas içadas e grande estrépito de fanfarras e tambores. Dir-se-ia que velejava por cima de terra seca. Empurrada por centenas de homens ao longo de uma rampa de lançamento, desceu para a praia, chapinhou borrifando água longe, livrando-se do cavername de madeira que a revestia e, a custa de remadas vigorosas, se foi juntar aos demais navios de que já havia uma fileira de pelo menos cinqüenta. Nenhum deles, porém, é grande; têm espaço para dezoito ou vinte remadores e seu comprimento vai de cinqüenta a setenta pés.

O sultão e o seu novo almirante planejaram essa manobra surpreendente no decorrer apenas das últimas vinte e quatro horas. Mais tarde se veio a saber que os genoveses de Pera o supriram com enorme quantidade de madeira, cordame, rolos e banha para untar a rampa de escorregamento. Em seguida, com a ajuda de máquinas de sopro, bois e trabalhadores, os turcos içaram os navios do Bósforo pela encosta acima existente atrás de Pera, de cujo cume os deixaram deslizar para o lado oposto, isto é, para o Corno de Ouro.

Os genoveses disseram, em sua defesa, que tudo sucedeu tão depressa e dentro do maior segredo que até ao raiar daquela madrugada não desconfiaram absolutamente daqueles preparativos. Quanto à venda de tamanha quantidade de toucinho, banha, unto, etc., se desculpam que, a fim de preservar sua neutralidade, são obrigados a comerciar tanto com o sultão como com a cidade. Mesmo que soubessem o que iria suceder não poderiam evitar, pois dezenas de milhares de guerreiros turcos se acham postados na colina guardando as galeras.

Aloísio Diedo mais que depressa convocou o Conselho Veneziano para conferenciar com o imperador e Giustiniani na igreja de Santa Maria. Enquanto isso, novas galeras continuam a deslizar pela encosta abaixo, com as velas enfunadas. Os timoneiros rufam seus tambores e a equipagem faz alarido e brande os remos, radiantes como crianças ante aquele percurso sobre terra seca. A nossa esquadra está aparelhada para a batalha, porém aguarda ordens.

A conferência realizou-se em segredo, e Aloísio Diedo não convidou os comandantes das naus genovesas, que conseqüentemente estão mais ressentidos do que nunca com os vênetos. Como prova de quanto é difícil manter qualquer coisa em segredo nesta cidade, mencionarei que ao anoitecer já muita gente em Blachernae tinha conhecimento dos debates travados.

Alguns venezianos propuseram que se tomasse a ofensiva imediatamente para que seus grandes navios de armamento pesado pudessem destruir as embarcações turcas enquanto estas ainda se achavam rente à praia. Julgavam que elas dificilmente poderiam oferecer resistência apesar do número. Mas os membros mais prudentes do Conselho, entre eles o *bailo*, demonstravam ter criterioso respeito pelos canhões que o sultão instalara para defender seus navios e se opunham a uma empresa que poderia redundar no afundamento ou inutilização de suas preciosas naus.

Foi proposto também que se fizesse durante a noite um desembarque de surpresa com as equipagens de duas galeras ligeiras; porém Giustiniani discordou logo. Achava que as forças turcas em Pera eram demasiado formidáveis e que não nos convinha perder um só homem que fosse.

Aliás, o imperador Constantino vetou ambos os planos, baseando-se em razões políticas. As galeras turcas achavam-se ancoradas no lado de Pera, no Corno de Ouro. Ora a praia ordinária pertencia a Pera; por conseguinte não podíamos nem devíamos realizar qualquer espécie de ataque sem primeiro consultar os genoveses; pois, muito embora o sultão tivesse clamorosamente violado a neutralidade de Pera ocupando a praia, Constantinopla não estava, só por isso, autorizada a cometer similar ofensa. Phrantzes apoiou o imperador nesse ponto, declarando que Constantinopla não podia se pôr em choque com os genoveses, fosse qual fosse o comportamento do sultão.

Os venezianos apartearam que dava no mesmo comunicar o plano de ataque diretamente ao sultão ou aos genoveses, que eram traidores da Cristandade. Estavam convencidos de que o sultão não poderia jamais haver transportado seus navios por terra para o Corno de Ouro sem a conivência deles.

Ao ouvir isso, Giustiniani desembainhou o seu montante e gritou que estava pronto a defender a honra de Gênova contra um, dois, ou todo o Conselho dos Doze ao mesmo tempo! Considerava injusto e vergonhoso estabelecer qualquer plano de ataque sem primeiro se ouvir os comandantes genoveses, cujas naus se tinham exposto ao mesmo perigo que as venezianas e comparticipavam igualmente da defesa. Julgava absurdo que os venezianos tentassem remendar sua honra em frangalhos mediante tal empreendimento. O imperador postou-se diante dele, de braços estendidos a fim de acalmá-lo; depois procurou com lágrimas nos olhos aplacar a indignação dos vênetos.

Por fim o capitão veneziano Jacomo Coco pediu a palavra. Chegara de Trebizonda no outono passado e mediante artimanhas velejara diretamente pelo Bósforo passando por navios turcos sem perder um só membro da sua tripulação. Trata-se de indivíduo impetuoso que prefere a ação à palavra; mas às vezes tem um tique esquisito nos olhos. Os seus homens adoram-no e contam inúmeras histórias da sua capacidade naval e dos seus expedientes atilados. Disse:

— Cozinheiros em demasia acabam estragando sempre a sopa... Se alguma coisa deve ser feita, então que se faça já, de supetão, mantendo a maior reserva possível. Precisamos apenas de uma galera com os flancos bem protegidos por sacos de lã e algodão. Assim garantidos podemos enviar diversos botes a remo incendiar os navios turcos sem que ninguém suspeite sequer do que vai acontecer. De bom grado assumirei o comando dessa galera com a condição de que paremos de discutir e entremos em ação esta noite mesmo.

Sua proposta era excelente, porém o imperador receou ofender a neutralidade de Pera. De forma que o plano de Jacomo Coco foi aceito em princípio, concordando-se em adiar a operação por alguns dias e planejá-la mediante consulta aos genoveses. Jacomo Coco deu de ombros e riu.

— Até aqui tenho tido muita sorte, mas não devemos esperar o impossível. Contudo, esse adiamento me dará tempo de arrepender-me dos meus pecados e comungar. O empreendimento me está cheirando a morte se não for realizado imediatamente.

Giustiniani não me contou tudo quanto se passou. Disse, apenas:

— Caberá à esquadra tomar as decisões que achar necessárias. As galeras turcas que se acham fundeadas no Corno de Ouro não constituem ameaça para as naus venezianas. O mais que podem fazer é remar até estas em noite escura e incendiar algumas naus cristãs. O pior é que a muralha do porto precisa ser toda ela guarnecida de novo. Até agora dispus apenas bandos de sentinelas, mas doravante precisamos de contingentes bastante fortes para impedir qualquer tentativa de desembarque vindo da baía. Com o trabalho da noite passada, o sultão merece sem dúvida a glória e a fama de Alexandre; ultrapassou mesmo as façanhas do rei persa Xerxes nestas paragens. Já bem antes se arrastaram naves por cima da terra de um mar para outro, mas nunca em tão grande número e em condições tão difíceis. Deixemos que os venezianos se gabem de suas naves. Impressiona-me infinitamente mais o gênio militar de Mohammed. Com a sua simples ameaça, sem disparar um único tiro, me obrigou a modificar a defesa e a espalhar os meus contingentes.

Olhando-me de esguelha, acrescentou:

— Ah! Ia-me esquecendo de dizer-te. O imperador e eu reconhecemos que o Megadux Notaras, devido à sua contribuição para a defesa da cidade, deu prova de merecer nova missão. Amanhã ser-lhe-á dado o comando das reservas no centro da cidade no adro da igreja dos Apóstolos. Encarregarei da defesa do porto outra pessoa quando mandar novos contingentes para lá.

Reagi prontamente:

— Ele nunca te perdoará isso, Giustiniani. Menosprezando-o, insultas toda a população da Grécia, as igrejas, os claustros, os sacerdotes, os monges... todo o espírito da Grécia.

Giustiniani encarou-me e disse:

— Devo tolerar até isso só por causa de um ducado prometido? Jamais me perdoaria se numa noite negrejante o espírito da Grécia aparecesse, escancarasse as portas do porto e deixasse entrar os turcos. — Sussurrou qualquer coisa para si mesmo, depois repetiu alto: — O espírito da Grécia! Sim, trata-se do termo exato: o espírito da Grécia. Eis uma coisa de que nos devemos acautelar. O imperador também!

Fiquei furioso, mas compreendi.

A nossa única alegria naquele domingo de tristezas foi o fato de um dos grandes canhões turcos haver explodido com assustador estrondo matando muitos artilheiros e lançando imensa confusão nos que se achavam mais perto. Só quatro horas mais tarde foi que a artilharia daquele setor recomeçou a atirar.

Muitos dos defensores da cidade estão sofrendo de febre e de dores gástricas. Os irmãos Guacchardi mandaram enforcar um trabalhador grego que cortou propositalmente os dedos para não o forçarem a trabalhar na muralha.

É esta realmente a guerra dos latinos e não a dos gregos? Tenho medo do meu coração. Tenho medo até dos meus pensamentos. Em tempo de guerra nem mesmo o mais frio intelecto pode permanecer obtuso.

25 de abril de 1453

Ontem, por volta da meia-noite, Jacomo Coco estava com duas galeras e diversas equipagens pequenas prontas para atacar e incendiar os navios turcos ancorados no sopé da colina de Pera. Mas os genoveses vetaram a ação por enquanto, prometendo comparticipar da mesma com forças maiores assim que o ataque fosse planejado mais criteriosamente. Pergunto-me como podem esperar que isso seja mantido em segredo agora que quase todos os elementos da esquadra se acham a par do mesmo e que a população conversa por toda parte discutindo a possibilidade de um ataque de surpresa a Pera? O bombardeio prossegue. As perdas e os prejuízos crescem. Aquilo que é consertado durante a noite se esboroa pelas balas logo na manhã seguinte. No setor da grande muralha a cargo dos Guacchardi duas torres acabam de cair.

28 de abril de 1453

Hoje, muito antes que amanhecesse, Giustiniani chegou e sacudiu-me até eu acordar. Teria vindo certificar-se se eu estava no meu posto aqui em Blachernae? Em seguida ordenou laconicamente que o acompanhasse. A madrugada estava ainda distante e o ar frio da noite me indispunha. Cães ladravam ao longe, no acampamento turco.

Galgamos as fortificações que dominam as águas em frente do ancoradouro inimigo. Duas horas antes do sol nascer uma luz de sinalização brilhou de repente lá na torre mais alta de Pera.

— Deus Onipotente, por que me fizeste nascer genovês? — lastimou-se Giustiniani. — A mão direita deles ignora o que faz a esquerda...

A noite estava pavorosamente quieta. Não se ouvia o mínimo ruído na praia ocupada pelos turcos. As águas negrejantes, com reflexos sinistros, ondulavam placidamente lá embaixo enquanto na torre de Gálata cintilava a chama distante. Procurando habituar-me o mais possível à escuridão, pareceu-me discernir sombras de navios deslizando pelas águas. Depois a noite inflamou-se. Clarões dos canhões do outro lado fulguraram os meus olhos. Balas de pedra despedaçavam-se contra cascos de carvalho e imediatamente a noite se encheu de celeuma. Tochas acendiam-se, tiros cruzavam por sobre as águas e perdiam-se em jorros na baía. Agora eu percebia nitidamente que os venezianos tinham mandado todo um

193

esquadrão de embarcações ligeiras destruir as galeras turcas. Mais perto da praia moviam-se duas naus grandes quase irreconhecíveis por causa da quantidade de sacos estufados apensos aos seus bordos. Mas uma delas estava a ponto de afundar. Balas de canhão arrebentavam incessantemente dentro dos bergantins e batelões que remavam de surpresa descidos dos flancos das naus. Toda a esquadra turca achava-se alerta, portanto, e seguia ao impulso de remos ao encontro das naus cristãs. E em breve estas eram golpeadas com esporões e abordadas na maior balbúrdia enquanto faziam o mesmo às naus inimigas. As ordens frenéticas de seus comandantes ecoavam por sobre as águas. De vez em quando densas nuvens de fumaça obliteravam tudo e apenas um fulgor avermelhado dava a entender que mais outra galera se incendiava. Os cristãos inflamavam seus bergantins incendiários, largavam-nos à deriva, pulavam para o mar e nadavam rumo às outras embarcações.

A batalha continuou até de madrugada, quando as galeras venezianas conseguiram desenganchar-se e regressar. Uma delas, sob o comando de Trevisano, teria ido ao fundo se a equipagem não obturasse os furos com seus gibões. A primeira galera, comandada por Jacomo Coco, afundou em poucos minutos, e parte de sua guarnição nadou para o litoral do lado de Pera.

Quando o sol nasceu, pudemos ver que o tal ataque de surpresa tinha sido um completo malogro. Uma galera turca achava-se em chamas e não tardou a afundar. Outros incêndios foram extintos um após outro.

O filho do *bailo* veneziano é que comandava a galera restante. Ao passar rente a Pera disparou seus canhões e as balas ergueram nuvens de poeira na bossagem da muralha da cidade. O farol que foi aceso na torre no momento da surtida dos venezianos constituía a prova evidente da traição dos genoveses, a ponto de nem mesmo Giustiniani desculpá-los. Apenas considerou:

— Certo ou errado, Gênova é meu local de nascimento. A esquadra veneziana é bem mais forte em comparação com a genovesa. Uma pequena sangria será benéfica e restaurará o equilíbrio no porto.

Já estávamos de saída da muralha quando lancei um olhar para a banda fumegante do litoral de Pera e agarrei Giustiniani pelo braço. Vimos ali o sultão montado no seu ginete branco; o sol nascente parecia incendiar-lhe as jóias do turbante. Galgou um outeiro rente à praia, e pouco depois um magote de prisioneiros seminus e esfarrapados foi conduzido à sua presença, com as mãos atadas atrás. Eram os marinheiros que tinham nadado para a praia quando abandonaram a galera que submergia. Gente perto de nós apontava para determinada figura insistindo que estavam reconhecendo Jacomo Coco entre os cativos.

Neste momento um grupo de venezianos veio correndo de Blachernae, abandonando seus postos na muralha. Giustiniani ordenou-lhes que regressassem, mas responderam que só acatavam ordens do próprio *bailo* que fora a cavalo até ao porto para receber o filho e lhes dissera que o esperassem em rigorosa prontidão. Mas a disputa se interrompeu logo que, volvendo os olhos de novo para as bandas de Pera, assistimos atônitos e ofegantes à seguinte cena: Os turcos obrigavam os cativos a ajoelharem-se enquanto o algoz brandia a espada. Cabeças caíam, sangue jorrava e, todavia, isso não era suficiente. Fincaram estacas pontudas no solo em fila extensa, e espetaram os cadáveres decapitados nas mesmas. Em seguida as cabeças de fisionomias contraídas e espásticas foram empaladas na ponta das estacas. Muitos dentre nós esconderam o rosto nas mãos ante espetáculo tão trágico. Os venezianos choravam de raiva. Uma mulher vomitou e, cambaleando, caiu da muralha.

As vítimas eram tão numerosas que as primeiras já pendiam das estacas, ensopadas de sangue, e as últimas ainda aguardavam sua execução. O sultão não poupou ninguém. Dia alto, com o sol a pino, quarenta cadáveres violáceos pendiam ali, com suas cabeças clamando por vingança muito embora as bocas estivessem mudas.

Giustiniani comentou:

— Não creio que tenham sobrado muitos venezianos dispostos a visitar os turcos.

Embarcações a remo aproximavam-se, chegando dos navios. Vinham atulhadas de homens cujas armas reluziam ao sol. Giustiniani observou-os franzindo as sobrancelhas.

— Que significa isso? — ponderou, preocupado.

Atrás de nós ouvimos o estrépito de cascos. O *bailo* veneziano passou por nós a galope, não obstante a idade e o corpanzil. Após ele passou o filho, com a espada nua e a armadura ainda tinta de sangue. E ambos exclamaram:

— Acompanhem-nos, venezianos, até onde se acham os prisioneiros!

Giustiniani pediu em altas vozes um cavalo. Inutilmente. Logo caiu em si e disse:

— Afinal de contas, tanto faz. Não posso retirar os meus homens da Porta de São Romanos. Que esse opróbrio caia sobre os chefes venezianos. Viste bem como eles abandonaram dois de seus navios e fugiram em pânico?

195

Não tardou que os furiosos venezianos regressassem, soldados e marinheiros na maior mixórdia, arrastando, dando pontapés e socos nos prisioneiros turcos que tinham acabado de retirar da torre e da masmorra. Alguns haviam sido detidos na cidade logo que principiou o assédio, porém a maioria fora agarrada durante as incursões de reconhecimento realizadas até às proximidades da Porta de São Romanos e em outros trechos das muralhas. Muitos estavam feridos e mal podiam caminhar. Em menos de uma hora cerca de cem prisioneiros foram trazidos para junto da muralha do porto. Os venezianos rodeavam-nos; de vez em quando um se aproximava e golpeava-os na cara, dava-lhes pontapés no ventre ou brandia sobre eles a espada, ao acaso. Muitos dos prisioneiros caíam, permanecendo prostrados; outros tentavam rezar, invocando Alá em seu transe lancinante.

Giustiniani aproximou-se e bradou na direção dos venezianos:

— Vou apelar para o imperador. Esses são meus prisioneiros!

Os venezianos retorquiram:

— Cala a boca, genovês ordinário, senão te enforcaremos também!

Os venezianos eram às centenas e achavam-se armados até aos dentes. Giustiniani viu que não podia fazer nada e muito menos expor a sua própria vida. Aproximou-se do *bailo* e tentou negociar, dizendo:

— Discordo completamente do que fizeram os genoveses de Pera. Aqui todos nós lutamos pela glória de Deus e a sobrevivência da Cristandade. Não ganhareis honra alguma enforcando esses pobres homens, dos quais muitos só caíram em vossas mãos depois de receber ferimentos que os incapacitaram de continuar a luta. Além disso tal medida seria contraproducente, pois assim nenhum turco se renderia mais, preferindo combater até à morte, o que pioraria as nossas condições.

O *bailo* retrucou aos berros, espumejando saliva:

— O sangue de nossos irmãos e parentes ainda não coagulou direito lá no outeiro e tu, genovês imundo, não te envergonhas de falar em defesa dos turcos? Ou estás querendo resgate por estes prisioneiros que se acham aqui? Hum! Isso de genovês é capaz de vender a própria mãe se conseguir quem pague bastante. Está bem, vamos comprar os teus prisioneiros pelo preço corrente. Toma!

Soltando a bolsa do cinturão, atirou-a com desprezo aos pés de Giustiniani. Este empalideceu, porém se dominou. Fez-me sinal que o seguisse e retirou-se.

Os vênetos então principiaram a enforcar os prisioneiros turcos, dependurando um após outro do lado de fora das fortificações e da torre, bem defronte do local onde o sultão mandara decapitar os marinheiros. Enforcaram os feridos também. Ao todo, duzentos e cinqüenta prisioneiros, seis para cada veneziano decapitado. Os marujos não se envergonharam de exercer o papel de executores; até o filho do *bailo* enforcou um dos feridos. Logo que perdemos de vista os venezianos, apressamos os passos e logo encontramos duas patrulhas a cavalo; pertenciam à reserva. Giustiniani ordenou aos dois gregos que descessem dos cavalos e os requisitou. Assim chegamos mais prontamente aos alojamentos do imperador, que se fechara em sua torre. Encontramo-lo ajoelhado diante de um ícone. Explicou-nos que se viu obrigado a aquiescer à exigência dos vênetos e aprovar a execução porque do contrário se apoderariam dos prisioneiros a força, menoscabando a sua autoridade.
Giustiniani declarou:
— Lavo as mãos. Não posso fazer nada. Tenho que manter os meus homens defendendo a muralha, embora saiba que muitos venezianos deixaram seus postos sem permissão. Se os contingentes da reserva não forem mantidos em prontidão não responderei pelo que possa suceder.
Depois voltou ao seu setor e observou durante algum tempo o acampamento turco; ainda assim voltou ao porto aquela tarde com vinte homens. Com o enforcamento dos infelizes prisioneiros turcos, os venezianos tinham ficado excitados. Verdade é que muitos voltaram para a muralha e o *bailo* encerrou-se em Blachernae para prantear a morte inglória de Jacomo Coco. Todavia bandos esparsos ficaram vagando pelo porto aos gritos de "Traição! Morte aos genoveses!" E, caso encontrassem algum, o derrubavam a soco, lhe davam pontapés nas costelas e o deixavam largado na sarjeta.

Quando um desses bandos resolveu quebrar a porta e as janelas da casa de um mercador genovês, Giustiniani ordenou aos seus homens que avançassem em linha e limpassem as ruas de toda aquela ralé. Então o tumulto generalizou-se. Dentro de pouco tempo havia luta em todas as ruas do bairro marítimo; espadas entrechocavam-se, e corria sangue. A guarda tocou o alarme e Lukas Notaras irrompeu colina abaixo à frente da cavalaria da reserva grega. Esta carregou contra venezianos e genoveses, imparcialmente, e com a melhor boa vontade possível. Gregos que se tinham refugiado nas casas próximas se tomaram de coragem e postados nos terraços e

janelas principiaram a atirar pedras nos latinos e a surrá-
-los com bastões.

Quando, pouco antes do poente, a luta ainda não arre-
fecera de todo, o próprio imperador Constantino se dirigiu a cavalo para o porto, com seu manto de brocado
verde, a túnica e as botas de púrpura e a coroa de ouro;
acompanhava-o o *bailo* ajaezado com todos os símbolos
de sua dignidade. O *bailo* saudou Giustiniani e com voz
trêmula pediu desculpas pelos insultos que lhe dirigira
horas antes. O imperador derramou lágrimas e pediu
aos latinos que pelo amor de Cristo esquecessem suas
questões íntimas naquela hora de perigo comum. Ponderou que muito embora alguns genoveses de Pera tivessem agido traiçoeiramente, não se podia por causa disso
culpar todos os genoveses.

Seu apelo conseguiu uma espécie de reconciliação em
que Lukas Notaras também tomou parte estendendo a
mão ao *bailo* e a Giustiniani, abraçando-os e chamando-os
de irmãos. Considerou que todos os antigos ressenti-
mentos deviam ser enterrados agora que todos arrisca-
vam pessoalmente suas vidas para salvar a cidade. Acredito que naquele momento Notaras foi de fato sincero,
já que em momentos de entusiasmo o espírito grego facilmente assume atitudes nobres e abnegadas. Mas tanto
Giustiniani como Minotto, afeitos às contingências políticas de suas próprias cidades, julgam que Notaras se
aproveitou para representar uma cena supondo o momento
bastante favorável para reforçar laços de amizade com
os latinos.

Fosse como fosse, todos saltaram de seus cavalos. Os
homens de Notaras ficaram patrulhando o bairro marítimo, enquanto o imperador, Giustiniani, Minotto e o
próprio Megadux atravessaram as ruas principais pedindo
a todos, pelo amor de Cristo, que permanecessem quietos
e olvidassem antigas rixas. O esplendor quase litúrgico
do soberano evitou que até mesmo os latinos mais desa-
busados erguessem a voz. Os marinheiros voltaram para
os botes e recolheram-se aos seus navios. Apenas ficaram nas ruas uns poucos marujos vênetos que, tendo
resolvido lamentar a morte de Jacomo Coco, beberam
tanto que caíram inertes pelas calçadas. Três genoveses
e dois venezianos morreram nas rixas; por solicitação do
imperador o fato não teve divulgação; os mortos foram
enterrados secretamente durante a noite.

O tumulto alastrara-se até às cercanias de minha casa
também; de forma que quando tudo sossegou, convidei
Giustiniani a ir até lá. Respondeu que não se oporia
absolutamente à hipótese de bebermos um trago de vinho
cada um, após um dia de tamanha desordem e alvoroço.

Pareceu-me, porém, que ele estava curioso de conhecer minha mulher. Ao desaferrolhar a porta e abri-la, Manuel disse com voz trêmula de raiva e brio que tinha agredido com uma pedra certo carpinteiro veneziano deixando-o estonteado e ferido no chão. Com tom afável, Giustiniani chamou-o de camarada correto e corajoso. Dito isto, exausto, não suportando mais o peso da armadura, Giustiniani se jogou sobre uma cadeira fazendo estremecer a sala; depois esticou as pernas e pediu vinho, pelo amor de Deus!

Deixei que Manuel o servisse e subi depressa ao encontro de Anna, que se retirara para o aposento mais recôndito da casa. Perguntei-lhe se gostaria de conhecer o famoso Giustiniani ou se preferia permanecer em seus aposentos segundo a tradição grega. Verificou primeiro se eu recebera ferimentos nas desordens de rua e só depois foi que me lançou um olhar de censura, respondendo:

— Se tens vergonha de mim e do meu aspecto e não me queres apresentar a teus amigos, está bem, ficarei aqui no quarto.

Repliquei-lhe que pelo contrário me sentia orgulhoso de minha esposa e teria prazer em apresentá-la. Provavelmente Giustiniani não a conhecia de vista e além disso me prometera não divulgar absolutamente o meu casamento. Portanto, ela podia ser-lhe apresentada.

Segurei-lhe a mão a fim de conduzi-la até à sala embaixo; mas Anna se soltou e disse, muito séria:

— Na próxima vez em que desejes me mostrar a teus amigos deves avisar-me com antecedência para que eu me possa pentear direito e pôr um vestido mais adequado. Não devo apresentar-me conforme estou, por maior prazer que tenha em conhecer um homem famoso como Giustiniani.

Exclamei, ingenuamente:

— Estás tão bonita assim! Considero-te a mulher mais bela do mundo. Não compreendo que fales em penteados e vestidos num dia confuso como o de hoje. Mesmo porque ninguém presta atenção nessas coisas.

— Achas? — retrucou com ironia. — Bem se vê quão pouco informado estás. Hás de convir, no entretanto, que eu sendo mulher deva saber mais do que tu a tal respeito. Afinal de contas te casaste com uma mulher de categoria e preciso demonstrar isso, não te parece?

Sua atitude atordoou-me. Não compreendia que espécie de capricho se apoderara dela para torná-la assim tão cheia de melindres. Encolhi os ombros e submeti-me.

— Está bem. Faze como quiseres. Ou vem comigo ou fica em teu quarto; explicarei a Giustiniani.

Agarrou-me pelo braço e disse depressa:

— Não sejas tolo. Apronto-me num abrir e fechar de olhos. Desce e entretém-no, para que não se retire. Quando a deixei já a vi com o pente na mão soltando os cabelos. Atarantado, virei goela abaixo enorme trago de vinho, contra os meus hábitos; e Giustiniani prontamente seguiu o meu exemplo.

Sem dúvida Anna tinha razão. As mulheres diferem dos homens de muitíssimas maneiras e dão importância a uma série de coisas fúteis. Comecei a compreender que pouco ou nada sei ainda de minha nova esposa. Mesmo quando estamos juntos e ela se reclina em meus braços os seus pensamentos seguem caminhos diferentes dos meus e jamais consigo alcançá-los e assimilá-los.

Ainda bem que Giustiniani achou muito natural que Anna demorasse um pouco a aparecer. Esperou, sem fazer a menor observação. Minha casa agora está bem arrumada e oferece uma atmosfera de segurança. A janela clareava-se de vez em quando com a cintilação avermelhada do lampejo dos canhões refletindo-se nas águas do porto; e logo a seguir o estampido chegava até nós com um tremor que fazia sacolejar o vinho dentro da jarra. Mas a impressão era muito diferente do que se estar nas fortificações. Vencidos pela prostração, quase estendidos em nossas cadeiras, desinteressávamo-nos de tudo. Cheguei mesmo a esquecer o desagrado que os caprichos de Anna me causaram.

A porta abriu-se finalmente. Giustiniani volveu um olhar pachorrento, mas imediatamente seu rosto se transformou; levantou-se mais que depressa com um tilintar de peças da sua armadura e inclinou-se com o maior respeito.

Anna estava parada no umbral. Vestira uma túnica de seda branca singela presa ao ombro por uma fivela cravejada de jóias. Um cinto dourado e com pedras preciosas lhe avivava o busto esguio; os braços estavam nus. Calçava sandálias douradas e pintara de vermelho as unhas dos artelhos. Rematava-lhe o penteado um pequeno broche redondo cravejado de pedras como o cinto e a fivela. O véu transparente caía-lhe em redor do pescoço; segurava-o à altura do queixo, sorrindo furtivamente. O rosto parecia mais pálido, a boca mais vermelha e os olhos maiores do que antes. Achei-a espetacularmente bela, vendo-a parar e soerguer as sobrancelhas azuis, num duplo arco de surpresa.

— Oh! Perdão! Uma visita?!...

Mostrando-se enleada, estendeu os dedos; Giustiniani inclinou a nuca bovina, beijou-lhe a mão e, retendo-a ainda, ficou a lhe contemplar a fisionomia, todo deliciado. Disse-me, depois que lhe passou a perplexidade:

— Jean Ange, agora compreendo a tua pressa. Sim, pois se esta senhora não fosse tua esposa legal, eu me bateria contigo para merecê-la após prélio renhido. Agora só me resta pedir aos céus que ela tenha uma irmã gêmea que eu possa vir a conhecer.

Anna manifestou-se:

— Sinto-me envaidecida em travar conhecimento com o grande Giustiniani cuja fama excelsa constitui o orgulho da Cristandade. Perdoai o fato de me apresentar vestida assim com tanta singeleza doméstica. Se previsse que vos ia encontrar aqui na minha sala teria vestido um peplo mais consentâneo com a honra que concedeis a esta casa. — Inclinou de lado a cabeça, um pouco, e observou Giustiniani por entre os cílios entrecerrados; comentou em tom baixo: — Oh! Já agora me parece que fui demasiado pressurosa em me render ao amor de João Angelos. Mas é que eu não vos conheci antes, comandante.

Aparteei logo:

— Não acredites muito em meu amigo Giustiniani, Anna. Tem uma esposa em Gênova e outra em Kaffa; sem contar diversas raparigas em todos os portos da Grécia.

Como se não pudesse resistir à tentação, Anna passou de leve os dedos pela barba pintada de hena de Giustiniani, e exclamou:

— Que majestosa barba!

A seguir encheu de vinho uma taça, molhou os lábios e apresentou-a a Giustiniani fitando-o bem nos olhos com um sorriso cativante. Senti-me doente de raiva e orgulho ao mesmo tempo. Resolvi dizer:

— Bem, se acaso sou demais aqui... posso ir para o pátio. Mesmo porque parece que aumentou o número de estampidos lá longe nas muralhas...

Anna olhou-me de relance e piscou-me de maneira tão maliciosa que meu zelo se anulou, pois compreendi que tudo não passava de gracejo, de vontade de enfeitiçar Giustiniani e obter sua boa vontade. Aliviado, respondi com um sorriso. E enquanto ambos prosseguiam em sua conversa folgazã eu não me fartava de contemplar Anna. Minha paixão abrasava-me à medida que via com que facilidade ela o embaía.

Jantamos juntos, e quando Giustiniani se levantou para se despedir, conquanto quisesse permanecer mais um pouco, me olhou e de repente, com um movimento circular, ergueu dos ombros a pesada corrente de ouro de protostrator com o medalhão de esmalte. E disse:

— Que este seja o meu presente de casamento. — Prendeu a corrente em volta do pescoço de Anna e furtivamente lhe roçou os ombros nus com as mãos grandes que nem garras. — Os meus homens declaram que sou invencível, mas a verdade é que vós, senhora, me conquistastes. Esta corrente e este medalhão abrirão portas que nem espadas nem peças de artilharia conseguem arrombar.

Podia permitir-se tal gesto, por ser homem possuidor de vasta coleção de correntes, sendo-lhe facultado escolher uma por dia; eu bem estava a par disso. O que não me agradou de modo algum foi a vaga insinuação feita durante a oferta de que Anna seria bem recebida em seu posto de comando a qualquer hora que quisesse aparecer. Mas minha mulher agradeceu toda radiante, ficou tão contente com a dádiva que o abraçou e beijou nas faces chegando mesmo a fazer menção de roçar os lábios na barba ruivacenta...

Giustiniani, comovido com a sua própria munificência, limpou uma lágrima no canto das pálpebras e confessou:

— De bom grado daria a vosso esposo o meu bastão de protostrator trocando-o por um lugar aqui ao vosso lado. Mas já que isso não pode ser, então lhe concederei folga esta noite; no futuro não perceberei quando ele se ausentar cautelosamente do seu posto... uma vez que não se esteja em combate cerrado, é lógico. Um homem deve resistir a certas tentações, mas vosso marido não é homem que resista a um fascínio como o vosso.

Despediu-se. Acompanhei-o polidamente até lá fora. Notando a minha impaciência procurou retardar-se um pouco ainda na calçada tagarelando, embora eu não prestasse atenção numa só palavra. Quando finalmente o vi pular para o seu corcel, subi que nem um raio a escada, abracei Anna, beijei-a e acaricei-a tão veementemente que o meu amor mais parecia acesso de raiva. Radiante, inflamada, ela sorria, gargalhava em meus braços, mais bonita do que nunca.

Mesmo na cama conservava a corrente de ouro como um troféu e não se separou dela nem mesmo quando lha quis arrebatar a força.

Quedou-se imóvel, depois, olhando para o teto com uma expressão misteriosa que eu desconhecia ou não entendia. Tanto que perguntei:

— Em que estás pensando, querida?

Com o semblante iluminado respondeu:

— Que estou viva... Que existo. Nada mais.

Exausto, serenado, sem ânimo para mais nada, eu observava sua beleza encantadora e me lembrava dos homens cujos corpos tinham sido empalados em estacas na praia de Pera e nos turcos enforcados do lado de fora da muralha, todos, uns e outros, com as faces enegrecidas e violáceas. Lá fora, longe, os canhões troavam enquanto as estrelas fitavam a terra desinteressadamente. A beleza terrena vivia e ofegava ao meu lado com mistério e névoa no olhar. Cada frêmito cerrava os grilhões do tempo e do espaço apertando cada vez mais o meu corpo.

1.º de maio de 1453

Vai-se tornando desesperada a nossa situação. As tropas turcas constroem agora uma ponte flutuante, apoiada sobre formidáveis cascos, ligando o Corno de Ouro à praia de Pera. Até aqui os homens das colinas de Pera tinham que fazer enorme percurso em volta da baía para se comunicarem com o grosso do exército. A ponte é protegida por poderosas jangadas presas ao fundo por âncoras e sobre as quais foram montadas peças de artilharia; isso impossibilita a nossa esquadra de impedir o trabalho da construção. Assim que a ponte ficar pronta as galeras turcas estarão capacitadas a bombardear o nosso porto protegidas pelos canhões flutuantes.

Causa perdas diárias o bombardeio e o ataque às barricadas provisórias que erguemos entre as fendas e brechas da muralha. A nossa defesa vem enfraquecendo, ao passo que chegam ao acampamento turco, diariamente, bandos constantes de voluntários provenientes de vários pontos da Ásia.

Há escassez de vinho, e o preço dos víveres no mercado livre subiu muito além da bolsa dos pobres. Por isso o imperador requisitou hoje todo o pão para que seja distribuído eqüitativamente. Os anciãos de cada bairro da cidade ficaram responsáveis pelo abastecimento das famílias das tropas da guarnição bem como dos que combatem e dos que trabalham nas defesas e no conserto das muralhas; já agora ninguém precisará abandonar o seu posto a fim de arranjar víveres para si e seus parentes.

O comandante das reservas tem o dever de inspecionar todos os dias os contingentes e fazer a chamada nos diversos setores. Aliás essa medida diz respeito aos gregos apenas; não aos latinos.

Perto da Porta de Kharisios a grande muralha ruiu em diversos lugares. A muralha exterior acha-se em péssimo estado, porém os turcos não lograram transpô-la. Até agora os nossos homens têm conseguido desentulhar o fosso todas as noites, e madeira e as toras dos turcos estão sendo aproveitadas para os nossos parapeitos e paliçadas.

Ao longo da muralha exterior a atmosfera acha-se repleta de cheiro de carniça. Muitos dos nossos homens acabaram ficando surdos com os estrondos do canhoneio.

4 de maio de 1453

Por volta da meia-noite, forçando ventos contrários e aproveitando a treva cor de breu, um bergantim com doze voluntários se esgueirou pelo porto a fora. Os homens vestiam trajes turcos e levavam içada a bandeira do sultão de maneira a mover-se furtivamente pelos Dardanelos. Os nossos observadores tinham estudado as manobras de sinalização do alto da torre de Pera com bandeiras para a esquadra turca tanto na entrada como na saída das naus, de modo que havia esperança do bergantim conseguir passar. Navega incumbido de importante missão; isto é, descobrir as naves venezianas de socorro sob o comando de Loredano que o *bailo* nos garantiu se acharem a caminho. Mas essa frota procedente do arquipélago grego já deveria ter alcançado Constantinopla há muito tempo se tivesse querido. Talvez a *Signoria* receie que seus navios caiam numa armadilha caso cheguem aqui. Além disso, sem a proteção dessa frota, as feitorias venezianas nas ilhas gregas virão a cair nas mãos dos turcos. Não restaria mais nenhum veneziano aqui em Constantinopla se o imperador não compelisse por meio de tratados e ameaças de multas os navios do mar Negro a permanecer e participar da defesa da cidade.

Há boatos otimistas de uma força naval de socorro já a caminho para cá, e também da mobilização de um exército húngaro para atacar os turcos pela retaguarda. Se fôsse verdade mesmo! Mas não resta dúvida que o Ocidente nos abandonou.

5 de maio de 1453

É fácil pensar, é fácil escrever quando se está sozinho. Sem dúvida também é fácil morrer quando se está sozinho nas fortificações e o tambor da morte rufa a toda volta. Diante das muralhas o chão está escuro e tisnado pelo bombardeio; tal aspecto se estende até onde a vista pode alcançar. As salas de Blachernae tremem, e grandes lâminas polidas e lustrosas de mármore se soltam e caem das paredes. É fácil vagar sozinho pelos apartamentos do imperador esperando a morte, enquanto o passado irrevocável ecoa em seu próprio bojo vazio.

Mas hoje estive em casa outra vez. Basta-me rever o brilho límpido dos seus olhos castanhos, tocar-lhe apenas o corpo com as pontas dos dedos e sentir a tepidez viva de sua pele, da sua beleza efêmera para que o fogo e o desejo do meu sangue façam esquecer a realidade e transformem tudo.

É esplêndido quando estamos deitados nos braços um do outro... Quando durante um palpitante momento a minha boca recebe sua respiração cálida e ofegante. Mas depois, quando ela abre os lábios para falar já não nos entendemos mais um ao outro. Apenas em nossos corpos há compreensão mútua; só então compreendemos coisas que jamais compreendêramos antes. O conhecimento corporal é cheio de beleza e de pasmo. Mas os nossos pensamentos seguem caminhos bem diferentes. Às vezes nos molestamos com uma única palavra e nos fixamos irritados como inimigos. Frio desdém, distâncias estranhas refletem-se em suas pupilas dilatadas, embora suas faces resplandeçam com amor.

Ela não compreende que eu deva morrer quando minha obrigação lógica é viver. Ainda hoje me disse:

— Honra! A palavra mais odiosa do vocabulário humano. Palavra imbecil! Acaso o sultão Mohammed com toda a sua glória é sem honra? Ou, pelo contrário, não dá o maior apreço aos cristãos que passaram para o seu lado abjurando a falsa fé e aceitando o turbante? Para um homem vencido, porém, que é a honra? Em qualquer caso, ele é um desgraçado. A honra compete apenas ao vitorioso.

— Estamos em pontos de vista opostos e jamais nos entenderemos um ao outro.

Obstinadamente enterrou as unhas no meu braco como para forçar-me a pensar segundo a sua maneira. Raciocinou:

— Compreendo que lutes, porque és grego. Mas não é insensatez desejar morrer sob os escombros das muralhas quando os turcos invadirem a cidade? Se não percebes que em circunstâncias assim cada qual tem que agir sozinho, lucidamente, então tua ingenuidade me faz desconfiar que não sejas grego, isto é, inteligente, vivaz!

— Não me compreendes porque não me conheces direito. Mas numa coisa tens razão: tenho que agir sozinho e obedecer apenas a mim mesmo.

— E eu? — perguntou pela centésima vez. — Ah! Então não me amas.

— Posso resistir à tentação que emana de ti; portanto, não me aflijas, não me lances no desespero, querida.

Ofegante, segurou minha cabeça pelas têmporas e colou os seus lábios nos meus; depois, com olhos reluzentes de raiva ficou perscrutando o meu rosto.

— Se ao menos eu pudesse abrir tua testa, descobrir os pensamentos ocultos em teu crânio! Não és o homem que eu penso. Quem és, então? Apenas tenho abraçado

o teu corpo, nunca o teu ser completo. E por isso te odeio... Oh! Como te odeio!
— Concede-me pelo menos estes breves dias, estes poucos momentos. Passar-se-ão séculos talvez até que eu reencontre os teus olhos e te descubra de novo. Que mal te fiz para que me atormentes assim?
— Não há passado e muito menos futuro. Tudo é sonho e imaginação... filosofia de loucos; tais mentiras não me iludem. É ·a vida de hoje, de agora, que eu quero. E a ti, nesta vida. Eis por que te hei de atormentar até que compreendas... do contrário nunca te perdoarei. Nem a ti nem a mim.
Exausto, murmurei:
— Pesada é a coroa que me aflige a fronte.
Ela não compreendeu.

6 de maio de 1453

Desassossego o dia inteiro. O bombardeio é incessante, abalando o céu e a terra. De duas em duas horas o canhão gigante dispara submergindo todos os outros estrondos, e a muralha parece estremecer até às bases, desde o porto até ao mar de Mármara.

Os turcos preparam-se para a arrancada. Vêm do acampamento incessantes ruídos, principalmente de tambores. Os dervixes entregam-se aos seus adarruns com tamanho frenesi que lhes ouvimos os gritos. Muitos deles aproximam-se da muralha dançando e rodopiando, e atingem o fosso até que as flechas os traspassem; ainda assim continuam a revolutear nos calcanhares, insensíveis à dor. Isso põe os gregos atônitos, querendo chamar sacerdotes e monges para afugentar o diabo.

Já agora ninguém pode deixar as fortificações por um momento que seja. Nos quatro pontos submetidos a bombardeio pelas peças pesadas a muralha exterior já desmoronou de todo; e mesmo a grande está cheia de fendas enormes de alto a baixo. O bombardeio não deixa que se façam consertos durante o dia; mas logo que escurece se avolumam fortificações de terra atulhando as brechas.

O alemão Grant afirma que os canhões turcos já estão mostrando indícios de uso demasiado, já começam a estragar-se, tanto que muitas balas caem longe do alvo, algumas até passando por cima da muralha e indo cair na cidade sem causar dano de importância. Mas a verdade é que por trás das colinas se levanta o fulgor das fundições de Urbano, e diariamente se escuta o formidável sibilo do metal derretido caindo dentro dos gigantescos moldes.

Na cidade há escassez de azeite para cozinhar; os pobres sofrem muito com isso. Contudo, saem de Pera constantemente grandes carregamentos de óleo rumo ao acampamento turco. Após cada tiro, as bocas dos canhões engolem baldes do precioso flúido. Nenhum assédio na História custou o preço do cerco de Constantinopla. É que Mohammed conta inesgotavelmente com a fortuna de vizires e generais, e há banqueiros de todos os países em seu acampamento, inclusive gregos e judeus; o seu crédito é ilimitado. Diz-se que até mesmo os genoveses ricos de Pera estão ansiosos por aplicar em condições mais seguras o dinheiro de que dispõem.

7 de maio de 1453

Foi como se o inferno se abrisse de repente quando à meia-noite pelo menos dez mil homens tomaram parte no assalto às brechas da muralha. O assalto mais pesado foi feito contra as forças de Giustiniani, perto da Porta de São Romanos, onde a grande bombarda causou os piores estragos em ambas as muralhas.

As tropas de assalto, abrigadas pela escuridão, avançaram em boa ordem e sem ruídos, tendo tido tempo de atulhar o fosso em diversos trechos antes que soasse o alarme. Dúzias e dúzias de escadas de assédio foram erguidas e aplicadas em pouco tempo. Os sapadores encarregados dos consertos rotineiros fugiram apavorados e só a presença de espírito de Giustiniani pode salvar a situação. Rugindo que nem um touro ele se precipitou para o centro mais vivo da refrega e com o seu montante derrubou os turcos que já tinham atingido o topo do parapeito de terra. Ao mesmo tempo tochas e brandões foram acesos e os setores ficaram claros como se fosse dia.

Os brados de Giustiniani dominaram as ordens e os tambores dos turcos. Logo que percebemos que se tratava de um assalto em grande escala mandamos avisar as reservas. Duas horas depois, como ainda lavrasse árduo combate, tivemos que pedir reforço de outras partes das muralhas tanto à direita como à esquerda da Porta de São Romanos. Após o primeiro ataque, os turcos voltaram em ondas regulares de mil elementos por vez. Tinham arrastado suas peças de artilharia até perto, relativamente, do fosso. E enquanto as tropas de choque escalavam as fortificações, archeiros e artilheiros entravam em ação simultânea, querendo forçar os defensores a abrigarem-se; mas, protegidos por suas armaduras metálicas, os contingentes de Giustiniani formavam uma barreira viva de ferro ao longo do topo da muralha exterior. As escadas não se agüentaram, sendo impelidas para o chão, e os turcos que haviam avançado sob o resguardo de imensas guaritas móveis até à base da muralha recebiam torrentes de breu e de chumbo derretido até que se dispersaram, ficando expostos assim aos arremessos dos nossos arcabuzes.

É difícil calcular o número de turcos mortos. Giustiniani fez propalar pela cidade notícias da existência de montes de cadáveres da altura da muralha exterior; mas isso evidentemente era mentira organizada para reanimar a população. A verdade é que muitíssimos turcos foram dizimados, sendo em número superior aos latinos que caíram com suas armaduras traspassadas ou que foram arrancados da muralha pelas fateixas turcas.

Comparados com este assalto, os anteriores não passaram de brinquedo de crianças. A noite passada o sultão resolveu atacar deveras arremessando considerável parte do seu exército. Em Blachernae, porém, o perigo foi leve; as escadas de assédio não puderam atingir a altura dos parapeitos; por isso o *bailo* destacou um contingente dos seus soldados e pediu que eu os conduzisse a Giustiniani para que os vênetos pudessem comparticipar mais diretamente da repulsa ao ataque inimigo. Mal chegamos ao setor da luta principal vimos um janízaro gigantesco, que por sua agilidade corporal conseguira escalar a muralha, pondo-se a chamar com gritos de triunfo os camaradas, enquanto procurava atacar Giustiniani; alguns dos nossos homens, conquanto cobertos de armaduras, se afastaram, assustados, deixando-o investir. Giustiniani achava-se combatendo numa brecha um pouco mais embaixo e teria levado a pior se um sapador, um grego comum sem armadura, não tivesse dado um salto do baluarte e decepado um dos pés do janízaro com sua acha de combate. Em seguida foi fácil a Giustiniani liquidá-lo. Giustiniani recompensou regiamente o seu salvador, mas disse que teria preferido se haver a sós com o janízaro em luta individual.

Assisti a esta cena à luz dos brandões e das flechas inflamadas, por entre o alarido geral e o embate dos escudos. Depois não tive tempo para pensar em mais nada, pois a pressão do ataque era tão formidável que tivemos que agüentá-lo formando uma barreira tríplice.

Hoje a minha espada está quase sem gume. Quando os turcos principiaram a retirar-se pouco antes do alvorecer, eu me sentia tão exausto que mal podia erguer um braço; meus membros doíam e meu corpo ainda está coberto de contusões diversas. Mas não fui ferido, considerando-me a tal respeito com mais sorte do que muitos outros. Giustiniani levou uma cutilada na axila; a armadura impediu que o golpe fosse fatal.

Propala-se que perto da Porta Selymbriana um grego matou um governador turco que ostentava a alta insígnia de dignitário de primeira categoria.

Quando Giustiniani viu o estado em que fiquei passou a dar-me conselhos amistosos:

— No calor da refrega é comum um homem expender forças que excedem de muito à sua capacidade normal. Mas nada é mais perigoso do que esfalfar-se no ardor da luta pois a pessoa pode cair em exaustão absoluta, mal conseguindo depois dar um passo. Por isso, um combatente experimentado jamais usa de toda a sua fôrça mesmo no apogeu do embate; conserva sempre alguma coisa como reserva orgânica. Pode assim salvar-se, caso o combate reassuma novo ímpeto. — Olhou-me a sorrir e explicou melhor: — Pode, pelo menos, ter forças para correr...

Achava-se de bom humor e sujeitou-se a diluir em água parte do seu vinho, como exemplo aos seus homens. É que o vinho está prestes a acabar. E concluiu:

— Ora muito bem, Jean Ange. Estamos principiando a sentir na boca o travo da guerra. O sultão desandou a acalorar-se e em breve teremos que repelir ataques de envergadura.

Encarei-o de modo cético:

— Ataques de envergadura? Que vem a ser isso? Jamais vi um pior do que o desta noite, e nem faço a mínima idéia. Os janízaros lutam como feras selvagens e julgo que eu próprio virei animal das selvas.

— Ainda tens que assistir a muita coisa pior, — replicou Giustiniani. — Envio saudações à tua linda mulher. Elas gostam de sentir cheiro de sangue na roupa dos maridos. Dos homens em geral... Nunca senti tamanho prazer no corpo de uma mulher como na vez em que mandei para o inferno dezenas de homens a golpes de espada e fiquei exausto e contundido. Invejo a tua experiência, Jean Ange, se é que ainda não a tiveste.

Prostrado e aborrecido, não dei maior atenção a tais palavras. O ar frio da manhã estava impregnado com o olor de montes de mortos daquela noite. Como poderia eu tocar no corpo de minha mulher sentindo ainda os meus olhos arderem do horror presenciado, notando sangue em minha armadura e em minhas mãos, com a cabeça repleta ainda das cenas bárbaras e revoluteantes da batalha? Temia até acordar de repente aos berros tão logo caísse prostrado pelo sono, muito embora só desejasse uma coisa. Dormir. Dormir!

Mas Giustiniani tinha razão. Carradas de razão. Aproveitei a permissão que me deu de ir até à minha casa a fim de descansar merecidamente após a luta. Pois bem: jamais o meu corpo contundido e machucado sentiu tamanho fogo nas veias como nesta manhã. Depois, como dormi profundamente! O meu sono foi tão profundo como se eu tivesse morrido com a cabeça pousada no ombro alvo de Anna Notaras.

8 de maio de 1453

Altas horas da noite passada o Conselho dos Doze reuniu-se em segredo. O recente assalto provara nitidamente quão insuficientes e inadequadas eram as nossas forças de defesa. A formidável ponte que o sultão estendeu através do Corno de Ouro ameaça principalmente o palácio de Blachernae. De forma que os venezianos resolveram, após muitos debates, evacuar os três grandes navios de Trevisano e assim dispor de mais dois mil homens para os baluartes. A carga ficaria armazenada no arsenal do imperador, e as equipagens e a soldadesca serviriam para guarnecer Blachernae.

Trevisano protestou em nome dos proprietários e dos comandantes, esclarecendo que se a carga, avaliada em dezenas de milhares de ducados, fosse trazida para a terra, não haveria nenhuma esperança de salvá-la caso os turcos conquistassem a cidade. Além disso as naus provavelmente se perderiam, bem como as suas equipagens.

Apesar de tudo, o Conselho decidiu que as naus fossem descarregadas. Sabedoras disso, as tripulações ofereceram resistência armada sob a chefia de seus oficiais e se recusaram a desembarcar. Tal situação perdura ainda hoje. O Conselho dos Doze não conseguiu demover os marinheiros, muito embora o próprio imperador, com lágrimas nos olhos, apelasse para suas consciências.

12 de maio de 1453

Os marujos não cedem, e todas as negociações resultaram negativas. Mas o Conselho dos Doze conseguiu que Trevisano e Aloísio Diedo passassem para o seu lado. Os capitães das naus receberam presentes em dinheiro. É que os vênetos estão dispostos a conservar a todo custo o palácio de Blachernae.

Não resta dúvida de que a área de Blachernae se acha seriamente ameaçada; mas, além do intento de sua defesa, os venezianos também querem reforçar bastante a guarnição de maneira a dominarem a cidade na hipótese do sultão se ver obrigado a suspender o assédio. Por esse motivo o Conselho dos Doze julga indispensável transferir para as muralhas as equipagens e as companhias que se acham a bordo. É que além dos marinheiros, há quatrocentos homens revestidos de armaduras a bordo das naus de Tana.

Enquanto isso os gregos perdem seu sangue nos baluartes e morrem entre as ameias. Notaras tem razão. Tanto na Porta de Ouro como de ambos os lados da Porta de Selymbria os gregos sozinhos repeliram os assaltos. É verdade que em tais setores as muralhas se acham muito menos danificadas do que nas Portas de São Romanos e de Kharisios; porém a maioria dos defensores é constituída de artesãos e monges quase sem experiência do manejo das armas. Há alguns elementos medrosos entre eles capazes de fugir quando os turcos atacam; mas a grande maioria é daquela boa substância grega que combateu nas Termópilas e em Maratona.

A guerra faz aflorar os homens melhores, assim como os piores. Quanto mais tempo durar o assédio mais prevalecerão as qualidades ruins. O tempo não trabalha a nosso favor, e sim contra.

À medida que os latinos bem nutridos e gordalhufos altercam entre si, os gregos emagrecem e sustentam a defesa contra os turcos. Quase já não se dispõe de farinha de trigo nem de azeite. Algumas gotas de vinho ralo e avinagrado é tudo quanto se consegue extrair dos armazéns imperiais. Mulheres e crianças choram de fome enquanto seguem em procissões piedosas rumo às igrejas. De manhã até à noite e de noite até ao amanhecer as preces ardentes dos infelizes e dos humildes sobem até Deus. Se as preces pudessem salvar a cidade, Constantinopla agüentaria o assédio até ao Dia do Julgamento Final.

Enquanto os latinos conferenciavam na igreja da Virgem Santa em Blachernae, o imperador convocou os gregos para um conselho de guerra e orações esta noite na igreja de Santa Sofia. Giustiniani mandou-me representá-lo, por não dever ausentar-se dos baluartes.

13 de maio de 1453

O conselho de guerra iniciou-se numa atmosfera de tensão e foi interrompido quase imediatamente pelos sinais de alarme tocados nas muralhas. No adro da igreja nos veio ao encontro um mensageiro expresso que comunicou estar o inimigo atacando Blachernae de dois pontos:

211

da praia e da Porta de Khaligari, o pior assalto sendo, porém, na brecha perto da Porta de Kharisios.

Sinos de alarme badalavam na treva, luzes eram acesas nas casas e gente sem acabar de se vestir direito corria aterrorizada para as ruas. No porto as naus aproximaram-se da barreira flutuante na expectativa de um ataque. À meia-noite ainda se podia ouvir através da cidade até ao Hipódromo distante o tumulto da batalha em Blachernae. No acampamento turco fogueiras ardiam formando um semicírculo em volta da cidade.

Esporeando nossos cavalos, galopamos à luz de tochas através das ruas; quando nos aproximamos da Porta de Kharisios encontramos bandos de fugitivos, entre eles homens ainda com armas nas mãos. O imperador sofreou o seu animal e ordenou-lhes, em nome de Cristo, que voltassem para os baluartes; porém os homens estavam cegos de terror e não deram nenhuma atenção. A nossa escolta se viu obrigada a investir e derrubar alguns até que os restantes parassem olhando em redor sem saber direito onde se encontravam; depois, vagarosamente regressaram para as muralhas.

O imperador não esperou por eles. A nossa tropa chegou no momento preciso. Próximo da Porta de Kharisios a grande muralha apresentava uma brecha que atingia a metade da sua altura. Foi ali que os defensores afrouxaram de todo, e muitos turcos já estavam correndo pelas ruas próximas soltando berros e abatendo todos que lhes barravam a passagem. A nossa cavalaria ceifou-os como quem corta feno e logo averiguamos que deviam ser os remanescentes de uma onda de assalto. Os defensores não tinham podido evitar que eles penetrassem mas haviam fortificado e guarnecido as muralhas antes que irrompesse nova onda. Giustiniani já estava presente no setor e vi-o organizar a defesa entre as ameias no alto da muralha esboroada.

Este caso mostra como a cidade se acha distante apenas um fio de cabelo da hora do desastre fatal. Verdade é que em outros pontos os invasores não obtiveram o mesmo êxito.

De madrugada o assalto extinguiu-se. Não se tratava, aliás, de um ataque geral, já que a esquadra turca não se mexeu.

Giustiniani calculou que cerca de quarenta mil homens tinham tomado parte no encontro daquela noite. Comentou:

— O sultão está simplesmente procurando gastar-nos. Não penses que isso constituiu uma vitória para nós. Sofremos perdas pesadíssimas. Nem te quero dizer quantos homens nossos caíram. Mas concordo que os venezianos esta noite limparam bastante sua honra algo tisnada. Quando o sol nasceu se viu que o chão estava juncado de turcos mortos, desde a praia até à porta de São Romanos. Os cadáveres dos que tinham conseguido penetrar na cidade foram arremessados do alto da muralha exterior. Eram quatrocentos.

Agora que os homens de Trevisano viram e ouviram seus compatriotas lutarem por suas próprias vidas, resolveram ceder. Durante o dia descarregaram seus navios, e à noite quatrocentos guerreiros novos apresentaram-se ao *bailo* em Blachernae.

Foi-lhes designada a posição mais exposta e honrosa: a ponta norte da cidade, perto do porto de Kynegion, onde a muralha marítima e a terrestre se encontram. O novo contingente prometeu seguir logo de manhã e arriscar suas vidas pela causa de Cristo.

Este reforço é necessário porque sem ele a cidade não poderá resistir a outro ataque noturno. Durante o dia, pequenos grupos de turcos estiveram em atividade em pontos diferentes, apenas com a finalidade de manter a guarnição ocupada e não deixá-la descansar. Por isso os nossos homens foram divididos em turnos de vigília. Mas esta manhã, quando o imperador inspecionou a muralha, surpreendeu muitas sentinelas dormindo a sono sôlto. Sacudiu-as com as suas próprias mãos até acordá-las, disse que compreendia que estivessem exaustas. Proibiu que os oficiais punissem qualquer pessoa encontrada a dormir em seus postos. Aliás, que punição dar-lhes ainda? As magras rações não permitem regime mais escasso, o vinho acabou e permanecer nas muralhas já por si constitui punição imerecida para qualquer um.

Quando o sol da manhã ergueu-se rubro por trás das colinas de Pera, vi os irmãos Guacchardi decapitarem os turcos que tinham transposto a muralha e caído nos baluartes. A armadura dos três homens estava toda salpicada de sangue desde o elmo até as grevas, e eles jogavam entre si as cabeças dos turcos, rindo e gritando, como num brinquedo macabro de pátio de recreio. Antes, tinham feito apostas quanto ao que encontraria barbas maiores; e diversas, ruivas, pretas e grisalhas, lhes pendiam dos cinturões como penachos. Brincavam assim para afugentar o sono e a fadiga após toda uma noite de luta, insistindo naquele divertimento sinistro.

Por entre o sangue, a fuligem e o entulho dos baluartes nasceram umas floresinhas amarelas no aterro que apóia a grande muralha.

Na noite passada não estive no centro pior do combate

porque a minha tarefa principal foi transmitir ordens de Giustiniani a diversos pontos ao longo da muralha. Em todo o caso, estava zonzo de cansaço e tudo me parecia irreal como um sonho. Mais uma vez a artilharia turca principiou a disparar, e as fortificações tremiam ao entrechoque das balas de pedra; no entretanto, era como se os estrondos me chegassem aos ouvidos em forma de distantes ecos. As colinas de Pera estavam tintas de vermelho pelo sol e vermelhas se achavam também as armaduras dos Guacchardi jogando bola com as cabeças dos turcos. O cenário matutino gravou-se inesquecivelmente no meu coração. O céu, a terra, com suas cores, o sangue e a fuligem, tudo era incomparavelmente belo aos meus olhos enquanto as pupilas gelatinosas dos mortos fitavam o vácuo estarrecidamente.

Igualmente irreal, igualmente incrível e com a mesma beleza terrena já me aparecera o mundo, em certa ocasião longínqua. Achava-me em Ferrara, vítima da peste, embora não soubesse ainda que doença era a minha. A claridade de um dia nevoento de novembro filtrava-se através dos vitrais da capela; turíbulos exalavam seu incenso acre feito de ervas purificadoras, e o cálamo continuava escrevendo como sempre; mas enquanto me achava ali tudo como que sumiu de repente e apenas o ruído precipitado enchia os meus ouvidos. E eu via com clareza e com mais pormenores do que antes. Via o rosto relutante do imperador João entre halos mutáveis, ora de cor amarela ora de tom esverdeado, sentado com o cão branco de malhas pretas aos seus pés. Estava num trono da mesma altura do trono do Papa Eugênio. Via a face redonda e cintilante de Bessarion modificar-se até ficar fria e insensível. E as palavras latinas e gregas ressoando através da claridade esverdeada da capela como ladridos monótonos e distantes.

Naquela hora experimentei a presença de Deus pela primeira vez enquanto ali estava com os sintomas da peste.

Num vislumbre esclarecedor percebo agora que tal momento constituiu a essência da manhã como a polpa constitui a substância de um fruto. Se eu outrora tivesse mais percepção, por certo viria a experimentar o que experimentei hoje. Ambas as sensações ocorreram dentro de mim e dentro da eternidade num único e mesmo instante. Pois há momentos de visão nítida contidos um no outro, e a seqüência do tempo entre eles é apenas ilusão. Semanas, meses, anos, são medidas inventadas pelo homem e que nada têm que ver com o verdadeiro tempo, o tempo de Deus.

Reconheci também que tornarei a nascer neste mundo,

de acordo com os inescrutáveis desígnios divinos. E quando isso acontecer conservarei ainda no meu coração este momento de ainda agora englobado com as visões de minha nova existência. Tornarei a contemplar corpos decapitados sobre as muralhas que a artilharia faz estremecer. Floresinhas amarelas cintilarão por entre coágulos e fuligem, e os irmãos Guacchardi, com suas armaduras ensangüentadas, brincarão alegremente jogando bola com as cabeças dos inimigos.

Mas tal certeza não despertou êxtase nem júbilo dentro de mim; despertou apenas a inenarrável angústia de saber que sou e serei apenas um homem como os demais, uma centelha soprada por Deus de uma treva para dentro de outra treva. Bem mais do que do meu sofrimento e cansaço corporal, eu estava ciente de que o meu coração pedia o inefável repouso do esquecimento. Mas não há esquecimento. Não nos esquecemos de nada.

15 de maio de 1453

Hoje levei, a bem dizer, uma punhalada no coração. Dir-se-ia que já a pressentia... O homem perde o que tem que perder; como supor, portanto, que a felicidade máxima possa perdurar? Olhando para trás, acho pasmoso que tenhamos podido escondê-la todo esse tempo. De uns dias para cá todos os habitantes da cidade têm sido visitados por patrulhas do imperador que se arrogam o direito de entrar no domicílio até das pessoas de maior categoria e verificar se nas adegas e alcovas há desertores escondidos, provisões acumuladas e moedas do tesouro imperial. Um punhado de trigo descoberto sob o solo da casa do pobre é confiscado da mesma forma que um saco de farinha ou um odre de azeite escondido na adega de um rico.

Ao anoitecer apareceu-me nas muralhas de Blachernae o meu criado Manuel, com lágrimas nos olhos e contusões na cara; dava a impressão de quase lhe terem arrancado as barbas.

Ofegante, com a mão sobre o peito, sussurrou:

— Houve uma desgraça, patrão, houve uma grande desgraça!

Tinha atravessado a cidade a correr e mal se agüentava em pé. Tamanha era a sua agitação que nem se acautelou para que não lhe ouvissem o que precisava contar-me. Disse-me que a polícia militar revistara a minha casa, de manhã, sem encontrar nada; mas que um dos elementos da milícia ao olhar para Anna fitou-a com a maior atenção e decerto a reconheceu. Sim, pois de tarde os homens voltaram mas dessa vez sob o comando de um dos filhos de Notaras que, vasculhando a casa, descobriu e levou consigo a irmã. Anna não resistiu. Resistir como? Para quê? Manuel tentara se opor sob a alegação de que eu me achava ausente, e então o sacudiram pela barba além de lhe darem socos e pontapés. O irmão de Anna, esquecendo-se de sua categoria, chegou até a feri-lo na cara.

Contou ainda Manuel que, apesar das contusões, seguiu de longe o grupo e viu que Anna foi levada para a casa do Megadux.

— Sim, porque ela é filha dele, — declarou Manuel, sem tergiversar. — Eu já sabia disso desde o princípio, mas notando que queríeis manter segredo nunca fiz o mínimo comentário. Patrão, deveis fugir porque decerto o Megadux virá procurar-vos... Há de querer matar-vos. Nem sei como cheguei aqui antes dele, com estas minhas pernas trôpegas. Ele dispõe de cavalos velozes, patrão!

— Fugir para onde? Não há na cidade um único ponto onde ele não me descubra, se quiser.

Manuel estava tão aflito que chegou a sacudir-me pelos braços dizendo muito afoito:

— Dentro em pouco será noite fechada. Há relativa calma na muralha. Podeis descer por uma corda e fugir para o acampamento do sultão. Lá sereis bem recebido, conforme já se tem dado com outros. Se quiserdes, vos ajudarei e em seguida recolherei a corda para não deixar nenhum vestígio. Só exijo em compensação que quando entrardes na cidade com os vencedores não me esqueçais.

— Que idéia absurda de velho caduco! O sultão mandaria enfiar minha cabeça numa estaca se eu fosse agarrado nas linhas turcas.

— Está bem, pois não, pois não! — gaguejou de modo ambíguo, olhando-me de esguelha. — Tendes o direito de redargüir as desculpas que quiserdes; não cabe a mim julgar-vos. Mas podeis crer que, após o que aconteceu, estareis mais garantido no acampamento do sultão do que aqui em Constantinopla. E, uma vez lá, decerto não vos esqueceríeis de interceder pelos pobres como eu...

— Escuta, Manuel, — comecei a falar, porém não pude prosseguir. Como haveria eu de expor-lhe minha situação, já de si tão complexa? Ele apontou para o meu peito e insistiu:

— É lógico que viestes para cá a mando do sultão. Cuidais realmente que um velho como eu pode ser embaído com facilidade? Podeis iludir à vontade os latinos, mas não a nós, os gregos. Se o que digo é fantasia minha, explicai-me então por que é que toda gente vos abre caminho respeitosamente e abençoa as vossas pegadas? Acaso alguém ousou até hoje fazer-vos a mínima desconsideração, mexer sequer num fio do vosso cabelo? Não é isso prova bastante? Ninguém ousa tocar-vos porque o sultão é o vosso escudo; e nem acho vergonhoso alguém servir o seu amo; até mesmo imperadores se têm aliado aos turcos em tempo de conveniência, utilizando-se deles.

— Cala essa boca, velho caduco! — ordenei para adverti-lo de que estava chegando alguém. Um soldado veneziano aproximava-se. Vendo o nervosismo daquele desconhecido parou e ficou a observá-lo achando graça. Nesse momento um dos canhões atirou e a bala de pedra estilhaçou-se na muralha a uma distância não muito grande de nós. A muralha estremeceu. Manuel firmou-se agarrando-se a mim e só depois lançou um olhar para o flanco do baluarte enegrecido e rodeado de poeira. Considerou, mais aflito ainda:

— Este lugar parece bastante perigoso...

— Tuas palavras insensatas são muito mais perigosas para mim do que a artilharia turca, — respondi, irritado.

— Escuta, Manuel, e acredita de uma vez por todas naquilo que te vou declarar: não te preocupes com a minha pessoa que, pelo que noto, julgas misteriosa. Aconteça o que acontecer, pertenço a esta cidade e por ela viverei e morrerei. Não conto com o futuro, não desejo mandar nem cingir-me de púrpura. O poder acabou, somos todos escravos ou candidatos à morte. Responderei perante Deus pela minha conduta. Ouviste bem? Mete isso na cabeça de uma vez por todas. Sinto-me isolado, sozinho completamente. O que jaz escondido em meu coração morrerá quando ele deixar de bater... Sim, quando os turcos vierem.

Falei de modo tão grave e convincente que Manuel ficou a olhar-me, estarrecido. Não teve outro recurso senão acreditar na minha declaração. Pôs-se a chorar de desapontamento e deduziu, em voz apenas audível:

— Neste caso o louco sois vós, e não eu.

Após derramar algumas lágrimas, fungou, limpou o nariz na manga e comentou, resignando-se:

— Pois seja como quiserdes. Já tivemos imperadores loucos e ninguém considerou isso propriamente como uma desgraça. Verdade é que um certo Andronikos se mostrou um louco tão cruel que por fim o povo o enforcou no Hipódromo e depois o abriu com uma espada desde a virilha até à garganta. Mas vós não sois cruel. Em vossa loucura até sois generoso. O meu dever, portanto, é acompanhar-vos até ao fim, pois que imediatamente percebi quem éreis na realidade. — Olhou para os escombros e considerou: — Aqui não se está nada bem, mas não posso voltar para a vossa casa. Fico apavorado só em pensar no Megadux. Prefiro pegar numa clava e defrontar-me com um turco desguedelhado a rever gente da família Notaras. O velho dirá que vos ajudei a roubar-lhe a filha. É que, a não ser que eu esteja equivocado, Anna Notaras estava desde muito destinada ao harém do sultão. Tornei a admirar-me das informações que um homem da plebe como Manuel conseguia arrancar pela cidade. De fato, que plano melhor poderia convir a Lukas Notaras senão casar a filha com o sultão e assim assegurar os seus projetos?... Talvez o motivo de ter querido mandá-la para Creta fosse para se ver em posição mais forte na hora das negociações. Mohammed é onívoro em seus desejos e até nisso se assemelha ao seu modelo, Alexandre, o Grande. Uma rapariga de uma das famílias mais eminentes de Constantinopla deveria abrandar sua colossal arrogância.

Não resisti e perguntei-lhe:

— Onde descobres tudo isso que supões saber de modo tão categórico?

— Colho no ar... — respondeu, explicando com um movimento simétrico das mãos. — Como todo grego, tenho a política no sangue. Mas não me quero ver intrometido nos negócios entre vós e vosso sogro. Prefiro assistir de longe; e isso mesmo se consentirdes.

Convenci-me de que realmente as muralhas vacilantes eram lugar mais seguro para ele do que a minha casa. Se Lukas Notaras estiver resolvido a matar-me com suas próprias mãos ou preferir que sicários me liquidem também achará mais conveniente dar cabo simultaneamente de quantos se acham a par do meu casamento com sua filha. Consenti, por conseguinte, que Manuel fosse trabalhar junto com os sapadores gregos que os venezianos haviam colocado ali entre as muralhas; aconselhei-o a tomar conta da própria pele.

Ao saber que tinha perdido Anna, a minha primeira idéia foi galopar diretamente para a casa de seu pai e pedir que ma entregassem, pois que era minha esposa. Mas, que adiantaria isso? Seria facílimo Notaras mandar assassinar um desconhecido e dar sumiço ao corpo.

Impossível reaver Anna, que se acha retida na casa paterna debaixo de ferrolhos, trancas e grades. É minha esposa; logo, devo acautelar-me. O único meio de Notaras anular o nosso casamento será mandando matar-me, e eu não quero morrer nas mãos dos gregos.

Não me deitei, a fim de escrever. De vez em quando fechava os olhos e apoiava a testa nas mãos. Nem sequer o sono teria misericórdia de mim, agora. Através das pálpebras intumescidas vejo a beleza de Anna. Os seus lábios... Os seus olhos. Lembro-me de como suas faces se inflamam quando eu lhe toco o corpo; de como me percorre uma chama quando lhe acaricio os flancos nus. Jamais senti saudades tão pungentes dela como agora que sei que a perdi.

16 de maio de 1453

    Realmente não me deitei, muito embora a situação aqui nos baluartes me permitisse esse luxo tão necessário. A solidão e o sono são as duas maiores dádivas que almejamos na guerra. As estrelas ainda tremeluziam como pontas de alfinetes de prata quando saí do alojamento, não suportando mais a minha inquietude. Ainda estava bastante escuro e frio durante aquelas horas que precediam a alvorada.
    Parei perto da Porta de Khaligari e fiquei escutando; não era apenas o pulsar do meu coração que eu ouvia. Pareceu-me ouvir passos abafados, até que de repente enxerguei o alemão Grant empunhando uma tocha. Tinas com água estavam sendo enfileiradas bem para cá da muralha, e ele ia de uma para outra, parando um pouco de cada vez. A princípio pensei que ele estivesse fora do seu juízo ou querendo praticar exorcismos, pois não se achava distante das barbacãs e em sítio onde não pairava ameaça no momento.
    Saudou-me invocando o nome de Cristo, fez a tocha iluminar a água de uma das tinas e pediu-me que observasse. Notei então que de vez em quando a superfície da água se enrugava com círculos concêntricos formando lâminas oscilantes, muito embora reinasse sossego absoluto, já que a artilharia se mantinha silenciosa.
    — É. Não resta dúvida que o chão está tremendo, — ponderei. — Será que até o solo desta cidade se tomou de terror mortal?
    Grant sorriu, não obstante sua fisionomia se mostrar apreensiva. Perguntou:
    — Ainda não compreendeste, Jean Ange, o que teus olhos estão verificando? Se soubesses o que isto significa, suor frio escorreria por tua nuca abaixo, conforme me sucedeu ainda agora. Ajuda-me a remover estas tinas porque meus ajudantes se acham exaustos e mortos de sono.
    Arredamos juntos as tinas para os lados e Grant enfiou uma estaca no chão para marcar o ponto em que elas tinham estado. Mesmo deslocadas para mais longe, a água que continham ainda oscilava. Apoderou-se de mim um

pavor angustiante como se assistisse a algum processo de magia negra. Evidentemente se havia quem soubesse algo a respeito de feitiços era Grant; via-se isso logo em seu aspecto.

Apontou para a série de estacas que fincara no chão e considerou:

— O solo aqui é rochoso; sim, pétreo. Conforme vês, eles se vêem obrigados a fazer voltas como as toupeiras. Estou curioso de ver até onde conseguirão chegar antes que irrompam cá para fora.

— Eles quem? — indaguei, mistificado.

— Os turcos. Estão trabalhando aí embaixo... Ainda não compreendeste?

— Será possível? — exclamei; mas ao mesmo tempo me lembrei dos mineiros sérvios que operavam no exército do sultão. Em assédios anteriores de outras cidades os turcos já haviam tentado abrir túneis por baixo das muralhas, tendo malogrado sempre por causa do solo rochoso. De forma que nem nos passara pela cabeça a probabilidade de tal perigo, muito embora as sentinelas tivessem recebido ordem de examinar quaisquer eminências ou depressões suspeitas no solo junto ou longe das muralhas, nunca tendo sido encontrados vestígios de trabalhos de sapa. De modo que a hipótese praticamente caiu no esquecimento.

Olvidei minhas preocupações individuais e fiquei tão apreensivo quanto Grant.

— Que espertalhões! Devem ter começado a escavar protegidos pelo outeiro que dista daqui mais de quinhentos côvados. Trata-se de fato do melhor ponto que poderiam escolher, visto que diante de Blachernae não há muralha exterior. Já ultrapassaram a grande muralha. Que devemos fazer?

— Devemos esperar, — respondeu Grant, calmamente.

— Não há grande perigo, pois agora já sei até que ponto se estende o túnel. Vem até aqui. Estamos em cima do trecho que eles atingiram. Mas ainda se acham bem fundo, não principiaram a subir em direção à superfície.

— Sacudiu a cabeça, refletindo, e disse cofiando o queixo:

— Conheço bem isso de perfurar minas. É um trabalho horrível. Sente-se medonha falta de ar e sempre se está exposto ao perigo de morrer feito doninhas e toupeiras. Imagina só! Ou água ou fogo... Deve ser uma terrível morte...

Afastando-se das tinas, levou-me a caminhar um pouco ao longo da muralha. Dispôs pedrinhas sobre a superfície tensa de tambores e ficou observando se elas pulavam ou mexiam em cima do couro esticado. Nada. Só no local marcado agora lá mais para longe, onde tinham estado as tinas, é que o solo reagia. E explicou:

— Só é perigoso quando se descobre tarde demais o túnel. Felizmente os turcos estão tentando entrar na cidade por baixo da terra. Se, porém, tivessem resolvido escavar uma área debaixo da muralha apenas escorando-a depois com madeira e pusessem fogo nos esteios, então talvez viesse abaixo um grande trecho. Decerto o solo aí embaixo é inadequado.

Enquanto as estrelas empalideciam, ele me explicava de que maneira se pode armar uma contramina instalando uma grade ou ralo e introduzindo vapores de enxofre em ebulição nas obras de sapa.

— Há muitos métodos. Pode-se canalizar também a água de uma cisterna e afogar os invasores feito ratos. Um túnel inundado se torna impraticável. O melhor processo ainda é queimá-los com fogo grego, pois os suportes se incendeiam e o túnel desmorona. Contudo, o sistema ou processo mais excitante é se abrir também um túnel e ficar à espera até que reste apenas uma camada estreita interceptando. Agarram-se então os sapadores que, uma vez supliciados, confessam logo se há outros pertuitos e onde se acham.

Suas palavras ditas com o maior sangue frio emocionavam-me. Eu pensava nos homens que estavam ali embaixo ofegando, suando, com terra a sujá-los e quase a cegá-los, pobres escravos mais infelizes do que animais de carga que não sabiam se o próximo golpe de picareta os aproximava da morte embuçada na treva compacta. Ora, os sapadores sendo sérvios então eram nossos irmãos, tinham a mesma religião que nós; só que, devido aos termos de tratados aceitos pelo déspota que os governava, se viam na obrigação de servir aos turcos.

Grant fitou-me com seus olhos apáticos e comentou:

— Não falo assim por crueldade. Para mim o fato assume foros de problema matemático que me dá ensejo a inúmeros cálculos.

Mas, enquanto voltava e se detinha a observar a água da tina, parecia um gato preto vigiando o buraco por onde deveriam sair os ratos atônitos.

Por sobre nós o céu se ia tornando acinzentado; as montanhas de Pera tingiam-se de vermelho à medida que o sol subia. No acampamento turco uma peça de artilharia disparou cavernosamente anunciando a prece da manhã. Das alas do palácio de Blachernae e das abóbadas sob as muralhas se esgueiravam soldados ainda sonolentos, que iam render outros. Os mais estremunhados afivelavam os arneses enquanto se dirigiam para os baluartes; passando por nós deram olhadelas de esguelha para as tinas.

A seguir, apareceu o grão-duque Notaras, com um manto verde; acompanhavam-no os dois filhos, circunspetos, com as mãos no punho das espadas. Não tinham nenhuma escolta. Recuei dois passos e me detive ao lado de Grant, de maneira a ficar atrás de uma das tinas. Notaras parou, já que a sua situação não consentia que se engalfinhasse comigo junto de uma tina; também não mandou que os guardas me segurassem porque Blachernae se acha sob o comando veneziano e além disso os três Notaras não vinham com seu séqüito pessoal.

— João Angelos, quero falar convosco, a sós, — disse o Megadux.

— Aqui estou, — respondi.

Sua fisionomia grave e inescrutável tinha um assomo de altivez e eu não estava resignado absolutamente a acompanhá-lo como um cordeiro para o matadouro.

Fez menção de falar, mas nisto deu com a tina repleta de água. Os canhões ainda não estavam disparando para a cidade e todavia a água oscilava em lâminas alternadas. Notaras observou, franziu a testa, depois olhou para Johann Grant. Com sua perspicácia experiente compreendeu logo do que se tratava e tratou de pôr em ação seu senso político. Sem acrescentar nenhuma palavra virou e retirou-se com o mesmo porte apressado com que apareceu. Os filhos entreolharam-se com perplexidade, depois o acompanharam obedientemente lançando-me um olhar rápido.

O túnel estava descoberto. Sem que os turcos viessem a saber, Notaras ia comunicar o fato ao imperador; teria assim a honra de haver feito a descoberta e ganharia a confiança do *Basileus*. Não tardou muito que o imperador Constantino aparecesse a cavalo, acompanhado por Notaras e seus conselheiros mais íntimos.

Eu disse baixo a Grant:

— O Megadux antecedeu-vos, ficando com a glória de haver descoberto o túnel...

— Não vim para aqui em busca de glória. Tudo quanto desejo é aumentar o meu conhecimento.

Notaras adiantou-se na direção dele, cumprimentou-o, pôs a mão no seu ombro como sinal de complacência, elogiou-lhe perante o imperador a capacidade e experiência, enaltecendo-lhe as excelentes virtudes de ocidental honesto e alemão competente. O imperador também o tratou com a maior consideração, prometendo uma recompensa em dinheiro após a descoberta e a destruição de todos os túneis feitos pelo inimigo. Para tal fim declarou que Grant requisitasse, com a ajuda de Notaras, todos os homens necessários, inclusive os técnicos.

Providenciei para que Giustiniani também viesse a saber da descoberta; chegou logo, a galope, e comparticipou da satisfação dos demais.

Grant imediatamente pôs mãos à obra mandando com a maior cautela requisitar todos que na cidade ou nos baluartes tivessem prática de trabalhos de sapa. Ao mesmo tempo destacou gente para observar as tinas e os tambores segundo o processo já descrito linhas acima, de maneira a evidenciar a provável direção dos trabalhos subterrâneos. Os vigias, porém, deram falsos alarmes por falta de experiência e excesso de nervosismo; cada vez que os canhões disparavam a água e os pedregulhos oscilavam e pulavam, de maneira que vários dos observadores destacados largaram a correr, de cabelo em pé, bradando apavorados que os turcos não tardariam a irromper como ratazanas.

Depois que Grant escalou aquelas tarefas, se voltou para o imperador e disse taxativamente:

— Não entrei para o vosso serviço a fim de ganhar dinheiro mas apenas para estudar os conhecimentos dos gregos. Dai-me permissão, portanto, para consultar os catálogos da biblioteca imperial e ler os manuscritos escondidos na cripta, onde sei que há obras tanto de Pitágoras como de Arquimedes. Acontece que o vosso bibliotecário as esconde e vigia como cão de guarda, não consente que se acenda uma única lâmpada ou candeia em todo o edifício.

Esse pedido não agradou ao imperador. Expressão de constrangimento surgiu em seu rosto edemaciado quando respondeu a Grant, desviando o olhar:

— O meu bibliotecário está cumprindo ordens estritas. Trata-se de cargo hereditário com deveres e compromissos desde muito especificados e não passíveis de modificação. Desagradaríeis a Deus se nesta hora de tamanhas vicissitudes para a minha cidade fosseis consultar trabalhos de filósofos pagãos. Carecemos apenas de um único auxílio, conforme bem sabeis. Nem Pitágoras nem Arquimedes vos poderão ajudar, e sim apenas Jesus Cristo que deu Sua vida para a remissão dos nossos pecados e que ressuscitou dentre os mortos para nos salvar.

Grant redargüiu em tom baixo:

— Se apenas aqui se carece de um único auxílio, o divino, então não adianta eu perder tempo em descobertas e cálculos visando a conter os turcos fora da cidade.

O imperador estendeu a mão, irritado, e declarou:

— A filosofia grega é a nossa herança perpétua e não cedemos suas obras — que conservamos sob chaves — para que bárbaros as malbaratem.

Giustiniani tossiu alto, e o próprio *bailo,* que acabara de chegar, pestanejou truculentamente, como sinal de ressentimento. Logo que Grant se retirou, o imperador disse com tom conciliatório que a palavra "bárbaros" não era dirigida absolutamente contra os latinos. Ora, Grant era alemão e por conseguinte um bárbaro por nascimento.

Durante o dia todo o bombardeio prosseguiu como sempre; ou talvez com mais violência. A própria muralha principal ruíra em diversos pontos. Mulheres, crianças e velhos apresentaram-se voluntariamente para ajudar os serviços de reparação. O medo e a percepção mais nítida do perigo lhes davam forças sobre-humanas; assim, carregavam pedras e cestas que até mesmo homens fortes achariam pesadas. Preferiam morrer com seus maridos, pais e filhos, do que se tornarem escravos dos turcos.

A fadiga extrema embotara a sensação de medo dos efensores; muitos se expunham aos dardos inimigos para conseguir qualquer vantagem de ordem prática; por exemplo, homens sem armaduras e com olhos estremunhados de cansaço se aventuravam a descer ao fosso para buscar madeira ou armas abandonadas pelos turcos. Do alto da muralha não se descortina uma só árvore ou moita; os turcos cortaram tudo em seus esforços para entulhar o fosso. Também as colinas de Pera e o litoral asiático próximo, do outro lado do Bósforo, foram devastados com a mesma finalidade.

17 de maio de 1453

Hoje a esquadra turca aproximou-se da barreira flutuante mas resolveu retroceder e ancorar a certa distância. As nossas naus dispararam pelo menos cem tiros mas lhe infligiram pequenos danos. Os marinheiros vênetos jactam-se de sua vitória.

— Se todos lá nas muralhas e bastiões cumprissem seus deveres com a decisão de que demos prova aqui, Constantino poderia dormir tranqüilo!

Todavia é evidente que o sultão quer apenas reter as nossas equipagens ocupadas a bordo para que não as destaquem para reforçar a guarnição das muralhas.

Muita gente pediu a Grant para ser escalada na observação das tinas; mas sensatamente destacou velhos e enfermos para essa tarefa, fazendo questão apenas de que tivessem vista normal. Tive logo a idéia de aproveitar Manuel nessa espécie de trabalho menos árduo, por ser velho e trôpego. Mas quando o fui procurar, ele já conseguira livrar-se da faina passando para certo serviço ameno junto aos venezianos. Conhecedor emérito da cidade, sabia onde estavam situados os melhores bordéis e onde se encontravam mulheres desejosas de permutar sua castidade pelo pão fresco e pelas frutas primaveris dos venezianos. Até mesmo raparigas de tenra idade se ofereciam pelas proximidades dos portões de Blachernae.

Assim é que, seguindo para a cidade, me encontrei com Manuel caminhando vergado ao peso de um saco de vitualhas proibidas. Obtivera um passe assinado pelos venezianos, apresentara-o às patrulhas, e agora declarava que se o assédio se prolongasse por mais algum tempo ele acabaria rico.

Como eu o censurasse, redargüiu que já agora cada qual tinha que cuidar de si.

— Comércio particular pulula pela cidade inteira com a ajuda dos passes e licenças dos venezianos e genoveses. Quase não há quem não se entregue a isso; muita gente está enriquecendo. Quem pede e paga é servido logo. O mundo é assim. Se eu não aproveitar, outros se aproveitarão. É melhor, sem dúvida, que as iguarias dos venezianos se destinem às bocas dos gregos do que às barrigas estrangeiras. E, quanto ao mais, acaso tenho culpa dos baixos desejos da soldadesca e das necessidades de mulheres e garotos? Pois que se consolem nos intervalos das batalhas!

E, entusiasmando-se, garantiu:

— Os venezianos são nossos amigos; estão sacrificando seu sangue e suas vidas por nós. Então é censurável que uma pobre rapariga venda sua virgindade para satisfazê-los e assim conseguir pão para os pais? Acaso é censurável que uma mulher respeitável se deite de costas por alguns momentos para obter depois como recompensa um pote de geléia de que não vê sinal há tempos? Dizem os venezianos que tudo isso se tem que tolerar, pois o que se visa é à glória de Deus e ao bem da Cristandade. Patrão, para que haveis de querer interferir na maneira de ser das coisas que não podeis transformar? Afinal de contas todos nós não passamos de pobres pecadores.

Não teria ele razão? Quem era e quem sou eu para julgá-lo? Cada qual tem que se vergar ao seu destino de acordo com as circunstâncias.

Estive inutilmente à espera de que Notaras me viesse ao encontro, novamente. Hoje o vi de relance algumas vezes; mas sempre passou apressadamente com fisionomia aflita e apreensiva. Não tenho a mínima notícia de Anna.

Em meio ao atarantamento em que vivo agora resolvi entregar-me pelo menos a uma boa ação. Pode ser muito bem que Johann Grant venha a se tornar escravo na era que se aproxima sob o signo apocalíptico da Besta. Simpatizo com êle assim de testa vincada e olhar sempre inquieto. Por que não cooperar para que ele em meio a tanta balbúrdia desfrute da mínima felicidade em que ainda acredita? Por conseguinte, decidi visitar a biblioteca. Falei com o bibliotecário desdentado e um tanto surdo que, alheio às peripécias do assédio, diariamente veste seus trajes protocolares com a corrente e demais insígnias e fica a vigiar os tesouros da cultura grega.

Apontei-lhe não muito longe a direção do túnel dos turcos e o convenci de que o inimigo estava escavando na direção da cripta da biblioteca, através da qual pretendia irromper pela cidade adentro. Tão convicto se acha de sua própria importância que acreditou em mim cegamente logo que compreendeu o que eu lhe explicava. Manifestou-se logo:

— Mas então isso é um perigo! Vão pisar nos livros, estragá-los e talvez até mesmo incendiar a biblioteca inteira com suas tochas de invasores! E seria uma perda irreparável para o mundo!

Aconselhei-o a valer-se da ajuda de Grant. Posto nesses apuros, resolveu se humilhar. Pouco depois conduzia Grant aos subterrâneos, mostrando-lhe todos os preciosos recessos. Grant mandou colocar baldes com água lá embaixo e prometeu vir fazer averiguações sempre que dispusesse de tempo. Teve permissão também de acender uma lâmpada para ver se a água ondulava e tremia. O bibliotecário arrancou do chão do subterrâneo uma espada enferrujada e jurou valentemente que os turcos só atingiriam suas prateleiras se passassem por cima do seu cadáver!

Felizmente ainda não descobrira que desde muito os venezianos se vêm servindo dos livros sagrados do palácio para acender fogo e fazer bucha para os canhões.

Mas Grant não dispôs de muito tempo para suas leituras. Logo depois que anoiteceu foi chamado à Porta de Khaligari, onde desta vez parecia que os turcos faziam escavações bem debaixo da grande muralha. Naquele trecho Grant fizera seus sapadores iniciarem também um túnel, que já se achava em condições de ser usado. De forma que os turcos estavam caindo numa armadilha e em breve seriam sufocados por vapores sulfurosos que os envenenariam. Assim foi; apenas escaparam dois homens. Grant fez abrir orifícios de inalação em pontos adequados e em breve os suportes dos pertuitos se incendiaram e o túnel inteiro se abateu. Como era profundo demais, não havia o perigo de solapar a base da muralha naquele trecho. Daí a algum tempo, atrás do outeiro distante quinhentos côvados, principiou a subir uma fumaça violácea e fétida. Os turcos viram-se a braços com sérias dificuldades até conseguir obturar a abertura.

18 de maio de 1453

O fim aproxima-se. Já agora nada o poderá deter. E tudo quanto sofremos até aqui não se compara com o horror que sentimos hoje.

Quando despontou a aurora contemplamos uma espécie de monstro formidável que avultava diante da muralha à altura da Porta de São Romanos, em relativa distância. É que durante as horas de treva os turcos tinham construído com pasmosa agilidade e como que ajudados por espíritos maléficos uma gigantesca torre de madeira apoiada sobre rodas. Jazia agora quase na borda do fosso, a apenas trinta côvados do que resta ainda da muralha exterior, onde os defensores estiveram trabalhando a noite inteira. Como isso foi possível, ninguém sabe.

Esse fortim, que pode andar com quatro grandes rodas de madeira, tem a altura de uma casa de três andares e ultrapassa a muralha exterior. Sua estrutura é invulnerável ao fogo por meio de diversas camadas de peles de camelo e de boi. As paredes são duplas, com os vãos repletos de terra, de forma que a nossa artilharia, que é fraca, pouco dano lhes causará. Dardos são arremetidos através das seteiras, ao passo que da plataforma superior catapultas e diversas manganelas atiram grandes blocos de pedra para destruir nossas defesas. Do acampamento turco um percurso coberto de quinhentos côvados de extensão conduz à torre no ponto onde ela ainda se acha, possibilitando assim a ida e a vinda de sua guarnição.

Enquanto as manganelas atiram blocos, à medida que os dardos convergem e que pequenas balestras arrojam odres de fogo contra as paliçadas e gabiões da muralha exterior, diversos postigos se abrem e se fecham no andar inferior descarregando para dentro do fosso terra, pedras, feixes e toras.

Quando nos achávamos reunidos contemplando cheios de pasmo e angústia aquela torre a atuar contra nós sem um único homem visível em sua estrutura, espécie de prodígio inédito da engenharia, eis que se escancarou com estrépito um grande taipal na plataforma média e uma ponte levadiça emergiu em demanda da muralha exterior. Ainda bem que não atingiu as barbacãs por causa da distância.

O próprio Grant apressou-se em vir examinar aquele engenho, pois nunca vira coisa análoga em toda a sua vida. Avaliou-lhe as dimensões, tomou notas e declarou:

— Conquanto a torre tenha sido construída previamente e armada depois onde se acha, só o fato de ter sido levantada numa só noite já é um prodígio de habilidade e organização. Em si, propriamente, não é uma novidade; outras torres de assédio já foram utilizadas antes, sendo tão antiga a idéia como o uso das muralhas. É apenas seu tamanho e potência que assombram; excede qualquer estrutura anotada por historiadores romanos ou gregos. Apenas o fosso impede que os turcos a rodem diretamente até à muralha e a usem como elemento de abordagem.

Após analisar detidamente o engenho, virou-se e saiu, pois não notava qualquer outra novidade específica. Giustiniani, porém, rilhou os dentes, meneando a cabeça. Desmoralizava-o um tanto o fato da torre ter sido erguida bem defronte do seu setor sem que ele ou a sua gente tivessem percebido. Disse:

— Esperemos até à noite. O que é feito por mãos humanas também pode ser destruído.

Mas a torre-fortim que cospe fogo, pedras e balas de canhões, que se move e faz estardalhaço sozinha, é coisa tão formidável que ninguém acredita nas palavras de Giustiniani. O imperador mostra-se desesperado; chora ao ver tantos gregos em ação caírem mortos entre as muralhas, pobres vítimas dos blocos de granito que os esmagam. Enquanto a muralha exterior estiver dominada por aquele engenho não se pode nem sequer pensar em proceder a reparos e consertos.

De tarde, um dos canhões gigantes do inimigo conseguiu derrubar uma das torres da muralha principal bem defronte da torre de assédio; ruiu grande parte, soterrando muitos gregos e latinos.

Enquanto os altos oficiais discutiam o que deviam fazer em face daquele último e maior perigo, Giustiniani se dirigiu a Notaras quase aos brados exigindo que mandasse trazer os dois grandes canhões que ainda se achavam na muralha marítima e que de vez em quando atiravam inutilmente contra as galeras turcas na banda oposta do Corno de Ouro.

— Preciso de pólvora e canhões para defender a cidade. Já se gastou demais e à toa no porto!

Notaras respondeu com frieza:

— Os canhões são meus e tenho pago a pólvora. Já afundei uma das galeras e danifiquei muitas outras. Se quiserdes, posso poupar a pólvora; mas os canhões são necessários no porto para conservar à distância as naus inimigas. Bem sabeis que a muralha perto do ancoradouro interno é a mais fraca do conjunto todo de baluartes da cidade.

Giustiniani perguntou com voz estridente:

— Então para que raio servem as naves venezianas, se não podem dominar os turcos nem sequer no porto? Não me estais dando motivos aceitáveis, e sim apenas pretextos! O que desejais é enfraquecer a defesa no ponto mais exposto, que é este aqui! Conheço-vos muito bem, tendes o coração mais preto do que as barbas do sultão!

O imperador tratou logo de interpor-se.

— Em nome de Cristo, irmãos diletos, não torneis o caso ainda pior com disputas! Ambos estais agindo baseados nas melhores razões. O Megadux salvou a cidade da destruição quando os turcos tentaram solapar nossas muralhas com seus túneis. Se ele acredita que os canhões são indispensáveis devemos acatar sua opinião. Abraçai-vos fraternalmente, pois todos nós estamos combatendo por uma causa comum.

Giustiniani respondeu estabanadamente:

— Abraçarei até o diabo se ele me der pólvora e canhões; mas o Megadux não me dá nem uma coisa nem outra!

Lukas Notaras, por sua vez, não se mostrou de modo algum inclinado a abraçar Giustiniani; retirou-se todo melindrado, deixando que o imperador e Giustiniani continuassem sozinhos a discussão. Eu, porém, vendo que o nosso fim estava próximo, engoli o meu orgulho e, apressando os passos, alcancei Lukas Notaras fazendo-o parar e disse:

— Queríeis falar comigo a sós. Acaso vos esquecestes?

Com grande surpresa minha ele sorriu cordialmente e pondo a mão em meu ombro replicou:

— Arrastaste pela lama a honra de minha família, João Angelos! Induziste uma filha a rebelar-se contra o pai. Tétrico é, contudo, o tempo em que vivemos, e não teria sentido perdê-lo em brigas. Quero imenso bem à minha filha cujos rogos aplacaram meu estado de ânimo. Só depende de ti eu poder perdoar a tua conduta de latino.

Não querendo acreditar no que ouvia, perguntei:

— Permitis realmente que eu torne a me encontrar com vossa filha Anna... minha esposa?

Redargüiu com o cenho fechado:

— Não a chames ainda de esposa. Mas a podes ver e falar com ela. Sim, será melhor que ela própria te apresente as minhas exigências. É bem a filha de seu pai, confio em seu bom senso que, aliás, fraquejou por algum tempo por tua causa.

Exclamei radiante:

— Que Deus vos bendiga, Lukas Notaras! Fui injusto para convosco e os vossos propósitos. Vejo agora que sois um grego genuíno.

Sorriu laconicamente.

— Sou de fato um grego autêntico. E espero que o sejas também.

— Onde e quando posso encontrar-me com ela? — indaguei, sentindo a garganta sufocada ante essa hipótese.

— Podes montar no meu cavalo e galopar para a minha casa agora, se quiseres, — disse com afabilidade risonha. — Bem sei que minha filha te tem esperado impacientemente desde vários dias. Mas me pareceu que um pequeno adiamento faria bem a ambos e te faria refletir um pouco.

Tamanha boa vontade daria motivos até para suspeitas. Mas, esquecendo a artilharia turca, Blachernae e meus deveres, pulei para o corcel cor de azeviche e galopei a rédea solta pela cidade em direção ao Mármara. Tamanho era o meu júbilo que eu incitava o cavalo aos brados. O mês de maio cintilava à minha volta; o céu estava azul, o horizonte cor de madrepérola, muito embora a muralha e o porto permanecessem rodeados de fumaça.

Uma vez diante da casa, tão agradável era a nobre simplicidade de suas linhas, mal me dei ao trabalho de conter o animal. Saltei depressa como um amante que vai ao primeiro encontro, e bati na aldraba. Só então reparei no meu aspecto. Tratei de limpar o pó e a fuligem do rosto e da armadura, pouco tendo conseguido.

Um fâmulo em libré azul e branca abriu a porta, mas nem sequer lhe volvi o olhar. Já no vestíbulo dei com Anna Notaras irrompendo na minha direção, bela e esguia, com os olhos irradiando júbilo. Tão jovem e inefável era ela em seu ambiente familiar que não ousei tomá-la em meus braços; detive-me e fiquei a contemplá-la, sufocado de emoção. Estava com o pescoço nu, pintara os lábios e as sobrancelhas. Envolvia-a o olor suave de jacinto, como quando nos encontramos pela primeira vez.

— Até que enfim! — sussurrou inebriada, pegando minha cabeça entre as mãos e beijando-me na boca. Suas faces cintilavam.

Não estava sob vigilância nem recolhida à ala das mulheres. Eu não podia compreender isso.

Depois, de mãos dadas, subimos para o salão no outro andar. Passando, vi através das janelas o brilho prateado das ondas do Mármara.

— O fim está próximo, Anna. Se soubesses o que aconteceu hoje na muralha! Agradeço a Deus a mercê de te ver ainda e te fitar bem nos olhos.

— Apenas nos olhos? É tudo quanto te basta? Pois não sou tua mulher?

Não, eu não podia compreender; parecia sonho. Talvez

eu já estivesse morto. Talvez a bala de um canhão me tivesse esmagado tão subitamente que minha alma ainda vagasse pela terra, presa aos desejos terrenos.

— Bebe, — sussurrou minha mulher Anna Notaras enchendo de vinho fulvo, cor de ouro e topázio, a taça pousada na mesa de alabastro. Vi que misturou âmbar no vinho, à maneira turca. Para que desejava inflamar-me? Não bastava o anseio que me alvoroçava? Seus lábios para mim eram taça mais doce. Cálice mais inebriante do mundo era para mim o seu corpo. Como fizesse menção de tocá-la, tratou de conter-me.
— Ainda não, querido. Senta-te. Conversemos primeiro.
— Não falemos nada, — solicitei, algo melindrado. — Não falemos; as palavras conduzem apenas a litígios e a sofrimentos. Bem sabes que não é através das palavras que nos entendemos, e sim de maneira muito outra.

Olhou para o pavimento e disse em tom de censura:
— Então é só o tálamo que desejas?... Nada mais? Não vês em mim mais do que um corpo?
— Por culpa tua, — respondi, sentindo constrição na garganta.

Ergueu os olhos, que dentro em pouco estavam rasos de lágrimas. E rogou:
— Sê razoável. Já te encontraste com meu pai. Está pronto a perdoar-me e a ti também, caso o entendas direito. Pela primeira vez falou comigo como com uma pessoa adulta, explicando-me depois suas idéias, esperanças e intuitos. Compreendi-o então, e quero que o compreendas também. Ele tem um plano.

Senti um calafrio percorrer-me; porém Anna continuou afagando ternamente com seus dedos a minha mão tisnada.
— Ele é meu pai. Pessoa íntegra. Depois do imperador, é o homem mais eminente de Constantinopla. Enquanto o imperador trai o seu povo e a sua fé e vende a cidade aos latinos, é meu pai que assume a responsabilidade pelo destino da população. Esse é o seu dever, e não pode esquivar-se a isso, por mais pesado e humilhante que possa parecer. Compreendes, não?
— Continua, — falei laconicamente. — Creio que já ouvi isso antes.

Anna inflamou-se:
— Meu pai não é um traidor. Jamais poderá ser acoimado de traição. Trata-se de um estadista que precisa salvar o que ainda pode ser salvo das ruínas da nossa cidade.

Observava-me por entre os cílios. Já não havia lágri-

mas neles. Apenas pestanejava com mais freqüência. Parecia até rejubilar-se à medida que prosseguia:
— Após a queda da cidade, eu estava destinada a ser consorte do sultão Mohammed e, mediante esse matrimônio, o sultão faria um tratado com o povo grego. Meu pai aborreceu-se profundamente com o fato de o que ele chama um capricho meu haver transtornado todo esse plano. Mas, como havia eu de saber, se jamais me disse!
— Quanta coisa perdeste! — considerei com ironia. — Primeiro ias ser a *Basilissa*; agora, uma das inúmeras mulheres do futuro soberano do mundo. Foste infeliz e posso compreender muito bem tua mágoa. Mas não te aflijas; restam-me poucos dias de vida, e então ficarás livre de novo.
— Como podes falar nesse tom? — exclamou com veemência. — Bem sabes que te amo! Não admito que fales em morte. Tu e eu temos diante de nós muitos anos de felicidade. Verás... caso aceites o conselho de meu pai.
— Então dize-me esse conselho que ele não ousou dar-me pessoalmente, — redargüi, contrariado. — Mas depressa! Preciso voltar para a muralha.
Agarrou minhas mãos como para impedir que eu partisse e declarou:
— Não voltarás para lá. Voltarás esta mesma noite para o acampamento do sultão. Não precisas dar-lhe nenhum informe sobre as defesas da cidade, caso cuides que isso é contra a tua dignidade. Tens apenas que levar-lhe uma mensagem de meu pai. O sultão conhece-te e confia em ti. De qualquer outro grego, ele por certo suspeitaria.
— E que mensagem é essa?
— Meu pai não pode nem deve escrevê-la, — explicou Anna, com ar afoito. — Embora confie em ti e no sultão, uma mensagem escrita seria instrumento demasiado perigoso. Mesmo entre o círculo do sultão há gente que trabalha contra ele e instiga a resistência grega. Deves estar a par dessas coisas, aliás. Terás pois que lhe declarar que existe um grande partido pacifista aqui na cidade que desaprova os atos do imperador e que está preparado para colaborar com os turcos segundo os termos do próprio imperador. Dir-lhe-ás mais ou menos assim: "Somos trinta personalidades de alta categoria e influência", meu pai te dirá os nomes, "e nos damos conta perfeitamente de que o futuro dos gregos de Constantinopla depende sobremodo de nossa política compreensiva e da amizade que temos por vós, supremo Emir! A nossa honra não permite que interfiramos a vosso favor enquanto a cidade puder defender-se. Mas em segredo es-

tamos trabalhando para vós e quando a cidade cair será encontrada dentro dela uma administração completa em que o povo terá confiança. Nós trinta, portanto, nos pomos sob a vossa proteção, rogando humildemente que nossas pessoas, famílias e bens sejam poupados quando entrardes na cidade."

Olhando-me, Anna parou para logo a seguir perguntar:

— Há algum mal nisso? Não se trata de uma proposta legal e digna? Encontramo-nos entre os turcos e os latinos como entre a bigorna e o malho. Apenas destronando o imperador, e depondo armas da maneira mais unânime possível, poderemos salvaguardar o futuro da cidade. Não nos estamos entregando em suas mãos; pelo contrário, o seu senso político lhe dirá que esta solução é a melhor para ele próprio. Tu não és latino... logo, por que hás de lutar pela causa latina?

Como eu permanecesse calado por causa de minha amargura e decepção, ela cuidou que eu estivesse refletindo e prosseguiu:

— Diz meu pai que é apenas uma questão de dias a queda da cidade. Portanto, trata de apressar-te. Quando o sultão abater a resistência latina, entrarás aqui com os vencedores e me levarás para o nosso lar como tua esposa. Entrarás definitivamente para a família Notaras, e bem sabes o que isso significa.

Apontou para as paredes de mármore, os tapetes, os móveis preciosos que nos cercavam, e acrescentou com redobrada persistência:

— Aqui não é melhor do que a pobre casa de madeira para onde me levaste? Quem sabe se um dia não nos transferiremos para o palácio de Blachernae? Se apoiares meu pai, pertencerás à mais distinta sociedade de Constantinopla.

Calou-se, com as faces brilhando de entusiasmo. Eu precisava dizer qualquer coisa.

— Anna, és bem a filha de teu pai, e assim é que deve ser; compreendo o teu caso. Mas não estou decidido a levar mensagens dele ao sultão. Que escolha alguém com mais senso político do que aquele que tenho.

Perguntou, muito séria:

— Tens medo? — Havia tom desdenhosamente frio em sua voz.

Agarrei no elmo que estava sobre os meus joelhos e, irritado, atirei-o no pavimento com estrépito.

— Por uma boa causa eu iria procurar o sultão nem que soubesse que ele mandaria empalar-me imediatamente. Mas essa proposta ultrapassa todos os limites. Acredita, Anna, que a sede de poder de teu pai o cegou.

Confiando no sultão, ele cava a sua própria sepultura. Não conhece Mohammed, ao passo que eu conheço. Se fosse tempos antes, poderia haver alguma lógica em seus projetos. Mas a grande bombarda do sultão anunciou uma nova era. Um período no qual ninguém pode confiar em seu vizinho e em que o homem é instrumento indefeso do poder e da força. Mesmo que o sultão jurasse pelo Profeta e por todos os anjos com a mão em cima do Corão, estaria rindo, intimamente. Não acredita no Profeta nem nos anjos. Liquidaria teu pai da frente do seu caminho logo que não precisasse mais utilizar-se dele. Mas bem sei que perderei tempo querendo advertir Notaras. Não acreditaria nunca.

E prossegui, após dar tempo a Anna para meditar:

— E mesmo que se pudesse confiar no sultão, eu nunca voltaria para junto dêle, por mais que me pedisses de joelhos. Esta é a minha cidade. Enquanto ela combater, combaterei por ela. Quando suas muralhas se desmoronarem quero ficar debaixo dos escombros. Esta é a minha última resposta, Anna. Não me atormentes mais. E nem a ti, também.

Olhou-me, pálida de raiva e de desapontamento. E disse:

— Então não me amas.

— Não. Não te amo. Tudo foi erro e ilusão. Pensei que fosses outra pessoa. Quero, porém, que me perdoes; em breve ficarás livre de mim. Se souberes pedir convenientemente, o sultão ainda consentirá em te incluir no seu harém. Segue o conselho de teu pai, que arranjará tudo da melhor forma.

Levantei-me e apanhei o elmo caído no pavimento. As ondas do mar de Mármara brilhavam como prata derretida. O mármore polido das paredes refletia a minha imagem. Tão irrevogavelmente eu a perdera que naquele momento me sentia frio como gelo. Disse ainda, com voz entrecortada:

— Anna... se me quiseres ver de novo me encontrarás na muralha.

Não deu resposta. Deixei-a e saí. Mas no meio da escada ela me alcançou e exclamou, rubra de humilhação:

— Adeus, latino amaldiçoado! Não nos veremos nunca mais. Não cessarei de pedir a Deus que morras e que me livre de ti. E se encontrar teu corpo morto te pisarei na cara, libertada de todo, finalmente!

Com sua maldição ecoando em meus ouvidos, me retirei com os lábios trêmulos e coloquei na cabeça o elmo. O cavalo cor de azeviche de Notaras sacudiu a cabeça e relinchou. Não duvidei em montá-lo. Subi para a sela e finquei os calcanhares nos flancos do corcel.

Agora é meia-noite. Anseio pela morte como nunca desejei tanto qualquer outra coisa. Giustiniani deu-me licença para cortejar a morte, porque sei o idioma turco e posso ajudá-lo em determinada tarefa.

Jesus Cristo, Filho de Deus, tem piedade de mim. Pois amo. Amo-a desesperadamente. Insensatamente. Adeus, Anna Notaras, meu Sumo Bem.

19 de maio de 1453

Parece que tenho de tragar a taça da destruição e da morte até à lia.

Não me foi permitido morrer na noite passada.

Certa vez eu dissera a Giustiniani, a fim de impressioná-lo, que era imune, tinha o corpo "fechado" aos malefícios. Assevero apenas, realmente, que é possível o espírito dominar o corpo e suas sensações. Não sou absolutamente imune. E meu corpo desde muito não obedece ao meu espírito.

Os mercenários dizem-me:

— Que boa estrela que tu tens, Jean Ange!

Mas não se trata de boa sorte, não. Agora percebo e me convenço de maneira mais aguda do que antes que não se morre a não ser na hora exata. Por mais desembestadamente que a morte se enfureça contra as muralhas da minha cidade quer de dia quer de noite, cada bala segue um rumo traçado por Deus.

Na noite passada queimamos e abatemos a torre de assédio. Na opinião de muitos essa façanha foi um prodígio ainda maior do que a montagem da dita torre numa só noite.

Durante as horas de maior escuridão me arrastei até lá e me estendi na sua base, vestido com trajes turcos e ouvindo a senha dos que se rendiam para guarnecê-la. Um deles até tropeçou no meu corpo; permaneci inerte, rijo; cuidou que se tratava de um cadáver.

Às duas horas da madrugada voltei ao fosso, chamei o meu bando, esgueiramo-nos até à torre, arrebentamos as portas e conseguimos arremessar lá para dentro alguns potes cheios de pólvora. Sem essa providência não conseguiríamos incendiá-la. Meus cabelos e minhas sobrancelhas queimaram-se e estou com as mãos cobertas de bolhas e flictenas, a ponto de Giustiniani não me reconhecer quando voltei de gatinhas. Do grupo que entrou na torre, sou o único sobrevivente.

Alguns dos ocupantes turcos conseguiram fugir. Esta manhã o sultão mandou executá-los e enfiar-lhes as cabeças na ponta de estacas.

O bombardeio arrebenta com os meus ouvidos e o solo estremece sob os meus pés.
Pior do que a devastação na cabeça e nas mãos é a pungência que sinto na alma.
Primeiro foi durante o terremoto na Hungria. Depois em Varna, quando ele me disse: "Reencontrar-nos-emos na Porta de São Romanos". A noite passada e hoje esperei-o lá, mas não apareceu.

20 de maio de 1453

Esta noite os turcos ergueram outras torres de assédio, porém nenhuma tão grande e ameaçadora como aquela que queimamos.
Todos os dias a esquadra inimiga se aproxima da barreira flutuante a fim de desviar a atenção das naves e das equipagens venezianas. Venho a saber de tudo isso pelos outros, porque não posso vestir-me nem subir até à muralha.

21 de maio de 1453

Grant, o alemão, veio ver-me hoje para mostrar que também ele está com a barba e as mãos chamuscadas. Os turcos aprenderam agora a lutar dentro do chão defendendo tenazmente seus túneis. Os homens de Grant que estavam abrindo túneis ao encontro dos pertuitos inimigos foram atacados hoje por uma saraivada de fogo, e a turma de socorro foi detida por um muro de lanças e fumaça venenosa. Grant teve que rastejar por baixo da terra a fim de dar coragem à sua gente. Conseguiram destruir a escavação turca, porém sofreram grande número de baixas. Essas batalhas subterrâneas provocam pânico supersticioso na cidade.
Grant ficou com uma conjuntivite aguda por causa da exalação do enxofre e passa as noites sem dormir. Disse-me:
— Arranjei um manuscrito do próprio Pitágoras, porém as letras dançam feito moscas diante dos meus olhos. Não posso ler mais. — Com a cara deformada pela raiva impotente, gritou: — Que argueiro foi esse que tapou a vista até dos mais sábios matemáticos e peritos da Grécia? Podiam ter desviado a Terra do seu curso, conforme Arquimedes prometeu! Pois bem: quando pensei que ia encontrar informes novos sabes que foi que li? Li apenas coisas assim: que há espíritos habitando as árvores e as pedras. Até em Pitágoras! Podia ter construído máquinas para utilizar as forças da natureza; mas julgava

isso de valor insignificante! Voltou-se para a alma, para as profundidades da Essência, para Deus!
Argumentei:
— Então por que não acreditardes nesses sábios gregos, já que não aceitais as provas da Bíblia e dos Santos Padres da Igreja?
— Não sei! Não sei! — sussurrou, esfregando os olhos.
— Talvez eu agora não esteja mais com o meu juízo certo. Noites e noites sem dormir, esforços e tensões de cérebro acabaram tornando-me febril. Os meus pensamentos giram em redor uns dos outros como pássaros no céu, e não posso dominar seus vôos. Que labirintos serão esses que percorrem o nosso íntimo e se não se abrem para o mundo, esbarrando nas trevas viscerais? Pitágoras pôde edificar o universo dos números, mas até mesmo ele estacou diante do homem, que não pode ser construído com números. Afinal de contas, será a treva da humanidade algo mais fundamental do que as luzes da natureza e da ciência?
Balbuciei:
— O Espírito de Deus roçou por sobre a terra. O Espírito de Deus desceu por sobre nós mortais como línguas de fogo. Quanto a isso não se pode ter dúvidas.
Riu de maneira esquisita, bateu nas têmporas com os punhos e exclamou:
— Fogo inextinguível pode consumir a carne humana. A razão humana irrompe até da boca dos canhões. Acredito na liberdade do homem... na liberdade do conhecimento. E em nada mais!
— Errastes de setor, — tornei a comentar. — Encontraríeis ensejos para vossas idéias servindo o sultão ao invés de dedicar-vos à Derradeira Roma.
— Não! — reagiu ele obstinadamente. — Sirvo a Europa e a liberdade do intelecto humano. Não sirvo a força.

22 de maio de 1453

Dois túneis foram descobertos esta manhã perto da Porta de Khaligari. Um foi demolido só depois de luta feroz. O outro caiu por si por não haver sido estaqueado direito. Grant acredita que a maior parte dos peritos em escavações tenha perecido e que o sultão se viu obrigado a servir-se de sapadores inexperientes.
Pouco antes da meia-noite um disco incandescente atravessou o céu. Ninguém sabe explicar o que possa ter sido. O imperador disse:
— As profecias cumprem-se. Em breve o império do milênio chegará ao seu fim. Foi fundado pelo primeiro

Constantino e perece com o último. Nasci sob o signo de uma estrela aziaga.

23 de maio de 1453

Hoje a nossa última esperança desvaneceu-se. O imperador tinha razão. Preparado como se acha pelos jejuns, sempre em oração e vigília, acabou se tornando mais sensível do que nós outros às últimas pulsações lentas do seu reino.

O bergantim que fora despachado à procura da frota veneziana voltou esta madrugada sem ter cumprido a sua missão. Por uma soma rara de boa sorte, maestria naval e denodo cavalheiresco, a nau soube esgueirar-se intata através dos Dardanelos e passar despercebida pelos navios-patrulhas.

Doze homens saíram, doze homens voltaram a seu bordo. Seis eram vênetos; os demais, gregos. Cruzaram durante vinte dias o mar Egeu sem ver um único navio cristão, expondo-se constantemente ao perigo de ser assinalados pelas patrulhas turcas.

Quando se convenceram de que sua procura era infrutífera, se reuniram em conferência. Alguns ponderaram:

— Cumprimos o nosso dever. Mais não é possível. Por que motivo voltarmos agora para aquele inferno? A queda da cidade é mais do que certa.

Mas outros redargüiram:

— O imperador mandou-nos. A ele devemos relatar o resultado, por inúteis que tenham sido os nossos périplos. Mas podemos pôr a votos a resolução a adotar.

Entreolharam-se. Riram-se e unànimemente resolveram aproar o bergantim rumo a Constantinopla.

Conheci dois desses homens no palácio de Blachernae. Riam ainda cordialmente enquanto contavam peripécias de sua infrutífera viagem; enquanto os ouviam, os venezianos os serviam de vinho e lhes batiam nas costas, alegremente. Mas seus olhos, obcecados pela idéia do perigo e do mar, não sorriam.

Perguntei-lhes então:

— Como tivestes coragem de vir ao encontro da morte certa?

Volveram para mim os rostos crestados de sol e salsugem, tomados de surpresa, e responderam em coro:

— Somos marujos vênetos...

Tal explicação bastava, por certo. Veneza, rainha dos mares, por mais ambiciosa, cruel e calculista que fosse, educava ainda a sua mocidade para viver e morrer em defesa da sua honra.

Mas seis dos doze que haviam regressado eram gregos. Mostraram que também um grego pode ser até à morte fiel a uma causa perdida.

24 de maio de 1453

Na tarde de hoje alguns turcos se dirigiram em brilhante coorte para a muralha perto da Porta de São Romanos. Agitavam bandeiras e tocavam trombetas. Quando chegaram rente ao fosso pediram que um enviado do sultão fosse admitido na cidade para entabular negociações com o *Basileus* Constantino. Ao mesmo tempo a artilharia deles cessou de atirar e todos os combatentes se recolheram ao acampamento.

Giustiniani suspeitou logo de qualquer estratagema e não queria que o parlamentar turco visse em que condições péssimas já estavam as muralhas e quanto eram precárias as paliçadas.

Mas quando o imperador Constantino subiu ao bastião, reconheceu que o enviado era o seu amigo pessoal Ismail Hamza, emir de Sínope. A família Hamza mantinha desde várias gerações relações amistosas com os imperadores bizantinos. Isso não se alterou propriamente quando o velho sultão Murad, pouco antes de morrer, assinou tratado de paz com Ismail, cuja filha acabou se casando com Mohammed.

Constantino saudou-o cordialmente e ordenou que o deixassem transpor a barricada. Dentro de pouco tempo Ismail entrou na cidade por uma das poternas.

Logo que o *bailo* veneziano soube da chegada e admissão de um enviado, convocou o Conselho dos Doze, retirou da muralha grande contingente seu e marchou à frente de duzentos soldados para o quartel-general do imperador.

Giustiniani, por sua parte, fez distribuir aos seus homens comida e o vinho restante e, passando-os em revista com ar ameaçador, de punho fechado e vozeirão assustador ordenou que se pusessem a dar gargalhadas, do contrário lhes torceria os pescoços.

De forma que quando Ismail Hamza passou cofiando a barba, só viu homens metidos em reluzentes armaduras, mastigando carne, jogando fora ossos e pelancas, virando o vinho dos canecões e dando retumbantes gargalhadas. O imperador estendeu a mão, que ele beijou. Ambos lamentaram o fato de se reencontrarem em circunstâncias tão infortunadas.

O emir de Sínope falou alto e claro para que suas palavras fossem ouvidas também pelos soldados:

— Abençoado seja este dia, pois o sultão Mohammed

me enviou aqui para oferecer-vos a paz em termos honrosos!

Imediatamente os genoveses de Giustiniani prorromperam em acessos ainda mais fortes de risada, muito embora diversos preferissem chorar, de tão exaustos que se achavam. Giustiniani segurava a adaga e, caminhando por trás do contingente, espetava as coxas dos que não riam bastante alto.

Ismail Hamza pediu ao imperador para ser atendido reservadamente. Sem hesitar, Constantino conduziu-o ao seu quartel-general e, indiferente às advertências de seus conselheiros, se fechou com ele numa das salas.

Enquanto isso, o *bailo* veneziano, estendendo um cordão de homens em redor da torre, se apresentou à frente do Conselho dos Doze e mandou informar ao imperador que os venezianos não admitiam nenhuma negociação em separado com os turcos.

O imperador respondeu que jamais lhe passara pela mente tomar decisões sem consultar seus aliados. Em seguida fez chamar seus conselheiros e os inteirou dos termos de paz do sultão.

Ismail Hamza disse com ar circunspeto:

— Em vosso próprio bem e do vosso povo, peço que aceiteis estas condições, que são as melhores que podem ser oferecidas. Vossas muralhas acham-se em ruínas, sendo que em muitas partes já nem existem. A cidade atravessa uma situação desesperada, vossos defensores são poucos, passam fome, e a população está em desespero. Esta é a vossa última oportunidade. Se não vos renderdes agora, o sultão mandará matar todos os homens, fará vender as mulheres e as crianças como escravas e ordenará o saque da cidade.

Os venezianos bradaram:

— Em nome de Deus, não confieis no sultão traiçoeiro! Qual a garantia de suas promessas? Os turcos sempre quebraram seus compromissos. Então derramamos à toa o nosso sangue, os nossos melhores homens sacrificaram em vão as suas vidas nos baluartes na defesa do vosso trono? Não, não! O sultão está experimentando o terreno, pois duvida da própria hipótese de ser vitorioso. Do contrário, como explicar-se que tente iludir a cidade com astutas ofertas de paz?

Ismail Hamza reagiu logo, replicando:

— Quem quer que tenha juízo em sua cabeça vê que a situação de Constantinopla é desesperada. Movido por um gesto de pura humanidade, pelo desejo de poupar-vos de todos os horrores de um assalto geral, o sultão consente que o imperador parta sem ser molestado levando seu tesouro, seu séqüito e todos os seus assistentes pessoais. Os habitantes da cidade que quiserem acompanhar-vos podem levar seus bens. Aqueles que permanecerem, o sultão garante o direito de vida e de propriedades. Como aliado do sultão, o imperador pode conservar a Moréia, e terá seus direitos defendidos contra quaisquer agressores.

Ouvindo isto, os venezianos principiaram a gritar e a bater com força nos escudos para abafar a voz de Ismail. Mas o *Basileus* abaixou a cabeça e respondeu com a maior dignidade:

— Os termos que ofereceis são humilhantes e injustos. Não condiz com a minha dignidade de *Basileus* aceitá-los, mesmo que eu quisesse. Mas não quero nem posso, pois não está em meu poder nem no de ninguém aqui presente entregar a cidade. Estamos preparados para morrer, e sacrificaremos nossas vidas sem nenhum lamento.

Com ar desdenhoso e abatido olhou para os venezianos que faziam desrespeitoso escarcéu como se estivessem prontos a combater em prol do último grego. Bem sabia que dispunham de suas grandes naus ancoradas no porto, do ensejo de fugir quando tudo estivesse perdido.

O sultão devia saber muito bem que Constantino não aceitaria tais condições; mas, em atenção ao partido pacifista e devido ao exército estar irritado com os reveses, se viu compelido a recorrer a esse plano a fim de demonstrar aos seus súditos a obstinação dos gregos. Sendo também um ser humano, seu coração às vezes fraquejava.

Estando a nossa cidade presa de lancinante desânimo e pavor, o sultão também não pode protelar. Jogou já todas as cartas e não lhe resta outra escolha senão conquistar ou ser derrotado. Tem não só a cidade contra ele, como diversas personalidades em seu acampamento. Compreende-se, pois, que o sultão se sinta o mais solitário dos homens; mais solitário até do que o próprio imperador Constantino, que já tomou sua decisão.

Eis por que motivo me sinto agora vinculado ao sultão Mohammed em secreta fraternidade. Chego a ter saudades dele, a desejar mais uma vez ver seu rosto inacessível, sua mandíbula obstinada, seus olhos de animal selvagem com lampejos dourados. Chego a desejar conversar com ele para assim me assegurar mais uma vez, terminantemente, de que não quero continuar a viver numa era em que ele e gente análoga dominarão o mundo.

Ele é o futuro. Será vencedor. Mas o futuro com ele não é digno de ser vivido.

Giustiniani não cessou de ordenar aos seus homens:

— Ride! Gargalhai, escórias! Vamos! Mais alto!

E quando o emir de Sínope partiu, aquela gente de cara

edemaciada, armadura incômoda e curativos manchados de sangue ainda ria, ainda gargalhava, detestando Giustiniani por lhe exigir esforços sobre-humanos. Sua soldadesca sentia raiva dele, porém o amava. No fundo de suas mentes flutuava o sonho de casas brancas entre vinhas nas encostas de Lemnos, com escravos cultivando campos férteis, do direito de dispor da virgindade de lindas camponesas, do cenário bucólico para banquetes de vencedores instalados na paz.

Com lágrimas de cansaço nos olhos, goelavam inúteis gargalhadas e voltavam cambaleando para a muralha, enquanto os turcos se retiravam com bandeiras flutuantes e suas trombetas estridentes.

Bastante tempo depois, quando inúmeros canhões voltavam a atirar contra nós, vi Giustiniani abaixar-se e apanhar do chão um osso de vitela. Ainda havia carne no osso; Giustiniani soprou fora a areia e meteu-lhe os dentes, dizendo:

— A minha coroa de duque está saindo muito cara. Emagreci quase uma arroba e não vejo sinal de vitória. Não! Não vejo sinal de vitória, — repetiu lançando um olhar para a grande brecha agora com cem côvados de extensão e protegida apenas por um parapeito de terra, madeira e pedras substituindo a muralha exterior e com gabiões para abrigar os archeiros.

Hoje é quinta-feira; véspera, portanto, do dia santo semanal do Islã. Decerto não verei a próxima quinta-feira. Mohammed, obedecendo aos preceitos do Corão, fez ofertas de paz antes de tomar de assalto a cidade. Já agora é tempo adequado para o grande ataque, pois que "capturará Constantinopla o exército mais poderoso da terra, conduzido pelo maior soberano dentre os que existem".

Constantinopla é a porta para o Ocidente. O último posto mais avançado do Ocidente contra o Oriente. Quando as nossas muralhas caírem, os nossos corpos vivos formarão a última e única barricada.

25 de maio de 1453

O imperador Constantino convocou o Senado hoje cedo, bem como os seus conselheiros e os representantes da Igreja. E isso porque o patriarca Gregorios Mammas resignou o seu cargo. O cardeal Isidoro não compareceu, tendo permanecido na torre que se propôs defender.

Foi uma tentativa final para reconciliar os que apóiam e os que se opõem à União. Mas não chegaram a um entendimento, nem mesmo agora. Ficamos livres de um velho que os gregos odeiam e os latinos desprezam; mas a Igreja ficou acéfala, sem um patriarca. Da cela do seu mosteiro no Pantocrator, o espírito invisível e indomável do monge Gennadios impera sobre a Igreja, profetizando calamidades.

O sultão proclamou um jejum geral em todo o seu acampamento conclamando todos os fiéis para que procedessem às preces e às abluções prescritas. Exacerbados pela fome e pela sede, os turcos atacaram durante o dia inteiro ladrando como desenfreada matilha de cães sempre que viam um cristão cair. Às vezes bradam: "Alá é Deus e Maomé é seu Profeta!" Seus brados lúgubres mas triunfantes exercem efeito deprimente tanto sobre os gregos como sobre os latinos. Muitos destes, de espírito atrasado, discutem este problema: "Permitirá Deus que os turcos vençam? Se eles vencerem isso não prova que o Deus deles é muito mais poderoso do que o nosso e que seu Profeta é maior do que Cristo que se deixou crucificar?"

Minotto, o *bailo* veneziano, tornou-se piedoso e pratica obediência aos sacramentos, dispondo agora de indulgência plenária. Resolveu competir com Giustiniani e provar que um veneziano não é inferior a um genovês. Aliás, os vênetos deram prova de incomparável valor, tanto os marinheiros como os soldados, defendendo a extremidade norte de Blachernae, a fortaleza Pentapyrgion. Ali, nem sequer um turco isolado conseguiu atingir o topo da muralha.

Ao crepúsculo acenderam-se fogueiras no acampamento turco. Tambores principiaram a rufar e trombetas se puseram a ressoar tão estridentemente que muitos de nós, olhando aqui da muralha, supusemos que tivesse irrompido algum incêndio. Mas é que todo esse protocolo faz parte do ritual de jejum dos turcos. Ao vir a noite eles podem comer e beber, a abstinência sendo recomeçada de manhã assim que principia a clarear. Ao reflexo das enormes fogueiras, o acampamento ficou claro como se fosse dia.

Quanto mais se aproxima a hora decisiva, mais os venezianos me encaram com irritação. Declaram que os estou espiando a mando de Giustiniani; o mal-estar que não disfarçam mostra de fato que estão escondendo alguma coisa. Provavelmente estudam a melhor maneira de aproveitar a vitória de forma vantajosa para Veneza caso o ataque turco malogre e o assédio seja levantado. Tamanhas são as vantagens, que eles sabem que vale a pena tentar o impossível até a batalha ficar decidida deveras. Mesmo porque a muralha em redor de Blachernae ainda está tão forte e quase intata que enquanto os venezianos a defenderem os turcos não conseguirão passar por ali.

No trecho em que a muralha exterior e a principal se juntam às de Blachernae em ângulo reto, existe uma poterna embutida na grande muralha e conduzindo para a rua. Durante muitos e muitos anos era usada como passagem mais curta para um circo existente fora da cidade, razão pela qual se tornou conhecida por Kerkoporta, muito embora mais tarde tenha sido emparedada. Agora foi aberta de novo, como todas as demais poternas. Através dela se pode passar, caso convenha, do palácio de Porphyrogenetos para o setor dos irmãos Guacchardi perto da Porta de Kharisios e de lá prosseguir entre as muralhas até à área de Giustiniani.

Nas imediações da Kerkoporta a muralha permanece intata, pois os turcos jamais tentaram atacar aquele trecho porque o encontro das muralhas em ângulo reto faz dominar o setor externo e expõe os assaltantes a severo tiroteio. De modo que pelo caminho protegido os reforços podem ser remetidos mais depressa para a Porta de Kharisios, cujos baluartes já ruíram quase completamente, como perto da Porta de São Romanos também. Os venezianos formaram tropas especiais de reserva que em caso de necessidade podem ser destacadas e remetidas para apoiar os Guacchardi. Nesse trecho sossegado da Kerkoporta as muralhas exterior e interior se acham guarnecidas apenas por alguns punhados de gregos. Deve-se fazer justiça aos latinos, admitindo que eles prontamente aceitaram os pontos de perigo maior.

Pouco antes da meia-noite Manuel me apareceu bastante assustado para dizer que a basílica estava pegando fogo!

Subimos logo para o telhado do palácio, onde já estavam reunidos muitos curiosos. As fogueiras turcas ainda ardiam, porém no centro da cidade às escuras a cúpula gigantesca da igreja de Santa Sofia estava iluminada por um estranho e celestial fulgor. Não era fogo propriamente; e sim um vislumbre azul, tremeluzente. Os latinos que olhavam naquela direção sussurraram entre si que se tratava de um mau agouro.

A esquisita luminosidade pairava sobre a cúpula de modo ora mais intenso, ora mais fraco. Desci e dirigi-me para a cidade, na direção da igreja. E não ia sozinho. Na escuridão, adiante, ao lado e atrás de mim, caminhava uma verdadeira multidão agitada, falando do prodígio. Seguia para lá, também. Eu ouvia mulheres chorarem e monges rezarem em coro. Perto da igreja a luz azul era tão forte que ninguém ousou aproximar-se muito. O povo caiu de joelhos sobre as lajes úmidas e principiou a rezar. Deus nos estava dando qualquer demonstração. O fenômeno espiritual objetivava-se. Depois que contemplei aquele fulgor, já não tenho mais dúvida de que a era cristã se acha no fim e que está iminente a era da Besta Fera.

A cúpula brilhou e tremeluziu por mais uma hora ainda. Depois o clarão diminuiu de súbito, falhou e voltou algumas vezes, até que se extinguiu de todo. O céu mostrava-se de tal forma carregado de nuvens que logo desceu sobre nós uma treva cor de breu. As fogueiras turcas também se apagaram e seus reflexos deixaram de iluminar as nuvens compactas. A atmosfera achava-se tão densa de umidade e tão impregnada de cheiro de terra e de decomposição que parecia se estar atravessando um cemitério por entre tumbas reabertas.

Em meio às trevas eis que certa mão esguia e cálida se insinuou na minha. Talvez me haja iludido, cuidando que a reconheci. Não ousei tocá-la nem falar-lhe. Talvez não fosse ela e sim alguma criança perdida dos pais e que procurasse se agarrar a algum adulto; ou alguma outra mulher, apavorada pela escuridão e pelo mistério, que procurasse a companhia de um homem. Não sei. Juro quase que lhe reconheci a mão. Cálida e trêmula; por certo, mensagem muda de reconciliação antes da morte.

Não disse nada. Ofegávamos nas trevas, de mãos enlaçadas. Nossos pulsos batiam juntos tão dolorosamente como num testemunho de que precisávamos de ajuda mútua. Agora tudo estava bem. Era melhor assim; entendemo-nos, num instante em que as palavras só serviriam para quebrar a união.

Mão pequenina, mas de dedos esguios. Mão bem palpável, desvalida, cálida, febril, pulsando na escuridão por entre o odor denso da terra. Através das tumbas, através da morte, apertávamos nossas mãos, reconciliando-nos. Depois ela desapareceu.

Mesmo que tenha sido fantasia ou ilusão minha, isso me reconciliou com muita coisa dentro de minha alma. Enquanto regressava como um sonâmbulo para o palácio de Blachernae, já não sentia no espírito nenhuma espécie de amargura. Sentia-me livre. A névoa clareara. Eu presenciara um milagre e sentira em meus dedos a mão de um ser humano.

26 de maio de 1453

O milagre noturno ocorrido na igreja de Santa Sofia despertou tamanho alvoroço na cidade que hoje de manhã bem cedo a multidão, conduzida por monges e freiras, irrompeu por Blachernae adentro para retirar o ícone milagroso da Virgem existente na capela e conduzi-lo às muralhas.

Com seu rosto estreito e indescritível, tomado de expressão triste, inserido entre lâminas de ouro e pedras preciosas, a Virgem Santíssima olhava para o povo. Muitos lhe viram o semblante contrair-se e os olhos encherem-se de lágrimas. Todos quiseram tocar na imagem; devido aos empurrões afoitos, ela caiu no chão. Exatamente nesse instante gotas de chuva do tamanho de ovos de pombo principiaram a cair das nuvens baixas e carregadas; em breve a chuva se transformou em nevoeiro denso, o ar escureceu e a água se pôs a escorrer rua abaixo. O ícone milagroso tornou-se tão pesado como chumbo enquanto jazia nas lajes molhadas. E apenas os monges mais vigorosos conseguiram, juntando suas forças, soerguer a imagem e transportá-la com o maior cuidado para o convento de Khora.

Contávamos como certo e desejávamos que a enxurrada tivesse empapado a pólvora dos turcos; porém foi esperança vã. Mesmo durante a tempestade os canhões troavam de vez em quando e depois que a chuva cessou e o solo deu em evaporar fumaradas, o bombardeio selvagem recrudesceu como se quisesse recuperar o tempo perdido.

Os turcos ainda estão jejuando. De tarde vi do torreão os comandantes turcos reunirem-se na colina junto da tenda do sultão. O conselho de guerra prolongou-se até pouco antes do escurecer. Depois os *tsaushes,* vestidos de cor verde, saíram a galope em todas as direções do acampamento para distribuir as ordens de Mohammed. Os brados, os alaridos, o clangor jubiloso dos instrumentos, tudo ultrapassou o que estávamos habituados a ouvir e foi crescendo pela noite adentro num incessante ribombo, qual oceano enraivecido.

Não era difícil adivinhar que o sultão marcara o dia e a hora para o assalto geral.

Quando percebi que o sultão convocara o Grande Divã, rumei para a Porta de São Romanos à procura de Giustiniani, que se achava entre as ameias dirigindo lá de cima o trabalho urgente das barricadas.

Disse-lhe:

— O palácio de Blachernae está em boa forma, não corre o mesmo perigo que aqui. O assalto realizar-se-á a qualquer momento. Deixa-me combater ao teu lado na Porta de São Romanos. Marquei encontro aqui com a morte, há nove anos, em Varna. Não quero ser como o mercador de Samarra quando chegar a hora.

Travou-me o braço cordialmente com o seu, ergueu a viseira do elmo e olhou-me com expressão sorridente nos olhos de boi cansado. Pareceu-me que sorria por causa de qualquer motivo que eu ainda ignorava. Por fim, falou:

— Muitos se têm apresentado aqui, hoje. Sinto-me lisonjeado, pois isso mostra que este é o setor de honra. O próprio sultão Mohammed me favoreceu com a sua atenção, — prosseguiu apontando para uma trave que se projetava para fora do alto aterro. De sua extremidade pendia, balouçando e com os calcanhares roçando o chão, o corpo de um bufarinheiro de barba eriçada, com o avental de couro ainda preso à ilharga. — O sultão mandou dizer-me por aquele mascate que admirava minha coragem e capacidade militar. Não exigia traição de minha parte, pois não lhe passava nem de leve pela mente querer manchar a minha honra. Mas, caso eu e a minha gente nos retirássemos das muralhas e embarcássemos nos navios ancorados no porto, prometia tornar-me opulentamente rico e dar-me o comando dos janízaros. Permitiria também que eu conservasse a minha religião, pois já dispõe de cristãos no seu serviço. Pedia que como resposta eu içasse a minha flâmula várias vezes. Pois bem: ao invés disso, icei naquela trave o seu mensageiro. Essa é a minha resposta e espero que ele possa vê-la, já que os meus homens, atarefadíssimos como se acham, não puderam erguer uma forca bem caprichada.

Coçou a cara, que estava suja de poeira e molhada de suor, e acrescentou:

— Uma tal mensagem traz consigo algumas migalhas de esperança. O destino da cidade depende de nossas espadas. O imperador mandou para aqui a nata da sua guarda pessoal e os seus cavaleiros mais nobres. Do meu contingente genovês, mais de trezentos homens ainda estão em boas condições para o combate. Vamos mostrar ao sultão que um muro de ferro e aço é sempre mais forte do que um de pedra.

Olhando-me agora com desconfiança e mudando de tom, declarou:

— Mas tenho que desconfiar de tudo e de todos. E é uma circunstância ainda mais suspeita do que as demais que tu tenhas querido voltar para aqui exatamente hoje! Antes de render o último suspiro, ao lhe ser passada a corda no gasganete aquele mercenário ameaçou-me dizendo que o sultão dispunha de muitos outros meios para desembaraçar-se de mim. Por conseguinte, não me sinto muito ansioso para ter ao meu lado, ou atrás de mim, um homem que fugiu do acampamento turco. Esta é que é a verdade, Jean Ange, por melhores amigos que sejamos!

O alarido jubiloso no acampamento inimigo ecoava até nós trazido pela aragem.

Concordei:

— O sultão Mohammed uma vez se encasquetando uma idéia na cabeça usará de todos os meios para efetivá-la. Se lhe estorvares o caminho ele não hesitará em contratar um assassino.

— Ora muito bem! Compreendes, portanto, que não quero gente estranha enxameando ao redor de mim, — rematou Giustiniani, já com tom benevolente. — Mas há pessoas que eu não posso recusar, por bondade dêste coração ainda não árido de todo. Além disso faz parte do meu dever como protostrator vigiar-te e não deixar que faças alguma coisa imprudente e precipitada. Trata pois de manter-te ao alcance da minha vista quando o ataque se iniciar, do contrário minha última ordem terá de ser mandar um carrasco dar cabo de ti. Ouviste bem? Estamos entendidos.

Exatamente nesse momento vimos que o Megadux Notaras se aproximava no seu cavalo negro cercado por tropa da polícia militar. Saltou perto da poterna e evidentemente se dirigia para o setor de Giustiniani. Este fez das mãos funil junto da boca e gritou para os seus homens que não deixassem Notaras subir para os baluartes. O Megadux bradou lá de baixo:

— A serviço do imperador devo passar livremente por não importa que lugar. Há nas muralhas contrabandistas e delinqüentes espalhados entre os sapadores.

Giustiniani escorregou pelos escombros da muralha e, dando um salto, caiu de pé, perto de Notaras. Declarou bem alto:

— Não consinto que façais espionagem aqui na minha muralha. Aqui eu sou rei. Tratai mas é de mandar-me as duas bombardas porque mais do que nunca preciso delas.

Notaras encarou-o e deu uma risada de escárnio.

— Com que então os gregos hão de defender com as mãos vazias o porto lá embaixo? Mais do que nunca os canhões são indispensáveis para conservar à distância as naus turcas.

Giustiniani rilhou os dentes, até os maxilares quase estalarem; e vociferou:

— Não sei por que não vos atravesso de alto a baixo com a minha espada, traidor amaldiçoado!...

Notaras ficou lívido, olhou em volta, fez menção de segurar no punho da espada, mas teve a necessária prudência de não investir contra um homem da estatura de Giustiniani. Deu alguns passos atrás até ficar com as

248

costas protegidas por sua milícia, tentou esboçar um sorriso escarninho e replicou:
— Deus julgará qual de nós é traidor: eu, ou o imperador. Não trazeis convosco uma promessa escrita e selada com o sinete imperial de que recebereis Lemnos como vosso ducado caso consigais defender a cidade?
— E que tem isso? — perguntou Giustiniani olhando mais sério ainda para Notaras e querendo adivinhar algum novo embuste.

Mas a voz de Notaras era bastante sincera quando continuou:
— Pois ignorais, latino excomungado e louco, que antes do assédio principiar o imperador prometeu Lemnos ao rei da Catalunha como recompensa pela remessa de navios e tropas auxiliares? As naus não apareceram nunca, porém faz tempo que os catalães ocuparam Lemnos. Se sobreviverdes a esta guerra, tereis que empreender outra para recuperar Lemnos.

O corpo de Giustiniani começou a torcer-se. Por fim, deu uma gargalhada terrível. E disse, ofegando:
— Os gregos serão sempre gregos... Estais disposto a beijar a cruz jurando ser verdade o que dissestes?

Notaras arrancou a espada da bainha e beijou a cruz do punho.
— Assim como é verdade que Deus julgará cada homem de acordo com as suas ações, juro que o imperador Constantino confirmou com um crisobulo o título de duque de Lemnos prometido e outorgado ao rei catalão. Não é uma coroa ducal que merecеis na cabeça, Giustiniani, e sim um morrião de louco.

Que dardo mais venenoso pode fincar-se no coração de um homem em momento tão fatídico?

Notaras, radiante, montou a cavalo e partiu. Desci da muralha e, transpondo a poterna, fui juntar-me a Giustiniani. Vendo-me, pousou a mão pesada sobre o meu ombro, como para apoiar-se, e comentou:
— Traição e burla alapardam-se por toda parte onde há homens. Talvez o meu coração também não deixe de abrigar sentimentos assim. Na verdade tenho estado combatendo mais por Gênova do que por Bizâncio. Mas juro, neste momento, lutar até ao máximo, enquanto restar alguma esperança; mas lutarei pela minha glória pessoal também a fim de que eu e a cidade onde nasci sejam falados enquanto restar uma só pedra destas muralhas.

Lágrimas de amargura corriam-lhe dos olhos. Benzeu-se e rezou:
— Sê misericordioso comigo, ó Deus! E se for de tua vontade dá esta cidade aos turcos e não aos venezianos.

Que a madeira dos navios de Veneza seja corroída pelos vermes, e suas velas e cordoalhas estraçalhadas! Quanto aos gregos, nem me dou ao trabalho de amaldiçoá-los, deixo-os por conta dos turcos.

Após esta prece mandou que arriassem o pendão de púrpura do imperador e deixassem flutuando apenas o seu estandarte pessoal sobre o entulho que é a única coisa que resta da grande muralha.

Nova noite negrejante. As fogueiras turcas ardem iluminando as nuvens. Só posso pasmar ante o coração humano e a miragem chamada honra que impele um soldado profissional e rude como Giustiniani a pôr de lado seus interesses e vantagens e arriscar sua vida. Agora que o próprio imperador, vendo-se em tais apuros, procura comprar auxílio quebrando suas palavras e promessas, Giustiniani poderia muito bem cancelar seus compromissos e embarcar com os seus homens. O sultão outorgar-lhe-ia cafetãs de honra e penachos se ele anuísse em entrar para o serviço turco após o assédio.

Refletindo bem, deve haver nele algo mais do que egoísmo e ambição política.

E em Lukas Notaras haverá também algo além da ganância pelo poder?

Vejo meu criado Manuel contar o seu dinheiro. Olha em redor, cautelosamente, e acaba ficando mais apreensivo ainda porque não sabe onde escondê-lo dos turcos.

28 de maio de 1453

Durante o dia o inimigo esteve preparando o assalto e agora irrompe da escuridão um ruído baixo e contínuo enquanto eles transportam escadas de assédio, pontes, traves e arpões. Suas fogueiras estiveram acesas durante poucas horas e foram extintas quando o sultão permitiu que o exército descansasse algumas horas antes do ataque.

Mas como hei de conciliar o sono numa noite como esta? Do centro da cidade continuam a chegar voluntários da undécima hora. Transportam terra e pedras com que encher e fechar as brechas. Giustiniani consentiu que seu contingente repousasse um pouco, já que amanhã todos precisarão contar com o máximo de suas energias. Mas como posso dormir no leito de morte desta cidade?

Hoje não houve restrição de lenha nem de víveres. O imperador ordenou que as reservas fossem distribuídas; até os latinos foram contemplados.

Que sensação estranha saber que esta noite será a última, aquela que andei esperando e para a qual a minha vida inteira não foi mais do que uma preparação! Não me conheço suficientemente, mas espero que saberei manter minha coragem. Sei que a morte não é muito dolorosa; nestas últimas semanas lhe vi o vulto por diversas vezes. De modo que esta noite estou tranqüilo, humilde e calado. E até me sinto mais feliz do que nunca. Talvez seja paradoxal sentir felicidade nesta noite. Não censuro nem julgo ninguém com referência a mim. Observo de maneira neutra os venezianos que enchem seus alforjes e mochilas com as vitualhas dos depósitos imperiais e carregam barcaças com móveis, tapetes e baixelas rumo às suas naus. Não censuro os ricos, os nobres e os prudentes que na última hora compram a qualquer preço passagem para si e suas famílias.

Cada qual age de acordo com a sua consciência. Lukas Notaras e Gennadios também. E o imperador Constantino. E até o próprio Giustiniani.

Os irmãos Guacchardi jogam dados, cantam canções italianas de amor e bebem sem excesso lá na derradeira torre que ainda permanece de pé próximo da Porta de Kharisios.

Como esta hora decorre serena, majestosa e resoluta! Jamais senti o papel se mostrar tão imaculado e macio sob os meus dedos. Jamais a tinta conseguiu traçar períodos tão exatos em seu negror cintilante. Tenho os sentidos como que aguçados, com uma percepção mais vibrátil do que nunca. Deve ser assim, portanto, que os agonizantes contemplam pela última vez a vaidade da vida.

Por que sou feliz? Por que sorrio para a morte, esta noite?

Hoje bem cedo apresentei-me a Giustiniani. Dormia ainda em sua casamata embaixo da grande muralha, embora o local estremecesse sob os primeiros bombardeios do dia. Estava todo equipado e ao seu lado permanecia um jovem de reluzente armadura nova. Deduzi que se tratasse de um dos elementos da aristocracia prometida como sangue novo pelo imperador para reforçar os baluartes. Tinham feito o juramento de defrontar a morte diante da Porta de São Romanos.

O mancebo acordou e sentou-se na enxerga, bocejando. E ficou a esfregar as pálpebras e a alisar os cabelos desgrenhados. Olhou-me de maneira altiva e cuidei, não sei por que, que fosse um dos filhos de Lukas Notaras. Decerto porque se parecia com o Megadux. Senti certa inveja da preferência mostrada por Giustiniani e, para evidenciar meu menosprezo, não olhei nem cumprimentei

o jovem. Só quando Giustiniani acordou e deu em espreguiçar-se lhe perguntei em tom sarcástico:
— Será que as circunstâncias te obrigaram a tolerar o antigo vício italiano, Giustiniani? Não achaste mulheres na cidade com que te distrair?
A resposta foi uma risada. E enquanto arrepiava os cabelos do garoto e fazia menção de dar-lhe um tapa nas nádegas, o comandante genovês disse ao jovem grego:
— Vamos, acorda direito, preguiçoso! Trata de teus deveres!
O rapaz ergueu-se olhando-me de esguelha, dirigiu-se para um odre de vinho, encheu uma taça e ofereceu-a a Giustiniani, fazendo menção de ajoelhar-se.
Comentei com escárnio:
— Esse criançola não serve nem para ficar na retaguarda guardando casamatas. É franzino demais. Fardou-se para um desfile ou para uma batalha? Dá-lhe um pontapé. O teu assistente serei eu. O *bailo* não precisa mais de mim em Blachernae.
Giustiniani sacudiu a cabeçorra e me olhou com expressão jocosa.
— Estás cego? Não reconheces quem é?
Então observei melhor e nisto vi a corrente de Giustiniani em volta do pescoço do desconhecido. Exclamei, levando formidável susto:
— Deus do céu! Mas és tu, Anna? Como vieste parar aqui?
Giustiniani explicou:
— Apareceu aqui ontem para ficar sob a minha proteção. Os guardas deixaram-na entrar porque lhes mostrou a minha corrente. Agora tu é que tens que decidir o que faremos com ela.
Olhei para Giustiniani que se benzeu três vezes, recuando e garantindo pelas chagas de Cristo que ambos tinham passado uma noite de absoluta castidade.
— Como havia eu de ter sequer más intenções com a esposa de um amigo? Não posso negar, realmente, que a tentação foi enorme... — Após a afirmação e o gracejo, rematou: — Noites e noites sem dormir, o cansaço medonho e a responsabilidade que pesa sobre mim não consentem ao menos que nestes dias eu pense em mulher. Cada coisa em seu tempo apropriado.
Anna imiscuiu-se na conversa:
— Falando de soldado para soldado declaro que compreendo muito bem, agora, que a Donzela de França vestia bragas para viver com mais segurança entre a soldadesca...
Atirou-se a mim, enlaçou-me o pescoço e beijou-me.

Depois, apoiando a cabeça em meu peito, disse entre soluços:

— Estou tão feia assim para não me reconheceres? Fui obrigada a cortar os cabelos para poder usar direito o capacete.

Descansava em meus braços, apertava-se de encontro a mim, não me detestava mais. Perguntei-lhe:

— Por que motivo deixaste teu pai? Escuta, foste tu que seguraste minha mão naquela noite em que a basílica se iluminou?

Giustiniani limpou a garganta, coçou o peito onde a malha o feria e disse discretamente:

— Preciso subir, passar em revista a guarda. Comei e bebei o que ainda houver por aí. Ah! Outra coisa: podeis fechar a porta se quereis matar as saudades e se não tendes medo do bombardeio.

Puxou a porta ao sair. Eu notara pela expressão do rosto dele que estava fascinado por Anna e até com inveja de mim.

Assim que ficamos sozinhos Anna me olhou com ar de expectativa, mas não tive coragem de ir aferrolhar a porta. Com ar distraído, ela se encaminhou para lá e prendeu o ferrolho.

— Querido, esquecerás a minha teimosia, o meu egoísmo, a minha incompreensão?

— Tu, sim, querida, é que deves perdoar eu não ser o homem que desejavas que eu fosse. Mas, escuta: não podes absolutamente ficar aqui. Precisas voltar para a casa de teu pai. Lá estarás garantida como ninguém nesta cidade, quando principiar o ataque geral. Com certeza depois da cidade cair o sultão tomará teu pai sob sua proteção.

— Ele também está convencido disso. Ouvi dizer que a primeira providência do sultão será remeter *tsaushes* para guardar-nos. Mas sei também as razões e por isso não voltarei.

Perguntei, cheio de sombrios pressentimentos:

— Que foi que aconteceu?

Tornou a aproximar-se de mim, enlaçou-me pelas ilhargas e fitou-me gravemente com aqueles inefáveis olhos castanhos.

— Não perguntes. Sou filha de meu pai. Não posso traí-lo. Não basta eu ter vindo para ti? Que tenha cortado os cabelos e envergado a armadura de meu irmão para morrer contigo na muralha, já que essa é a vontade de Deus?

— Não morrerás. Não podes morrer. Não tens nada

que ver com isto aqui. Tua decisão e tua armadura são mera fantasia.

— Ora! Não é a primeira vez nestes últimos mil anos que uma mulher empunha a espada em defesa da nossa cidade. Sabes disso muito bem. Houve até uma basilissa que vestiu armadura quando o imperador morreu.

— Não podes tomar parte na batalha. O primeiro turco que te vir te derrubará e te cortará a cabeça. Tem propósito uma coisa dessas?

Olhou-me séria e circunspeta; refletiu alto:

— E tem propósito toda esta nossa resistência? Bem sabes que o sultão vencerá. A muralha esboroou-se. Eles são muitos e nós somos poucos. Milhares de pessoas morrerão inutilmente nestas vinte e quatro horas. Se te interessasse apenas o que é viável não estarias aqui. Deixa que afinal eu pense de acordo contigo.

Apertou com força os meus pulsos; com as faces pálidas e diferentes por causa dos cabelos cortados, continuou:

— Sou tua mulher. Para nós não há futuro, mas tenho ao menos o direito de morrer contigo porque te amo e porque sem ti a vida para mim não teria sentido. Prefiro ganhar a coroa de mártir.

Formidável bala de pedra arrebentou um trecho do baluarte a certa altura da casamata e ouvimos o despencar das pedras. Até a atmosfera interna se encheu de átomos de poeira e argamassa.

Anna cruzou os braços, ficou a fitar-me e insistiu:

— Já decidi. Por que havemos de perder o tempo que ainda nos resta?

Desajeitadamente começou a desafivelar as correias do arnês. Por fim pediu, sorrindo, enquanto se virara:

— Querido, ajuda-me. Solta as presilhas aí atrás. Só mesmo os homens inventariam complicações destas.

Sentindo a garganta seca, disfarcei:

— Deves agradecer ao céu não estares usando a armadura típica dos cavaleiros com fechos secretos da nuca aos tornozelos. São feitas com aço tão duro e dispõem de fechos tão resistentes que é impossível apunhalar quem a veste caso caia do cavalo e fique largado no solo. Em Varna, os turcos não conseguiram abrir a armadura de alguns cavaleiros alemães nem mesmo usando martelo e cunha.

— Como sabes tanta coisa! Que experiência que tens! — comentou com tom caricioso. — Mas as mulheres também dispõem de armaduras... especiais. O homem mais forte não pode forçá-las, caso resistam. Eis o que os turcos verificarão dentro em breve. Verdade é que mulheres assim existem poucas.

— Só tu, só tu, Anna Notaras.
Cônscia de sua beleza, voltou-se, libertando-se com agilidade e emergiu, com desenvoltura de um jovem, de dentro da armadura reluzente.
— Assim de cabelos cortados pareces um mancebo. Mas ficaste mais bonita ainda.
— Mancebo, eu? — redargüiu com ternura. — Como podes dizer isso?
Mais uma vez um choque fez a casamata estremecer. Pondo os braços nus em redor do meu pescoço, declarou:
— Não te assustes, querido, que eu não tenho medo, absolutamente. A minha boca é uma fonte que flui. Bebe! O meu corpo é um pão alvo. Come-o. Aproveita-me toda, como eu te vou aproveitar. O fio de nossa vida está puído, arrebentará em breve. A morte é longa, e o amor sem o corpo é um amor precário.
Talvez suas palavras fossem pecaminosas; mas naquela hora, com a morte pairando sobre nós, eram verdadeiras.
Sussurrei:
— Minha única fonte! Meu único pão! Preciso de pão e água para viver.
Mas o nosso amor era salgado como as lágrimas que pungem os lábios e aumentam a sede. Abraçamo-nos e reabraçamo-nos tomados de insaciável desejo.
Naquele alojamento de pedra tresandando a couro, óleo rançoso, vinho, pólvora e roupas suadas, como nos abraçávamos! Enquanto isso, a pouca altura de nós, pouco a pouco a morte reduzia a pó os baluartes. Todavia o nosso amor não era só do corpo, pois cada vez que eu lhe contemplava o semblante dava com aqueles olhos cândidos, límpidos, sinceros; e era como se através deles eu visse muito além dos limites temporais. Sussurrei:
— Voltarei, querida. Voltarei um dia para me incorporar aos grilhões do tempo e do espaço e encontrar-te de novo. Pessoas, nomes e lugares deslocam-se e modificam-se; mas, das ruínas destas muralhas olharás para mim um dia na forma de florinhas aveludadas. E tu, seja lá qual for o povo a que pertenceres, não importa em que era temporal, hás de um dia limpar este pó com tua mão e tocar o meu rosto século após século, até nos encontrarmos de novo.
Sorrindo, acariciou meu pescoço e meus ombros, enquanto lágrimas de paixão lhe escorriam pelas faces abrasadas.
— Ah, amor! Talvez não haja mais nada, talvez só exista esta hora. E basta. Estou contente. Estou integrada em ti. Sou tu. Como será fácil e suave morrer depois disto!

Volveu o olhar pela casamata lúgubre que uma candeia bruxuleante iluminava. E disse:
— Que belo! Como tudo é belo! Que poder tem o amor de enobrecer tudo! Quanta transformação ele opera!
Descansando, esgotado, com a boca em seu ombro cálido, eu meditava se devia ou não dizer-lhe o meu segredo. Por vão, inútil e inoportuno que fosse, eu não devia nem podia sonegar-lhe nada. Disse-lhe, por conseguinte:
— Querida, quando nasci neste mundo, minha mãe apertava um fragmento de pórfiro na mão. Eu nasci na púrpura. Dir-te-ei tudo, já que não faz diferença, agora.
Estremeceu, assustada, e olhou-me abrindo muito os olhos.
Repeti:
— Nasci e me calçaram botas de púrpura. Meu pai era irmão consanguíneo do antigo imperador Manuel. O imperador João era meu avô. Sabes? O homem que foi para Roma e depois para Avinhão, abandonou sua crença antiga e reconheceu como pontífice o Papa, sem contudo comprometer o seu povo e a sua igreja. Fez isso para induzir o Papa a casá-lo secretamente com uma dama de Veneza a quem ele amava. Tinha então quarenta anos. A *Signoria* pagou-lhe as dívidas e restituiu-lhe as jóias da Coroa que ele havia empenhado. O Papa e Veneza prometeram-lhe também o apoio do Ocidente e uma Cruzada. Mas seu filho, Andronikos, traiu-o e rebelou-se; e o filho de Andronikos também. Como as nações ocidentais o abandonassem, fez um tratado com o sultão e reconheceu seu filho Manuel como seu herdeiro, embora de fato meu pai fosse o único herdeiro legal. De forma que Manuel encarregou os seus anjos de descobri-lo e cegá-lo. Depois disso, meu pai não quis viver mais. Jogou-se de uma penha abaixo, atrás do palácio de Avinhão. O ourives a quem ele confiara seus documentos e dinheiro enganou-me após a morte de meu pai. Quando me alistei na Cruzada, fui até Avinhão e enterrei minha adaga em sua garganta. Retinha ainda os papéis provando a legitimidade do meu nascimento. Segundo estou a par, tanto a *Signoria* como a Cúria Romana se acham cientes de minha existência, embora me tenham perdido de vista. Sou o *Basileus,* mas não quero o poder. O poder não é para mim; resta-me o direito de perecer sob os muros da minha cidade. Compreendes agora por que é que devo cumprir o meu destino?

Continuava a contemplar-me, atônita, deslizando seus dedos por sobre o meu rosto. Ultimamente não me dava mais ao trabalho de barbear-me para parecer latino, de

maneira que, de barba crescida, era bem um rosto grego.
Perguntei-lhe:
— Então, acreditas agora que tudo tem uma finalidade? Tinha que conhecer-te, bem como a teu pai, para resistir à última tentação. Logo que Constantino fez a União, eu me podia ter dado a reconhecer e, com a ajuda de teu pai, encabeçar uma revolta, entregar a cidade ao sultão e reinar aqui como imperador-vassalo. Mas isso seria digno do meu nascimento?
Disse, perplexa:
— Se o que dizes é verdade, então te reconheci só pelo retrato do imperador Manuel. És parecido também com Constantino. Agora que sei, parece incrível que ninguém tenha reparado nessa semelhança.
— Meu criado Manuel reparou imediatamente. O sangue é uma coisa misteriosa: volta à sua fonte. Quando reverti à Igreja de meus pais, foi também o apóstata João quem em mim recobrou sua parte nos sagrados mistérios. Em mim, o destino operou múltiplas reconciliações.
Ela comentou:
— Basileus João Angelos, da dinastia dos Paleólogos. Anna Notaras, a filha do Megadux Notaras. Muita coisa, realmente, se reconciliou quando nossos destinos se cumpriram. Ah! Agora não acredito em nada! Não acredito que voltarás. Não acredito que voltarei. Não acredito na perduração de coisa alguma! Acredito apenas na semelhança que me atraiu sem eu saber. Era o sangue imperial em ti que eu reconhecia... Não o homem que acaso conheci numa vida anterior de forma que quando reparasse em teus olhos pela primeira vez logo te reconhecesse. Ah! Por que me contaste isso? Por que tiraste de mim a crença que constituía o meu conforto na morte?
Embaraçado por sua mágoa, expliquei:
— Contei, certo de que isso agradaria à tua vaidade de mulher. Nossas famílias são iguais em estirpe. Não te degradaste escolhendo-me.
Replicou com a maior veemência:
— Que me importa o nascimento? A estirpe? O que me importa és tu. Agradeço-te, porém, o presente de núpcias; agradeço-te a coroa invisível. Sou Basilissa, então, se é que isso te agrada. Sou tudo que te possa comprazer.
Levantou-se, nua como estava e ergueu orgulhosamente a cabeça.
— Pois então fica sendo anjo, imperador, ou o que muito bem preferires! Cinge-te com tua glória invisível e inexistente! Sou apenas mulher, nada mais. E não tens nada para me oferecer... Nem lar, nem filhos, nem

sequer uma noite quando eu, já velha e murcha, te pudesse ouvir respirar placidamente ao meu lado. Uma noite futura em que eu te pudesse beijar com meus lábios murchos. Isso é que seria a continuação da felicidade. Negas-me isso por causa de teu anseio de glória e de honra. Que sentido há em morrer por uma causa perdida? Quem te agradecerá por isso? Acaso recordarás quem és quando estiveres estirado sobre o teu sangue com o pó da batalha no rosto? Teu sacrifício é tão fútil que fará chorar qualquer mulher.

Soluçava e erguia a voz enquanto falava. Depois caiu em amargo pranto, atirou-se bem sobre mim, começou a abraçar-me e beijar-me loucamente.

— Perdoa-me! — implorou. — Prometi a mim mesma não te atormentar nunca mais, porém sou fraca. Amo-te tanto! Se fosses um mendigo, um traidor, um homem escorraçado por todos, ainda te amaria, querendo viver contigo. Devo aborrecer-te e decepcionar-te continuamente, mas é porque te amo. Perdoa-me.

Nossas lágrimas misturaram-se. Bebi-lhes as gotas salgadas nas faces e nos lábios. A certeza de que tudo mais era fútil crestou meu coração feito ferro em brasa ou como a chama que se alteia antes de se extinguir. Naquela hora duvidei, sentindo-me hesitar. Foi a minha derradeira tentação, mais forte, aliás, do que a que senti no alto da torre de Constantino. As naus de Giustiniani estavam no porto aparelhadas para levantar ferro se fosse necessário. Nenhum dos navios turcos — mais de cem — as conseguiria deter caso pegassem vento à feição, como era provável amanhã.

Antes do sol descambar no Ocidente, Giustiniani bateu na porta e chamou-nos. Ergui o ferrolho e ele entrou sem volver olhares indiscretos na nossa direção. Informou:

— Tudo quieto no acampamento inimigo. O silêncio é mais terrível do que o alarido e o bombardeio. O sultão dividiu suas tropas em contingentes de mil homens e marcou a hora em que cada um desses contingentes deve atacar. Não lhes falou sobre o Islão e sim do maior saque de todos os tempos. Citou-lhes os tesouros existentes nos palácios, os vasos sagrados que havia nas igrejas, as pérolas, as pedras preciosas. Consta que pelo espaço de duas horas levou a falar-lhes de tudo quanto pode ser pilhado e transportado. Não se esqueceu até de fazer referência aos jovens e às raparigas de Constantinopla cuja beleza eles ainda desconheciam. Afirmou que para si próprio reclamava apenas as muralhas da cidade e todos os edifícios públicos. Os turcos cortaram seus trajes para fazer flâmulas para as suas lanças, de maneira a cada um, após a invasão, marcar a casa que escolher para si. Os dervixes que sabem escrever cobriram tais estandartes com todas as letras e algarismos do Islão, e isso deu mais trabalho a eles e à soldadesca do que afiar gumes de cimitarras e construir escadas de assédio.

Durante o dia Giustiniani mandara aparar e tingir a barba, apresentando-se perante nós com ela bem trançada com fio dourado. Sua armadura reluzente não apresentava uma nódoa ou arrebite. Todo ele cheirava a ungüentos caros. Era sob todos os sentidos uma figura impressionante e galharda. Perguntou-nos:

— Não ides à basílica, crianças? Os turcos estão dormindo beatificamente antes do ataque geral. Tudo quanto a artilharia deles puser abaixo, a minha gente consertará. Apressai-vos e vesti-vos com a maior decência para que como as demais pessoas possais comungar e fazer voto de pureza por esta noite. — Olhou-nos e não pôde deixar de acrescentar: — Voto esse que, segundo deduzo de vossas fisionomias, será mais fácil cumprirdes do que outras pessoas...

Cavalgamos juntos para a igreja quando o dia tombava por trás do acampamento inimigo enviando ainda fulgores avermelhados que tingiam as cúpulas verdes das igrejas. O imperador Constantino chegou à basílica com toda a sua corte, senadores e arcontes, na ordem prescrita pelo cerimonial, cada qual cingindo trajes e mantos condizentes com sua categoria. Senti dentro de minha alma que Bizâncio, condenada a desaparecer, se reunia ali a fim de se preparar para a morte.

O *bailo* veneziano, o Conselho dos Doze e os nobres vênetos apresentaram-se também em vestes protocolares. Os que chegavam diretamente dos baluartes vestiam refulgentes armaduras ao invés de dalmáticas, veludos e sedas. Os oficiais de Giustiniani agruparam-se em torno dele. A seguir entraram todos os gregos de Constantinopla enchendo a basílica do antigo imperador Justiniano, não a desprezando mais. Naquela undécima hora resolveram comparecer centenas de sacerdotes e monges, desafiando o interdito. É que na presença da morte desapareciam ódios, dissensões e suspeitas. Cada qual dobrava a cabeça ante o inescrutável mistério, de acordo com a sua própria consciência.

Centenas de lâmpadas ardiam com chamas fragrantes tornando o recinto quase tão claro como se ainda fosse dia. Plácidas porém vigorosas, inenarravelmente tristes, as figuras dos mosaicos nos fitavam lá das paredes douradas. Quando o coro começou a cantar com vozes harmoniosas e celestiais os hinos sacros, até os olhos saltados de Giustiniani se encheram de lágrimas; teve que limpá-las diversas vezes com as duas mãos. Muitos homens de catadura imponente choravam alto.

Na presença de todos nós o imperador confessou seus pecados em frases que os séculos consagraram. Os latinos juntaram-se a ele em sussurrante coro. O Credo foi recitado pelo Metropolita Grego, que omitiu as palavras ofensivas "...e do Filho". O bispo Leonardo repetiu o Credo latino. Nas preces intercessoras dos gregos o nome do Papa não foi mencionado; mas os latinos o citaram em suas orações. Numa noite assim ninguém pensou em levantar divergências. Todos procediam em tácito acordo, e os gregos, em seu desvalimento à procura de alívio, choravam mais alto ainda, agora, porque sua religião já não sofria restrições.

Havia tantos fiéis na igreja que o pão não daria para todos; mas cada qual provou das migalhas, de maneira a não ficar quem não recebesse pelo menos uma côdea significando o sagrado Corpo de Cristo. Se o pão era levedado ou não, já agora não fazia a mínima diferença.

Durante o ritual que durou várias horas, profundo e radiante êxtase nos emocionava; jamais senti deslumbramento igual em qualquer outra igreja do mundo. Anna e eu permanecíamos juntos, de mãos dadas. E de mãos dadas dividimos o pão que nos coube e fizemos nossos votos de pureza. Tão leve parecia meu coração, tão leve parecia o meu corpo que tive a sensação de poder andar sem roçar sequer o solo. Os olhos de Anna, aqueles seus olhos castanhos, ora estavam cerrados, ora fitavam os meus ou o esplendor da basílica; já pareciam remotos, distantes; mas enquanto fugiam da tepidez humana e da presença corporal ainda me enviavam um fulgor cândido de eternidade. Marquei-os bem, certo de os rever futuramente.

Após o ritual litúrgico o imperador Constantino se voltou para o povo e disse com voz trêmula:

— Os turcos dispõem de canhões gigantescos e de imenso exército; nós dispomos de Deus e do Nosso Salvador. Não percamos a esperança.

Abraçou cada um de seus amigos e pediu perdão de qualquer injúria que houvesse feito. Beijou também as pessoas mais próximas, abraçando-as e pedindo-lhes perdão. Seu exemplo induziu até mesmo os latinos a abraçarem-se e desculparem-se reciprocamente. O *bailo* Minotto, com lágrimas nos olhos, abraçou Giustiniani e pediu-lhe que esquecesse e perdoasse seus pensamentos malévolos. Genoveses e vênetos abraçaram-se e prometeram combater com denodo, porfiando na obtenção da glória. Creio que naquela hora todos se mostravam sinceros.

Já se tornara bastante escuro quando deixamos a igreja; mas em todas as casas ardiam candeias, e a rua principal estava acesa com tochas e lanternas desde o adro de Santa Sofia até defronte de Blachernae e a Porta de Kharisios. Sinos repicavam em igrejas e mosteiros, de forma que parecia que estávamos celebrando algum festival jubiloso.

Bem por cima das luzes da cidade, porém, as estrelas cintilavam no céu negro. Os pensamentos das estrelas estavam conosco, e os nossos corpos astrais se preparavam para deixar os invólucros terrenos e volver às suas origens. Era por isso que eu sentia aquela extraordinária leveza; era por isso que os olhos de Anna brilhavam com tamanha beleza edênica.

Próximo da igreja dos Apóstolos, deixamos o séqüito do imperador. Mais uma vez Constantino abraçou Giustiniani e lhe pediu perdão. Quase todos os gregos foram para suas casas trocar as vestes domingueiras pelas de combate e dizer adeus a suas mulheres e filhos, antes de voltar para as muralhas.

Durante esse intervalo encontrei o alemão Grant; desci do cavalo, abracei-o e agradeci suas provas de amizade. Estava com o rosto salpicado de pólvora, andava com certa dificuldade e piscava muito as pálpebras tumefatas. Mesmo naquela derradeira noite ele se dedicava de todo à sua insaciável sede de conhecimento. Mostrou-me dois velhos calvos e desdentados que passavam a certa distância, muito trêmulos e trôpegos, conduzidos por um jovem com a farda de técnico imperial e usando uma insígnia vermelha honorífica que eu nunca tinha visto antes. Johann Grant perguntou-me:

— Sabes de quem se trata?

Meneei a cabeça. Contou, então:

— Acabaram de sair momentaneamente da casamata mais profunda dos subterrâneos do arsenal onde é feito o célebre fogo grego. Repara como até a cara do jovem é encovada e como tem os cabelos finos. Os velhos já perderam os dentes e estão com a pele esfoliando-se. Gostaria de conversar com eles, mas estão sob escolta e quem quer que procure dirigir-lhes a palavra é impedido e afastado imediatamente.

Observei-os melhor, então. E Grant prosseguiu:

— O abastecimento de matéria-prima com que traba-

261

lham já está esgotado. Os últimos recipientes de flúido estão sendo transportados agora para as muralhas e os navios. Conheço alguns dos ingredientes, mas não todos; não sei como são manipulados. A característica mais importante é a maneira pela qual o flúido entra em ignição por si mesmo logo que é derramado com certo ímpeto ou entornado com certo declive. Não é efeito do ar e sim de certo combustível contido no próprio recipiente; deve haver qualquer dispositivo na orla do almofariz e que incendeia o flúido. Este, por sua vez, deve conter bastante nafta, já que flutua sobre a água, que não o extingue. Apenas a areia e o vinagre conseguem apagá-lo. Dizem os marujos vênetos que aprenderam a apagar gotas esparsas lançando-lhes urina. Pois aquêles dois velhos são os últimos, portanto os únicos que conhecem o segredo que tem sido preservado durante todo um milênio. Não existe nenhuma fórmula escrita; nos primeiros tempos cortavam as línguas de todos que trabalhavam nos subterrâneos do arsenal. Se os turcos capturarem esta cidade o último dever da guarda será matar aqueles pobres velhos a fim de que carreguem consigo para os túmulos o segredo da manipulação do fogo grego. Eis por que motivo lhes foi dada licença de vir à igreja hoje pela primeira vez desde sei lá quantos anos!

Encolheu os ombros, meditando em silêncio por algum tempo, e comentou:

— Junto com esta cidade perecerão muitos segredos, muitos conhecimentos preciosos. E sem nenhuma necessidade razoável. Ah! João Angelos, não há nada mais detestável do que a guerra! Digo isto após haver destruído dezenove túneis turcos sob a muralha de Constantinopla e ter posto todo o meu engenho em ajudar os técnicos e peritos do imperador a matar o maior número possível de muçulmanos.

— Não percamos a esperança, — ponderei, embora soubesse que já nem isso nos restava.

Cuspiu para o lado e confessou com sinceridade:

— Minha única esperança é arranjar lugar numa nau veneziana, se me for possível alcançar o porto ainda a tempo. — Riu consigo próprio, vincou a testa e declarou:

— Se eu fosse indivíduo resoluto correria à biblioteca antes da cidade cair e, de espada na mão, requisitaria uma série de manuscritos que cobiço e os levaria para bordo comigo. Ora, aí está uma coisa, porém, que não farei, porque sou alemão e fui educado na escola da lealdade. Se tivesse nascido na Itália não teria tais melindres; os italianos são mais desenvoltos e espertos do que nós do Norte. Mas não posso, não devo, e por isso sinto raiva de mim!

Observei-lhe:
— Chego a lamentar, Johann Grant, que tenhais essa paixão predominante pela ciência. Acaso o sacro mistério do ritual desta noite na basílica não vos libertou de tamanha obsessão?
Respondeu de pronto:
— Absolutamente. Nada, a não ser o conhecimento me pode libertar desta mania ensimesmada em que vivo. O conhecimento é a única liberdade do homem.
Ao despedirmo-nos ele abraçou-me, acrescentando:
— Não és presumido e jamais forças as tuas idéias sobre as alheias. Por isso simpatizei logo contigo, João Angelos.
Como Anna e eu nos aproximássemos da Porta de São Romanos atravessando a friagem noturna, o fétido medonho da corrução rodeou-nos. Era um cheiro insuportável que, todavia, mal se notava enquanto se permanecia de guarda ou lutando nos bastiões e contrafortes da muralha.
Anna Notaras tremia. Desmontamos e Giustiniani aconselhou:
— Descansai, crianças. Vêde se conseguis dormir um pouco. Dispomos ainda de duas ou três horas de sossego e expectativa. Depois que terminar a minha ronda voltarei para dormir ainda um pouco, também eu, sentindo a consciência agora leve não pesar sobre o travesseiro. Tenho sido traído, mas pela graça de Deus mais do que por mérito pessoal não traí ninguém na minha vida.
Pensou em todos os problemas da noite e comunicou-nos:
— Mais tarde, quando todos estivermos em nossos postos defendendo o que ainda resta das muralhas, as poternas serão fechadas e as chaves entregues ao imperador. Foi o que ficou combinado. Como todos estarão cientes dessa providência, ninguém será tentado a fugir. Os que se acham sobre a muralha exterior terão que lutar ou cair. Eis por que comungamos e vamos passar uma noite pura.
Anna Notaras indagou:
— Qual vai ser o meu lugar?
Giustiniani riu com timbre afável.
— Creio que vos deveis contentar com a grande muralha. Na exterior estaremos atarefados demais para cuidar de vós. Posso ser franco? Atrapalharíeis, lá.
Eu intervim:
— Anna, vai para a Kerkoporta. Lá ficarás entre compatriotas e sob a guarda tanto dos irmãos Guacchardi como dos venezianos; se for necessário poderás recolher-te a Blachernae. Mas não fica vedada a hipótese de

escapares para uma das naves venezianas. Assim permaneceremos menos apreensivos durante a batalha.
Ficou mortalmente pálida enquanto eu falava. Senti-a soltar meu braço, como se fosse cair. Amparei-a e perguntei:
— Que é? Estás sentindo alguma coisa?
Sussurrou:
— Por que citaste esse nome... a Kerkoporta? Quiseste dizer qualquer coisa de particular com isso?
— Absolutamente. Creio que lá ficarás mais resguardada. Por que estranhaste? De que é que se trata, Anna?
Disfarçou:
— Decerto este mau cheiro me estonteou. Sou uma combatente sem experiência e não quero estorvar vós outros. Irei para a Kerkoporta e assim ficaremos menos apreensivos em relação um ao outro. Mas quero que até a meia-noite fiquemos juntos. Peço-te isso encarecidamente.
Aliviou-me o fato de Anna haver aceito de bom grado a minha sugestão, porque eu tinha um plano e temia me ver obrigado a instar para que ela o aceitasse. A Kerkoporta seria o lugar mais garantido durante o ataque, onde por certo ficaria mais a coberto das lâminas dos janízaros.
Não tardou que ela adormecesse. Mas como podia eu dormir quando tinha ainda o ensejo de velar sua presença? Pus-me a escrever enquanto isso. Mesmo aqui debaixo, nesta casamata, se distingue o ruído abafado de centenas de milhares de turcos enfileirando-se em seu acampamento, acumulando escadas de assédio e dardos para os archeiros.
Daqui a pouco será meia-noite, e Manuel virá apanhar os meus papéis. Escrevia depressa, pois não foi à toa que durante dois anos servi de escrevente no Sínodo. Giustiniani já havia esvaziado a sua arca e queimado todos os papéis que não queria que caíssem em mãos dos turcos. Fumaça evolava-se também da grande chaminé do palácio de Blachernae, e centelhas e fragmentos de papel chamuscado andaram oscilando na atmosfera aos redemoinhos, pelo vento. Começou o vento norte, o que significa boa notícia para centenas de latinos e respectivas naus.
Esta noite mais de quarenta jovens de Pera apresentaram-se a Giustiniani pedindo licença para combater ao lado dos seus compatriotas. Achavam que sua honra não lhes permitia permanecer neutros, muito embora o *podestá* se tivesse deixado intimidar pelo sultão e ameaçasse de morte todo aquele que infringisse a neutralidade de

Pera. Mandou fechar as portas da cidade, mas a rapaziada pulou os muros perto da praia enquanto as sentinelas olhavam para o outro lado e faziam ouvidos surdos aos ruídos dos toletes dos barcos.

Esta noite ninguém acusa o seu vizinho, todos estão com indulgência plenária para os seus pecados e ninguém se insurge com o fato do amigo ou inimigo obedecer à voz da própria consciência. Caso alguém, mesmo agora, queira fugir para bordo de uma nau veneziana e suborne o capitão, isso é lá com a sua consciência. Caso alguém deslize muralha abaixo e procure esconder-se na cidade, será responsável sozinho perante sua consciência, sem que outrem o moleste. Os desertores já não são agarrados. Não há muitos, na verdade são mesmo poucos, em comparação com aleijados, velhos e até garotos que no decorrer do dia se apresentaram para morrer nas muralhas em prol de sua cidade.

Esta é a noite dos gregos. A última, de liberdade. Vi-lhes os olhos negros, devastados pela melancolia de vários séculos. Lá fora os sinos dobram lugubremente comemorando o fim da Última Roma.

Em breve Manuel estará aqui. É um daqueles que nunca sucumbem.

29 de maio de 1453

Aleo e polis!
A cidade está perdida!
Este grito ecoará enquanto perdurar o mundo. Se nalgum século vindouro eu tornar a nascer neste mundo, tal exclamação trará horror aos meus olhos e porá os meus cabelos em pé. Lembrar-me-ei dessa exclamação e a reconhecerei, embora não me lembre de mais nada, embora a minha alma seja uma placa de cera esmagada.

Aleo e polis.
Todavia, estou vivo ainda. Estava escrito que eu deveria presenciar, beber até à lia o conteúdo amargo da taça sinistra, contemplar a queda da minha cidade e do meu povo.

Por conseguinte, continuo a escrever, a anotar. Mas para escrever tudo isso adequadamente deveria molhar a pena em sangue, e sangue não faltará. O sangue enche as sarjetas em camadas espessas que se coagulam e congelam. Sim, o sangue das feridas dos agonizantes forma poças ainda tépidas. Na rua principal, perto do Hipódromo e em volta da grande basílica, estão estirados tantos cadáveres que mal se pode caminhar sem tropeçar neles.

É noite, mais uma vez.

Agora estou sentado aqui, em minha própria casa que se acha defendida e sob a garantia de uma lança fincada no chão e onde tremula uma flâmula. Enchi os ouvidos com cera para abafar o som dos gritos das mulheres ultrajadas e das crianças pisadas, os brados dos saqueadores que lutam arrebatando-se mutuamente os despojos. Não quero ouvir o grito de morte que se ergue da minha cidade.

Forço a minha emoção a não me molestar. E vou escrevendo, escrevendo, embora minhas mãos tremam. Aliás, todo o meu corpo treme; não de medo, não por minha causa: minha vida vale menos do que um grão de areia da terra; mas por causa do sofrimento e da dor que jorra agora de milhares de fontes ao redor de mim nesta noite de infinito terror.

Vi uma rapariga marcada por mãos ensangüentadas atirar-se dentro de uma cisterna. Vi um facínora arrancar do colo materno uma criança e, rindo, espetá-la na lança de um camarada para depois derrubar a mulher e servir-se dela. Vi toda espécie de maldade que os seres humanos podem fazer uns aos outros. Basta. Não quero ver mais.

Logo após a meia-noite, aqueles que estavam dedicando suas vidas à defesa da muralha exterior tomaram posições. Em seguida as poternas da grande muralha foram fechadas e as chaves entregues aos comandantes de cada setor para que as remetessem ao imperador. Alguns rezavam, mas a maioria se estirou para descansar, sendo que vários até adormeceram de exaustão.

Pouco a pouco, nesse ínterim, as naus ligeiras dos turcos começaram a singrar as águas aproximando-se da muralha do porto. A esquadra principal, que jazia ancorada no Porto dos Pilares, saiu do Bósforo e se estendeu ao largo, ao longo da muralha marítima, desde a Torre de Mármore até ao Neorion e à barreira flutuante. Por essa forma o sultão mandava fechar tudo numa circunferência para que dos nossos contingentes nenhum deslocasse reforços para setores avulsos. O inimigo teve ordem de atacar de rijo em todos os pontos, não havendo mais meros ensaios. Por isso suas naus também foram equipadas com escadas e pontes de assalto, enquanto os archeiros atopetavam os tombadilhos e as cordoalhas.

Ao primeiro que se agüentar vivo sobre a muralha, o sultão prometeu condecoração de primeiro grau (penacho feito de cauda de cavalo) e o posto de governador de uma província. A todo aquele que fugir ou se render, ameaçou com a morte. Suas tropas de assalto investiram flanqueadas por companhias vigilantes de *tsaushes*.

As três horas da madrugada, trombetas e tambores ressoaram e tremenda barulheira irrompeu quando as primeiras companhias de assalto se puseram a berrar, incentivando-se.

A brecha que estávamos defendendo perto da Porta de São Romanos tem mais de duzentos côvados de abertura hiante. O sultão fez avançar primeiro suas tropas auxiliares compostas de nômades e pastores que tinham vindo de toda a Ásia para tomar parte na guerra santa do Islão. Estavam armados apenas com espadas ou lanças e usavam estreitos escudos de madeira.

Quando eles se aproximaram da muralha, os arcabuzes e as colubrinas turcas abriram fogo e ao mesmo tempo uma nuvem de dardos voou na nossa direção. Centenas de escadas de assédio foram erguidas simultaneamente contra nossos parapeitos provisórios de terra. Depois, com uivos e berros amedrontadores e invocações a Alá, os primeiros grupos desse contingente de mil soldados procurou subir. Mas as escadas foram empurradas, fogo grego começou a cair sobre eles, e o bolo de homens que se levantava ou caía lá embaixo era alvejado com dardos bem como com breu derretido e chumbo em ebulição tombando de longas gárgulas. Tão ensurdecedor era o barulho que dentro em pouco já não distinguíamos as vozes dos ruídos. O inimigo estava atacando ao longo de toda a extensão da muralha, exceto no trecho marítimo. Mas agora a sua artilharia atroava também do lado do porto e da banda do mar.

Muitos dos assaltantes ficaram bastante queimados e esfolados e procuraram fugir; porém os *tsaushes* postados junto do fosso lhes fendiam as cabeças com as espadas e os atiravam no valado para enchê-lo e facilitar assim o acesso. Não tardou que pilhas de cadáveres se fossem acumulando, atingindo em diversos pontos metade da altura do baluarte exterior.

Após experimentar aquelas tropas irregulares, o sultão despachou tropas de seus aliados cristãos bem como os renegados de todas as nações que se tinham engajado sob a sua bandeira por sede de saque. Esses combatiam por suas vidas, e muitos se procuraram agüentar sobre a muralha até que fossem derrubados, caindo sobre montes de cadáveres e feridos. Era terrível ouvi-los invocar Cristo e a Virgem Santíssima em todas as línguas da Europa, junto com os turcos que invocavam Alá e o seu Profeta. A todo instante me surgia uma cara deformada pelo terror e que no momento seguinte desaparecia nas trevas, caindo.

Muitos dos genoveses que usavam malha e armaduras foram feridos ou mortos por balas de chumbo porque os turcos continuavam atirando, sem consideração pelas vidas dos seus próprios companheiros. Genoveses feridos lutavam até de joelhos na beira da muralha, sem tentar arrastar-se para abrigos até que os atacantes os puxavam para baixo com suas fateixas e arpões.

Cerca de uma hora depois, o sultão consentiu que os sobreviventes se retirassem e mandou que entrassem em ação os canhões gigantes. Seus projéteis de pedra desmantelavam nossos aterros e parapeitos, estraçalhando cabazes e barricas com terra colocadas na passagem existente entre as muralhas exterior e principal. O ruído da madeira que ruía enchia os ares. A poeira ainda flutuava e a fumaça ainda não se dispersara quando os turcos da Anatólia iniciaram seu ataque.

Estes eram homens velozes que riam alegremente enquanto subiam nos ombros uns dos outros a fim de formar "tartarugas" superpostas de maneira a atingir a orla dos baluartes. Os *tsaushes* não precisavam instigá-los com açoites para que avançassem, porque eram turcos legítimos, com o instinto da guerra no sangue. Desdenhavam trégua e morriam com o nome de Alá nos lábios. Sabiam muito bem que os dez mil anjos do Islão adejavam por sobre eles e que no momento da morte os arrebatariam diretamente para o paraíso.

Atacavam em ondas compactas de mil, goelando e insultando os cristãos com ameaças demasiado medonhas para aqui serem registradas. Mas os nossos homens mantinham-se firmes. As lacunas em nossas fileiras eram logo preenchidas e sempre que a muralha viva de ferro parecia hesitar, para lá se precipitava Giustiniani encorajando os seus homens e abrindo as entranhas dos inimigos com seu montante. Onde quer que ele aparecia o ataque fraquejava e os assaltantes mudavam suas escadas para outros pontos.

Quando o ataque dos anatolianos começou a diminuir, o primeiro lampejo baço da madrugada apareceu no céu. Eu estava com o corpo todo contundido e sentia os braços tão cansados que após cada golpe julgava impossível poder erguê-los de novo para o golpe seguinte. Muitos dos genoveses metidos em armaduras ofegavam, bufavam e pediam água. Assim que os turcos principiaram a retirar-se, muitos dos nossos recobraram esperança e em diversos pontos da muralha alguns pobres loucos principiaram a gritar esganiçadamente:

— Vitória! Vitória!

A madrugada já deixava distinguir pormenores na paisagem e enquanto a noite fugia fomos distinguindo os enormes turbantes brancos de feltro dos janízaros que em fileiras densas a certa distância do fosso aguardavam ordem de avançar. Formavam contingentes de mil homens, e o próprio Mohammed podia ser vislumbrado na frente deles segurando seu martelo de ferro de comando. Mais que depressa começamos a alvejá-lo virando em sua direção arcabuzes e colubrinas; mas não conseguíamos atingi-lo. À sua volta, ali por perto, caíram alguns janízaros, porém as fileiras continuaram imóveis e impassíveis. Outros inseriam-se nos claros preenchendo as lacunas e se via que estavam radiantes com a honra de entrar para a linha de vanguarda junto ao seu soberano, proximidade essa a que de outra forma nem a idade nem o tempo de serviço os habilitariam. *Tsaushes* vestidos de verde imediatamente se colocavam entre nós e o sultão, escudando-o com seus corpos.

As mulheres e os velhos que se achavam na grande muralha aproveitaram essa pausa para baixar grandes recipientes com água misturada com vinho; pois embora a muralha principal estivesse tão danificada que em muitos trechos já não era mais alta do que os parapeitos das obras de terra que substituíam a muralha exterior, continuava demasiado íngreme para que pudessem descer.

O que se seguiu posso relatar apenas conforme vi, e talvez outro conte os fatos de maneira diversa, já que as faculdades de observação dos homens é falha. Em todo o caso, como me achava sempre bem perto de Giustiniani, creio que vi direito o que ia sucedendo.

Ouvi ainda a tempo os brados de advertência e abaixei-me enquanto os turcos descarregavam seus grandes canhões e as demais peças num tiroteio tremendo. O vento refrescara e não tardou a varrer as nuvens negras de fumaça rastejante. Quando os estrondos e os gritos cessaram, vi Giustiniani cambalear pesadamente e sentar-se no chão. No lado de sua couraça abria-se um rombo da largura de um punho, feito por uma bala de chumbo que o atingira por detrás em diagonal. Instantâneamente seu rosto ficou cor de cinza e toda a vitalidade se escoou para fora de seu corpo; de modo que se diria um velho apesar da barba e dos cabelos não serem grisalhos. Cuspiu uma golfada de sangue e notei que também estava com uma hemorragia que se escoava pelos interstícios da armadura.

— Acertaram-me em cheio. Estou liquidado, — disse ele.

Os que se achavam perto rodearam-no para que os demais não vissem que o chefe havia sido ferido. E olhavam ameaçadoramente para trás. Um declarou:

— A bala veio pela retaguarda!

Dois acercaram-se de mim, agarraram-me pelos braços e tiraram-me as manoplas para ver se meus dedos estavam manchados de pólvora. Depois voltaram-se para

269

um técnico grego que se achava a pequena distância e que apressadamente carregava o seu arcabuz. Derrubaram-no, sacudiram-no pela barba e deram-lhe pontapés. Todos olhavam na direção da grande muralha e gesticulavam com os punhos cerrados.

Giustiniani interveio com voz fraca:

— Pelo amor de Cristo, irmãos, não brigueis agora. Que importância tem querer descobrir de que lado veio a bala? Posso muito bem ter virado a fim de olhar para a muralha ou os recipientes com água, ficando de costas momentâneamente para os turcos. Para mim dá na mesma. Agireis melhor chamando um físico.

Seus homens começaram a pedir um médico, em coro; mas os gregos responderam lá da muralha que nenhum podia ir socorrer Giustiniani porque a poterna estava fechada. Um homem corajoso poderia deslizar pela muralha abaixo, sendo compreensível que nenhum médico quisesse se arriscar a isso para salvar Giustiniani, pois exatamente nessa hora os tambores de cobre dos janízaros começaram a rufar sua notória música de ataque maciço.

Não condiz com a dignidade dos janízaros invocar o nome de Alá quando investem. Precipitaram-se de maneira selvagem porém silenciosa para os nossos altos taludes. Em muitos lugares nem tiveram necessidade de aplicar escadas, tão altos eram os montes de cadáveres junto às ruínas da muralha exterior. A investida foi violenta e rápida, e poucos defensores tiveram tempo de beber água embora estivessem quase perecendo de sede. As jarras foram atiradas sobre os invasores e logo a seguir uma luta de corpo a corpo se generalizou ao longo do topo da muralha.

Aquilo agora não era matança a esmo: era guerra bem conduzida. Os janízaros usavam armadura de escamas ou cota de malhas. Suas espadas feriam rápidas que nem raios e só seu número já obrigava os defensores a recuar. Os genoveses de Giustiniani e os gregos que tinham sido remetidos em nosso auxílio se viram compelidos a juntar-se em feixes de modo a opor resistência com sua força global.

Eis que de súbito o imperador, montado em seu cavalo branco, apareceu junto aos baluartes, entre as duas muralhas. Seu rosto reluzia. Estacou o corcel e gritou com timbre animado:

— Resisti! Agüentai firme, que o dia será nosso!

Se ele se achasse cá embaixo na muralha exterior entre nós sentindo o peso de chumbo que quase derreava nossos membros teria noção menos otimista.

Giustiniani ergueu a cabeça que até então apoiava sobre as mãos, rilhou os dentes, irritadíssimo, cuspiu outra golfada de sangue borbulhante e após soltar uma blasfêmia pediu ao imperador que entregasse a chave da poterna mais próxima. Em resposta, o imperador gritou que o ferimento de Giustiniani não podia ser grave, absolutamente, e que não lhe ficava bem abandonar os seus homens naquele momento crítico só por causa de um ferimento comum.

Então Giustiniani respondeu, rugindo:

— Grego perjuro e excomungado! Eu é que posso julgar como me sinto! Joga cá embaixo essa chave ou vou até aí e te estrangulo com as minhas próprias mãos!

Apesar da fúria da batalha, seus homens deram uma gargalhada, e após um momento de hesitação o imperador arremessou a chave, que caiu aos pés de Giustiniani. Este agarrou-a e mostrou-a ameaçadoramente aos que se achavam mais perto. O conflito desencadeava-se a poucos passos de distância, com o entrechocar das lâminas das armaduras. Nisto um gigantesco janízaro se acercou dele com um montante que arrebatara de algum cristão, mas os genoveses conseguiram cercá-lo e fazê-lo cair de joelhos. Tão resistente era a sua armadura que só conseguiram matá-lo após repetidos golpes.

Quando a primeira onda de janízaros recuou para resfolegar um pouco e recobrar ânimo, a segunda avançou. Giustiniani chamou-me e disse-me:

— Dá-me teu braço e ajuda-me a safar-me daqui. Um bom comandante luta até quando vê que ainda existe uma chance. Só. Não mais.

Peguei-o por um braço, o soldado mais próximo ergueu-o pelo outro, e conseguimos descê-lo pelo lado interno do baluarte atravessando a passagem entre as duas muralhas até atingirmos a poterna. Já na rua da cidade o imperador veio ao nosso encontro, muito agitado, à frente de sua escolta. Não usava armadura, a fim de mover-se mais facilmente; vestia uma camisa de púrpura coberta com um manto verde ponteado de ouro. Tornou a instar com Giustiniani para agüentar firme, e concitou-o a voltar para a batalha. Repetiu que decerto o ferimento não era grave. Mas Giustiniani nem sequer respondeu, limitando-se a olhá-lo de esguelha. Já lhe bastava ter que suportar a dor que cada passo lhe causava.

Desiludido, o imperador voltou à muralha para observar a batalha e encorajar os gregos com seus conselhos. Conseguimos a custo remover a armadura de Giustiniani; quando ela caiu no chão esparramou sangue para todos os lados. Giustiniani fez sinal ao seu substituto mais indicado recomendando-lhe:

— Responsabilizo-te pelas vidas dos meus homens.
O oficial fez que sim com um aceno de cabeça e voltou para a muralha. O dia ia-se tornando cada vez mais claro. Dirige-me baixo a Giustiniani:
— Agradeço tuas provas de amizade. Adeus. Preciso voltar para o combate.
Estendeu a mão, contraiu a fisionomia por causa da pontada e disse com evidente esforço:
— Danamo-nos. A batalha está perdida. Sabes tão bem quanto eu. Como podem mil homens exaustos resistir a doze mil janízaros resguardados em armaduras novas em fôlha? Escuta: a bordo do meu navio há um lugar para ti. Mereceste-o honradamente.
Gemeu durante algum tempo, apertando as têmporas com as mãos e depois continuou:
— Pelo amor de Cristo sobe até a muralha, vê em que pé vão as coisas e volta para dizer-me.
Queria safar-se quanto antes porque agora, através da poterna, genoveses isolados estavam principiando a aparecer, cambaleantes e ensangüentados da cabeça aos pés. E vinham juntar-se a ele. Subi para a muralha e na claridade crescente da manhã pude ver o sultão Mohammed já perto do fosso atulhado. Brandia o seu martelo de ferro e saudava alegremente os janízaros que passavam correndo para o assalto.
A batalha encarniçava-se ao longo de todo o nosso setor na muralha externa. Os genoveses deram em reunir-se, e aqui e acolá eu via um deles bater no ombro do outro e substituí-lo. É que principiavam a retirar-se um a um, em direção à poterna. Sim, de fato a batalha estava perdida. Os tambores de cobre dos janízaros ressoavam cada vez mais alto. Aquilo parecia o canto fúnebre em louvor ou escárnio à minha cidade.
De súbito alguém ao meu lado apontou para a banda nordeste da muralha em direção a Blachernae. Homens e velhos que torciam as mãos e gritavam transidos de mêdo, de repente ficaram silenciosos olhando para lá com ar incrédulo. À luz do sol nascente as bandeiras vermelhas do sultão com o crescente cor de prata flutuavam no alto das duas torres intatas de Kerkoporta!...
Foi uma cena que jamais esquecerei. Toda a cidade viu-a no mesmo instante, pois ao longo da muralha se espalhou primeiro num murmúrio depois num crescente grito de horror a exclamação da nossa derrota:
— *Aleo e polis!*
Os turcos fizeram coro com um uivo gutural de júbilo como se cem mil gargantas gargarejassem. No primeiro instante fiquei em dúvida, pois era impossível que a

parte menos danificada da muralha tivesse caído antes das outras; e além disso perto da Kerkoporta até as defesas exteriores mais avançadas se achavam quase intatas. Todavia, sobre a grande muralha flutuavam os crescentes turcos!

No mesmo instante uma nova onda de janízaros varreu gregos e os restantes genoveses para a passagem existente entre as duas muralhas. Os mais avançados continuaram o assalto e, ágeis feito gatos, principiaram a escalar a grande muralha, agarrando-se a cada saliência ou fenda. O terror forneceu forças às mulheres e meninos que se achavam nas ameias e que principiaram a desconjuntar os blocos de pedra para que caíssem sobre os invasores. As gárgulas de bronze dispostas sobre a porta começaram a vomitar fogo em chamas agora que para nós não havia mais perigo em incendiar a madeira dos parapeitos e paliçadas. Um dos técnicos do imperador manobrava e forçava desesperadamente as alavancas propulsoras; não tardou, porém, que a torrente inflamada minguasse até ficar gotejando apenas enquanto a mancha úmida se infiltrava no aterro. Acabara-se o célebre fogo grego.

Tudo quanto narro sucedeu em tempo mais breve do que aquele que levo para escrever.

Bradei para o imperador e a sua comitiva que já era mais do que tempo de abrir o contra-ataque. Como não me ouvissem, me lancei pela borda abaixo da muralha em direção a Giustiniani. O grito de morte da cidade ressoava por toda parte: *"Aleo e polis!"* As próprias pedras pareciam ouvi-lo ou bradá-lo, enquanto a muralha estremecia com a passagem vertiginosa de milhares de pés correndo.

Os genoveses tinham conseguido erguer Giustiniani para a sela do seu cavalo e agora, com as espadas desembainhadas, o rodeavam em grupo ameaçador. Quando chegaram a Constantinopla eram constituídos por quatrocentos homens metidos em couraças metálicas e trezentos alabardeiros; agora não passavam de cem, ao todo. Acaso podia eu censurá-los se tentavam salvar-se? Bradei para Giustiniani, saudando-o com a mão:

— Boa sorte! Restabelece-te logo. Ainda arrancarás Lemnos das mãos dos catalães. Bem mereces, por tua coragem e heroísmo!

Mas seu rosto cor de chumbo, de pálpebras fechadas, indicava que era um homem agonizante que os soldados estavam conduzindo para o porto. Giustiniani não pôde sequer virar a cabeça para responder. Os seus homens apoiavam-no sobre a sela, de ambos os lados. Assim que aquela cena se retirou do teatro do mundo dobrando a primeira esquina, se iniciou sobre a muralha principal a batalha decisiva, que tudo remataria. Dentro em pouco, de todos os setores, bastiões, baluartes e torres saltavam homens atirando fora as armas e correndo às cegas para a cidade. O imperador aos brados não conseguia fazê-los parar.

Logo que Giustiniani partiu do seu setor, os genoveses de sua maior confiança escancararam a poterna e ameaçaram com suas espadas os guardas imperiais quando estes quiseram fechá-la. Esses oficiais iam recebendo seus compatriotas um a um, dispunham-nos em grupos de dez e os mandavam para o porto, em dois pelotões de cada vez. Desta forma conseguiram salvar quarenta. Um dos oficiais, homem feio, de cara marcada por cicatrizes de varíola, cuspiu para o chão, quase em cima dos meus pés, e desabafou-se:

— Danai-vos, gregos excomungados!

Logo a seguir os primeiros janízaros apareceram na arcada, com as cimitarras em punho; ofegavam devido ao esforço do assalto. Conseguimos fechar a poterna com estrépito e aferrolhá-la ainda a tempo de nos safarmos.

Eu notara pela expressão do oficial das cicatrizes de varíola que ele tinha ganas de arrebentar-me o crânio por eu ser grego. Limitou-se, porém, a limpar a lâmina na braga de couro e retirar-se com os últimos dos seus homens. A honra não lhes permitia que corressem, muito embora a rua já estivesse repleta de fugitivos.

Permaneci sozinho rente à poterna aguardando o sinal para o contra-ataque. Conforme disse, eu me achava sòzinho; mas eis que de súbito apareceu ao meu lado o ser que eu encontrara por ocasião do terremoto na Hungria e depois em Varna, quando eu observava o cadáver do cardeal Cesarini. Era um ser misterioso, embuçado de preto e se parecia muitíssimo comigo. Nele reconheci meu rosto e meus olhos. Disse-lhe:

— Encontramo-nos aqui na Porta de São Romanos, conforme me prometeste. Não fugi, como o mercador de Samarra.

Com um sorriso frio, redargüiu:

— Sabes cumprir tuas promessas, João Angelos.

Expliquei:

— Naquela ocasião eu nem sequer sabia onde ficava a Porta de São Romanos; mas o destino me trouxe. Aqui estou junto dela.

Pouco acima do ponto onde nos encontrávamos, os janízaros já corriam através dos baluartes. Os primeiros raios do sol matutino lhes tingiam de vermelho os grandes turbantes brancos. Vermelho também era o faiscar de suas espadas abatendo os últimos defensores: soldados, técnicos, mulheres, velhos e meninos, indiscriminadamente. Junto de nós o imperador Constantino gritava e gesticulava chamando os fugitivos. Mas do próprio grupo da sua comitiva muitos se esgueiravam logo que ele se virava para inúteis conclamações; e assim até a sua escolta se foi rarefazendo.

Quando o imperador percebeu isso, cobriu o rosto com as mãos e exclamou:

— Não haverá um cristão que tenha pena de mim e me corte a cabeça?

O anjo da morte sacudiu a cabeça e me disse, sorrindo:
— Estás vendo? Ele precisa de mim mais do que tu.

E o desconhecido embuçado de preto, que tanto se parecia comigo, se dirigiu vagarosamente para o imperador e principiou a falar com ele.

O imperador saltou do cavalo, arrebentou a corrente de ouro que lhe cingia o pescoço e atirou no chão o manto verde debruado de ouro; pôs na cabeça um capacete, agarrou o escudo que alguém lhe ofereceu e foi ao encontro dos janízaros que a pequena distância de nós caíam, rolavam e saltavam da muralha para o interior da cidade. Os cortesãos e amigos mais íntimos de Constantino que se tinham dedicado a ele em vida e agora o faziam também em face da morte, o seguiram, desembainhando as espadas. Tal exemplo induziu alguns fugitivos a acompanharem-nos.

Éramos talvez cem que em fileira cerrada, primeiro andando e depois correndo, avançamos para o derradeiro embate quando os janízaros já hasteavam sua bandeira na grande muralha e penetravam na cidade. Então tudo se transformou em estilhaçar de escudos, cintilar de lâminas até que em meio à confusão perdi o equilíbrio e caí de borco, longe de minha espada. Recebi um talho no ombro e um ferimento na cabeça. Instantaneamente uma fulguração rubra vibrou ao redor de mim e perdi os sentidos.

Qual tempestade sibilante os turcos passaram por cima de mim, que ali jazia estatelado no chão.

O sol já se erguera bastante da linha do horizonte e parecia uma gema no azul quando recuperei os sentidos. Primeiro não entendi direito onde me achava; em seguida consegui remover para um lado os corpos ainda quentes que jaziam sobre mim. Sentei-me e averiguei que não estava ferido muito gravemente, conquanto enxames de ruídos retinissem em meu cérebro.

Enquanto permanecia ali assim, de pálpebras entrecerradas por causa do sol, dois *tsaushes* vestidos de verde percorriam o topo da muralha à procura dos feridos. De vez em quando se inclinavam para decepar do corpo alguma cabeça de agonizante. Chamei-os em idioma turco pedindo-lhes que me dessem o golpe de misericórdia, porém o mais idoso deles, depois que ambos se abaixaram para me observar, acabou por me reconhecer e tratou de fazer profunda mesura, pondo a mão na testa. Por certo se fartara durante sete anos de me ver na comitiva do sultão, quando eu servia Murad e Mohammed.

Foi buscar água, lavou-me a cara, ajudou-me a tirar o morrião e a cota de malha e entregou-me uma capa turca que arrancou do janízaro menos ensangüentado que jazia morto ali perto. Não sei se cuidou que eu tomara parte no assalto ou se eu vivia na cidade como espia do sultão. A verdade é que me disse o seu nome e rogou que não me esquecesse dele. Ao perceber o estado de atarantamento em que eu me encontrava me disse as senhas tanto dos janízaros como dos *tsaushes*, estendeu-me uma lança com um pedaço de roupa amarrado na extremidade e declarou com sorriso benévolo:

— Maior é a recompensa de Alá. O dono disto aqui já não precisa mais de coisas do mundo. Tomai esta espécie de estandarte como vossa insígnia e marcai uma casa para vós.

Fazendo da lança bastão em que me apoiar, segui cambaleando pela orla inferior da muralha em direção à Kerkoporta. Passando perto da Porta de Kharisios ouvi que a batalha ainda não terminara, muito embora a bandeira do sultão já adejasse na cúpula de Blachernae. Cheguei exatamente na hora em que os irmãos Guacchardi estavam retirando os seus homens. O bastião que eles defendiam agüentara firme ainda muito depois que os turcos haviam irrompido na cidade em diversos trechos. Agora montavam a cavalo e tamanho era o terror que seu heroísmo inspirara aos turcos da Anatólia que resolveram não molestá-los mais; abandonaram-nos, portanto, preferindo entregar-se ao saque.

Mas os irmãos Guacchardi agora não sorriam. O mais velho chamou alto os outros e disse:

— A cidade está perdida e a verdade é que ainda vivemos! Treme, ó Sol! E tu, Terra, geme e lamenta-te! Terminou a batalha. Salvemos nossas vidas enquanto ainda é possível!

Ordenaram aos últimos dos seus homens que arrecadassem estribos, cilhas e rabichos de suas montadas e os acompanhassem. E de fato lá se foram deixando rastros de sangue ao longo das ruas. Até mesmo os janízaros se afastavam e desviavam os olhos fingindo não vê-los passar. Mostravam assim respeito pelo denodo dos Guacchardi, considerando decerto que um saque mais garantido era preferível a inúteis matanças na hora da vitória. Os irmãos Guacchardi atingiram o porto apesar do inimigo já haver ocupado a cidade inteira. E escaparam a bordo de uma nau latina. Seus nomes são Paolo, Antônio e Troilo, e o mais velho não tem ainda trinta anos de idade. Não menosprezavam os gregos, agindo nisso diferentemente dos demais latinos. Que os nomes deles perdurem através dos séculos.

Continuei meu caminho para a Kerkoporta. Tive a impressão de que os venezianos haviam feito uma surtida de Blachernae contra os janízaros, pois muitos destes jaziam estirados no chão junto com jovens vênetos; seus corpos rígidos estavam sujos de terra e sangue. O local achava-se deserto. Os janízaros já tinham abandonado as torres capturadas da muralha, deixando apenas as bandeiras do sultão como indício da posse. A própria Kerkoporta achava-se fechada e aferrolhada. Diante dela...

Diante dela jazia o corpo de Anna Notaras, com sangue até nos cabelos revoltos; suas pálpebras permaneciam entreabertas. Enxames de moscas andavam sobre os olhos e os lábios. O elmo jazia tombado a certa distância. A garganta, as axilas e as virilhas, todas as partes do corpo que a armadura não protegia apresentavam profundas punhaladas. A hemorragia esvaziara-lhe as veias e ali estava ela em medonha posição, meio contorcida e arqueada.

Exclamei, no transe do meu desespero:

— Onde estás tu, anjo embuçado de negro, minha própria imagem, ó desconhecido misericordioso! Agora, sim, é que preciso de ti!

Mas o anjo de túnica negra não veio. E ali fiquei sozinho, apertando a cabeça nas mãos e gemendo alto:

— Manuel, Manuel, foi tudo culpa tua! Hei de dar cabo de ti nem que te escondas no inferno. Por que motivo não me obedeceste?

Tentei soerguer o corpo de Anna, mas tão fraco estava que nem forças tive. Sentei-me ao seu lado e quedei assim a lhe contemplar o semblante de maneira a empedernir o coração, já que ela se fora de vez. E enquanto a contemplava, enquanto gritos de agonia se levantavam cada vez mais rouquenhos de casa em casa e de rua em rua, deixei de acreditar em Deus e num futuro retorno a este mundo. Disse comigo mesmo:

— A pedra é pedra, e o corpo não passa de mero corpo.

Aquilo que não respira não está vivo. O corpo astral é uma fantasia como qualquer outra.

Agitei as mãos para espantar as moscas, levantei-me e segui a esmo. Um cadáver nada mais é do que cadáver, e nada posso contra a morte.

Apoiando-me na lança prossegui ao longo da rua principal até ao centro da cidade, na esperança de encontrar alguém que se apiedasse de mim com um golpe de sua espada.

Mas ninguém se atreveu.

Na rua que leva ao convento de Khora jaziam pelo chão ícones estraçalhados e cadáveres disformes de diversas mulheres. Algumas ainda seguravam velas de cera nos dedos convulsivamente fletidos, e conservavam os rostos contraídos em inenarrável espasmo de terror.

Numa e noutra casa ainda lavravam lutas esparsas, principalmente nas residências maiores cujos moradores tinham posto tranca nas portas e continuavam a defender-se com bestas, pedras, tições e água em ebulição. Mas na maioria das casas flutuavam os pendões dos invasores, as lanças transformadas em hastes e os panos transformados em galhardetes. Vinham lá de dentro pranto e gritaria de mulheres.

Ao longo de todo o trecho do aqueduto do Imperador Valentino a rua principal estava juncada de gregos mortos. Ali a carnificina tétrica parecia já ter parado. Comecei a encontrar longos cordões de gregos algemados juntos sob a guarda de um único homem, antigo pegureiro descalço e de lança na mão. As mulheres tinham sido despojadas de suas jóias e adornos, haviam-lhes rasgado as roupas à procura de dinheiro e agora seguiam com as mãos para trás atadas em seus próprios cintos. Gente de toda condição, velhos e crianças, artesãos e arcontes caminhavam lado a lado; seriam separados mais tarde no acampamento turco para que os pobres fossem vendidos como escravos e os ricos pagassem seus respectivos resgates.

Desci para o porto. Alguns quarteirões estavam desertos e não havia sinais de invasores. A muralha marítima situada bem defronte de Pera e que a esquadra guardava, continuava nas mãos dos latinos. Enorme multidão febricitante aglomerava-se diante dos portões. Todos estendiam os braços pedindo por misericórdia um lugar a bordo dos navios. Mas os guardas tinham fechado os portões e jogado na água as chaves, exceto o portão dos marinheiros que era vigiado severamente por marujos armados com lanças e espadas. No alto da muralha as sentinelas agitavam suas mechas e com vozes estridentes ameaçavam descarregar os arcabuzes na mul-

tidão se esta não se retirasse deixando passagem para os soldados latinos que de vez em quando abriam seu caminho cobertos de sangue da cabeça aos pés, ofegando de exaustão, buscando a segurança do cais.
Muitas mulheres acabaram ferindo as mãos e os pulsos gravemente de encontro às espadas dos marujos. Diversos nobres e ricaços estendiam suas bolsas recheadas, na esperança vã de comprar lugar a bordo de qualquer nau.
Subi a colina para ver do alto da muralha o aspecto do porto. Em diversos pontos havia gente colocando escadas na muralha e as pessoas mais corajosas se jogavam na água e nadavam na direção das naves. Cabeças flutuavam como pontos negros na superfície oscilante. No portaló das escadas de corda, guardas armados resistiam aos esforços dos nadadores ou os aconselhavam a procurar outros navios. Muitos se viram forçados assim a nadar de uma nau para outra até perderem as forças e se afogarem. Certas naves, contudo, dispondo ainda de lugares ou precisando de equipagem aceitavam os fugitivos de aspecto mais vigoroso.
Barcos, adernando quase de tanta carga, rumavam para os navios e logo voltavam para pegar novas remessas. Carregavam além de latinos fugidos das muralhas, arcas e fardos. Na confusão que predominou durante o dia inteiro, só a frota parecia não se ter contagiado com a desordem geral. Certos gregos tinham acesso a bordo também se eram conhecidos dos genoveses ou dos venezianos e se ainda restavam lugares nos porões ou nos tombadilhos.
Parado na encosta da colina, vi a nau maior zarpar e com o favor do vento e dos remadores seguir diretamente para a barreira flutuante na esperança de arrebentar a corrente. Era uma nau bem grande, tendo no mínimo duzentas pessoas a bordo. A corrente cedeu porém não arrebentou, e o navio recuou com formidável solavanco que o sacudiu da proa à ré. Mas os mastros não entortaram sequer, pois os genoveses são marinheiros experimentados e sabem como se deve manobrar.
O vento norte impeliu a nave novamente contra a corrente que se encurvou como um arco tenso. Dois marujos vigorosos saltaram para cima dela, cada qual com um machado de lâmina potente; com desesperada energia se puseram a decepá-la até que de repente ela se partiu. A nau orgulhosa saiu do porto com as velas enfunadas e os dois homens mal tiveram tempo de saltar para bordo. Após a grande nau passaram outras três menores; enquanto isso as naves venezianas permaneciam ancoradas pachorrentamente.

Nem sequer uma galera turca se mexeu para atacar as naus fugitivas, pois suas tripulações as haviam largado ao longo do litoral de Mármara. Tanto os marinheiros como a soldadesca se achavam atarefadíssimos em transportar para bordo delas os imensos despojos do saque e em tanger rebanhos e mais rebanhos de escravos; muitos destes eram judeus, pois os marujos se tinham dirigido primeiro para a Giudeca, o bairro judeu, revistando-o à procura do tão falado ouro e jóias dos mercadores. Foi por isso que grande parte da população conseguira alcançar o porto apesar de quase toda a cidade já se achar nas mãos dos turcos.

Enquanto as naus zarpavam, o pavilhão imperial ainda flutuava no alto da ponta da Acrópole. Naquele ponto os marinheiros cretenses tinham feito seu ancoradouro, e os turcos não pareciam dispostos a empreender um ataque em grande escala, embora soubessem que os defensores daquele trecho não queriam capitular por mais que soubessem que a cidade propriamente dita já havia caído.

Não tendo nada que fazer no porto, prossegui em direção à minha casa. Quando cheguei, todos os indícios eram de que estava deserta. Não vi nenhum turco, não obstante a taverna em frente ter sido saqueada e apresentar junto ao patamar uma poça de vinho.

Finquei no chão, perto do leão de pedra, a lança que um farrapo de roupa transformava em bandeira pessoal. Dessa forma tomei posse da minha própria casa. Entrei e me pus a chamar alto Manuel. Após algum tempo uma voz transida respondeu:

— Sois vós, patrão?

Apareceu rastejando e procurou abraçar meus joelhos. Afastei-o dando-lhe forte pontapé no peito, indiferente à sua velhice e fragilidade. E perguntei-lhe, furioso, querendo arrancar com as mãos inermes a espada que se encravara demasiado na bainha:

— Por que não me obedeceste? Por que não cumpriste as minhas ordens?

Foi só então que percebi que a minha arma era uma cimitarra turca e que o manto que me haviam dado e a atadura que me enrolava a cabeça por causa do ferimento me semelhavam a um turco. E Manuel bradou com a maior sinceridade:

— Louvado seja Deus, já que na verdade servíeis e servis o sultão! Fizestes muito bem em guardar vosso segredo até ao último instante a ponto de até eu acabar acreditando. Patrão, ides tomar-me sob vossa proteção, não é mesmo? Já marquei uma porção de casas que podeis saquear contando com o meu auxílio. — Olhou-me de esguelha depressa, arrependeu-se, e corrigiu: — Isto é, na hipótese de precisarmos de víveres... Enquanto me achava aqui meditava no que faria numa condição destas caso fosse turco. Dizei-me uma coisa: é verdade que o imperador sucumbiu?

Como eu respondesse que sim com a cabeça, Manuel se benzeu compungidamente e deduziu:

— Ah! mais uma vez louvado seja Deus! Com que então já agora não resta mais dúvida: somos súditos do sultão. Patrão, tomai-me como vosso escravo para que eu possa declarar que vos pertenço na hipótese muito provável de me quererem carregar.

Não conseguia tolerá-lo mais. Agarrando-o pela barba ergui-lhe o queixo forçando-o a olhar para mim.

— Onde está minha mulher Anna, que confiei à tua guarda e que juraste salvar?

— Morreu!... — sussurrou Manuel. Fungou, limpou o nariz nos dedos, prorrompeu em lancinante pranto. — Recomendastes-me que quando tudo estivesse perdido eu a estonteasse com uma pancada na cabeça, caso não quisesse acompanhar-me, e a levasse num barco para a nave de Giustiniani. Cheguei até a esconder um jumento para o fim de transportá-la até ao cais. Não há dúvida que a estas horas já mo teriam roubado se eu não tivesse tido a idéia de vendê-lo a um veneziano desejoso de transportar um móvel incrustado do palácio de Blachernae para o porto.

— Não divagues! — gritei, sacudindo-o pela barba.

— Não me puxeis a barba, patrão. Dói tanto, — queixou-se Manuel com tom de censura e procurando defender-se com as mãos atarantadas. — Fiz quanto pude e cheguei a arriscar a minha vida por causa dessa criatura aloucada. Pensava na vossa ordem, queria servir-vos. Mas quem diz que ela me obedecia?!... Explicou-me suas razões, procurou convencer-me e a custo a conservei aqui até de manhã.

Manuel tornou a olhar-me com expressão de censura, pôs-se a esfregar os joelhos furiosamente e prosseguiu por entre soluços:

— Vossa gratidão é essa. Sacudis-me e maltratais-me; estou com os joelhos em péssimas condições e com a garganta tão rouca que quase já não posso falar. A verdade é que vossa mulher não teve coragem de vos contar os planos vergonhosos de seu pai, com receio de vossa reação. Mas se inteirou, enquanto permaneceu na casa paterna, que o Megadux combinara deixar a Kerkoporta aberta e desguarnecida durante o assalto. Isso como prova da boa vontade dos gregos para com o sultão, naturalmente, já que nem o próprio Notaras acreditava que isso adiantasse grande coisa visto como os invasores só poderiam atingir aquele ponto de união das duas muralhas depois que a muralha exterior perto da Porta de Kharisios fosse tomada. Então, sim, bastaria um destacamento pequeno. Mas ele considerava que o fato de deixar a porta aberta teria grande significação política, seria demonstração da vontade de cooperar dos gregos pacifistas.

— Sem dúvida, — comentei. — O limite entre a oposição política e a traição é fino como um fio de cabelo. Acaso não é traição deixar aberta em hora de invasão uma poterna de muralha e além disso completamente desguarnecida? Quem pode negar? Por traição muito menor muita gente tem sido enforcada.

— Traição, evidentemente, — concordou Manuel mais do que depressa. — Era o que vossa mulher também julgava, e por isso fugiu correndo para junto de vós. Por isso e também porque vos amava, não obstante vos considerar desmiolado... Como queria bem ao pai e não desejava desgraçá-lo, resolveu evitar tal ato de traição e providenciar pessoalmente o fechamento da porta. Acompanhei-a sempre conforme a vossa ordem, de modo que fui com ela até à Kerkoporta, crente de que se tratava de lugar seguro... Raios partam a tal segurança!... E lá nos postamos, muito embora os guardas gregos repetidas vezes tentassem expulsar-nos dizendo que não era permitida a presença de ninguém naquelas paragens. Que gregos eram eles não sei dizer, porque conservavam sempre as caras escondidas na escuridão. Devia ser gente do partido do Megadux que ali chegara e mandara embora as sentinelas.

Após fungar um pouco, Manuel continuou:

— Quando a invasão da muralha começou, eles ergueram as trancas, retirando-as, e abriram a porta, pois estavam com a chave. De espada na mão aquela criatura, vossa mulher, se dirigiu a eles e exigiu-lhes a chave. Primeiro procuraram amedrontá-la escorraçando-a; mas quando viram que não recuava e insistia então a agarraram de chofre e a crivaram de punhaladas. A infeliz nem sequer soltou um grito.

— E tu? Que foi que fizeste?

— Corri. Corri com quanta força tinha. Como estava escuro não conseguiram agarrar-me. No entanto eu corria desajeitadamente porque — o patrão bem sabe — tenho os joelhos trôpegos. Como não podia fazer mais nada, vendi o jumento a um veneziano, conforme já disse.

— Deus do céu! Por que não deste alarme, cretino, contando tudo aos venezianos?

— Comecei a falar, não entendiam grego direito... Desisti, finalmente. Aliás, já estavam ocupados demais com a defesa de Blachernae. Lembro-me até que o comandante me mostrou um mapa indicando que a Kerkoporta estava no setor da defesa grega e não na sua circunscrição.

Manuel principiou a rir escondendo a boca com a mão; e comentou:

— Ele deve ter achado que eu era louco ou então que se tratava de um estratagema para assustar os venezianos. A muralha perto de Blachernae está toda escrita com frases assim: "Ide embora, latinos!" Por fim ameaçou mandar enforcar-me se eu o aborrecesse mais. Resolvi ir invocar o auxílio dos irmãos Guacchardi; porém cheguei tarde. Estavam ocupadíssimos em conter os turcos diante da brecha da grande muralha. Então decidi... — Fitou-me com ar receoso e confessou, acabrunhado: — Por incrível que pareça, me lembrei então que era grego, que meu pai havia sido fornecedor de lenha do palácio durante o tempo do imperador Manuel... Fiquei preocupado com o meu dinheiro escondido... com a minha vida... Apanhei a espada de um morto e voltei depressa para a Kerkoporta.

Empolgado agora, ao que pareceu, com o seu próprio arrojo, deu em gesticular enquanto afirmava bem alto:

— Tão verdade como me acho aqui na vossa frente, patrão, corri à Kerkoporta decidido a conseguir fechá-la de qualquer forma. Ainda bem que minha coragem despertou tarde demais. Vendo-me interceptado pelos janízaros, atirei fora logo a espada, ergui as mãos e pedi à Virgem Santíssima de Blachernae que me valesse. Minha oração deve ter sido sincera, pois os turcos agarraram-me apertando-me como num torno e ordenaram em péssimo idioma grego que os conduzisse ao convento de Khora. Não passavam de vinte. Corremos para lá o mais depressa possível.

— Isso foi quando os turcos irromperam pela Porta de São Romanos, — declarei. — Não, a traição da Kerkoporta não facilitou a invasão. E a porta estava fechada quando a vi esta manhã.

— De fato. Assim que os venezianos viram as bandeiras do sultão realizaram uma valente surtida, — disse Manuel. — Quando olhei para a banda de Blachernae eles saíam por uma das portas do palácio, com espadas, armaduras e a flâmula do leão. Liquidaram os janízaros que encontraram perto da Kerkoporta e a fecharam antes de regressar a Blachernae.

— E tu?

— Mostrei aos turcos o caminho para o convento de Khora, na esperança de que a Virgem milagrosa lhes acalmaria os espíritos endemoniados. Mas tão vil é a natureza humana que a avidez pelos despojos predominou sobre os demais sentimentos. As lajes da igreja estavam cobertas de rosas e cheias de mulheres que rezavam empunhando velas acesas. Pois os janízaros profanaram o templo abrindo caminho por entre as pobres mulheres e atirando-se para a iconóstase. Arrombaram a porta e arrebentaram o ícone miraculoso, estraçalhando-o em quatro pedaços. Senti tamanha repulsa por aquele bando ímpio que fugi com as mulheres. Deparei com venezianos que estavam abandonando Blachernae. Felizmente alguns me conheciam, do contrário eu podia ter sido assassinado pelo fato de ser grego. Sim, pois enquanto abriam caminho rumo ao porto iam matando turcos e gregos e saqueando diversas casas, já que ainda dispunham de tempo. Estavam exaltados porque muitos companheiros tinham morrido inutilmente nas muralhas; e acima de tudo porque o *bailo* caíra prisioneiro. Acompanhei-os até ao porto e depois vim para cá e tratei de esconder-me no porão, encomendando a Deus esta minha pobre vida. Estava decidido a permanecer assim até amanhã, quando os invasores já estivessem mais quietos. Por enquanto o que desejam é trucidar a esmo, por mero prazer bestial; quase nem poupam as mulheres a não ser para outros prazeres também bestiais.

Cortei-lhe a algaravia dizendo:
— Aqui estarás a salvo enquanto a lança permanecer fincada na frente da casa. Serve de marca e será respeitada por todos. Além disso a casa é pequena, não dispõe de mulheres. Caso porém irrompam por aqui dize-lhes o meu nome em idioma turco e declara-te meu escravo. Assim não sofrerás nada. Que Deus seja contigo!

Manuel agarrou-se a mim, tomado de medo.
— Para onde ides, patrão? Não me abandoneis!...
— Vou ver o Conquistador, que é o nome que compete ao sultão Mohammed porque é o maior de todos e reinará sobre o Oriente e o Ocidente.

Desci diretamente para a praia, onde as equipagens das naus turcas estavam atarefadas com os produtos do saque, e me dei conta de que o sultão já mandara proteger a casa do Megadux com uma escolta de *tsaushes*. Conversei com eles; informaram-me que Notaras, sua esposa enfêrma e os dois filhos se achavam a salvo dentro daquelas paredes.

Ao meio-dia voltei à basílica, de cuja altura assisti à partida das últimas naus cristãs levando excesso de carga. A esquadra turca nem assim resolveu atacá-las. Foram-se com as velas tangidas pelo vento norte; dos mastros pendiam e flutuavam os emblemas de várias nações cristãs despedindo-se da agonizante Constantinopla. Ao vê-las afastarem-se, bradei:

— Tremei, ó nações do Ocidente, pois essas naves levam marés de fel para a Cristandade! Não tardará a vossa vez. As naves transportam a treva que se estenderá por toda a Europa!

Nisto principiaram a reunir-se os soldados turcos chegando de todos os lados e não tardou que ao longo da rua principal surgisse a brilhante comitiva do sultão escoltada pelos *tsaushes*, a guarda pessoal com seus arcos preparados e mensageiros oscilando turíbulos.

Os cavalos pisavam sobre os corpos dos gregos que ainda juncavam a rua, e jovens de cabelos crespos, os garotos do harém conforme a soldadesca dizia, esparziam água-de-rosas à frente do corcel do sultão.

Diante das portas de bronze — que haviam sido arrombadas — o sultão saltou do cavalo cor de neve. Seu majestoso semblante estava marcado pelo cansaço, porém nos olhos claros brilhava um fulgor triunfante que jamais vi em nenhum outro olhar humano. Contemplando aquele rosto magro, de nariz aquilino e queixo agudo, me senti tomado pelo mesmo fascínio de horror e admiração que ele já exercia sobre mim nos tempos em que eu vivia em sua corte.

Tendo desmontado, o sultão passou para a mão direita o martelo, abaixou-se, apanhou um punhado de terra e esfregou-a sobre a cabeça. Certos de que ele se estava humilhando diante do Deus único, os janízaros se conservaram em respeitoso silêncio. Eu, por mim, creio porém que ele se considerava filho do pó e desejava por aquela forma mostrar seu respeito à morte.

Entrou na igreja com a sua comitiva. Acompanhei-o bem de perto. Pela nave jaziam cadáveres ensangüentados. Bandos de janízaros ainda não tinham acabado de cometer seus sacrílegos saques e dilaceravam molduras de ouro e prata, quebravam ícones, rasgavam dalmáticas litúrgicas e vasos sagrados incrustados de pérolas e de pedras preciosas. Em plena nave um deles quebrava com um machado as lajes de mármore procurando tesouros escondidos.

O sultão avançou para ele, agrediu-o impiedosamente com o seu martelo e exclamou com a fisionomia áspera:

— Não toques no que é de minha propriedade. Prometi a vós outros os bens móveis, mas os edifícios públicos são da Coroa!

Alguns camaradas do janízaro arrastaram-no depressa para fora do alcance do sultão, do contrário este o mataria. Alguém poderia supor que a fúria incontida de

Mohammed decorreu de ver seus subordinados quererem se locupletar com tamanhas riquezas; pura impressão, apenas, pois esse não é o temperamento de Mohammed. O que ele quer não é um tesouro e sim o domínio do mundo. Parado na nave se pôs a contemplar o recinto como se não pudesse acreditar em seu tamanho e esplendor. Os oficiais jovens de sua comitiva acabaram não se contendo mais. Um deles molhou a mão na primeira poça de sangue coagulado que viu, apoiou-se à parede, deu um salto e chapou a mão bem aberta na parede, na altura máxima que pôde alcançar. E disse bem alto:

— Ei-la, a minha marca!

A impressão rubra de seus dedos aparecia lá tão distante que só a atingiria um terceiro homem erguido nos ombros de dois outros.

Então Mohammed tirou da aljava de um membro de sua comitiva um dardo, empunhou o arco dourado, alvejou o bojo da cúpula, e a seta se foi fincar no centro da abóbada majestosa.

— Ei-la, a minha marca! — exclamou ele, por sua vez.

Em seguida, olhando em volta, ordenou aos janízaros que derrubassem a iconóstase de maneira ao altar ficar exposto.

Assim que o retábulo tombou, Mohammed deu a seguinte ordem:

— Clamai junto comigo estas palavras: Mohammed, Emir dos turcos e filho de Murad, veio aqui para consagrar a maior igreja da Cristandade ao culto do Deus único!

E toda a soldadesca, que momentaneamente se esquecera da pilhagem e acorrera à basílica de Santa Sofia para se aglomerar em torno do sultão, repetiu a frase que ecoou pelo recinto, devolvida pela cúpula sonora.

Nisto se deu um verdadeiro prodígio: por detrás do altar irromperam vinte membros do clero e das ordens religiosas, sacerdotes e bispos, surgindo um após o outro paramentados com as dalmáticas e casulas litúrgicas. Desceram, ajoelharam-se diante do grande emir e fizeram ato de submissão. Entre eles se achava Gennadios. Durante o assédio se haviam escondido numa das muitas salas secretas da igreja.

Tudo isso parecia resultar de um acordo prévio e secreto, e talvez explique o acesso de raiva de Mohammed quando surpreendeu um janízaro arrombando a nave.

Mohammed declarou:

— Estes são prisioneiros meus, pois que se renderam a mim. — Voltou-se para os janízaros e condescendeu:

— Não os molesteis; pagar-vos-ei cem piastras em troca de cada um destes altos dignitários do culto ortodoxo. Conduzi-os ao mosteiro que eles próprios escolherem e colocai o local sob a proteção dos *tsaushes*.
De comum acordo, os bispos e sacerdotes declararam:
— Escolhemos o mosteiro do Pantocrator!
Nesse momento os dervixes e intelectuais da comitiva do sultão advertiram que era a hora da prece do meio--dia. Mohammed pediu que lhe trouxessem água, lavou as mãos depressa, enquanto os janízaros levavam os dignitários cristãos. A seguir Mohammed subiu descalço para o altar, pisou na cruz caída, voltou o rosto para o Oriente e presidiu às devoções. Sua comitiva e seus soldados prostraram-se tocando o chão com a testa. E assim, com o ritual maometano, a igreja mais gloriosa da Cristandade foi consagrada a Alá.
Após as preces, o sultão ordenou aos dervixes que o recinto fosse purificado da conspurcação cristã com água--de-rosas.
Quando ele descia a imensa nave para se retirar me encaminhei na sua direção, sem que ninguém me estorvasse. Parei na sua frente, sem dizer palavra. Reconheceu-me, ficou pálido, perscrutou-me bem com o olhar e disse em tom baixo:
— Com que então, Anjo, és tu? Voltas a mim? — Recobrou a naturalidade que eu lhe alterara momentâneamente, ergueu a mão e disse aos dignitários turcos que o acompanhavam: — Não o toqueis. — Aproximou-se de mim, tocou o meu rosto, sorriu e exclamou: — Com que então ainda estás vivo, Incorrutível! Acreditas agora que vou estabular os meus cavalos nas igrejas do teu Pontífice?
— Sabeis melhor do que eu. Bem desejei, mas não era destino meu morrer sob os escombros das muralhas da minha cidade. Mandai-me decapitar agora, para que a vossa vitória seja completa.
Sorriu com fulgor mais acentuado nas pupilas e respondeu:
— Paciência, Anjo. Há tempo para tudo.
Sem se deter mais por minha causa, deixou a igreja. Aderi à comitiva, de maneira a permanecer sempre bem perto dele porque minha vontade de morrer era maior do que qualquer outro anseio. Na comitiva havia diversos elementos que me conheciam; mas nenhum deles me dirigiu a palavra.
Nesse ínterim, o Megadux e um grupo de nobres gregos aprisionados foi trazido à igreja, chegando quando o sultão já se achava no adro. Ajoelharam-se diante dele. Recebeu-os com cenho fechado e perguntou por que mo-

tivo tinham oferecido resistência tão obstinada causando assim desnecessário dano à cidade e perdas nas suas tropas.

Notaras olhava em silêncio para o Grão-vizir Khalil, um homem alquebrado, de longas barbas, que se achava à direita do sultão, que propositalmente o conduzia a toda parte para mostrar-lhe a plenitude de sua vitória.

— Falai! Explicai! — instou Mohammed.

— Como poderíamos agir de outra forma se mesmo entre os vossos conselheiros mais íntimos havia quem nos aconselhasse a resistir? — respondeu o Megadux Notaras com ar ressentido e fitando Khalil de maneira acusadora.

Mohammed voltou-se para seu ministro, agarrou-o violentamente pela barba, sacudindo-o, e disse bem alto para que todos os janízaros pudessem ouvir:

— Conheço-te bem, grecófilo! Mas como serviste com dedicação meu pai da mesma forma que teu avô e teu pai permanecendo sempre à direita do soberano turco na qualidade de Grão-vizir, vou ter misericórdia de ti e não te decapitarei conforme mereces. Não quero, porém, pôr os olhos em ti, nunca mais! Esconde-te no recanto mais longínquo do meu império feito um mendigo, já que foi na qualidade de mendigo que teu avô se apresentou outrora na presença de um sultão!

Esta sentença foi pronunciada com veemente tonalidade, pois desde a juventude Mohammed a vinha desejando com vontade igual à que tinha de conquistar Constantinopla.

Os oficiais jovens de sua comitiva principiaram a insultar Khalil; após certa hesitação, os janízaros fizeram coro ao alarido. Examinando bem com o olhar alguns velhos que faziam parte do seu séquito, apontou-os aos janízaros, furioso porque notara que aqueles não tinham aplaudido sua atitude para com o Grão-vizir.

— Destacai-vos de minha comitiva! Juntai-vos a Khalil! — ordenou.

Os janízaros adiantaram-se, arrancaram os cafetãs de honra daqueles anciãos que, seminus e deblaterando, acompanharam Khalil no percurso de humilhação. Quando já se distanciavam, os janízaros ainda os insultaram atirando-lhes terra misturada com coágulos de sangue.

Isto posto, o sultão tornou a voltar-se para os dignitários gregos ali presentes como seus prisioneiros e lhes perguntou:

— Onde está o vosso imperador? Que sabeis dele?

Os gregos entreolharam-se e menearam as cabeças.

Fingindo espanto, Mohammed sorriu com escárnio.

— Como? Será possível? Pois não combatestes ao seu lado?

Alguns senadores deixaram pender as cabeças, envergonhados; mas Lukas Notaras procurou esclarecer seu comportamento:

— O imperador Constantino traiu a nossa fé e vendeu-nos ao Papa e aos latinos. Não o reconhecemos como imperador e preferimos servir-vos.

O sultão mandou que fossem feitas proclamações em diversos pontos da cidade para que o corpo do imperador fosse descoberto, já que constara que ele sucumbira em combate. Prometeu recompensar quem o descobrisse e, outrossim, quem provasse que o havia liquidado.

O mensageiro nem precisou sair para a sua missão porque imediatamente dois janízaros se adiantaram depressa para junto de Mohammed. E cada um jurou por Alá e pelo Profeta que tinha dado no imperador o golpe de misericórdia. Começou entre ambos formidável debate, ali mesmo na presença de Mohammed. Foram mandados buscar o corpo; saíram a correr continuando a discutir e a gesticular; decerto descreviam de que forma haviam golpeado o último imperador bizantino.

O sultão continuou a falar com os gregos, já agora cordialmente, prometendo-lhes ouro e propriedades rurais. Disse que deixaria o governo da cidade nas mãos deles, já que eram qualificados para tal encargo e se tratava de personalidades dignas. Perguntou, portanto, os nomes de outras personalidades que lhe poderiam ser úteis e que ele desejava resgatar de seus respectivos captores.

Lukas Notaras mencionou cerca de trinta nomes; os demais gregos após confabularem entre si acrescentaram os dos seus próprios amigos. Não me pude conter, dei um passo na direção de Notaras e o descompus:

— Traidor cretino! Quereis arrastar outros junto com a vossa desgraça!?

Notaras ficou irado ao me ver na comitiva do sultão, e disse com altivez:

— Uma política inflexível não é traição. Adotamos o único recurso plausível ante a situação do país. Se aparentemente sujei minhas mãos foi no interesse do povo. Alguém tinha que procurar salvá-lo. Para tal comportamento talvez seja preciso mais coragem do que para dar fim à sua própria vida. Não me podeis julgar porque não me conheceis suficientemente.

— Vossa filha vos conhecia bem, e vos julgou. Vossos sicários a assassinaram na Kerkoporta quando ela se empenhava em limpar o vosso nome da mancha da traição!

Notaras empalideceu de horror, mas ficou com o rosto rígido. Exclamou, com amargura:

— Não tenho filha! Nunca tive filha! Tenho apenas

289

os meus dois filhos. Que absurdo é esse quanto à Kerkoporta? Passou a olhar com expressão de súplica para Mohammed, depois para os seus concidadãos que se afastaram deixando largo espaço à sua volta. Conseguiu com incrível esforço dominar sua agitação, sorriu (embora os cantos dos lábios ficassem repuxados) e falou, voltando-se de novo para o sultão:

— Esse homem, vosso enviado, é que vos iludiu. Podeis perguntar-lhe se não lhe pedi várias vezes, sempre inutilmente, que colaborasse conosco em vossa vantagem. Mas só por pura ambição e cobiça rejeitou o meu apoio, preferindo atuar a sós e obter vosso favor à minha custa. Ignoro o que ele terá feito em prol da vossa causa, mas grande coisa asseguro que não pode ter sido. Foi amigo de Giustiniani e dos latinos. Deus me é boa testemunha de que vos prestei melhor serviço do que ele.

Mohammed esboçou um sorriso frio, acenou na minha direção e tornou a dizer:

— Tem paciência, Incorrutível!

Deu uma ordem ao seu tesoureiro, depois se virou para os gregos, declarando:

— Ide com o meu tesoureiro procurar no acampamento e a bordo das minhas naves os indivíduos cujos nomes citastes. Muitos, decerto, procuraram disfarçar-se para esconder sua categoria e não se apresentarão se o meu tesoureiro sozinho quiser inquiri-los. Mas vós os reconhecereis e lhes infundireis confiança. O meu tesoureiro resgatá-los-á dos soldados e dos negociadores de escravos. Pagarei mil piastras sobre cada um, tão importante considero a colaboração deles para os meus planos.

Os gregos ficaram radiantes com essa prova de favor e pressurosamente acompanharam o tesoureiro, pondo-se desde logo a conversar e a distribuir os cargos mais proveitosos na administração da cidade. No entretanto, Mohammed me olhou com um sorriso, ciente de que eu estava habituado a ler seus pensamentos.

Notaras foi escoltado de volta ao seu palácio, com os melhores desejos por parte do sultão do pronto restabelecimento de sua esposa.

Mohammed não se dignou volver-me outro olhar, montou no seu cavalo e seguiu vagarosamente com o cortejo para o acampamento a fim de comemorar a vitória.

Acompanhei-o até às imediações do palácio de Blachernae. Lá ele parou para observar as salas que os venezianos tinham saqueado após estragar e citou alto para a sua comitiva estes versos:

*"Doravante, nos paços imperiais,
Em cada abóbada crocitam mochos
E aranhas montam guarda nos portais".*

Voltei então para a Kerkoporta e sepultei Anna Notaras num grande rombo que uma bala de canhão abrira na bossagem da muralha. Pareceu-me a tumba melhor e mais honrosa para ela. E me pus a pensar que realmente um dia os seus olhos castanhos se reabririam para contemplar as flores próximas e vigiar dali daquelas ruínas a cidade que tanto amara.

Naquela cidade, agora sob o signo do sangue e da pilhagem, a vida se tornava a cada hora mais horrenda e insuportável. Logo depois que o sultão regressou ao seu acampamento, os turcos principiaram a brigar e a matar-se insensatamente por causa das escravas. Dervixes ignorantes tomavam-se de frenesi fanático e mutilavam com suas facas muitos escravos gregos que se recusavam a reconhecer o Profeta.

Petrificado pela angústia, vaguei através daquele caos, mas ninguém se aproximava de mim. Não dirigi meus passos; deixei que o acaso me fosse levando, já que era destino meu testemunhar tudo quanto ocorria. Mas há limites para aquilo que um ser humano pode suportar; para lá dessa fronteira cérebro e sentidos se embotam, felizmente; do contrário, ai da criatura humana! Os olhos continuam vendo, mas a alma já não percebe direito. E agora, de nada mais me abismava.

Continuei vagando a esmo. Dos alojamentos improvisados onde os feridos gregos e latinos tinham sido estirados sobre palha manchada de sangue, todos os cristãos foram retirados e decapitados e seus corpos empalados perto das portas. E encheram os alojamentos com feridos turcos. Seus gritos, sofrimentos e vicissitudes eram análogos aos dos cristãos. Gemiam em diversos idiomas pedindo água ou implorando aos camaradas que lhes pusessem fim aos tormentos.

Esses feridos tinham à sua disposição alguns físicos turcos, vários dervixes senis e diversas monjas gregas que tinham sido tomadas como escravas. Obrigaram-nas àquele serviço imundo e fétido visto como devido à sua aparência e idade não interessavam à soldadesca.

Certo número de *tsaushes* mantinha a ordem e evitava que os próprios turcos roubassem os bens dos feridos, seus compatriotas.

Passando por ali, reconheci Khariklea entre as monjas. Usava uma capa estraçalhada e estava com o rosto feio todo inchado de tanto chorar. Dei com ela de joelhos

sobre a palha segurando a mão de um jovem anatoliano muito belo. Sobre o lábio inferior e em redor dos maxilares principiava a despontar a sombra escura do bigode e da barba; porém o rosto apresentava uma lividez impressionante. Os ferimentos da parte superior do corpo sangravam profusamente empapando e avermelhando as ataduras.
— És tu, Khariklea? Pouparam-te? Estás viva? Que fazes aqui?
Olhou-me como se achasse a coisa mais natural do mundo eu aparecer ao seu lado, e respondeu:
— Este turco infeliz se agarrou a mim e não consente que eu me vá. E o pior é que não compreendo o que ele fala. É tão jovem e tão bonito que eu, sinceramente, tenho pena de largá-lo aqui sozinho. Não tardará a morrer.
Com a mão livre limpou o suor da fronte do mancebo e lhe acariciou fraternalmente o rosto oval que, contorcido em agonia, serenou um pouco.
Khariklea prorrompeu em pranto e soluços, emocionadíssima. E lamentou:
— O pobre moço nem sequer pôde comparticipar do saque, por mais que merecesse. A prova de que lutou com valentia é estar todo ferido, a ponto da hemorragia não querer cessar. Podia ter encontrado tesouros, dinheiro, raparigas bonitas! Mas agora a sua única recompensa é a minha mão calejada pelo trabalho.
O jovem entreabriu os olhos, contemplou vagamente a luz e murmurou qualquer coisa em seu idioma. Khariklea perguntou, tomada de curiosidade e apreensão:
— Que será que ele está dizendo?
— Disse que só há um Deus, o Deus Único, — traduzi.
— E pergunta se ele merece o paraíso.
— Mas por certo, que dúvida! — alvoroçou-se Khariklea. — Os turcos devem ter o seu paraíso como nós temos o nosso céu! Claro que ele irá para lá, pobre moço!
Um dervixe que ia passando apertou ao peito o gibão fétido de pele de carneiro, inclinou-se sobre o agonizante e recitou-lhe aqueles versículos do Corão onde se fala de ribeiras cristalinas, árvores frutíferas e donzelas sempiternamente lindas. Ouvindo, o jovem sorria de modo beatífico. Depois que o dervixe se retirou ele disse por duas vezes, com voz entrecortada:
— Mãe... Ó mãe!...
— Que é que ele está falando? — perguntou Khariklea.
— Está pensando que és mãe dele, — expliquei.
Khariklea pôs-se novamente a chorar e condescendeu:
— Está bem. Não posso desiludi-lo... — E, com tom meditativo: — Nunca tive filhos... Nenhum homem jamais me quis...

Beijou a mão do jovem, apertou o rosto de encontro ao dele e com voz surpreendentemente afável principiou a sussurrar-lhe ao ouvido palavras acariciantes, como se no meio da devastação e da morte quisesse expressar a complacência escondida desde muito em seu coração. O jovem apertou-lhe com força a mão grossa, fechou os olhos e continuou a ofegar de maneira dolorosa e difícil.

Lembrei-me então de determinada coisa. Atravessei a cidade sem olhar para os lados e me dirigi diretamente ao mosteiro do Pantocrator. Precisava ter certeza, ver com estes meus olhos.

A soldadesca tinha feito uma fogueira no centro do pátio rodeado de claustros, ali reunindo todos os ícones, e estava agora cozinhando sua comida. Passei em direção ao pequeno lago dos peixes, peguei numa lança e não demorei em fisgar um deles, o mais preguiçoso, acinzentado, cor de terra. Quando o ergui para fora da água ele se tornou vermelho feito brasa. As escamas cintilavam, muito rubras aos raios do sol, conforme o monge Gennadios predissera.

Chegou, por fim, o crepúsculo. A noite, propícia às feras, instalou-se. Voltei de cabeça baixa para minha casa, recolhi-me ao meu aposento e sentei-me para escrever.

30 de maio de 1453

Esta manhã apresentou-se em minha casa um *tsaush* para guardá-la. Assim, compreendi que o sultão não se tinha esquecido de mim. Manuel preparou-lhe o almoço. Nenhum dos dois me incomodou.

Quando saí, o guarda nem sequer fez menção de me proibir. Limitou-se a seguir-me à distância de vinte passos.

Nas ruas e praças os cadáveres estão começando a inchar. Os corvos tanto da Europa como da Ásia reuniram-se em bandos e giram redemoinhando vagarosamente pelo ar. Cães uivam nos quintais, e alguns já ficaram hidrófobos ou aparvalhados; lambem sangue e roem cadáveres.

Da noite para o dia se operou estranha transformação no exército turco. Os *tsaushes* podem ser reconhecidos por seus cafetãs verdes, e os janízaros por seus chapéus de feltro branco. Mas os outros membros dos contingentes caminham pelas ruas enfarpelados como se fossem para algum festim bárbaro e horrendo. Um ex-pastor que ainda ontem andava descalço, agora usa calçados macios e manto de seda ou veludo. Dos ombros de um negro com cicatrizes de varíola na cara pende uma capa comprida com orla dourada. Todos se lavaram e se purificaram conforme exige o Corão. Mas o mau cheiro dos cadáveres flutua por sobre a cidade e impregna tudo. O saque prossegue, já agora de modo menos tumultuoso. Todas as casas são esvaziadas, uma por uma, de seus móveis e utensílios de cozinha. Inúmeras carroças puxadas por juntas de bois são atopetadas e depois seguem e atravessam as portas da cidade. Pelos mercados da cidade se compra e se vende, porfiadamente. Fardos, arcas e grandes embrulhos são amarrados no dorso de jumentos e de camelos. Os turcos mais sagazes principiaram a dar pormenorizadas batidas nos porões e adegas das casas opulentas percutindo as paredes, perfurando-as e demolindo-as com picaretas e malhos. De vez em quando gritos estridentes anunciam a descoberta de novas provisões ou bens. Pessoas encontradas escondidas são puxadas pelos cabelos para fora de subterrâneos secretos e de cisternas esvaziadas.

A cabeça do imperador Constantino jaz entre os cascos das pernas dianteiras da estátua eqüestre do centro da cidade, donde parece olhar em frente com olhos baços e gelatinosos. O sultão mandou colocá-la naquele pedestal para lembrar aos gregos que o imperador deles está morto e que o poder passou para as mãos do soberano turco, do grande Emir.

Mohammed anda a cavalo de um lado para outro sem descansar, inspecionando palácios e igrejas. No istmo da Acrópole ele disse:

— Aqui ficará o meu serralho.

O pelourinho e o local das execuções passou a ser na pilastra de Arkadios. Lá encontrei entre outros corpos o de Minotto, o *bailo* veneziano. Decapitado e esquartejado.

Considerei aquele o local adequado para mim. Sentei-me, resolvido a aguardar que o sultão viesse até ali estabelecer o novo governo grego.

Tive que esperar até de tarde.

No decorrer do dia a guarda pessoal do sultão e os *tsaushes* trouxeram para ali aproximadamente cinqüenta gregos resgatados pelo tesoureiro do emir. Foi-lhes dado bom tratamento: água, cozido de carneiro, roupas condizentes com sua situação. Mas permaneciam desanimados e apreensivos; apenas alguns se aventuravam a conversar em vozes sussurrantes. De vez em quando os *tsaushes* reapareciam transportando as cabeças de outras pessoas de categoria e as iam dispondo em fila ao longo da balaustrada de mármore da praça. Os presos apontavam para elas e ciciavam os nomes, aliás bem conhecidos. Muitos tinham perecido nos baluartes onde seus corpos

foram encontrados e descobertos. Outros morreram enquanto se defendiam em suas próprias casas.
Por fim o sultão apareceu, rodeado por seus jovens vizires, e saltou distraidamente do seu cavalo. Tinha o rosto alterado pelo vinho e pela vigília. O sol incomodava-lhe a vista, e então pôs a mão na testa, de certa maneira feito anteparo. Os prisioneiros prostraram-se diante dele, roçando o chão com as frontes. Mohammed falou-lhes com cordialidade afetada, consentindo que se levantassem. Enquanto o seu tesoureiro procedia à chamada, o sultão observava atentamente cada homem. Em seguida propôs que todos testificassem a identidade uns dos outros. Muitos pertenciam a famílias antiquíssimas de séculos, e os seus nomes eram conhecidos na história da cidade por sua boa ou má reputação. Apenas algumas pessoas da lista não foram encontradas vivas nem mortas e certos nomes eram a bem dizer desconhecidos.
Mohammed sentou-se num bloco de mármore, cruzou as pernas, esfregou a testa que lhe doía vagamente e declarou:
— Por mais exausto que esteja e com toda uma série de afazeres, minha noção de responsabilidade me proíbe de deixar na incerteza personalidades de tão alta estirpe. Por conseguinte aqui estou para estabelecer o governo grego sob nova fase, de forma que o povo grego e o meu vivam juntos em amizade e paz. Foi-me esclarecido que sois homens sensatos e que tomastes armas contra mim obrigados... forçados, mesmo. Agora que perdestes a cidade desejais reconhecer-me como vosso imperador e colocar à minha disposição todo o vosso conhecimento e experiência em negócios de Estado de maneira aos gregos se submeterem ao meu domínio sem apreensões. É verdade?
Os prisioneiros bradaram depressa que o serviriam com a maior capacidade. Mohammed vincou a testa, olhou para a praça e perguntou com espanto fingido:
— Onde está o povo grego?
Os soldados reunidos na praça e a comitiva do sultão também olharam em volta e com uma risada alta repetiram a pergunta:
— Onde está o povo grego?
A seguir empurraram para a frente com socos e pontapés um punhado de mulheres e velhos trêmulos e assustadiços; apontaram para o bando e exclamaram:
— Emir, Pai! Vêde! Aqui está o povo grego.
Mohammed concordou com um aceno de cabeça, ma-

jestosamente, e disse voltando-se para os cinqüenta e tantos prisioneiros de alta categoria:

— Que o vosso próprio povo sirva de testemunho. Prometeis e jurais por vosso Deus e por todos os vossos santos e estais prontos a beijar a cruz em sinal de vossa submissão e em confirmação do vosso juramento de que desejais servir-me até à morte, por mais alta que seja a situação a que possais atingir?

Os prisioneiros juraram alto e fizeram o sinal-da-cruz, demonstrando cabalmente que de bom grado confirmavam o juramento. Apenas alguns se conservaram silenciosos olhando atentamente para o sultão.

— Pois seja, — declarou Mohammed. — Vós próprios escolhestes. Ajoelhai-vos, um de cada vez, e abaixai vossas nucas para que o meu carrasco vos decapite do primeiro ao último. Desta forma me servireis melhor e mais lealmente, e vossas cabeças serão dispostas num pedestal ao lado das dos vossos bravos compatriotas. E agindo assim não estou sendo incorreto convosco, já que ainda agora acabastes de jurar que obedeceríeis às minhas ordens, fossem elas quais fossem.

Os gregos encararam-no perplexos. Depois principiaram a chorar alto e a estender os punhos; alguns até se feriram nas espadas e lanças dos guardas quando tentaram atacar o sultão. Mas houve alguns que aconselharam:

— Irmãos, morramos como homens, já que previamente outra coisa não fizemos senão abrir nossas tumbas.

O sultão ergueu a mão e formulou uma hipótese com simulada afabilidade:

— Nada vos impedirá de estabelecerdes um governo grego no céu, pois que os gregos lá existentes são em número maior do que os que restam em Constantinopla. Apressai-vos, pois, em combinar vossos futuros encargos.

Tais palavras foram uma senha, por simulada coincidência, para os carrascos que avançaram, então. Soldados agarraram os cativos pelos braços e obrigaram-nos a ajoelhar. Começou a jorrar sangue das artérias cortadas; as cabeças rolavam quase até aos pés do sultão, que mandou que as fossem colocando em fila sobre a balaustrada até que, manchadas de sangue, lustrosas de lágrimas, cinqüenta e tantas cabeças em esgares convulsivos rodearam toda a praça de Arkadios.

Isso feito, o sultão se voltou para os velhos e as mulheres que ali estavam atônitos e petrificados e lhes disse em sofrível idioma grego:

— Acabastes de ver com vossos próprios olhos que não entrei em Constantinopla como conquistador e sim como libertador, pois que estou libertando os gregos desta cidade de milhares de anos de escravização a imperadores e nobres. Deveis censurar a vós próprios pelos sofrimentos por que tivestes que passar agora, pois não lançastes fora e a tempo o jugo que vos dobrava as cervizes nem apelastes para mim. Vossas vicissitudes, porém, terminarão muito breve. Daqui onde me vêdes garanto a cada sobrevivente a sua casa, os seus bens e as suas vidas. Quaisquer fugitivos que regressem usufruirão esses mesmos direitos. Alá é misericordioso e compassivo, conforme tendes ensejo desde já de verificar, pobre gente! Fostes iludidos, despojados e tosquiados durante tão longo tempo que não sabeis o que seja a verdadeira liberdade. Mas farei a vossa cidade florescer a tal ponto que nem sequer houve nem haverá quem possa fazer idéia. Constantinopla será a jóia mais bela do meu turbante e reinará suprema sobre o Oriente e o Ocidente.

Ordenou ao seu tesoureiro que distribuísse dez moedas a cada um daqueles gregos, aos quais invocou como testemunhas, para que pudessem resgatar sua liberdade. Afinal, era um bom preço, pois escravos velhos ou doentes não atingiam mais do que uma simples moeda de prata nos leilões dos mercados.

Aqueles pobres velhos e infelizes mulheres que tinham passado um dia e uma noite de terror assistindo a carnificinas e estupros permaneciam ali estarrecidos, sem compreender o que lhes sucedia.

Voltei-me para a praça percorrendo-a com o olhar com expressão de surpresa e, dirigindo-me para perto, relativamente, do sultão, exclamei:

— Mas... e o Megadux Notaras? Não o vejo aqui. Não é este o lugar dele segundo o vosso plano justo?

Mohammed olhou-me de modo benévolo, e respondeu acenando com a cabeça:

— Tem mais um pouco de paciência, Anjo. Mandei buscá-lo junto com os filhos. De fato... estão demorando. — Lançou-me um olhar perscrutador e disse ainda: — Notaras escondeu de mim a filha e nega saber onde ela esteja. Por isso mandei meu eunuco branco à casa dele com ordem de trazer o filho do Megadux para meus prazeres... É um mancebo bonito e quero que o pai mo entregue para que permaneça à minha disposição.

— Os vapores do vinho são responsáveis por todos os absurdos. Por isso o Corão sabiamente o veda mesmo ao Supremo Emir...

Mohammed mostrou os dentes cintilantes de animal selvagem num sorriso lento e replicou:

— A minha lei sou eu quem a faz. Não preciso de nenhum anjo para sussurrar em meu ouvido que sou mortal, pois sei que sou mais do que qualquer mortal. Nem Deus pode competir comigo em poderio terrestre. A um sinal de minha mão, cabeças rolam no solo. Diante dos meus canhões se desmoronam as muralhas mais resistentes. Ainda negas que eu seja mais do que um homem?

Fitei-o nos olhos, cônscio de que à sua maneira ele tinha razão, já que escolhera a verdade conforme o homem a vê e que é perecedora, ao invés de escolher a realidade de Deus.

Ponderei-lhe:

— Considerando que podeis jogar fora o passado como um regime perempto e apresentar-vos como padrão pelo qual as coisas passem a ser medidas e avaliadas, estais na verdade forjando as piores algemas para vós próprio; muito piores do que as de quaisquer outros que vos antecederam. As algemas do tempo e do espaço apertarão vosso corpo e estrangularão vosso espírito. Quando morrerdes não sobrará nada de vós.

Atalhou logo:

— A memória do meu nome e dos meus feitos perdurará enquanto houver homens vivos na face da terra. Já te disse: não quero saber de anjos sussurrando junto do meu ouvido.

— Matai-me, então, — roguei. — Abandonei-vos no outono quando vi quem éreis ao certo, o que queríeis e o que iria suceder. Apiedai-vos agora de mim e mandai que me matem, para que o meu sangue se possa misturar com o dos meus irmãos gregos.

Ele porém esboçou aquele seu sorriso irônico e até mesmo espontâneo de fera pachorrenta e repetiu:

— Tem um pouco de paciência ainda, Anjo. Vejamos primeiro até que nível bem baixo podem descer os gregos mais aristocratas.

Tive que me afastar para um lado pois bem nesse instante chegaram os eunucos com Notaras e seus dois filhos. Por certo quando o Megadux recebeu o recado de Mohammed se certificou qual iria ser o seu fado.

Caminhava de porte erguido, e desta vez não se ajoelhou diante do filho de Murad.

O eunuco branco comunicou então ao seu emir:

— Senhor, ele não quis obedecer às ordens que lhe transmiti nem entregar o filho para o harém. Por isso decidi trazer os três, conforme vossas ordens.

Mohammed indicou as cabeças que marginavam a praça e indagou:

— Por que não me obedeces, agora que estabeleci um governo grego e segui pormenorizadamente o conselho que me deste?

Notaras volveu o olhar pela balaustrada onde jaziam as cabeças, contraiu a fisionomia, benzeu-se, ergueu o olhar para o céu e submeteu-se a um poder superior:
— Meu Deus e Senhor, reconheço a Tua justiça. És de fato um Deus justo.
Caminhou vagarosamente em redor da orla da praça, parando diante de cada cabeça e dizendo:
— Perdoa-me, irmão. Eu não sabia o que estava fazendo.
Quando voltou para o seu lugar estendeu as mãos sôbre os ombros dos filhos e lhes disse:
— Mostremos agora que sabemos morrer como homens. E agradeçamos a Deus também deixar que morramos como gregos, leais à nossa religião.
O sultão estendeu as mãos em gesto complacente e disse com ar de espanto irônico:
— Mas não precisas morrer, absolutamente! Pois não prometi soerguer-te acima de todos esses gregos? Basta que me obedeças e digas a teu filho que passe a cumprir minhas ordens.
O Megadux redargüiu:
— Não precisais condescender procurando assim uma desculpa para a minha execução. Humilhei-me perante Deus. Para que me hei de humilhar ainda perante vós? Isso não me salvaria nem aos meus filhos. Só queria, porém, que satisfizésseis minha curiosidade bem humana. Por que motivo devo morrer em desacordo com todas as regras vigentes da política?
Mohammed voltou para ele seu rosto jovem e orgulhoso e sussurrou:
— Traíste o vosso imperador. Logo, me trairíeis também.
O Megadux Notaras tornou a inclinar a cabeça e disse volvendo os olhos a última vez para o céu:
— Em verdade, sois justo, meu Deus e Senhor.
Em seguida pediu para que os filhos fossem decapitados primeiro. Solicitava esse favor para assim se certificar de que eles não abjurariam a religião grega para salvar suas vidas.
O sultão permitiu.
O próprio Notaras compeliu os filhos a se ajoelharem; primeiro o mais velho; depois o outro. E aconselhou-os com dignidade calma enquanto o carrasco lhes cortava as cabeças. Nem sequer uma lágrima lhe veio aos olhos. Isso viu bem o sultão Mohammed pois se inclinou avidamente para lhe observar o rosto.
Quando seus dois filhos acabaram de morrer com repelões pelos corpos, Notaras disse, olhando para o chão

299

e pronunciando bem as palavras de sua última prece:
— Apresento-me, meu Deus e Senhor, perante o trono do Teu julgamento. Tens o direito de julgar-me. Tu, sim. Mas não nenhum homem. — Depois se humilhou, abaixou mais ainda a cabeça e derramando lágrimas, orou como qualquer criatura:
— Jesus Cristo, Filho de Deus, tem piedade de mim, pobre pecador.

Durante algum tempo orou assim, ausente de tudo mais. Levantou-se depois e, caminhando ladeado por dois *tsaushes* para a coluna de Arkadios, se ajoelhou sobre o sangue dos filhos e esperou tranqüilamente a morte.

O filho de Murad mandou colocar-lhe a cabeça sobre a coluna, por cima das demais cabeças dos outros gregos.

Retirou-se em seguida, farto de ver sangue e de sentir cheiro de carniça. Voltou a cavalo para a sua tenda de seda.

Largou-me ali, por mais que eu esperasse que tudo se cumprisse então.

Voltei para casa, seguido à distância de vinte passos por um *tsaush* vestido de verde. Ainda bem que o supremo emir não me esquecera.

Epílogo

Manuel, o filho de Demétrios, escreve este remate. Se Demétrios serviu o imperador Manuel como fornecedor de lenha do palácio, eu, Manuel, que escrevo este epílogo, estive a serviço de Messer João Angelos, que os turcos temiam e chamavam o Anjo.

Quando meu amo acabou de escrever o que tinha que deixar para a posteridade, eu lhe mostrei o dinheiro que escondera no porão e o cálice de ouro usado para a comunhão que consegui salvar do saque levado a efeito no mosteiro de Khora. Sugeri-lhe:

— Muitos latinos compraram sua liberdade dando dinheiro e bens aos vizires do sultão. Comprai também vós a vossa liberdade e fujamos desta cidade da morte.
— Não. Absolutamente, — respondeu ele. — A morte é a maior dádiva que me pode ser outorgada. Tu, sim, deves continuar a viver e valer-te da complacência dos turcos. És daqueles que sempre sobrevivem porque são o que são e nada podem fazer para se transformarem. Meu amo vinha passando noites e noites em vigília, e durante os últimos dias não comia bem bebia, fazendo jejum total; por isso sua cabeça estava tão confusa que já nem discernia o que melhor lhe convinha.

Na terceira manhã após a queda da cidade, o sultão Mohammed mandou chamar o meu amo. Segui-o a pequena distância, sem que ninguém me impedisse. Muitos gregos já se achavam aglomerados nas proximidades da coluna de Constantino para ver o que ia acontecer.

O sultão apontou para a cabeça do derradeiro Constantino, cujos olhos já tinham caído das órbitas; o tétrico despojo já principiava a cheirar mal. Mohammed perguntou de um modo genérico, após uma espécie de explicação preliminar, assim:

— Com minha espada capturei Constantinopla e com minha espada abati o imperador dos gregos, de quem arrebatei esta cidade. Há alguém que dispute a herança imperial?

O meu amo deu alguns passos à frente e disse:
— Eu! Eu disputo a tua herança imperial, Mohammed, Emir dos turcos! Ao nascer calçaram-me botas de púrpura e as conservei até à morte. Provenho de sangue imperial. Sou o único *Basileus* legal de Constantinopla; se é que não sabíeis, ficai ciente agora.

Mas o sultão não se mostrou admirado absolutamente ao ouvir tais palavras. Acenou com a cabeça e disse:
— Estou sempre a par de tudo quanto preciso saber. Meu pai sabia a tua origem, por mais que tu cuidasses que a mantinhas em estrito segredo. O que me declaras agora não é novidade para mim, pois disponho de olhos e ouvidos em todos os países cristãos e cidades do mundo... Até mesmo em Avinhão. Por que motivo supões tu que eu te deixei ir embora de minha corte no outono passado dando-te até um punhado de jóias como presente de despedida?

Meu amo respondeu:
— Bem sei que colecionais gente da mesma forma que Aristóteles colecionava extravagâncias da natureza. Dissestes certa vez que nada vos poderia assombrar, porque

víeis o íntimo da alma humana. Acaso não vos deixei assombrado?
O sultão Mohammed treplicou:
— Sim, Anjo, tu me deixaste perplexo. Quando a guerra irrompeu consenti que abandonasses a minha côrte, vindo para Constantinopla. E o fiz porque esperava que o teu bom senso te instigaria a desencadear uma revolta aqui e a competir com Constantino pela obtenção do poder. Depois te foram facultados meios para espalhares dissensões entre os defensores dos baluartes. Mas tu me surpreendeste. Chego a crer que encontrei em ti o único homem na terra que se desinteressa pelo poderio.
— Só agora é que me interessei por ele, propriamente, — retrucou o meu amo. — Na presença do vosso exército e do povo grego disputo a vossa pretensão ao trono e reivindico o meu império.
O sultão meneou a cabeça com ar pesaroso e propôs:
— Não sejas louco. Ajoelha-te e adora-me como triunfador, e pouparei a tua vida. Do contrário me cansarei de aturar esta cena e te atirarei num monturo, da mesma forma que Aristóteles se cansou de andar carregando uma vértebra de baleia.
— O conquistador não sois vós. Eu, sim, é que triunfei!
Sua obstinação acabou irritando Mohammed que fez ao carrasco um sinal batendo as mãos e declarou:
— Pois seja conforme queres. — E, voltando-se para os algozes: — Dai-lhe as botas de púrpura para que morra com elas, visto que com elas nasceu. Há que respeitar-lhe a origem.
Imediatamente os carrascos seguraram o meu amo e o despiram, deixando-lhe apenas a camisa. Sustendo-o pelas axilas, cortaram-lhe as artérias das coxas e assim o sangue se pôs a escorrer colorindo-lhe de vermelho os joelhos, as pernas e os pés.
Enquanto se esvaía em sangue, meu amo se apoiava nos ombros dos carrascos e de olhos erguidos rezava nestes termos:
— Ó Deus misterioso e imperscrutável, durante a vida inteira senti sede de Tua realidade. Mas na hora da minha morte Te suplico que me deixes voltar, que me concedas de novo as algemas do tempo e da existência, os Teus terríveis e formidáveis grilhões. Proporciona-me isto, pois bem sabes por que é que Te peço.
O sultão ergueu o queixo e, assim de cabeça soerguida, se dirigiu pela última vez ao mártir:
— Contempla a tua cidade, *Basileus* João Angelos!
Com o que ainda lhe restava de forças meu amo pôde responder:

— Sim... Estou vendo ainda a beleza da minha cidade! E para aqui o meu corpo astral voltará um dia... Voltará para junto das ruínas das muralhas. Como um viandante qualquer agrilhoado pela contingência de viver, hei de um dia despetalar uma flor trigueira nascida na muralha. Farei isso em memória daquela que tanto amei. Ao passo que tu, Mohammed, tu jamais voltarás.

Assim morreu meu amo João Angelos, com suas botas de púrpura. Vendo-o sem vida, os turcos cortaram-lhe a cabeça e atiraram-lhe o corpo nas águas do porto, onde muitos outros cadáveres envenenam as marés.

Depois que o sultão se proclamou herdeiro do imperador Constantino, mandou que o seu exército e a sua esquadra se retirassem de Constantinopla, e permitiu que a população escolhesse ela própria o seu Patriarca. Escolhemos Gennadios, que é o monge mais santo do país e que foi poupado pelos turcos por causa de sua excelente reputação. O sultão recebeu-o em seu quartel-general, reconheceu-o Patriarca de Constantinopla, como era hábito tradicional dos imperadores quanto à designação dos metropolitas; e como prova de apreço lhe ofertou uma cruz valiosa e um cálice de ouro. Assim o emir supremo dos turcos cumpria a promessa de permitir aos gregos o livre exercício de sua religião e o direito de administrar justiça. Entregou-nos também determinadas igrejas onde o nosso culto pudesse prosseguir; quanto às demais, mandou purificá-las e as transformou em mesquitas para a glória do Deus do Islão.

Quanto à cidade de Pera, na outra banda do Estreito, tornou a conceder-lhe as primitivas concessões mercantis como recompensa por sua neutralidade. Fez derrubar as muralhas de Pera do lado da terra; mandou selar as casas dos habitantes que tinham fugido e inventariar-lhes os bens de forma a tudo passar para as mãos do sultão caso os proprietários não regressassem dentro de três meses.

Muitos dos fugitivos acabaram voltando para Constantinopla, e o sultão prometeu complacência muito especial a todos, dentre esses, que provassem ser nobres de nascimento. Sem demora mandou decapitá-los. Poupou apenas os pobres, aprovando que trabalhassem pela prosperidade da nação, cada qual segundo sua capacidade. Mostrou-se complacente também para com os eruditos, geógrafos, historiadores e técnicos do tempo do imperador e tomou-os a seu serviço. Mas, quanto aos filósofos, a esses não poupou, absolutamente.

A presente edição de O ANJO NEGRO de Mika
Waltari é o Volume de número 45 da Coleção
Excelsior. Capa Cláudio Martins. Impresso na
Sografe Editora e Gráfica Ltda., à rua Alcobaça, 745
- Belo Horizonte, para a Editora Itatiaia, à Rua São
Geraldo, 67 - Belo Horizonte - MG. No catálogo geral
leva o número 00402/4B. ISBN: 85-319-0036-0.